미학사 입문

# 미학사 입문

## 미메시스에서 시뮬라시옹까지

**베르너 융** 지음    **장희창** 옮김

## Von der Mimesis zur Simulation

**P** 필로소픽

# 목차

● 들어가는 말

    용어 사전에 나와 있는 설명에서 시작하기로 하자. 고전 미학과 현대 미학의 삼백여 기본 개념들을 이백팔십 페이지로 압축하여 소개하고 있는 실용적인 《미학 용어 사전》은 '미학'이라는 보편적 항목을 다음과 같은 말로 시작하며 설명한다.

> "미학(그리스어로 아이스테티케 에피스테메, 번역하자면 감각적 인식 또는 느낌의 학문)은 18세기에 바움가르텐에 의해 철학의 한 분야로 정립되었다. 다양한 종류의 감각적 인식과 그 효용 가능성의 논리를 추구하는 이 연구 분야는 아름다움과 숭고함과 놀라움에 대한 인식뿐만 아니라, 교양 예술을 통한 그것들의 발생도 포함한다. 바움가르텐의 이러한 개념 정립 이후 곧바로 미학을 둘러싼 논쟁이 시작되었고, 오늘날까지도 그 논쟁은 지속되고 있다. 그리하여 온갖 쟁점들이 제시되는 가운데 하나의 관습적인 개념, 즉 미학이라는 개념이 형성되었고, 아름다움과 예술에 관한 모든 이론들, 그리고 심미적 현상들의 생성과 수용과 가치평가들이 하나같이 그 개념 아래 포괄되었다."(헹크만 Henckmann 1992의 20쪽)

    요컨대 미학은 철학과 연관되어 있고, 18세기 이래로 철학의 한 분야로 여겨졌으며, 어떤 방식으로든 아름다움이나 예술을 그 대상으로 한다는 말이다. 그러나 '다양한 종류의 감각적 인식'과 같은 표현은 대단히 애매모호한 말이다.

더 자세히 알려면 《철학과 학문 이론의 백과사전》 같은 책이 도움이 될 것이다. 여기에서는 '미학'과 '미학적'이라는 두 개념을 하나의 항목 안에서 다룬다. 그 항목을 집필한 저자들은 보다 넓은 의미에서 미학을 "하나의 철학적 이론이나 학문 분야를 가리키는 명칭으로 보며, 개념적 인식과는 다른 차원에서 감각적 인식의 전개 과정을 다루는 학문으로 규정한다. 물론 이 경우에 미학은 감각적 인식을 있는 그대로 내버려두는 것이 아니라, 독자적인 이론을 전개시킴으로써 감각적 인식의 가치를 정립하고 경우에 따라서는 그 가치를 더욱 높이려는 목표를 추구한다." 그리고 보다 좁은 의미에서 보자면 미학은 감각을 매개로 하고, 개별적인 감각적 대상들과 함께하며, 감각에 대한 자각과 더불어 이루어지는 인식으로서의 저 경이로운 감각적 인식을 말한다. 요컨대 미학이란 "매개의 특성에 따라 예술 이론, 문학 이론, 그리고 음악 이론으로 분류되는 예술들에 대한 이론이다." (미텔슈트라스Mittelstraß 1980의 제1권 191쪽)

이로써 우리는 대략의 개념 정의에 도달한 셈이다. 철학의 한 분야로서의 미학은 특수한 방식으로, 다시 말해 감각적 인식의 차원에서 인식의 문제를 다루며, 그러기 위해서 특정의 탁월한 대상들과 사물들, 요컨대 예술작품이라 부를 수 있는 것들을 평가하고 관찰한다.

더 깊이 들어가기 전에 용어 사전을 참조함으로써 사실관계를 더 확인할 필요가 있다. 《문학 전문용어 편람》에 따른다면 아주 쉽게 접근할 수 있다. 여기에는 아주 간결하게 쓰여 있다. "미학(그리스어로 감각과 관련된 학문)은 자연과 예술에 있어서의 아름다움에 관한 가르침으로서 철학의 한 분야이다. 그리고 미학이 문학예술의 본성과 형식 그리고 법칙과 관련되는 경우에는 시학이 된다."(베스트Best 1982의 15쪽) 이것이 미학과 시학 사이의 긴밀한 연관관계를 결정적으로 암시한다면, 또한 이렇게도 말할 수 있지 않을까? 일반 이론과 특수 이론, 개괄적인 이론과 제한된 대상에 관한 이론 사이에도 마찬가지로 언제나 긴밀한 연관관계가 성립한다고.

　아주 일반적으로 보자면 미학은 고대부터 오늘날에 이르기까지의 아름다움과 예술을 다루어온 역사를 가리킨다. 거기에는 아름다움의 속성에 관한 문제들이 포함된다. 예컨대 아름다움이란 주관적인 것인가 아니면 객관적인 것인가의 문제, 아름다움이 관찰자와 독자와 수용자에 의해 처음으로 구성되는 것인가, 아니면 대상과 사물들에 이미 내재해 있었던 것인가의 문제, 자연적 아름다움과 정신적 아름다움의 구분, 즉 이미 주어진 대상에 있는 아름다움인가 아니면 사람의 손에 의해 만들어진 대상에 있는 아름다움인가의 문제, 그리고 다른 종류의 미학적 범주들(예컨대 추한 것, 희극적인 것, 숭고한 것)에 대한 문제들, 예술작품을 층위에 따라 나눌 수 있는가의 문제, 또한 윤리학 및 논리학, 다시 말해 선善 및 진眞과의 관계에 대한 문제도 포함된다. 달리 말하면 이렇다. '아름다운' 작품은 암시적이든 혹은 명시적이든 인류 발전의 상태에 대한 '참다운' 진술, 종국적으로는 인류의 개선을 위한 '선한' 도움이 될 수 있는가?

　보다 구체적으로 표현하자면, 미학은 무엇보다도 테두리를, 바깥의 경계를 설정한다. 그리고 그 테두리와 경계 안에서 시학詩學은 형상과 구성과 내용을 드러낸다. 한편 수사학은 그러한 구성과 조직과 짜임의 내부에서 전개된다. 유감스럽게도 이 책에서는 더 이상 파고들 수 없는 시학과 수사학 그리고 세세한 지식들은 미세 조정의 역할을 한다. 그것들은 미학적인 대상의 구조를 이해하는 데 도움을 준다. 윤곽과 형상 그리고 적용된 색채들이 함께 작용함으로써만 전체가 생겨나기 때문이다.

형상들을 알아보며 또 형상을 인식하는 것, 즉 생겨난 것에 대한 파악과 해석은 그 구성에 대한 이해뿐만 아니라, 기술상의 규칙성과 법칙성을 포착해야 가능하며, 또한 이것은 오직 윤곽 분석의 바탕 위에서, 그리고 역사적인 맥락의 바탕 위에서만 가능하다. 철학자이자 사회학자인 게오르크 짐멜은 모든 이해 과정의 근본 문제점과 관련하여, 이해의 두 가지 방식을 '사실적인' 이해와 '역사적인' 이해로 구분한 적이 있는데, 그 의도는 이렇다. 정신적인 관계를 포함하고 있는 모든 이해의 과정, 그 대표적인 것으로 예술작품의 형상으로 정신을 객관화하는 이해의 과정은 (사실적인 의미에서의) 기초적 구조뿐만 아니라 또한 (역사적인 의미에서의) 역사 문화적 윤곽을 포괄한다.(짐멜 Simmel 1984의 61-83쪽을 참조하라.)

미학 분야에 있어서는 근년에 들어와 당연한 일이지만, 새로운 르네상스니 회귀니 하는 말들이 나돌고 있다. 그 르네상스는 무엇보다도 포스트모더니즘의 이론가들(보드리야르, 리오타르나 비릴리오)로부터 비롯된 것으로서, 새로운 인지 방식의 문제라든지 숭고에 대한 이론 그리고 새로운 시청각 미디어와 원격통신 수단에 힘입고 있는 미학적 현상들에 대한 연구를 중심으로 이루어지고 있다.

《미학 독본》의 저자인 크리스티안 L. 하르트 니브리히가 소개말의 끝부분에서 이렇게 말한 것은 정말 지당하다. "미학은 결코 질리지 않는다." 알다시피 빵 또한 아무리 먹어도 질리지 않는다. 물론 햄이나 치즈를 곁들여 먹어야 한다! 말하자면 양념으로 맛을 미세하게 조절할 수 있는 것이다. 또한 즐길 수 있는 섬세한 미각도 필요하다.

인간의 삶에는 아름다운 것과 미학적 부가가치 그리고 예술이 필요하다. 미학은 수수께끼와도 같은 삶의 본성에 시원한 바람을 어느 정도 통하게 해줄 것이다. 삶은 미학도 예술도, 해석도 성찰도 필요로 한다. 우리가 함께 살아야 하는 이 세계 속에서 삶은 "그 모든 것에도 불구하고 아늑한 고향과 같은 것"이 되어야 한다.(하르트 니브리히Hart Nibbrig 1978의 24쪽 참조) 헤겔은 그의《미학 강의》의 한 구절에서 이미 그 점을 말하고 있다. "보편 법칙의 본질은 다음과 같다. 인간에게는 자신을 둘러싼 환경이 고향과 같은 곳이 되어야 한다. 개개인은 자연을 비롯한 모든 외적인 환경과 친숙해져야 하고 그럼으로써 자유로워져야 한다."(하르트 니브리히의 같은 책에서 재인용) 비방이란 비방을 한 몸에 받고 있는 카를 마르크스는 고대 그리스 이래 인류의 역사를 자신의 정신적 눈앞으로 차례차례 펼쳐 보이면서 인간으로 하여금 세계와 친숙하게 만드는 수단들 중의 하나를 인간의 포기할 수 없는 형상화 능력에서 보았다. 형상화 능력이란 미의 법칙들에 따라서 대상을 구성하는 것, 다시 말하면 구체적으로 세계 내에서 미학적인 관점들에 따라서 조직화하고, 사물들을 미학적으로 다루고 예술작품들을 생산하는 것을 말한다. 인간은 빵만으로는 살수가 없고, 예술 또한 있어야 한다. 장 파울의 말을 빌리자면, 시문학은 "영원성이라는 커튼 위에 미래에 다가올 광경을 그려 넣는 것이며", 그것도 편평한 거울이 아니라 "존재하지 않는 시간의 마술거울"(장 파울Jean Paul 전집 9권 47쪽) 위에 그려 넣는다.

나는 이 책에서 미학의 역사를 보여주려고 노력했다. 역사의 만곡선은 저 고대의 그리스인들로부터 시작하여 포스트모더니스트들에까지 이른다. 거기에서 우리는 문제들이 어떻게 수백 년 동안이나 지속되고, 범주들이 어떻게 변형되며, 하나의 학문에 있어서 전통과 단절이 어떻게 이루어지는가를 볼 수 있을 것이다. 그 학문 분야는 플라톤이나 아리스토텔레스와 같은 초기 연구자들에서부터 바움가르텐, 칸트, 그리고 헤겔과 같은 연구자들의 세밀한 철학 체계를 거쳐 포스트모더니즘의 "무한히 열린 가능성anything goes"에 이르기까지 끈질기게 그리고 변함없이 몇몇의 기본 문제들을 파고들고 있음을 알 수 있다. 문제들은 물론 인류 공통의 문제에 해당하는 것으로서, 인간 존재에 있어서 예술의 의미와 기능, 감각적 인식의 합당성, 그리고 무엇보다도 주체와 객체의 관계이다. 나는 앞으로 미학 이론 형성의 여러 관점들에 대한 역사적 개관을 보여주려 하지만, 아울러 체계적 특성 또한 놓치지 않으려고 했음을 말해 두고 싶다.

이 책은 에센 대학의 기초 강좌와 일련의 세미나 강좌들의 결과물을 모은 것이다. 그러므로 이 책은 입문에 해당할 뿐, 결코 심화 강좌라든지 철학적 혹은 문헌학적 연구를 대신할 수 없으며 또 그렇게 되기를 바라지도 않는다. 다만 미학의 문제들에 흥미를 가지고 있는 학생들이 새로운 관점들을 얻어내고 그것들을 좀 더 본격적으로 연구하는 방향으로 이끌어줄 수만 있다면, 이 책은 그 목표를 충분히 달성한 것이리라. 이 자리를 빌려 이 일을 시작하도록 권하고 또한 끊임없이 격려해 준 에센 대학교*의 학장 요헨 포크트 씨에게 특별한 감사의 말씀을 전하고 싶다. 하지만 이 책과 관련된 모든 책임은 전적으로 나에게 있다.

---

* 지금은 뒤스부르크 대학교와 통합해서 뒤스부르크-에센 대학교로 이름이 바뀌었다. 이후 본문의 각주는 모두 역주이다.

# I.

## 이데아와 형상 : 고대

철학자로서 그리고 정치이론가로서뿐만 아니라 미학자로서의 카를 마르크스는 그리스의 예술과 문화에 대해 확정적으로 그리고 적절하게 정의를 내린다. 마르크스에 의하면, 그리스 예술은 그리스 신화에 토대를 두긴 했어도 여전히 "예술적 향유"가 가능하며 —그 점에 이해의 어려움이 있다—또한 "어떤 점에서는 규범으로 그리고 다시 도달할 수 없는 모범으로" 여전히 유효하다. 마르크스는 다시 묻는다. "가장 아름답게 펼쳐졌던 인류의 역사적 유아기가 다시는 돌아오지 않을 하나의 단계로서 영원한 매력을 가지지 말라는 법이 어디 있단 말인가?"(마르크스Marx 1974의 31쪽) 되돌아오는 답도 없지만 그는 찬탄을 계속한다. 독일에서는 비슷한 경탄의 목소리가 끊이지 않는다. 빙켈만과 레싱, 헤르더와 괴테, 실러와 헤겔, 그리고 낭만주의자들은 고대 그리스를 높게 평가하며, 무엇보다도 고전적 고대 그리스의 문화를 드높이 평가함을 조금도 숨기지 않는다. 가장 열렬한 옹호자인 요한 요하임 빙켈만은 1755년 이렇게 말한다. "그렇다, 우리가 모방적이지 않을 수 있는 유일한 길은 바로 고대 그리스인들을 모방하는 것이다. 누군가가 호메로스에 대해서 말을 하고, 호메로스를 찬탄하는 것을 배우고, 호메로스를 이해하는 것을 배웠다면, 그것은 고대인들의 예술작품과 그리스인들을 배우는 것과 마찬가지이다. 우리는 마치 친구를 사귀듯이 그들 고대인들과 친숙해져야 한다. 라오콘이 또한 호메로스 못지않게 모방 불가능한 인물임을 알아보기 위해서는 말이다."(빙켈만Winckelmann 1969의 2쪽)

그러나 아주 드물게 단절되는 경우를 제외하고는 관련 분야의 연구가 면면히 이어져 왔는데, 그것은 고대의 예술작품들, 사원과 조각 작품, 서사시와 비극 때문만은 아니었다. 고대인들은 미학적 사색의 토대를 마련하기도 했는데, 그것은 예술작품과의 밀접한 연관 속에서 태어난 것으로, 수백 년 이후에나 미학이라는 표제를 가지게 될 학문의 모든 본질적인 특성을 이미 보이고 있었다. 그리스인들은 아름다움의 본질, 진과 미, 선과 미의 관계, 아름다운 것들 사이의 구분 기준들 그리고 아름다움의 등급에 대해서 물었다. 그들은 또한 자연에 이미 존재하고 있는 아름다운 것들과 인간의 손으로 만들어진 아름다운 것들 사이에 차이가 있는지, 혹은 아름다움이란 객관적 성격의 것인지 아니면 단지 주관적 부속물, 주관적 느낌인지를 두고 사색을 거듭했다. 이런 모든 물음들로써 우리는 현대의, 아니 지금 눈앞에서 벌어지고 있는 논의들에 이르는 다리를 다시 놓은 셈이다. 그 물음들 중에 가장 중요한 것은 다음과 같다. 지난 이천오백 년 동안의 발전 과정에서 19세기 초반 이래로 급격한 가속도를 붙게 했던 요인들에도 불구하고(혹은 바로 그 때문에), 고대에 처음으로 제기되었던 미학적 문제들로부터 우리가 너무나 멀어지지 않았는가 하는 문제이다.

아주 일반화하자면, 고대의 예술과 미학은—여기에서 고대는 서구 유럽 세계와 문화의 "유아기"(마르크스)와 동일한 의미이다—세 시기로 구분할 수 있다. 아르카디아 시대, 고전 시대, 그리고 헬레니즘 시대인데, 아르카디아 시대의 중심은 대략 기원전 6세기와 5세기 사이의 시대이며, 고전 시대는 기원전 5세기와 4세기 사이, 그리고 헬레니즘 시대는 그때부터 기원후 3세기까지에 이른다.

아르카디아 시대에는 어떠한 아름다움의 개념도 발견되지 않는다. 하지만 그 시대의 문학을 대표하는 세 사람, 즉 호메로스, 헤시오도스 그리고 핀다로스의 시문학과 관련된 일련의 사색들은 찾아볼 수 있다. 또한 그리스인들은 그때까지도 창조성의 개념은 아직 알지 못했다. "예술은 그들에게 하나의 능력이었다. 그들은 예술가의 작업에서 세 가지 요소를 보았다. 첫 번째는 자연으로부터 주어진 재료이다. 두 번째는 전통으로부터 주어진 지식이다. 세 번째는 예술가에 의해 수행된 작업이다. 그들이 보기에 이 작업은 다른 모든 수공 작업과 그 성격이 조금도 다르지 않았다."(타타르키비츠 Tatarkiewicz 1979의 제1권 51쪽) 예컨대《오뒷세이아》를 보면 여러 곳에서 다음과 같은 구절이 나온다. 가인歌人(=예술가)은 "노래함에 있어서 신들과도 같고", "온 백성들에게 유익함"을 준다. 더욱이 그는 "그의 노래에 만족하기 때문에" 의사와도 같고 목수와도 같다.(타타르키비츠의 같은 책 58쪽에서 재인용)

우리가 고전 시대라고 부르는 시대는 그리스 예술과 미학의 본격적인 전성기를 말한다. 그 시대는 모범적인 민주주의 개혁을 수행하였고 무엇보다도 아크로폴리스의 유명한 건축물들을 짓도록 한 저 아테네의 정치가 페리클레스의 시대이다. 미학의 주요 대변자들로는 피타고라스학파를 비롯하여 소피스트들, 그리고 플라톤과 아리스토텔레스를 들 수 있다. 그들 모두에게 공통적인 원리, 더 나아가 고대 그리스 전체의 특징이라고 할 수 있는 원리는 처음으로 피타고라스학파에 의해 명백하게 공식화된 표준의 원리이다. 이 원리는 모든 대상들이 자연에 의해 만들어진 것이든 인간의 손에 의해 만들어진 것이든 하나의 내재적인 표준, 하나의 규준을 가지고 있으며 그에 따라 조화롭게 형성되었다는 확신이다. 그에 따라 기하학적인 형태들(삼각형, 사각형과 원)은 각각의 구체적인 크기를 가지게 된다. 그들은 우주 전체가 수학과 기하학의 법칙에 따라 조직되었다고 믿었으며, 예술 작품에도 동일한 법칙성을 부여하였다. 피타고라스학파의 견해에 따르면 모든 것은 조화롭게 만들어졌으며, 우주는 천체들이 내는 음향들로 가득 차 있다. 영혼은 음향을 통해서 자신을 표현하며, 사람들은 거꾸로 음향을 통해서 영혼에 영향을 미칠 수 있다. 리듬은 영혼(Psyche)의 모사물이며, 개성을 드러내는 표지이자 낱말이다.(타타르키비츠의 같은 책 107쪽 이하 참조) 이후 차츰차츰 고대인들의 사상이 되었던 이러한 생각들에다가 소피스트들(프로타고라스, 이소크라테스, 고르기아스)은 아름다움이란 안락한 것이어야 한다는 견해를 덧붙였다. 이것은 쾌락주의적 관점으로서 아름다움과 추함이 상대적이며, 만물의 척도인 인간의 확신에 따라 좌우된다는 견해이다. 고대의 철학사가인 섹스투스 엠피리쿠스는 다음과 같이 전한다. "프로타고라스는 사람들 각자가 '실감나게 느끼는' 것만을 참된 것으로 인정함으로써 상대주의를 도입하였다." (카펠Capelle 1968의 330쪽에서 재인용)

플라톤은 독립적인 미학 이론을 쓰지는 않았지만, 그의 모든 작품들 속에서 본질적인 미학적 물음과 문제들을 다루었다. 특히 대화편인 《티마이오스》, 《이온》, 《파이드로스》와 《향연》, 그리고 《국가론》은 고대뿐만 아니라 모든 시대의 미학과 예술 이론의 역사를 논할 때 중심적인 저작들로 간주된다. 물론 우리는 플라톤 앞에서 엄청난 모순에 빠지는 것을 피할 도리가 없다. 왜냐하면 알프레트 보이믈러가 표현한 바대로, 플라톤이 "본의 아니게 예술의 발견자"가 되도록 한 그 저작은 예술의 정당성을 격렬하게 논박하고 있기 때문이다. 보이믈러에 의하면《국가론》(특히 제3권과 제10권)은 "지금까지 철학자가 예술을 반박하며 썼던 것들 중 가장 날카로운 투쟁의 저작이었다."(보이믈러 Baeumler 1934의 3쪽) 그 이유들은 "이데아론"을 핵심으로 하는 플라톤 철학의 전체 구도 속에서 찾아야만 한다. 에른스트 카시러는 그 점에 대해서 이렇게 말한다. "플라톤의 이데아론은 그 본래의 구성과 논증에 있어서 독립적인 미학이나 예술을 위한 학문에 아무런 자리도 마련하지 않고 있다. 왜냐하면 예술은 사물들의 감각적 현상에 들러붙어 있으므로 거기에서는 결코 어떠한 지식도 생겨날 수 없고, 추측과 망상만 생겨날 뿐이기 때문이다."(카시러 Cassirer 1924의 3쪽) 카시러는 계속해서 말한다. "근본적으로 보면 지금까지 철학사에서 나타났던 모든 체계적인 미학은 플라톤주의였고 또 플라톤주의로 머물렀다고 주장한다고 해도 결코 지나치지 않다. 수백 년이 지나는 동안 예술과 아름다움에 관한 이론이 등장할 때면 언제나 시선은 거듭해서, 마치 강요된 생각이기나 하듯이, '이데아'라는 개념과 용어로 되돌아갔다. 그리고 나서는 거기에서 태어난 싹과 같은 것으로서 이상 Ideal의 개념이 등장했다."(카시러의 같은 책 3쪽) 카시러의 해석에 따르면 플라톤의 생각은 "에이도스*와 에이돌론,** 즉 형상 Gestalt과 상 Bild"이라는 두 개념(카시러의 같은 책 5쪽) 주위를 맴돈다. 여기에서 중요한 것은 시각이다. 좀 더 정확하게 말하자면 시각의 질이다. 시각은 한편으로는 "감각적 느낌의 수동적 특성"을 가지며, 단순히 모사하고 재생하는 역할만을 한다. 다른 한편으로 시각은 "자유로운 응시"이며, 정신적 행위를 매개로 하여 "객관적 형상화의 과정을 포착한다." 보다 분명히 말하자면, 예술과 철학의 문제이다. 말하자면 예술은 플라톤이 언제나 모방물로, 즉 미메시스 내지 열악하고 기만적인 가상으로 해석하는 그러한 상像들의 산물이며, 철학은 참되고 올바른 인식의 산물인 것이다.

우리는 이러한 생각을 플라톤이 《국가론》 제7권에서 말한 동굴의 비유라는 배경을 맥락으로 이해할 수 있다. 동굴 속에 묶인 채 쪼그리고 앉아 있는 사람들이 있다고 치자. 그들은 밝은 빛 아래서 움직이고 있는 동굴 밖 형상들의 그림자만 동굴 벽에서 볼 수 있다. 마찬가지 원리로 우리 인간들이 볼 수 있는 모든 것은 참되고, 고귀하고 이상적인 세계의 흐릿한 모사물일 뿐이다. 그리고 이것이 보편적으로 타당하다면, 예술이라는 것도 다만 환상이고 환영幻影이며 가상의 가상일뿐이다. 그러므로 젊은이들을 오도하고 타락시키는 아주 사악한 기만자로서 시인들은 진정한 국가, 즉 철학자의 나라에서 추방되어야 하는 것이다. 플라톤은 말하자면 "모방적 예술을 퇴치하는 박멸 전쟁"을 수행한다.(보이플러 1934의 9쪽) 《국가론》 제10권에서 플라톤은 호메로스냐 소크라테스냐, 양자택일 하라고 종용한다. 다만 시인이 "신들에게 바치는 노래나 위대한 인물들에 대한 찬가"를 지을 때는 예외이다. 플라톤은 장식적 부속물로서의 예술과 시문학, 특히 신들과 지배자들에 대한 찬가를 받아들였는데, 그것도 감히

---

* 그리스 철학 용어로 형상을 뜻한다. 동사 이데인ideinン(본다)에서 파생된 말로서, 플라톤 철학에서 이데아와 같은 뜻으로 쓰인다.

** 환영·환상이라는 뜻

'존재'를 참칭하지 않는 아름다운 가상으로서 받아들였을 뿐이다. 그러나 예술이 모방을 내세우고 나타날 때면, 플라톤은 그 예술을 가차 없이 공격하면서 철저하게 추방해 버린다.

아울러 플라톤은 보다 넓은 포이에시스(=제작예술, 예컨대 건축술)의 영역을 받아들이면서, 그것이 모방예술보다 더 우위에 있음을 인정한다. 그 점에서는 피타고라스학파의 입장과 비슷하다. 플라톤은 《티마이오스》에서 우주의 아름다움은 그 질서에 있으며, 그 기하학적인 형태에 있다고 세세하게 설명한다. 우주의 창조자인 데미우르고스가 우주를 기하학과 산술의 법칙에 따라 만들었으므로, 인간도 결국에는 그 건축설계를 다시 알아볼 수 있다는 것이다. "기하학적 형태들의 순수한 형식들과 고정불변의 이상적인 비례관계는 인간의 '순수한 욕구'를 일깨운다. 그리하여 인식 충동과 미학적 향유는 하나로 결합된다."(포하트Pochat 1986의 44쪽) 무엇보다도 플라톤 미학의 이러한 양상들, "척도와 수치에 바탕을 둔 세계의 질서, 아름다움과 동일한 의미인 이러한 질서"는 이후 계속적으로 영향을 미쳤고, "중세 내내 다양하게 수정되고 변형되면서도 그 기본 개념은 그대로 유지되었다."(포하트의 같은 책 같은 곳)

타타르키비츠는 플라톤의 미학을 개관하면서 다음과 같이 요약한다.

"영원한 이데아에 의해 만들어지고 고정불변의 법칙들에 따라 지배되는 세계는 그 질서와 척도에 있어서 완벽하다. 모든 사물은 이러한 질서의 한 부분이고, 자신에게 합당한 형상을 가지게 되는데, 아름다움의 본질은 바로 그 점에, 오직 바로 그 점에 있다. 이러한 아름다움을 우리는 자신의 사유로써 파악할 수 있다. 왜냐하면 우리의 감각에 도달하는 것은 멀찌감치 떨어져 있고 우연하고 불확실한 반사광일 뿐이기 때문이다. 이러한 사정을 고려할 때 예술가가 할 수 있는 일은 오직 하나, 즉 모든 사물이 거기로 돌아가는 이 유일한 형상을 발견하고 본뜨는 것이다. 이 형상의 완벽함으로부터 조금이라도 비켜 나간다면, 그것은 오류이고 기만이고 과오이다. 예술가들은 이 형상으로부터 다소간 근접해 있는 상을 만들어내긴 하나, 그것은 결국 그럴싸한 속임수일 뿐이다. 예술가들은 쉽사리 느낌과 감각적 쾌락에 굴복함으로써 출구도 없는 곳으로 내몰린다. 예술은 근본적으로는 숭고하고 유용한 임무를 가지고 있으나, 실제의 현실에서는 오류를 범하고 해를 끼치는 것이다. 아름다움과 예술에 대해 보다 과격하게 말하자면 이렇다. 아름다움이란 존재의 속성이긴 해도 인간 체험의 속성은 아니다. 예술은 다만 존재인식 위에서만 성립 가능하므로, 그 예술에는 예술가의 자유를 위한 공간도 예술가의 개성을 위한 공간도 있을 수 없다. 또한 독창성이나 창조적 욕망을 위한 공간도 없다. 존재자의 완전성과 비교할 때 예술의 가능성이란 언급할 가치도 없을 정도로 미미하다."(타타르키비츠 1979의 159쪽)

플라톤과 달리 아리스토텔레스는 실용주의자이다. 아리스토텔레스의 철학은 순수 이데아와 추상화라는 빛의 영역에서 벗어나 다시 실천과 일상생활이라는 낮은 지대로 내려온 학문과도 같다. 우리는 그것을 미학적 성찰들에서도 확인할 수 있다. 더군다나 미학을 내용으로 다룬 가장 오래된 책은 아리스토텔레스의《시학》이다. 아름다움과 예술에 대한 발언들은 그 밖에도 그의 작품 전체 여기저기에 흩어져서 나온다. 예컨대《형이상학》과《수사학》에서, 그리고《니코마스 윤리학》에서. 아리스토텔레스의 철학은 객관적이고 실질적이며 대지에 뿌리를 둔다. 그의 사고는 "정확하고 객관적인 관찰에 전적으로 초점이 맞추어져 있다. 그의 사고는 함께 생각하는 파트너를 고려하는 대화체가 아니라, 중심적이고 보편적인(초개인적인) 이념을 염두에 둔 논리적 추론이다."(레만Lehmann 1976의 52쪽)

아리스토텔레스의 생각을 아주 간략하게 일반화시켜 말하자면 이렇다. 아리스토텔레스는 눈에 보이는 세계의 사물들의 기능에서 출발하면서, 그 사물들을 학문적으로 탐구하고 또 무엇보다도 자리매김하려고 한다. 자연에는 모든 사물이 각각의 정해진 자리를 갖는 위계가 존재한다. 아름다움의 경우에, 아리스토텔레스는 그것을 자연 속의 모든 사물들의 질서와 합목적성으로 이해한다. 사고와 오성은 이러한 질서를 인식하며, 사물들의 형태를 포착한다. "포이에시스"는 인간의 제작 능력(인간의 "테크네")을 가리키는 것으로서, 기술과 생산으로부터 시작하여 아주 일반적인 사고의 형태들에까지 이르는, 인간 능력과 재능의 다양한 영역으로 확장된다. 예술가의 생산품은 그 모방적인 성격에 의해서 다른 일반적인 생산품과 구분된다. 후기 작품인《시학》은 시문학을 모방예술과 동일시한다. 그럼에도 불구하고 예술가란 수공업자이고, 예술은 이미 존재하는 규칙들과 법칙성에 따라 전개되고 또한 배워서 익힐 수 있는 활동이라는 견해에는 변함이 없다. 물론 예술가가 되려면 뛰어난 솜씨와 특정한 재능, 그리고 무엇보다도 지식(인게니움, 아르스, 엑세르시티움)이 필요하다. 요컨대 아리스토텔레스의《니코마스 윤리학》의 한 구절을 빌리자면, 예술이란 "올바른 이성과 결합하여 생산하는 행위"이다. 그러므로 예술이 만들어내는 것의 원천은 언제나 "제작자"이다. 다시 말해 예술은 제작자의 고안품이다. 더 나아가서 아리스토텔레스는《자연학》에서 이렇게 말한다. "말하자면 예술은 자연이 완성하지 못한 것을 완성하거나, 자연을 모방한다."(타타르키비츠 1979의 192쪽에서 재인용)

그리스 고전 시대의 미학적 성찰들을 개관해 보면 우리는 놀라지 않을 수 없다. 그리스의 예술작품들이 참으로 창조적이고 풍성한 데 비하여, 예술과 예술의 본질, 그리고 그 성립과 영향관계에 대한 분명한 견해들이 너무도 적다는 사실 때문이다. 아름다움에 대한 이야기가 나오면, 그리스인들은 그것을 무엇보다도 윤리적인 것으로 이해했다. 아름다운 자연이란 합목적적으로 조절되고 균형 잡힌 자연으로 이해되었고, 아름다운 인간이란 덕망 있는 인간으로 이해되었던 것이다. 그러므로 미학자인 타타르키비츠가 그리스 고전 시대를 다음과 같이 정의한 것에 대해 동의하지 않을 수 없다. "그리스인들은 예술을 아름다움보다는 선함과 참됨 그리고 유용함과 더 밀접하게 연결 지었다. 말하자면 그 시대는 '아름다운 예술'이라는 개념을 모르는 시대였다."(타타르키비츠의 같은 책 199쪽)

헬레니즘 시대는 고전 시대 이후부터 기원후 3세기까지에 이르는 대략 육백 년 동안에 해당한다. 이 시기는 대체로 미학적인 사고에 거의 아무런 본질적인 특성을 부여하지 못한 것으로 평가되고 있다. 헬레니즘 시대의 미학은 다소간 절충적이었는데, 한편으로는 플라톤과 아리스토텔레스의 이론을 빌려왔으며, 다른 한편으로는 피타고라스학파의 전통을 발전시키기도 했다. 헬레니즘 시대에 아테네와 로마 그리고 알렉산드리아의 삼각형 내에서 전개되었던 담론의 국제화도 이 미학이라는 주제에 대해 어떠한 깊이도 더해주지 못했다. 미학적 사색을 둘러싸고 저명한 인물들, 예컨대 에피쿠로스와 그의 로마 제자들, 루크레티우스, 스토아 철학자들, 마르쿠스 아우렐리우스,

세네카, 그리고 마지막으로 키케로 같은 사람들이 관여했음에도 별다른 진전은 없었다. 새로운 사유 방식은 거의 제기되지 않았다. 예컨대 에피쿠로스학파는 아름다움과 예술의 쾌락적인 성격을 전적으로 강조하면서, 예술을 오로지 쾌락 충족이라는 관점에서만 평가하였다. 봉사를 시문학의 특성이라고 보는 생각은 루크레티우스에서 비롯되었다. "시문학은 철학의 하녀이다(ars ancilla philosophiae)." 스토아학파의 철학자들은 단순한 감각적 아름다움과 정신적 아름다움 사이의 구분에 재차 역점을 두었다. 세네카는 세계의 아름다움에 관한 사상이라는 말을 사용했다. "완성된 예술품으로서의 만유萬有." (세네카 Seneca 1986의 275쪽) 플라톤, 아리스토텔레스와 스토아학파에 근거하고 있는 키케로의 중심적인 생각은 아름다움의 객관적 본성에 관한 것이다. 아름다움은 "스스로 족하다(per se nobis placet)." 하지만 그 본성과 형상을 통해서 아름다움은 정서를 사로잡으며, 또한 아름다움은 그 존재 자체에 의해서 존중과 칭송을 받아 마땅하다. 키케로는 오직 인간에게만 아름다움을 포착할 수 있는 능력이 주어져 있음을 분명히 했다. 게다가 그는 의무에 관해 논한 글(《의무론》)에서 이렇게 말한다. "우리 인간의 본성과 지성은 결코 사소한 능력이 아니다. 이 인간이라는 생명체는 질서가 무엇인지, 무엇이 어울리는 것인지를 느끼며, 말과 행동을 어떻게 조절해야 하는지를 안다. 그 어떠한 생명체도 아름다움과 우아함에 대한 느낌, 그리고 시각의 영역에 포착되는 부분들의 조화로움에 대한 느낌을 가지고 있지 않다. 타고난 오성은 이제 이러한 느낌을 눈으로부터 영혼으로 옮겨주며, 또한 아름다움과 지속성과 질서를 보다 더 많이 관찰할 수 있다고 믿는다."(타타르키비츠 1979의 250쪽에서 재인용) 시학을 말하자면 여기서 적어도, 편지 형식으로 쓰인 호라티우스의 교훈시 〈시의 기술Ars poetica〉*을 언급해야 마땅하리라. 호라티우스의 유명하면서도 악명 높은 발언에 따르면, 시문학은 "즐거움을 주거나 유익해야(aut prodesse aut delectare)" 한다.

헬레니즘 미학, 아니 헬레니즘 철학의 요약이자 결론이며 정점은 3세기 인물인 플로티누스의 작품으로, 그의 제자인 포르피리오스가 《엔네아데스》라는 제목으로(6개의 장 아래 9개씩의 글, 그러므로 모두 54개의 글이 실린 방대한 저작이다) 우리에게 전해준 것이다. 플로티누스의 미학적 세계관은 그의 복잡한 철학 체계와 긴밀한 연관을 맺고 있는데, 그의 철학 체계에서는 실재가 여러 단계로 나뉘어져 있다. 최상위에는 선善 혹은 신성神性이라고 할 수 있는 일자一者가 위치하고 있는데, 이것은 모든 개념적이고 논리적인 차별을 떠나 단일하게 존재한다. 그것은 오직 신비적인 체험을 통하여 체험될 수 있고, 플로티누스가 "'신비의 일자unio mystica"라고 말한 것 속에서만 차츰 가까이 선회하며 접근함으로써 예감할 수 있다. 그 아래에 있는 것이 사색하는 정신의 단계인데, 그 정신은 자신의 사색 대상들과 다시 분리된다. 영혼은 세 번째 단계에 속하는데, 그 영역에는 우주의 세계혼, 개별적인 영혼들, 마지막으로 동물과 식물의 영혼까지 포함된다. 영혼의 아래 단계에 있는 것들은 영혼에 의해서 만들어진 구체적 사물들과 원소들이다. 그리고 가장 아래 단계에 있는 것이 단순한 물질이다. 그러므로 모든 것은 단계적으로 존재한다. 보다 상위의 단계는 그 아래 단계를 결정짓는 기준이 된다. 통틀어서 보자면, 모든 것은 최상위의 단계, 즉 일자로부터 생겨난다. 한편으로는 복잡하

---

* 국내에는 《시학》으로 번역되어 있다.

고 다른 한편으로는 모순적이기도 한 이러한 이론의 토대 위에서 아름다움과 예술에 대한 플로티누스의 발언들이 이해되어야 한다. 보이믈러에 의하면 최초의 미학자라 할 수 있는(보이믈러 1934의 17쪽 참조) 플로티누스의 미학은 하나의 공식으로 요약할 수 있다. "아름다움의 원천은 아름다운 영혼이다."(보이믈러의 같은 책 24쪽) 왜냐하면 그 자체로 신성에 속하며 따라서 존재의 보다 높은 형식에 속하는 아름다운 영혼은 본능적으로 신성을 다시 인식하며, 신성의 아름다움을 말로 나타낼 수는 없다 하더라도 긍정하기 때문이다. 요컨대 아름다움은 그 자체로 신성과 동일한 것이다. 자연 속의 아름다움은 아름다운 영혼이 포착하는 형식으로부터 생겨나는 반면에, 예술적인 아름다움, 즉 예술작품 속에서 그리고 예술작품으로써 창조되는 아름다움은 이념의 표현이다. 어떤 점에서 보자면, 아름다움이란 언제나 내적인 직관의 행동이며, 내적인 생산의 행동이다. 그러므로 실제의 생산품(가령 그림이나 조각 작품의 형태)이 결정적인 것은 아니다. 정반대로 아름다움은 생산품을 통해서 왜곡되거나 혹은, 헝가리의 철학자 게오르크 루카치가 플로티누스와 관련하여 말했듯이 다음과 같이 변질된다. "… 창작자의 영혼 속에 살고 있는 상像은 이러한 순수한 구상성의 수준에 도달한다. 하지만 그 상이 실제의 재료와 접촉하게 되는 바로 그 순간, 감각에 의한 흐려짐은 피할 도리가 없는 것이다."(루카치 Lukács 1975의 제17권 164쪽) 여기서 결정적으로 중요한 것은 이념, 즉 예술적 표상인데, 이 예술적 표상에 의해 플라톤의 이데아의 경직된 부동성不動性이, 예술사가 에르빈 파노프스키가 말한 것처럼 "예술가의 생동하는 '비전'으로" 변화되는 것이다.(파노프스키 Panofsky 1975의 12쪽) 아주 간단히 말하자면, 아름다움은 창조되는 것이 아니라 발견된다. 이 내부에서 발견된 것, 이 예술적

비전은 오직 불완전한 방식으로만 외적인 형상화의 출입구를 발견할 수 있다. 혹은 다른 측면에서 보자면, 예술적 객관화는 근본적으로 불충분할 수밖에 없다. 플로티누스는 이러한 견해를 두 개의 돌덩이에 대해 논하는 유명한 구절에서 표현한다.

"좀 더 쉬운 예를 들어 설명해 보자. 두 개의 돌덩이가 있는데, 하나는 예술적으로 처리하지 않은 천연 그대로의 것이고, 다른 하나는 예술에 의해 강제적으로 이미 어떤 신이나 어떤 사람의 상이 된 것이다. 카리스나 뮤즈의 여신일 수도 있고, 만일 그것이 사람인 경우라면 가장 뛰어난 사람의 모습이 아니라, 모든 아름다운 사람들을 모델로 하여 예술가가 만들어낸 그런 상일 수도 있다. 하여간 예술에 의해 아름다운 형태를 가지게 된 돌덩이는 그것이 돌덩이이기 때문이 아니라(그렇다면 다른 돌덩이도 마찬가지로 아름다울 것이다), 예술이 그것에 불어넣은 형상 때문에 아름답게 보이는 것이다. 이 형상은 재료에 속했던 것이 아니라, 돌덩이에 도달하기 전에 이미 골똘하게 궁리하는 자, 즉 예술가 안에 들어 있었던 것이다. 물론 그 예술가는 눈과 귀를 가졌기 때문이 아니라, 예술 창작에 참여했다는 점에서 예술가이다. 그러므로 아름다움은 예술 속에 있고 예술 속에서 훨씬 더 우월하다. 왜냐하면 형상이 돌덩이 안으로 들어왔던 것이 아니고, 그 자리에 그대로 머물고 있기 때문이다. 말하자면 본래의 형상보다 열등한 또 다른 형상이 그 본래의 형상으로부터 흘러나온다. 그리고 이 열등한 형상은 예술이 원했던 만큼 순수하게 그 예술 속에 머물렀던 것이 아니라, 돌덩이가 예술의 뜻에 따랐던 정도만큼 예술 속에 머물렀던 것이다."(타타르키비츠 1979의 374쪽에서 재인용)

말을 좀 돌려, 파노프스키의 비교를 가지고 다시 추론해 보자. "양손이 없는 라파엘로"라는 생각은 실제의 라파엘로를 묘사한 그림보다 궁극적으로는 더 가치가 있다. 많은 사람들이 생각만 하고 아직 실현하지 않은 예술작품은 실제로 만들어진 작품보다 더 결정적이라는 말이다.

플로티누스 그리고 그의 이름과 연결된 신플라톤주의 철학 전체는 중세와 르네상스, 18세기를 거쳐 낭만주의자들에게 이르기까지 다양한 영향을 미쳤지만, 충분한 평가를 받았다고 말하기는 어렵다. 마지막으로 괴테의 《크세니엔》에 나오는 유명한 2행시를 통해 플로티누스의 정신과 철학을 상기해 보자. "눈이 태양과 같지 않다면,/눈은 결코 태양을 볼 수 없을 것이다."

# II.

## 신의 아름다움의 재현 : 중세

1773년, 스트라스부르의 대성당 앞에 스물세 살의 청년이 한동안 황홀경에 빠진 채 서 있다 다시 정신을 차린 후, 중세 건축술의 장점과 위대함을 칭송한다. 젊은 괴테는 이렇게 기록하고 있다. "참으로 거대한 느낌이 나의 영혼을 채웠다. 그 느낌은 서로 조화를 이루는 무수한 부분들로 이루어졌기 때문에, 음미하고 즐길 수는 있으나 결코 인식하거나 설명할 수는 없었다. 사람들은 말한다. 그것이야말로 천상의 기쁨이라고. 나는 천상적이면서도 지상적인 이 환희를 맛보고, 우리 조상들의 천재성을 그들의 작품 속에서 확인하기 위해 얼마나 자주 그 자리로 되돌아왔던가. 모든 방향에서 살펴보고, 멀리서 보고 또 다가가서 보고 또 멀리서 보고, 그리고 대낮의 모든 빛 아래서 성당의 존엄과 장엄함을 바라보기 위해 얼마나 자주 그 자리로 되돌아왔던가. 형제의 작품이 그토록 숭고하여 다만 그 앞에서 머리를 숙이고 경배해야만 한다면, 우리의 정신은 또한 그 점을 감당키 어려우리라."(괴테, 헤르더/괴테/뫼저 Herder / Goethe / Möser

1978의 74쪽에서 재인용) 괴테는 돌로 된 거대한 예술작품의 숭고함 앞에서 압도되었던 느낌을 묘사하고 있다. 그 작품은 단 한번 본다거나 단편적인 견해들을 가지고서는 접근할 수 없는 것이어서, 그는 거듭거듭 관찰을 반복해야 했다. 얼마 후 괴테가 말하듯이, "향유하는" 동시에 또한 "인식해야" 하는 것이다. 괴테는 부분들의 조화, 하나의 유기적인 전체를 향한 조화로운 일치를 칭송한다. 그리고 "견고하게 지어진 육중한 건물이 얼마나 경쾌하게, 마치 영원을 위해 모든 것을 돌파하듯이 공중으로 솟아오르는지를 확인했다고 믿는다."(괴테, 헤르더/괴테/뫼저의 같은 책 75쪽에서 재인용)

괴테가 《독일 건축술에 관하여》에서 독창적인 예술적 재능을 변호하려고 하면서 중세의 건축가인 에르빈 슈타인바흐를 그 전형으로 제시하고 있는 점을 도외시한다면, 이 글은 중세의 예술과 미학에 대한 뛰어난 통찰을 보여주고 있다. 왜냐하면 돌로 된 고딕 성당이라는 예술작품과 거기에 부수되는 중세 미학은 재현의 문제를 중점에 두고 있기 때문이다. 예술(작품)은 신의 찬양과 경배에 봉사하며, 예술은 신의 작품인 자연과 우주 전체를 모방하고 복제한다. 그러므로 동시대의 미학은 미美와 진眞, 그리고 선善의 통일이라는 말을 사용한다. 예술은 순전히 기능적이며, 미학적 사고는 우주의 중심일 뿐만 아니라 영혼의 중심이기도 한 신과 "창조자 creator"와 "예술가 artifex" 주위를 맴돈다.(풀레 Poulet 1985의 18쪽) 이러한 생각은 아우구스티누스로부터 시작되어 토마스 아퀴나스를 거쳐, 단테와 신비주의자들에게까지 이어진다. 단테는 《신곡》에서 이렇게 말한다. "신은 모든 시간들이 그 안에서 살아 있는 그러한 점이다."(풀레의 같은 책 13쪽에서 재인용) 그 점은 신비주의자 하인리히 주조가 언젠가 다음과 같은 모습으로 기술했던 하나의 중심점이다. "한 현명한 스승의 말에 따르면 거룩한 신은 하나의 거대한 고리와 같다. 그 고리의 중점은 어디에나 있고, 그 주변은 어디에도 없는 거대한 고리 말이다. 머릿속으로 이런 그림을 그려보자. 누군가가 무거운 돌 하나를 고요한 수면 위로 세차게 던진다. 그러면 수면에 고리가 생겨날 것이다. 그러면 그 고리는 자신의 힘에 의해 또 다른 고리를 만들 것이며, 그 고리는 다시 또 다른 고리를 만들 것이다."(플레의 같은 책 16쪽에서 재인용) 신은 도처에 있으며, 모든 것을 보고 모든 것에 작용한다. 세계와 자연은 그의 작품이며, 그것들은 아름답다. 인간이 만든 예술품은 신에 의해 창조된 것을 모방하고 찬양하고 칭송한다. 괴테는 이것을 다음처럼 요약하여 설명한다. "예술은 그것이 아름답기도 전부터 이미 오랜 세월 동안 형성적이었다. 진정한 예술, 위대한 예술은 그러므로 종종 아름다움 자체보다도 더 참되고 더 위대하다. 왜냐하면 인간 안에는 형성적인 본성이 들어 있기 때문이다. 인간의 존재가 있는 곳이면, 그 본성은 어김없이 활동한다. 아무런 근심도 없고 아무런 두려움도 없기만 하다면, 그 즉시 반신半神인 인간은 고요한 가운데 활동하면서, 자신의 정신을 불어넣을 소재를 향해 손을 뻗친다."(괴테, 헤르더/괴테/뫼저 1978의 76쪽에서 재인용) 이제 우리가 이 구절을 다시 궁극적인 근원으로서의 신에 적용한다면, 우리는 이미 중세 예술과 미학의 한가운데로 들어서게 된다.

여기서 중세는 고대로부터 근대에 이르는 대략 천 년 동안의 기간을 가리킨다. "관습에 따르자면, 중세는 서로마 제국의 붕괴(기원후 476년)와 더불어 시작되며, 르네상스, 식민지 개척 시대 그리고 종교개혁과 더불어, 즉 1500년경에 끝난다."(플라슈Flasch 1985의 22쪽) 물론 더 세밀하게 나누면 다양한 시대 구분(예컨대 중세 초기, 중세 전성기 그리고 중세 후기)이 가능하며, 그에 따라 역사적, 사회문화적 그리고 정신사적인 층위 변화들을 구분할 수 있다. 그러나 최소한 미학의 관점에서 보자면 상대적 유연성과 통일성을 확인할 수 있다. 물론 그러한 통일성은 신학적 배경 내지는 철학적 배경과 상응하는 것이다. 철학은 무엇보다도 논리학, 문법과 존재론을 의미하여, 이 모든 것은 신 안에 그 닻을 내리고 있다. 그러므로 중세를 기독교적 관점에서 보는 견해가 유지되어 온 것은 결코 우연이 아니다.

에르빈 파노프스키의 말을 빌려 중세의 예술관을 아주 간략하게 요약하자면 이렇다. 예술작품은 "인간이 자연과 씨름하는 과정에서 생겨난 것이 아니라, 내면의 상像이 물질 속으로 투사된 것이다. 여기에서 내면의 상이란 이미 신학 용어가 되어버린 '이데아'의 개념과 바로 연결되는 것은 아니지만, 이 개념의 내용과 어느 정도 비교해 볼 수는 있다. 단테는 … 이러한 중세의 예술관을 아주 간결한 문장으로 요약하였다. "예술은 세 가지 단계, 즉 예술가의 정신과 연장 그리고 예술을 통하여 그 형태를 얻게 되는 물질과 관련되어 있다." (파노프스키 1975의 22쪽) 니체의 친구였던 프란츠 오버베크의 말을 빌리자면 이렇다. "기독교는 모든 사물을 승화시킨다. 그러나 근본적으로 보자면 기독교는 그럼으로써 옛날 그대로이다." 새 포도주를 헌 부대에 담는 격이며, 알프레트 보이믈러의 역설적인 표현에 따르자면, 모든 것은 변했지만, "오직 그 형식만은 변하지 않은 것이다." (보이믈러 1934의 27쪽) 본질적인 신념들은 고대로부터 중세로 그대로 전달된 것이다. "다만" 플라톤-플로티누스의 이데아가 이제 사랑스러운 신으로 변한 것이다. 이제 "이데아는 신의 지성 속에 거주하며, 이데아는 전능한 창조자의 생각이자, 신의 창조물의 원형상이다. 이데아로부터 형성된 모든 것은 생겨나고 사라지지만, 이데아 자신은 영원하며 고정불변으로 머무는 것이다."(보이믈러의 같은 책 28쪽)

폴란드의 미학사가인 타타르키비츠도 중세 미학의 통일적인 특성과 그 기독교적인 핵심을 강조한다. 그러면서 그는 아름다움 자체에 대한 견해와 개별적인 예술에 대한 견해를 분명히 구분 짓는다. 타타르키비츠는 말한다. "중세 미학의 대차대조표"(타타르키비츠 1980의 제2권 318-327쪽) 속에서 총결산하자면, 아름다움은 다양한 측면을 가진다. 우리 마음에 들고, 감탄을 일으키고 즐거움을 주는 모든 것은 아름답다. 아름다움은 감각에 와닿는다. 말하자면 눈으로 들어오거나 또는 귀에 영향을 준다. 거기에다가 우리가 오성을 통해서 받아들이는 보다 높은 차원의 정신적-아름다움이 존재하는데, 도덕적-아름다움(윤리적인 것, 선한 것)과 초지상적인 아름다움(신)이 그것이다. 어느 경우든 간에 아름다움은 선함과 긴밀한 관계에 있다. 왜냐하면 세계는 선하면서도 아름답고 그 모두가 "신의 아름다움의 재현"이기 때문이다. 아름다움의 토대는 조화이고 빛나는 광휘이다. 이 점에서 고대의 전통이 그대로 지속된다. 다시 말해 아름다움의 토대는 만물의 조화로움이고 빛이고 밝음이다. 그러므로 아름다움은 사물의 질이고, 객관적인 속성이다. 그러나 아름다움은 또한 인식되어야 하며, 개별적인 인간들에게 다가가서 만나야 한다. 중세는 아름다움의 주관적 측면을 공감 내지는 교감이라는 생각에서 이끌어냈다. 공감은 물론 사물을 어떠한 이해관계도 없이 바라볼 수 있는 그런 느낌을 말한다. 칸트와 쇼펜하우어에게서 배운 대로, 오늘날 우리는 "이해관계를 넘어선 만족"이라든지 무관심적 "관조"라는 말을 사용하는데, 우리는 이러한 상태에서 아름다움이나 예술을 대하는 것이다. 또한 중세는 이미 그러한 개념에 대해서 희미하게나마 예감하고 있었는데, 특히 아퀴나스와 단테가 그것을 개념화하려고 시도하였다.

반면에 예술 자체와 관련해서 중세는 여전히 고대의 관념들, 즉 예술은 현존하는 규칙들에 따라 사물들을 제조하는 인간의 능력이라는 생각을 받아들여 계속 발전시켰다. 카시오도루스에 의하면, 예술은 규칙들을 사용하여 우리 자신을 제한하고 묶어주는 것이다. 더 나아가 아퀴나스는 이성의 올바른 질서라는 말을 하는데, 이 질서를 통하여 그리고 정해진 특정한 수단을 사용함으로써 인간들은 자신의 행동의 올바른 목표에 도달한다는 것이다.(타타르키비츠의 같은 책 324쪽 참조) 예술은 언제나 상징적인 성격을 가지며 생생한 상들을 통해서 진리를 드러낸다. 그리고 그 상들은 삶의 전형을 다시 제시하는 것을 목표로 한다. 중세는 물론 다양한 예술들을 명시적으로 분류하지는 못하고 있었다. 예술작품과 수공예 작품은 서로 대등한 지위에 있었다. 기껏해야 이론적 예술(학문)과 기계적 예술(수공업)이 구분되는 정도였다. 만일 최상의 예술이 어떤 것이냐고 말하라는 요청을 받았다면, 중세의 사상가들, 철학자들 그리고 신학자들은 틀림없이 교양 내지는 이론적 예술을 꼽았을 것이다. "그들은 음악을 이론적 예술의 범주에 포함시켰고, 건축은 기계적 예술에 포함시켰다. 회화와 조형예술은 일정한 자리를 지정하기가 어려웠지만, 결국에는 수공예술에 자리를 잡았다.(타타르키비츠의 같은 책 326쪽)

요컨대 이탈리아의 예술사가인 로사리오 아순토의 말을 빌리자면, "중세의 사고에 있어서 예술적 작업이란 실용적인 목적을 가진 대상을 만들어내는 인간의 활동이었다. 하지만 이러한 대상들을 사용하다 보니, 그 사용자로 하여금 특정한 이념을 인식토록 하고 특정한 행동 방식으로 이끌어갔던 하나의 세계관이 생겨났다. 그리고 그러한 세계관에 의해서 사용자는 이 지상의 삶에서 이미 초월적인 경험을 선취하게 되었던 것이다."(아순토Assunto 1982의 28쪽) 이 말은 대략적인 윤곽만 말하고 있으나, 앞뒤를 세심하게 고려해 보면 오직 신만이 그 중심에 있음을 알 수 있다. 그렇다. 결국 모든 발전은 정확하게 그 지점, 즉 12세기에 살았던 수도원장 성 빅토르의 후고가 여러 교훈적인 저작들에서 간명하게 표현했듯이, "인간 영혼의 신에게로 올라감"을 향하고 있었다.

성 빅토르의 후고는 그의 《교훈적 지식》(제7권)에서 말한다. 인지 가능한 모든 세계는 "신의 손으로 쓰인 책과도 같다 (…). 그리고 개개의 피조물은 책 속의 등장인물에 비교할 수 있다. 하지만 그 등장인물들은 인간의 재량에 의해서가 아니라, 불가시적인 신의 지혜를 알리려는 신의 의지에 의해 삽입된 것이다."(아순토의 같은 책 203쪽에서 재인용) 그러므로 우리는 마침내 신을 알기 위하여 이 세계를 "읽어야" 하고 자기 수련을 통해서, 가시적인 아름다움들로부터, 그것들이 아무리 다양할지라도, 불가시적인 신의 아름다움에로 차츰 상승해 가야 한다. "우리의 영혼은 불가시적인 진리에게로 직접 상승해 갈 수는 없다. 다만 가시적인 것을 관찰하고 그럼으로써 가시적인 형상들로부터 불가시적인 아름다움의 비유들을 인식해 나가는 도리밖에 없다. 가시적인 사물들의 아름다움은 그 형상들에 들어 있으며, 마찬가지로 가시적인 그 형상들로부터 불가시적인 아름다움이 입증된다. 왜냐하면 가시적인 아름다움은 불가시적인 아름다움의 모방이기 때문이다."("僞 디오니시우스의 《천상의 위계》에 대한 설명", 아순토의 같은 책 201쪽에서 재인용)

우선 대략적으로 개관했으니, 이제는 중세적 사고의 개별적인 대표자들에 대해 살펴보기로 하자. 중세의 출발점에 있는 아우구스티누스, 중세 철학과 신학의 정점에 해당하는 아퀴나스, 그리고 마지막으로 중세의 종점에 해당하는 단테에 대해서 좀 더 상세하게 정리해 볼 필요가 있다. 왜냐하면 그들에게서 중세 미학의 전체적인 양상과 정수를 구성해 낼 수 있고, 또 그들은 중세를 넘어서서 영향을 미쳤기 때문이다.

아우구스티누스(354-430)를 두 시기의 전환기에 있는 대표자로 본다는 것은 어느 정도 타당하다. 그에게서 고대와 중세, 고대적 사고와 중세적 사고, 즉 기독교 사상이 서로 만난다. 무엇보다도 그의 미학이 그 점을 잘 보여주고 있는데, 유감스럽게도 지금은 전해지지 않는 그의《미와 비례》는 그의 미학을 정리한 책으로 알려져 있다. 타타르키비츠는 아우구스티누스를 "미학사에 있어서 고대 미학의 모든 노선이 합류하고 또 중세 미학의 모든 노선이 흘러나오는 하나의 교차점"으로 본다.(타타르키비츠 1980의 59쪽) 그의 성찰은 주로 아름다움을 중심으로 하고 있으며, 예술에 대해서는 이따금 지나는 길에 잠시 언급하는 정도이다. "중세 전체에 있어서 '예술의 아름다움'이란 존재하지 않았다. 아름다움이라는 술어는 오직 신과 그의 창조물에만 부가되었다."(보이믈러 1934의 33쪽) 아우구스티누스는 아름다움의 두 가지 형식을 구분하였다. "하나는 나뉘어지지 않는 신적인 아름다움(pulchritudo), 이것은 그 자체 내에 의미를 담고 있으며 영원불변하다. 다른 하나는 수많은 무상無常한 사물들 속에서 나타나는 아름다움이다."(포하트 1986의 99쪽). 아름다운 사물들은("물체이든 물체의 운동이든 상관없이 자연과 예술의 영역에서의 모든 감각적인 아름다움")은 "공간적으로 그리고 시간적으로 아름답고", 눈으로 포착 가능하며, 감각으로 인지할 수 있다. 반면에 최고의 진-미-선, 즉 "이성적 영혼을 넘어서는 영원불변의 실체"로서의 신은 오직 정신에 의해서만 직관된다. 아름다움은 모든 부분들의 균형과 조화에 토대를 두며, 사물 자체를 통해서 재인식되기는 하지만 사물 자체로부터 오지는 않고, 정신에 의해서만 알아볼 수 있는 그러한 질서를 토대로 한다.(아우구스티누스의《참된 종교》참조, 플라슈 1985의 73-82쪽에서 재인용)

이러한 구분과 나란히 또 다른 구분, 즉 아우구스티누스가 인간의 손으로 만든 형상과 신이 창조한 형상으로 나눈 구분이 있다. "첫 번째 형상은 모든 물질적 재료에 외형적으로 주어지는 것이다. 이는 생명체의 몸들과 닮은 것을 그리고 또 형태를 부여하는 도공들과 대장장이들 그리고 이들과 비슷한 수공업자들의 작업을 통해서 주어진다. 또 다른 형상은 그 자체 내에 은밀한 작용 원인을 가지고 있으며, 생동하면서도 인식하는 자연의 비밀스럽고 숨겨진 의지를 드러낸다(…)."(아우구스티누스의《신국론》제12권 27장,《교부들의 글》의 독일어 번역판 1963의 제1권 101쪽에서 재인용) 제작자로서 그리고 생산자로서 인간이 모방하고 흉내를 내고, 사물들을 유사성의 법칙에 따라 다루는 반면에, 신적인 창조자, 즉 데미우르고스는 혼을 불어넣으면서, 교부인 바실리우스(대략 330-379)가 말하듯이, 전체 하늘과 전체 대지를, 즉 형상과 더불어 실체를 창조한다. 말하자면 데미우르고스는 형상들의 발명자일 뿐만 아니라 사물들의 본질을 창조하는 자이다.(바실리우스의《엿새 동안의 과업》2장 2절,《교부들의 글》제1권 121쪽에서 재인용) 아름다움에 대해 이와 아주 비슷하게 규정하고(최고의 아름다움 그리고 그것으로부터 파생한 형상들) 있는 다른 주요한 이론가들을 우리는 또한 보게 된다. 위 디오니시우스 아레오파기타(5세기 말에서 6세기 초)는 신의 초월적 아름다움이라는 말을 사용한다. "왜냐하면 신의 초월적 아름다움은 모든 존재에 각각의 특성에 맞는 아름다움을 부여하며, 또한 만물의 조화로운 질서와 광휘의 원인이기 때문이다."《교부들의 글》제1권 181쪽에서 재인용) 그리고 위 디오니시우스의 저작을 그리스어에서 라틴어로 옮긴 요하네스 스코투스 에리우게나(810-877)는 세계 전체를 은유로 해석한다. 그는 세계의 구조를 강력한 빛의 모습으로 본다. "그 빛은 사물의 본질을 순수한 인식의 상들을 통해서 드러내도록, 또 그 순수한 인식의 상들을 이성의 눈을 통하여 받아들일 수 있도록, 수많은 램프들이 합쳐진 것과도 같이 수많은 부분들로 이루어져 있다. 그리하여 신의 은총과 이성의 힘은 신앙심 깊은 탐구자의 가슴 속에서 함께 작용한다."(아순토 1982의 189쪽에서 재인용)

아우구스티누스와 그의 뒤를 잇는 수백 년 동안 세계는 아름다운 곳이고, 신의 광휘 속에서 빛나는, 신의 성공적인 작품이었다. 인간은 지상의 아름다움들을 관찰하면서, 그 배후에서 창조자의 지혜로운 계획을 알아보았다. 아우구스티누스와 이후의 여러 이론가들이 아름다움의 바탕과 그 연관관계를 어떻게 이름 지어야 할지 모른다는 점에 주목하긴 했어도 말이다. 하여간 신은 최고의 창조자, 최상의 예술가이며, 그 창조 방식 앞에서 우리가 "무지를 고백하는" 것이야말로 오히려 "보다 큰 지혜"를 입증하는 길이다. 소위 조각가나 화가의 비합리적인 생산 과정의 경우와 비슷하다고 하겠다.(요한네스 크리소스토무스의《에베소서 19장 4-5절 해설》 참조,《교부들의 글》 제1권 191쪽에서 재인용)

수많은 저작을 남긴 토마스 아퀴나스(1224/5-1274)는 아름다움과 예술이라는 복합체에 대해서는 독자적인 저작도 단 한 편의 글도 쓰지 않았다. 하지만 그와 관련하여 분명한 견해를 밝히고 있다. 한편으로는 아름다움과 선함을 구분하고, 또 다른 한편으로는 아름다움의 이중적 성격, 즉 아름다움의 객관성과 아울러 주관적 부분에 대해 성찰한 것은 아퀴나스에서 비롯한 것이었다. 마지막으로 그는 또한 아름다움의 세 가지 기본 요소를 정의하기도 했다.

그의 견해에 따르면, 선함과 아름다움은 "실제적으로는" 하나이지만, "개념적으로는" "서로 다르다." "말하자면 선함은 노력함의 능력과 관련된다. 왜냐하면 모두가 갈망하는 것, 그것이 선이기 때문이다. (…) 그러나 아름다움은 인식 능력과 관련된다. 왜냐하면 바라보는 순간 만족을 불러일으키는 사물들, 바로 그것들이 아름답다고 불리기 때문이다. 그러므로 아름다움의 본질은 부분들의 조화로운 관계에 있다. 왜냐하면 감각은 조화롭게 질서 지워진 사물들이나 '서로 호응하는 대립상들 자체'에서 만족을 발견하기 때문이다." 《신학대전》의 한 구절을 인용해 보자. 노력함은 선함의 영역에 속한다. 반면에 아름다움을 "바라보거나 인식하는 순간"에 있어서 "노력은 휴식을 취한다." "노력함의 능력에 순수하게 응할 때", 그것은 선하다고 불린다. 반면에 "인식 그 자체로서 이미 만족스러울 때, 그것은 아름답다고 불린다."(타타르키비츠 1980의 제2권 290쪽에서 재인용) 내가 이미 언급했듯이, 이러한 발언들은 참으로 현대적이고 선구적인 성찰이며, 칸트의 용어로 말하자면 18세기 이후의 독일 이상주의와 현대 미학의 "선구적 예견"이다. 아름다움은 그것이 눈이나 귀에 들어오기 때문에, 그리고 더 나아가서 아무런 이해관계도 없이(예컨대 소유와는 상관없이) 인지되기 때문에 만족을 준다. 아퀴나스는 《신학대전》의 또 다른 구절에서, 우리가 기뻐하는 이유는 "눈앞에 있는 사물들 자체의 온전함 때문이라고" 말한다.(하르트 니브리히의 《신학대전》독일어 번역본 1978 참조).

아름다움과 관련해서, 아퀴나스는 그것의 모순적 성격을 언급한다. 한편으로 아름다움은 어떤 객관적인 것이다. 그가 말하듯이 아름다움은 "그것이 아름답고 선하기 때문에", 우리 인간들로부터 가치를 인정받는 그러한 것이다.(《신의 이름》제4권 10장, 타타르키비츠 1980의 제2권 291쪽에서 재인용) 다른 한편으로 아름다움에 대해서 특별한 공감을 느끼는 것은 바로 인간 그 자신이다. 그렇다. 오직 인간만이 "감각적인 사물 그 자체의 아름다움에 대한 만족"을 발견한다.(《신학대전》, 타타르키비츠의 같은 책에서 재인용) 예술사가인 괴츠 포하르트가 미학의 영역에서 아퀴나스의 사상의 업적이 바로 이 점에 있다고 본 것은 정당하다. 포하르트는 체계적인 방식이라는 말을 사용한다. 말하자면 아퀴나스는 "객체 속에 있는 아름다움과 그 아름다움이 인간 정신에 미치는 영향을 구성하는 객관적 전제조건들, 그리고 대상을 그 특성에 따라서 파악하게 하는 객관적 전제조건들을 '미학적 객체'라고 설명한다."(포하르트 1986의 188쪽)

아름다움의 본질적인 구성 요소들은 "명료함claritas"과 "완전성perfectio" 그리고 "적절한 비례관계debita proportia"이다. 《신학대전》의 본문을 인용하자면, "아름다움을 위해서는 세 가지가 요구된다. 처음의 것은 온전함 혹은 완전성이다. 다시 말해 훼손된 것은 바로 그 때문에 추하게 된다. 다음은 (부분들의) 적절한 비례관계 또는 일치이다. 그리고 마지막으로 요구되는 것은 명료함이다. 그리하여 빛을 발하는 색을 가진 사물들은 아름답다고 불린다."(타타르키비츠 1980의 제2권 293쪽에서 재인용) 이 세 가지 기본 요소가 아름다움의 객관성을 나타내는 표지들이다. 아순토의 견해대로, 이 기본 요소들이 "질서와 균형 그리고 명료함에 토대를 두는 미학적 이상을 특징짓는다."(아순토 1982의 106쪽)

미학적 문제들에 대한 아퀴나스의 견해는 요컨대 주변적이라고 할 수 있다. 많은 점에서 그의 견해는 고대의 전통을 따르고 있고, 또 이미 알려진 사실들을 수정한 것들이다. 예술과 기술에 대한 그의 개

넓은 아우구스티누스의 영향을 받았다. "올바른 이성에 의해서 생산 가능한 것을 만들어내는 모든 작업이 예술에 속한다."(《신학대전》제 17권 199쪽) 그리고 아름다움의 우월성과 관련한 문제에 있어서는 전통으로부터 조금도 벗어나 있지 않다. 타타르키비츠의 말에 따르면, 아퀴나스의 견해들에서 우리는 "스콜라 미학의 가장 농익은 표현을" 읽을 수 있다.(타타르키비츠 1980의 제2권 290쪽)

정치적 갈등 때문에 1302년 고향 도시로부터 영원히 추방된 단테 (1265-1321)에게서 중세 미학은 정점에 오르며 또한 분명하게 종점에 도달한다. 그는 나중에 숭배자들과 인쇄업자들에 의해《신곡》이라고 불린《희곡》을 쓰기 전에 이미 이론적인 논문들과 아울러 소네트와 발라드를 포함하여 방대한 양의 작품을 쓸 수 있었다. 우선 추방 동안에 그는 두 개의 논문을 썼다. 하나는《콘비비오》, 즉 "작가의 기독교적-윤리적 책임이라는 명분에 합당한" "지식의 백과사전"(슈틸러스Stillers 1992의 36쪽)이며, 또 다른 하나는 민중언어를 변호한《속어론》이다.

《신곡》은 단테의 세계관을 시적으로 요약한 것이며, 또한 무엇보다도 그의 미학적-이론적 확신들을 담은 결산서이다. 그 내용의 일부를 보자.

> 《신곡》은 단테의 환상 속에서의 방랑을 묘사하고 있다. 단테는 환상 속에서, 세 부분으로 나누어진 피안의 세계를 방문한다. 즉 지옥으로 하강하고, 정화淨化의 산으로 상승하며, 다시 천상의 영역들을 통과하여 최고의 하늘로 날아올라간다. 화자話者가 성스러운 해인 1300년의 성聖 금요일에서 그 다음 목요일까지 7일 동안을 이야기로 들려주는 여행길의 시작 부분에는 개인적인 죄가 얽혀 있고, 여

행의 마지막에 이르면 신의 사랑의 전능함을 알리는 신비적인 환상이 펼쳐진다. 천국에 살고 있는 베아트리체가 숲속에서 헤매고 있는 단테에게 도움을 주기 위해 보낸, 고대의 시인 베르길리우스의 안내를 받으며 방랑자는 제1부에서 깔때기 모양의 지옥으로 내려간다. 이 심연의 테라스 형태로 만들어진 계단들에서 영원한 형벌에 처해진 자들이 속죄하고 있다. 얼음 호수에 악마 루시퍼가 가슴까지 몸을 담그고 있는 곳, 즉 지구의 중심점에 해당하는 깔때기의 꼭대기로부터 나와서 두 방랑자는 남쪽의 지구 표면으로 간다. 그들은 제2부에서 속죄의 산의 자락에 도달한다. 씻어내야 할 죄에 따라서 죄인들은 그 산의 둥근 고리 모양으로 휘돌아가는 구불구불한 길을 따라 올라가야 한다. 단테와 베르길리우스는 그 길을 따라 올라가 마침내 속죄의 산 꼭대기에 있는 지상의 낙원에 도착한다. 여기서 베아트리체가 단테를 인수받아 안내한다. 그녀는 작품의 제3부에서 그를 데리고 열 개의 천상의 영역들을 지나, 성자들이 살고 있는 불의 하늘에까지 인도한다. 거기서 마침내 천상의 베아트리체는 그녀의 안내 역할을 그친다. 단테로 하여금 신적인 삼위일체의 환상이라는 은총을 성취토록 하기 위해서이다.(슈틸러스의 같은 책 38쪽)

방랑 동안에 단테는 시인들과 사상가들, 성자들 그리고 성경에 나오는 인물들을 만나며, 단테에게 영향을 주었음이 분명한 아퀴나스는 여러 차례 만나게 된다.(블로흐 1985의 제1권 43쪽) 게다가 아우구스티누스와 아리스토텔레스도 나오는데, 이들은 단테에게 상당한 권위를 가지기 때문에 실명 그대로 등장한다.

미학적 문제들을 고려함에 있어서 아리스토텔레스의 유산은 사소

하게 평가되어서는 안 된다.《신곡》의 한 유명한 구절은 아리스토텔
레스의《자연학》과의 연관을 강조하면서, 예술은(다소간 미분화된 고
대-중세적 의미에서) "신의 손자"임을 밝히고 있다. "그가 말했다. '철
학을 주의 깊게 연구하는 자는 / 다양한 곳에서 증거를 발견하리라. /
자연이 그 작용에 있어서 / 창조자의 지식과 예술을 어떻게 따르고
있는지 말이다. / 그대의 책《자연학》을 펼쳐보라. / 그러면 그대는 몇
장 넘기지 않아서, / 그대의 예술이 여주인인 자연을 / 최대한 따르고
있고, / 또 예술이 신의 손자임을 발견하리라. / 〈창세기〉의 첫 부분에
쓰인 대로 / 인간은 자연과 예술, / 이 두 가지에 의해 양육되고 늘어
나리라(…).'"(단테 1978, 포슬러Vossler의 독일어 번역본 57쪽) 여기에
미학의 핵심이 표현되어 있다. 예술은 신에 의해 창조된 아름다운 자
연을 모방한다. 예술은 모방적인 특징을 가지며, 단테가 성경에서 이
끌어낸 분명한 목적을 충족한다. 다시 요약하자면, 예술은 "인간의
종교적인 삶에 대한 윤리적 주석"으로서 봉사한다.(포하트 1986의
203쪽 참조) 우리는 이러한 사상을《신곡》뿐만 아니라 논문 등 그
의 작품 곳곳에서 만난다. 더 나아가서 단테는 그의 동시대 사람들과
마찬가지로 아름다움을 조화와 균형의 개념을 빌려 정의한다. "아름
다운 것이란 그 부분들이 서로서로 상응하는 비례관계에 있는 것을
말한다. 왜냐하면 부분들의 조화로부터 만족이 생겨나기 때문이다."
(《콘비비오》제1권, 아순토 1982의 237쪽에서 재인용) 하지만 그의
동시대 사람들과는 좀 다르게 단테는 시문학의 특별하고 뛰어난 지
위라는 말을 사용한다. 그는 시문학을 음악과 비교하며 또한 기능적
으로 "수사학적 허구fictio rhetoric"로 이해한다. 다시 말해 설득하고 평
가절하하고 즐겁게 하고 감동을 주는 그러한 언술로 이해한다.(《속
어론》제2부 4장, 타타르키비츠 1980의 제2권 316쪽) 호라티우스의

044

말을 빌려 다시 정리해 보자. 시문학은 유용하면서도 아름다운 것이다. 아름답고 음악적으로 울리는 음향은 미학을 넘어서서, 종교적·도덕적 목적에 엄격하게 묶여 있다. 미-진-선의 통일이라는 삼위일체의 공식은 계속 지속되며, 무엇보다도 시문학의 영역에 있어서도 그 타당성을 가진다.

# III.

## 르네상스, 바로크, 그리고 계몽주의의 미학

## 1. 자율성의 발견: 르네상스

르네상스와 더불어 새로운 시대, 새로운 시간의 질서를 가진 새로운 시대가 시작된다. 에른스트 블로흐는 그의 《철학사 강의》에서 인간의 "새로운 탄생", "이전에 지상에서 결코 볼 수 없었던 인물들의 출현"이라는 말을 한다. 이로써 그는 자신의 일을 부끄러워하지 않는 노동하는 인간형상으로서의 인물, 그리고 발명과 발견의 인물들, 예컨대 코페르니쿠스, 조르다노 브루노와 갈릴레이를 가리킨다. 유명하면서도 악명 높은 콜럼버스도 빠질 수 없다. "세계도 자연도 점점 더 많이 정복되었다. 이 세상의 매력은 비상할 정도로 커졌고, 저 세상의 매력은 김빠진 맥주처럼 되었다. 말하자면 가치관의 전도가 일어났다."(블로흐Bloch 1985의 제2권 125쪽 이하) 새로운 삶을 시작하게 하라!(Incipit vita nova!)

블로흐가 여기에서 대략적으로 거론한 사실은 문화사가와 철학사가, 사회학자와 예술학자들에 의해 세부적으로 면밀하게 입증되었다. 대략 15세기에서 16세기에 걸쳐, 고전적 고대로 복귀한 시대일 뿐이라고 평가되고 있는 르네상스와 더불어 실은 새로운 시대가 시작되었던 것이다. 이 시대는 중세와 결별하였고, 그럼으로써 "현대화로의 비약을 위해 필수적이었던" 내적인 동력을 발전시켰다. 최근에 들어 사회학자인 한스 판 데어 로와 사회철학자인 빌렘 판 라이엔은 르네상스 사상의 발전을 다음과 같이 힘주어 말했다.

"이전에는 무엇보다도 전통적인 것과 기존의 것이 존중되었다. 그러나 이제는 새로운 것이 높은 평가를 받는다. 이러한 변모된 관점은 학문에 대한 새로운 태도에서도 드러난다. 르네상스 시대 동안에 중세 학문의 관조적이고 형이상학적인 특징으로 간주되었던 것에 대한 비판이 강화되었다. (…) 고대의 텍스트들은 더 이상 교부들이나 스콜라학파 학자들의 안경을 통해 전달되지 않고, 새로이 해석되었다. 사람들은 또한 새로운 관점들과 새로운 영감을 얻을 수 있는 숨겨진 텍스트들을 열성적으로 찾았다. 그리하여 점차로 새로운 학문적 이상이 형성되어 갔다. 사람들은 사물들의 본질과 '왜'에 대한 숙고에 더 이상 만족하지 않았다. 오히려 직접적으로 인지 가능한 세계로 눈길을 돌렸다. 학자들은 인간의 관찰과 측량에 의해 인식될 수 있는 현실, 즉 경험적 지식에 대해 점점 더 많은 관심을 기울였다. 자연, 즉 '신의 기적의 작품'은 그리하여 신성불가침한 성격을 어느 정도 잃어버렸다. 학자들은 경탄하고 경외하는 대신에, 자연과 실제적으로 교류하고 또 그것을 유용하게 하는 일에 몰두하였다."(판 데어 로/판 라이엔 Vad der Loo/Van Reijen 1992의 55쪽 이하)

성서는 점점 더 인기가 떨어졌고, 전통적인 것들은 영향력을 상실해 갔다. 그 대신에 인간의 "실험 욕구"는 자연과 공동생활 가까이에 있는 것, 아주 가까이에 있는 것, 그리고 그 합법칙성들을 탐구하는 데 전념했다. 관찰의 원리가 형이상학적 해석의 자리를 대신하였고, 정밀한 응시와 기술記述이 선험적 전제조건들을 대체하였다.

그러한 변화를 에른스트 카시러는 이렇게 설명한다. "자연의 개념, 즉 전체 대상세계는 새로운 의미를 얻게 된다. '대상'은 이제 자아와 단순하게 대립되는 것도 아니고, 자아를 향해 그저 던져져 있는 것도 아니다. 대상은 자아가 가지고 있는 모든 생산적이고 본래적이고 형성적인 힘들이 향하는 곳이다. 또한 그 힘들의 존재는 대상 속에서야 비로소 구체적으로 입증된다."(카시러 1963의 151쪽) 카시러는 이러한 설명을 입증하는 증거들을 계속해서 인용한다. 그는 체살피노의 작품《식물론》(1583)을 거론하는데, 이 책에 의해 처음으로 식물세계의 "자연적 체계"가 세워졌고, 그럼으로써 학문적인 식물학으로의 길을 열려는 시도가 이루어졌다. 텔레시오, 그리고 나중에 베이컨은 "자연을 아리스토텔레스의 추상적인 범주들에 의해서가 아니라, 자연 그 자체로부터, 그 자신의 고유한 원칙들로부터 인식할 것을 촉구하였다."(카시러의 같은 책 154쪽)

형이상학적 조망, 초월적인 고향에 대한 대폭적인 포기는 개별 인간에 대한 완전히 새로운 평가를 야기하였다. 강조해서 말하자면, 르네상스 시대에는 주체가 발견되었다. 왜냐하면 영향력 있는 전통들과 전래의 연관관계들이 사라짐으로써, 사회를 묶어주던 접합제가 연약해졌고, 그 대신에 이제 개별적 인간, 말하자면 "뿔뿔이 흩어진 개인들"이 전면에 나서게 되었다. 다시 카시러의 말을 들어보자. "르네상스의 심리학은 우리들에게 그 철학적-학문적 형식에 있어서, 새롭고 보다 깊은 '주관성'의 싹을 피어나게 했던 저 위대한 정신적 운동 전체의 첫 번째 단서들을 보여준다."(카시러의 같은 책 149쪽)

르네상스의 이러한 새로운 주제들, 주체의 지위라든가 자연에 대한 새로운 가치평가라든가 경험적 지식에 대한 흥미와 같은 주제들을 우리는 미학의 영역에서도 다시 만난다. 그것도 보다 분명하고 보다 집중된 형태로. 하지만 그럼으로써 심각한 모순이 즉시 눈에 띄게 된다. 르네상스 예술작품이 그토록 풍성하고 다양하고 혁신적으로 보임에도 불구하고, 그것에 대한 미학적 논증은 상대적으로 빈약하기 때문이다. 말하자면 예술과 미학 이론이 서로 비동시성을 보이는데, 무엇보다도 타타르키비츠는 그 점을 주목한다.(타타르키비츠 1987의 제3권 439쪽 참조) 이는 또한 르네상스의 미학이 구체적이고 세밀하게 연구된 적이 거의 없다는 사실을 말하는 것이기도 하다. 타타르키비츠의 견해는 이렇다. "그 시대의 미학은 내적으로는 그 이전 시대의 미학과 더욱 유사했다. 특정한 변화들에도 불구하고 르네상스의 미학은 현대의 미학보다는 고대와 중세의 미학과 더 많은 유사점을 가진다. 르네상스의 미학은 여전히 하나의 학문 분야로 통합되지 못하고 있었다. 자신만의 명칭도 자신만의 전문가도 없었다. 그 시대의 미학은 (이전 시대와 마찬가지로) 철학자들에 의해서, 그리고 더욱 더 많이 문학가들과 예술가들에 의해서 다루어졌다."(타타르키비츠의 같은 책 14쪽)

그럼에도 불구하고 시대를 앞서가는 소수의 사람들은 강력한 변화의 조짐을 보였으며, 앞으로 커다란 영향을 미치게 될 문제들을 제기하였다. 예술을 현실의 모방, 즉 아리스토텔레스의 미메시스-개념으로 환원해 보아야 하며, 그와 동시에 형이상학적 틀을 포기해야 한다는 기본 전제에서 출발함으로써, 르네상스는 "우리가 흔히 '재능

또는 천재'라고 말하는 것"을 인정하는 단계를 향한 첫 걸음을 시도한다.(파노프스키 1960의 37쪽) 르네상스의 실제적인 혁신, 실물 그대로의 묘사에 대한 인정, 그리고 여타의 종교적이고 형이상학적인 준거 없이도 자립 가능한 준*자연주의에 대한 인정으로 말미암아 "미학 영역의 자율성이 도입되었던 것이다."(파노프스키의 같은 책 29쪽, 그리고 카시러 1963의 172쪽)

세계는 아름다우며, 그 아름다운 세계를 묘사하려는 예술가는 우선 그 묘사 가능성의 기술적인 문제들과 씨름해야 한다. 형이상학적인 틀을 대신하여 경험적 지식이 전면에 나서게 된다. 그러므로 르네상스의 모든 위대한 예술가들과 이론가들이 원근법과 측량 그리고 비교와 같은 문제들에 종사한 것은 조금도 이상한 일이 아니었다. 예술가이자 이론가인 레온 바티스타 알베르티(1404-1472), 레오나르도 다 빈치(1452-1519), 뒤러(1471-1528) 그리고 미켈란젤로 (1475-1564)는 건축술이나 조각, 회화 또는 문학에 두루 종사했는데, 그들 모두에게 자연은 "최상의 심급"이었고(포하트 1986의 233쪽), 인체 측정과 비례 이론이 지속적인 관심사였다. 르네상스의 인간들에 대한 인상 깊은 연구서를 집필한 헝가리의 여성 철학자 아그네스 헬러는 그 점과 관련하여 이렇게 말한다. "(일정 기간 동안 여전히 수공작업으로부터 독립하지 못했던)예술에 관한 저작들의 다수는 '기술적인 문제들'을 다루었다."(헬러Heller 1982의 447쪽 참조)

연구서의 또 다른 곳에서 헬러는 르네상스 예술 이해의 세 가지 결정적인 측면을 강조한다. "르네상스 미학의 '릴레이 경주'는 세 가지 공리를 나란히 전달해 준다. 첫 번째 공리에 따르면 예술은 미메시스이다. 두 번째 공리에 따르자면 미학은 지식(테크네)이다. 세 번째 공리에 따르자면 미학에는 단계가 있다. 보다 높거나 보다 낮은 단계의 예술들이 있다.”(헬러의 같은 책 463쪽) 기술은 수단이며, 모방은 목적이다. 그리고 한편으로는 공공연하게 다른 한편으로는 암시적으로 르네상스의 미학자 겸 시학자들, 예컨대 율리우스 카이사르 스칼리게르(1484-1558), 로도비코 카스텔베트로(1505-1571) 또는 토르콰토 타소(1544-1595)는 모든 소재들로부터 완전히 새로운 어떤 것을 창조해 내는 그들의 능력을 바탕으로 시문학에 최고의 지위를 부여한다.

규범들에 대한 문제도 또한 중요하게 부각된다. 르네상스의 예술가들과 이론가들은 더 이상 관습의 힘이나 전통적 규범을 믿지 않고, 그들 자신이 발견해 낸 것을 믿었다. 그러므로 예술에 있어서 중요한 것은 규칙의 올바른 적용이 아니라, 개개의 예술가가 이론적으로 인식하고 그것을 감각적으로 생생하게 작품화한 과정, 즉 작품의 독창적이고 구체적인 형성화 과정이다. 경험으로부터 오는 이러한 이론과 실천의 통일을 카시러는 “수학과 예술 이론의 결합”으로, “이론적 정신과 예술적 정신의 종합”으로 불렀다.(카시러 1963의 174쪽) 그리하여 지식(학문)과 예술 사이를 가르는 벽은 제거되었다. 자연과 그 법칙성에 대한 세심한 연구를 토대로 비로소 예술이 가능해지며, 미메시스적인 작업 방식을 토대로 하여 현실의 상들을 전달할 수 있게 된다. 예술가는 자기 자신의 눈만을 믿고, 생생하게 뜬 눈으로 사물 자체를 관찰해야 할 뿐, 예전처럼 사물의 모방품, 즉 사물의 상이나 예술적 가상을 연구해서는 안 된다.

레오나르도 다 빈치는 이와 관련하여 논문 〈눈에 대하여〉에서 이렇게 표현한다. “관찰자들에게 세상의 아름다움을 비추어주는 눈은 너무도 탁월한 것이어서, 그것을 가볍게 여기는 데 동의하는 자는 자연의 만물을 드러내 보이는 능력을 박탈하는 것이다. 자연을 직관하기 위해 영혼이 인간이라는 감옥을 참고 견디고 있음을 감안하면, 너무도 큰 손실인 셈이다. 눈을 통하여 인간의 영혼은 자연의 온갖 다양한 사물들을 눈앞으로 불러와 알아차린다. 그러므로 눈을 상실하는 자는 그의 영혼을 다시 어두운 감옥, 태양을, 온 세상의 빛을 다시 보려는 모든 희망이 사라져버리는 감옥에 내버려두게 된다."(하르트 니브리히 1978의 63쪽에서 재인용) 그러므로 눈을 상실하는 자에게는 세상과 자연의 아름다움이 없어져 버리는 셈이다. 예술가는 눈이 그에게 가르쳐준 것을 모방한다. 진정한 스승은 자연인 것이다. 레오나르도는 그의 일기 여러 구절에서, 단테가 예술을 "신의 손자"라고 말한 것으로부터 실마리를 이어가면서, 진정한 예술은 자연의 산물이며 "제2의 자연"과도 같다고 말한다. "나의 주장은 이렇다. (…) 자연의 산물이 아니라 이미 알려진 대가들을 연구하는 자는 예술의 손자일 뿐, 그토록 위대한 자연의 아이들은 아니다."(헬러 1982의 465쪽에서 재인용) 그리고 나서 자연 연구와 그에 이어진 예술적 형상화 사이의 관계에 대해서 이렇게 말한다. "화가는 고독에 몸을 맡긴 채 그가 보는 것에 대해 숙고하고 홀로 검토해야 하며, 그가 본 모든 사물들 중에서 종별로 가장 뛰어난 것을 선택해야 한다. 화가는 사람들이 거울 앞에 가져다놓은 사물들의 다양함에 따라 다양한 색깔들로 변하는 거울처럼 작업해야 한다. 만일 그런 식으로 한다면, 그는 마치 제2의 자연과 같은 존재가 될 것이다."(《화가들의 규칙》, 하르트 니브리히 1978의 65쪽에서 재인용)

결국 르네상스의 예술가들에게는 창조된 제2의 자연은 결코 제1자연의 단순한 복사도 노예적인 모방도 아니다. 제2의 자연은 모든 시각들과 세부적인 정확성을 넘어서서, 근본 바탕에 있는 것을 이상화하고 양식화하면서 그 어떤 것을 모방하고 재현한다. 예술작품은 모든 감각과 경험을 동원하는 창조자의 상상력으로 관통된다. 아마도 막스 베버의 "이상형"이라는 개념이 여기에서 도움이 될 것이다. 학문적 개념이란 일반화한 총칭들이며, 언제나 개별적인 것들에 다시 적용되듯이, 르네상스의 예술가와 화가는 개별적인 것들, 즉 모방을 그런 식으로 이해한다. 요컨대 그가 모방하는 것은 개별적인 대상을 넘어선다. 왜냐하면 모방의 과정에서 그는 이미 자신의 지금까지의 감각적 경험들이나 이전의 연구들의 총합을 함께 끌어들이기 때문이다.

　라파엘로는 언젠가 그 점을, 특히 아름다움 자체라는 개념에 비추어 지적하였다. 왜냐하면 아름다움이란 창조자의 독창성, 그의 개별화된 주관적 관점과 관찰에 힘입어 생겨나는 바로 그 순간의 것이기 때문이다. 다른 말로 하면 주관성은 미학적인 부가가치, 즉 미의 생산자로서 나타난다. 라파엘로에 의하면, "한 명의 아름다운 여성을 그리기 위해, 여러 명의 아름다운 부인을 보아야 할 것이다. (…) 그러나 아름다운 여성들도 합당한 심판관들도 드물기 때문에, 나는 나에게 떠오르는 그 어떤 이념을 동원한다. 그 이념이 예술적인 가치가 있는 것인지 어떤지는 말할 수 없다. 그러나 나는 그것을 가지려고 이미 노력하고 있다."(파노프스키 1960의 32쪽, 그리고 포하트 1986의 256쪽에서 재인용) 뒤러도 "아름다운 상"과 관련하여 아주 비슷한 발언을 하고 있다. "그러므로 좋은 그림을 그리려고 하면, 몇몇 사람들로부터 머리를 그리고 또 다른 사람들로부터는 가슴과 팔과 다리와 발, 즉 모든 몸체를 그리는 것이 필수적이다. 그러면 많은 꽃들로부터 꿀을 채취하는 것과 같은 방식으로, 많은 아름다운 사물들로부터 어떤 좋은 것을 이끌어낼 수 있게 될 것이기 때문이다. 그리고 그대의 모든 작품들에 있어서 진수를 만들어내는 올바른 수단은, 너무 많지도 않고 너무 적지도 않게 그 사이의 중용을 취하는 데 있다.”
《회화 지침서》, 하르트 니브리히 1978의 68쪽에서 재인용) 우리는 이러한 표상을 파노프스키와 더불어 이념으로, 내부의 표상으로 표기할 수도 있을 것이다. 요컨대 이러한 이념을 토대로 하고 거기에 외적인 인상들이 결부됨으로써 예술적인 표현이 성립하게 된다. 또한 확실한 것은, 르네상스의 예술가와 이론가가 아름다운 상들의 생산이라는 말을 할 때면, 언제나 세밀한 수학적·기하학적 연구에 토대를 둔, 풍부한 경험을 전제로 하는 창작 과정을 염두에 두고 있다는 점이다. 결국 중요한 것은 훌륭한 목적이라든지 도구화라든지 하는 기능화가 아니라, 독창적인 생산자가 만들어내는 예술적 표현이며 아름다움이다. 또한 단정적으로 그리고 아주 역점을 두어 강조해야 할 점은 빠르게 확대되어 가는 예술시장에서 관심 있는 구매자들이 중요한 역할을 했다는 것이다. 15세기 중반 이래로 도시의 시민 계층(피렌체와 로마 등)은 세속적인 성격의 예술작품들을 사적인 목적을 위해 대량으로 주문하기 시작했던 것이다. “그때부터는 영주들이나 귀족들의 궁전이나 성뿐만 아니라 부유한 시민들의 집에서도 점점 더 많은 그림들과 조각작품들이 발견되었다. 뛰어난 예술 애호가들은 단순히 일시적인 주문자나 구매자에 머무른 것이 아니라, 규칙적인 의뢰자이자 수집가였다.”(하우저Hauser 1973의 202쪽) 이제 전문수집가, 예술 애호가의 유형이 등장하였는데, 이것은 예술사회학자인 아르놀트 하우저가 적절하게 표현했듯이 “예술사의 결정적인 전환점”을 이루는 것이며, “예술시장의 판도를 바꾸었을 뿐만 아니라 또한 사회생활에 있어서 예술가와 그 역할의 변화를 초래하였다.”(하우저의 같은 책 203쪽) 그러므로 바로 이때가 비로소 자율성-사상과 예술가의 천재성, 다시 말해 예술의 자기 목적성이라는 개념이 진정으로 탄생한 시점이다. 예술은 예술-수공업품, 단순한 실용·예술품으로부터 해방되었으며, 그 모든 비교를 배제하는 각각의 예술가의 유일무이한 독창성이라는 개념이 이때 탄생했다. 르네상스 동안에 이미 그와 같은 생각들이 여기저기서 발견되곤 했으나, 그 기본 틀은 아주 늦게야 확립된 셈이다. 이제 그와 관련하여 보다 세부적으로 살펴보기로 하자.


## 2. "내면의 징표"* : 바로크

　　개념 규정에서부터 이미 어려움이 드러난다. 바로크는 역사적 시기를 가리키는 단위가 아니며, 역사적 자의식이라고 부를 수 있는 요소를 전혀 포함하지 않고 있다. 오히려 바로크는 예술사적 양식의 개념으로서, 특히 하인리히 뵐플린의 연구서인《르네상스와 바로크》(1888)에 의해 연구가 촉진되었고, 이후 오늘날까지 국제적인 토론과 개념 규정의 대상이 되었다. "바로크는 고전 시대를 지향하는 르네상스 양식을 해체하고 대신 등장한 것이다. 그러므로 순전히 내적인 형식 발전의 차원에서 볼 때 르네상스의 연속으로서 그리고 또한 불연속으로서 파악되어야 한다."(바너Bahner 1976의 131쪽)
　　세기별로 보자면, 바로크는 르네상스와 계몽주의의 중간에 위치하

---

• 　Disegno interno. 페데리코 추카리가 르네상스의 합리주의적 예술관과 대척을 이루는 바로크 예술의 근원을 규정하기 위해 제시한 예술 이념. 외부 현실이나 자연이 아닌 인간 내면에서 흘러넘치는 비합리적 역동적 예술 충동, 천재성, 숭고함, 신의 은총에 의한 영감 등을 포괄하는 개념이다.

는, 저 명칭도 많고 사건도 많은 17세기를 가리킨다. "비상할 정도로 다사다난한 역사의 공간이며, 극단적으로 유동적인 세기였다. (…) 사회적 모순들, 교회와 국가의 작용과 반작용 속에서 벌어지는 상호 충돌의 급격한 모순들로 점철되었던 시기이며, 밀턴, 번연, 공고라 와 칼데론, 코르네유, 라신과 몰리에르로부터, 그리피우스와 그림멜 스하우젠에 이르기까지 위대한 문학작품들이 풍성하게 쏟아져 나온 시기였다. 모순적인 신앙심과 비합리적인 이데올로기로 가득하고, 또한 베이컨, 홉스, 데카르트, 스피노자, 라이프니츠, 그로티우스 그리고 여타의 사상가들과 같이 유물론적으로 혹은 변증법적으로 탐구하는 정신들로 가득한 세기였다."(바이만Weimann 1976의 143쪽) 말하자면 작가들의 시대였다. 또한 인과율과 합리성에 근거하는 새로운 사유를 낳은 시대로서, 프랑스의 대표자들만 꼽더라도 라신과 몰리에르와 데카르트를 들 수 있다. 그러나 또한 조형 예술의 영역들, 즉 회화와 조각과 건축의 영역에서의 예술적 변혁의 시대였다.

간략한 소개만 보더라도, 우리는 바로크가 "팽팽한 긴장, 거대한 파토스"를 추구했던 시대임을 알 수 있다. "바로크는 '유동적인 것', 극적인 도약을 높이 평가했고, 무한성과 미완성을 사랑했다. 대립적인 것들이 추구되고 제기되었다. 바로크의 '총체예술작품'은 시대의 이상이었다. 고전적으로 순화된 르네상스와 비교할 때, 바로크는 극적이고 열광적이며 화려한 전개를 좋아하는 연극적인 양식이었다. 거기에 상응하여 예술적인 표현 수단들도 다양했다. 르네상스의 예술은 이성에 호소했고 무엇보다도 논증하려 했지만, 바로크의 예술은 그와 달리 감정과 상상력에 호소하였다."(콘티Conti 1991의 3쪽) 바로크를 특징짓는 요소들은 총체예술작품과 아울러 "위대함, 극적 감흥, 유동성, 변화무쌍함, 무한성이었다."(콘티의 같은 책 38쪽) 건축물이나 조각작품이나 그림 모두 마찬가지였다. 베르니니가 구상한 교회들이나 조각품들이든, 혹은 카라바조나 브뤼헐의 초상화들이든. 인물들을 직접적인 행동 속에서 보여줄 뿐만 아니라, 제시된 인물들 자체의 내면을 곧바로 가리키는 그러한 역동성, 유동성을 도처에서 확인하게 된다.

이러한 유동적 측면과는 대조되게 바로크는 또한 정물화를 가르쳤으며, 명암대비의 다양한 가능성들을 발견했다. 무엇보다도 렘브란트의 경우가 그 전형에 해당한다. 한편으로는 행동감에 넘치는 풍속화의 유동성과 정지, 분망함과 고요함이 있는가 하면, 다른 한편으로는 관조적인 정물화가 있어, 이 둘은 서로 마주본다. 자기 격려와 경고가 동시에 자리 잡고 있다. 또한 계몽주의를 대표하는 칸트의 모토 "용기 있게 탐구하라(Sapere aude)"로부터 더 이상 멀리 떨어져 있지 않은 인류가 자기 존재를 자각하며 축제를 벌이는가 하면, 그와 동시에 무상함과 현세의 공허함과 가상성에 대한 공포를 느끼기도 한다. 앞서 인용했던 우리의 소책자에는 다음과 같은 구절이 나온다. "바로크는 유혹적인 가상의 세계에 호의를 가졌다. 가상은 한편으로는 스스로를 펼쳐 보이는 보다 높은 진리들에 대한 암시로 이해될 수 있었고, 다른 한편으로는 지상의 모든 현상들의 보잘것없는 무상함에 대한 경고로 이해될 수도 있었다. 바로크에 있어서는 이따금 '작용'이 '현실' 그 자체보다 더 본질적인 것으로 보인다."(콘티의 같은 책 60쪽)

바로크에 있어서는 모든 것이 암시, 넌지시 알림, 지시, 즉 알레고리이다. 그리고 이 알레고리의 개념을 통해서 발터 벤야민은 난해하고 암호로 가득한 그의 저작《독일 비애극의 원천》(1928)에서 바로크의 본질을 파악하려고 시도했다. 벤야민에 의하면, 바로크는 중세

가 무덤으로 들어가고 또한 "르네상스적인 독단"(벤야민Benjamin 1978
의 154쪽)이 해고 통보를 받는 그러한 "쇠퇴"(벤야민의 같은 책 37쪽)
의 시대였다. 예술 발전의 선두에 비극을 배치하고 있는 벤야민의 명
제에 따르면, 바로크 예술은 세계의 허약함을, 그리고 또한 "형이상
학적 의미가 없는 파국적인 폐허"(비테Witte 1985의 58쪽)로서의 역
사의 허약함을 드러내 보인다. 바로크의 알레고리는 "파편"이고 "토
르소"이고 단편이며, 모든 명백한 의미를 거부한다. 알레고리에 의해
서 인간정신은 인과율적으로 결정되는 지시 관계의 불손함과 월권
행위에 저항한다. 벤야민은 신칸트학파의 철학자인 헤르만 코헨에
동의하면서 그의 말을 인용한다. 코헨은 그의 《순수 감정의 미학》
(1912)에서 다음과 같이 말한다. "애매모호함, 다중적 의미는 알레
고리의 기본적 특징이다. 알레고리, 즉 바로크는 의미의 풍성함을 자
랑한다. 이러한 애매모호함은 또한 풍성한 낭비이기도 하다. 자연은
형이상학의 옛 규칙들에 따르거나, 그에 못지않게 기계학에 따르려
고 하면 무엇보다도 절약의 원칙에 묶이게 된다. 그러므로 애매모호
함은 도처에서 의미의 순수함과 통일성에 대한 모순으로 작용하는
것이다."(벤야민 1978의 154쪽에서 재인용) 이 구절을 의역해서 풀
면 이렇다. 자연의 통일성은 새로운 현대적 수단들을 통해서, 간략하
게 말해 데카르트의 이성 중심주의를 바탕으로 인식되고 입증되었
고, 그럼으로써 자연 지배의 가능성이라는 점에서 거대한 발전을 이
루게 되었다. 하지만 그 시대의 예술은 정반대의 현상을 증언한다.
예술은 다시 밤의 측면과 그림자의 측면, 인간의 자기의심과 당황을,
자신의 고유한 자연성과 아울러 그 무상함을 기억하는 것이다. 예술
은 자연의 징후를 통해 이성의 논리에 저항한다.

바로크의 예술과 미학은 유달리 애호받았던 예술 형식인 우의寓意

가 명백하게 보여주듯이 애매모호하다. "우의와 모토와 슬로건을 통해서 보편적인 도덕적 생각이 특수한 상像과 연결된다. 추상적인 것이 가시적 형상을 띄게 되며, 인간의 감정이 명백하게 구획되고 합리적으로 구성된 형식 속으로 흘러들어 간다."(포하트 1986의 326쪽) 여기서 일정한 태도나 가치를 구현하도록 되어 있는 각각의 특수한 상은 언제나 미학적 부가가치와 풍성한 비유를 내포하는데, 이것은 성인전聖人傳을 특징짓는 추상적 개념(덕, 충실함, 우아함 등)과는 그 성격을 달리한다. 상은 오히려 여러 의미로 해석되도록 자극하고, 다양한 해석을 불러일으킨다. 전적으로 믿을 수 있는 것은 아무것도 없다. 바로크는 르네상스의 기본 전제에 격렬하게 저항했다. 일면적인 합리주의와 기하학주의(조화와 균형), 그리고 경험적 지식의 추구를 거부함으로써, 다시 중세의 플라톤, 플로티노스의 관점으로 되돌아갔다. "르네상스가 조형예술의 가장 확실한 토대로 간주하고 존중했던 수학이 이제는 곧바로 증오심의 대상이 되어 박해를 받았다." 페데리코 추카리(1542-1609)가 그러한 경향을 대표하는 화가였다. "전 유럽을 두루 방문하면서 영주들에게서 특히 애호를 받았던 그는 많은 성들을 자신의 그림으로 장식하였으며, 로마에서는 이 도시의 가장 화려한 궁성들 중의 하나를 직접 건립하기도 했다."(타타르키비츠 1987의 제3권 232쪽)

"나(페데리코 추카리)의 견해에 의하면, 진리는 이렇다. 회화예술은 그 토대를 수학적 지식들로부터 가져오지 않으며, 그 어떤 규칙들이나 작업 방식들을 배우거나, 혹은 사변적으로 원리를 밝히기 위해 수학적 지식들에 의존할 필요는 조금도 없다(…). 내가 보는 바로는 이렇다. 자연으로부터 생겨난 모든 물체들은 아리스토텔레스가 이미 말했듯이 균형과 척도를 이미 갖추고 있다. 그러나 모든 사물들을 이론적이고 수학적인 사변으로 관찰하고 인식하고, 그러한 기준에 따라 작업하려고 들면, 참을 수 없이 힘들다는 것은 물론이고 어떠한 유익한 결과도 없는 시간 낭비가 되고 말 것이다. 우리의 예술적 동지들 중의 한 사람(뒤러)이 그 점을 입증한다. 그는 유능한 화가이지만, 수학적 규칙들에 토대를 두고 임의로 인간의 몸을 그리려 했으나, 성공하지 못했던 것이다(⋯). 왜냐하면 예술가의 생각은 명료해야 할 뿐만 아니라, 또한 자유로워야 하며, 그의 정신은 긴장이 풀린 자연스러운 상태여야 하고, 얌전하기만 한 규칙들에 의한 기계적인 의존으로부터 제한되지 않아야 하기 때문이다."(타타르키비츠 1987의 244쪽에서 재인용)

네덜란드와 영국에서 활동하였고, 무엇보다도 〈옛사람들의 회화〉(1637)라는 논문으로 영향을 미친 예술사가 프란키스쿠스 유니우스(1589-1674)는 고대인들의 모방을 거듭 변호했으며, 고대 예술의 연구로부터 형성되는 상상력을 옹호했다. 키케로, 퀸틸리아누스, 세네카, 디오게네스 라에르티오스, 비트루비우스와 보에티우스의 저작들을 실용적으로 편찬한 한 책으로부터 영향을 받은 이 논문은 르네상스의 위대한 화가인 니콜라 푸생(1594-1665)과 또한 그의 숭배자이자 그 시대의 연대기 저자인 조반니 피에트로 벨로리(1615-1696)에게 지속적인 영향을 미쳤다. 조각으로부터 시작하여 회화를 거쳐 시문학에 이르기까지 모든 예술의 척도이자 가치를 결정짓는 것은 '고대'였다. 고대는 그야말로 규범이며, 마르크스의 말을 빌리자면 당대의 예술가들이 성실하게 연구하여 모방해야만 하는, 도달할 수 없는 척도이다. 벨로리는 이러한 의고전주의적인 관점을

1664년 로마의 성 루카 학술원에서 한 유명한 연설에서 단정적으로 말한다. "회화, 조각, 건축의 이념(L'Idea del Pittore dello Scultore e dell'Architetto)."

당시의 예술과 예술이론이 당면하고 있었던 주요한 문제는 예술적인 표현에 대한 물음이었다. 표현은 어떻게 해서 가능한가? 예술가의 내면에서는 어떤 일이 벌어지며, 최종적으로는 무엇이 눈에 띄게 되는가? 많은 논문들은 추카리가 도입한 "내면의 징표Disegno interno"를 거듭해서 원용하였다. 요컨대 예술가는 외면적으로 작업을 수행하고 예술적으로 형상화하기에 앞서, 이미 자신의 내면에 그것에 대한 하나의 이념을 생산해야 한다는 것이다. 그 배경에는 고대와 중세의 관념들, 아리스토텔레스, 플로티누스 그리고 특히 "신의 정신의 불꽃"(파노프스키 1960의 48쪽)으로서의 이데아에 초점을 두는 토마스 아퀴나스가 자리 잡고 있다. 그러므로 바로크가 일종의 중간적 위치에 있다고 말하는 것은 정당하다. 왜냐하면 바로크는 한편으로는 고대와 중세의 확신들에 토대를 두면서 과거로 되돌아가려고 하는가 하면, 다른 한편으로는 창조적인 인간, 자기 자신 이외의 그 어느 것에도 의지하지 않고 특히 외부세계로서의 단순한 자연에 의지하지 않는 예술적인 천재의 문제를 첨예화하기 때문이다. 주체와 객체는 오히려 서로 대립관계에 있게 되며, 주체는 이제 신으로부터 주어지긴 했으나, 르네상스인들이 원했던 것처럼 자연 연구를 통해서는 드러나지 않는 내적인 이념과 표상과 세계관을 바탕으로 해서 외적인 형상들을 창조해야 하는 것이다. 추카리에 대한 파노프스키의 해석에 의하면, "내면의 징표는 하나의 선물로, 다시 말해 신의 은총의 흘러넘침"으로 이해되어야 한다. "스스로의 자발성을 자각한 인간의 독단적인 정신은 감각적 현실에 맞서서 이러한 자발성을, 오직 그것을 신의 형상으로 정당화함으로써 견지할 수 있다고 믿었다. 천재는 이제 신으로부터 기원하는, 분명하게 인식되고 강조된 숭고함을 정당화하는 것이다."(파노프스키 1960의 51쪽) 그리고 여기에서부터 곧장 "18세기의 가장 의미심장한 미학적 개념인 천재의 비합리화"로의 길이 열린다.(보이믈러 1975의 155쪽)

　내게는 각각 특별한 방식으로 이 중간적 위치를 대변하는 두 인물이 철학자인 잠바티스타 비코(1668-1744)와 화가인 렘브란트로 보인다. 비코의《새로운 학문》이라는 강령은 당대의 포르 루아얄 학술원이 데카르트를 중심으로 퍼뜨렸던 이성 중심주의에 대한 비방으로부터 온통 영감을 얻고 있다. 비코는 건전한 인간의 오성과 "공통감각sensus communis"을, 그리고 "인간 자신의 창조물로서 영혼과 정신의 힘의 전체 영역을 포괄하는 역사를 앞세운다. 인간은 오직 자신이 창조한 것만 인식한다는 것이다. 이러한 기본 명제는 인식의 세계가 그 주위를 돌게 되는, 확고한 아르키메데스의 점과도 같은 것이다."(샬크, 비코 1963의 174쪽에서 재인용)

　예술과 관련해서 비코는 다른 모든 예술에 앞서서 시문학을 "전지전능한 신의 선물"로 간주하고, "어떤 수단들에 의해서도 습득할 수 없는 것으로 여김으로써"(비코의 같은 책 77쪽), 한편으로는 고대의 모범에 충실했으며, 다른 한편으로는 고대인들에 대한 단순한 모방은 아무런 결과도 가져오지 못한다고 생각한다. 오히려 더욱 결정적인 것은 "상상력"이고, 창조적인 것을 생성하는 능력이며, 예술가의 고유한 개성과 특수성이며, 오늘날 우리가 말하는 작가 자신만의 색깔이다. 비코는 이러한 맥락을 견지하면서 티치아노의 생애로부터 하나의 일화를 들어 설명한다. 누군가가 티치아노에게 물었다. "왜 그처럼, 심지어 그림에서 붓의 털이 발견될 정도로 두텁게 칠하기를 좋아합니까?" 티치아노가 답했다. "예술가라면 누구나 자신을 말해 주는 작품 속에서 그 어떤 우월성을 보임으로써 명예를 얻으려고 노력해야 합니다."(비코의 같은 책 137쪽) 더 나아가서 비코는 작시법作 詩法을 철학과 비교한다. 그는《새로운 학문》의 한 구절에서 이렇게 말한다. 작시법은 철학보다 더 오래된 것이다. 왜냐하면 모방, 즉 작시법의 원리는 비판적인 성찰, 즉 철학의 원리보다 더 오래된 것이기 때문이다. "인간들은 대상을 인지함 없이 우선 느낀다. 그러고 나서는 영혼이 요동치며 별안간에 대상을 주목한다. 마지막으로 그들은 명료한 정신으로 성찰한다."(비코 o. J.의 36쪽) 그리고 작시법과 철학의 공통적인 목적에 대해 비코는 초기 논문인《우리 시대의 연구 방법에 관하여》(1708)의 또 다른 구절에서 시인을 언급한다.

"철학자가 엄숙하게 가르치는 것을, 시인은 즐겁게 가르친다. 둘 다 인간의 윤리가 무엇인가를 말하고 덕을 고무하며 악덕을 피하도록 가르친다. 그러나 전문가들을 대상으로 하는 철학자는 보편적인 개념들을 사용해서 말을 한다. 반면에 평범한 사람들을 상대로 하는 시인은 그가 사례를 들기 위해 고안해 낸 인물들의 숭고한 행위와 발언들을 통해 확신을 준다. 그러므로 시인들은 진리의 보다 숭고한 형상을 고안하기 위해 진리의 일상적인 형식들과는 간격을 유지하며, 한결같은 본성을 추구하기 위해 불확실한 본성을 배제한다. 심지어 그들은 어느 정도 더욱 진실해지기 위해 거짓을 따르기도 한다."(비코 1963의 79쪽)

그리고 최종적으로 작시법의 규범적 성격을 이렇게 정의한다. "(…) 시문학은 (…) 그 눈길을, 자연스러우면서도 의도적이어야 하는 진

리를 향해 던진다."(비코의 같은 책 81쪽)

네덜란드의 화가인 렘브란트는 동시대인들에게 규칙들을 무시하는 자연주의자로 비쳤으며, 그를 비방하는 어떤 시가 말하듯이 "회화에 있어서 첫 번째 이단자가 되기 위해 영광스럽게도 오류에 헌신했던 통속화가였다."(포하트 1986의 349쪽에서 재인용) 통용되던 규칙들에 저항한 이러한 자연주의를 정반대로 오늘날의 한 예술사가는 하나의 비전으로 해석한다. "자연주의적 예술이 미래의 비전을 보여준다고 해서 모순은 아니다. 말하자면 예술가는 예언자가 된다. 자연은 영혼이 된다."(하만 Hamann 1962의 591쪽) 렘브란트에게 있어서 중요한 것은 "심원한 인간성"이며, 인간들이 자기 자신의 내면을 직관하면서 외부 세계를 위협적이고 적대적으로 느끼는 것이다. "공간과 모든 부속물은 쪼그라든다. 배경, 분위기, 다양한 색채의 삶이 하나 혹은 소수의 인간을 표현하는 데 동원되며, 이때 그 인간들에게 있어서 모든 외적인 것은 오로지 심원한 내면적 체험의 표지일 따름이다. 다만 눈만이 그 배후의 정신적인 것, 즉 그 어떤 빛의 매개자가 될 뿐이다.(하만의 같은 책 602쪽) 요컨대 렘브란트에게 있어서 중요한 것은 문자 그대로 내부로서의 내적 공간을 묘사하는 것이며 또한 아울러 전이된 의미에서 내부 세계를 묘사하는 것이다. 인간들은 생각에 잠겨 있고, 자기 자신을 향한다. 요컨대 내향적인 느낌을 준다.

그러므로 예술에 대한 생철학적인 해석들, 그중에서도 게오르크 짐멜이 렘브란트의 화법에서 삼백 년 이후에나 전개될 사물들의 모습을 미리 예견한 것은 조금도 놀라운 일이 아니다. 짐멜에 의하면 렘브란트는 그 초상화 습작품들과 풍속화들을 두고 볼 때 생의 화가였다. 묘사된 인물들은 그 생의 일순간 속에서 묘사되지만, 그 순간은 지금까지의 생애 전체를 포함하고 있는 것이다. 짐멜이 말한다.

"(…) 지금 이 순간은 지금까지의 전체 생애에 의해서 결정되며, 모든 지나간 순간들의 결과이다. 그러므로 그때마다의 생의 순간은 주체의 전체 삶을 드러내는 형식이다."(짐멜 1914/1915의 3쪽 참조) 그가 계속해서 말한다. "모든 순간에 있어서 전체적으로 거기에 있는 것, 그것이 생의 본질이다. 왜냐하면 생의 전체성은 순간순간들의 기계적인 총합이 아니라, 하나의 지속적이며, 지속적으로 형성되고 변화하는 흐름이기 때문이다. 그러므로 렘브란트의 유동성의 본질은 순간들의 연속 전체를 각각의 순간의 일회성 속에서 느끼도록 하는 데 있으며, 분리된 순간들의 연속으로 분산되는 것을 극복하는 것에 있다."(짐멜의 같은 책 4쪽) 렘브란트의 그림들, 〈사도 바울풍의 자화상〉이나 〈황금 투구를 쓴 남자〉, 〈포목상 조합의 이사들〉은 내면성을 예고하는 것들로, 인물들의 내면성을 입증한다. 짐멜의 해석이 정곡을 찌르듯이 이 내면성은 바로 그 시대 사람들에게 분명히 낯선 영향을 주었을 것이며, 또한 바로크 미학의 명백한 강령이기도 하다. 바로크 미학의 강령은 요컨대 주체와 객체 사이의 관계에 대한 문제이며, 렘브란트가 즐겨 그린, 내부로 침잠하고 있는 눈의 부분들로부터 우리가 읽어낼 수 있는 그러한 것이다. 짐멜은 그와 관련하여 이렇게 결론짓는다. "렘브란트 예술의 너무도 명백한 특성은 한편으로는 곧장 넘쳐흐르는 생명을 느끼게 한다는 것이며, 다른 한편으로는 개성의 형식과 밀접하게 연관되어 있다는 점이다."(짐멜의 같은 책 231쪽) 짐멜은 또한 명확하게 말한다. "렘브란트는 '개성'의 화가이다."(짐멜의 같은 책 229쪽) 이는 렘브란트의 그림들이 가지는 지속적인 현재성을 가리킴에 있어서 손색없는 표현이라고 하겠다!

## 3. 미감 味感*에서 천재로 : 계몽주의…

이럭저럭 어느새 18세기에 이르렀다. 18세기는 계몽주의와 자율적 사유, 그리고 미성년과 후견으로부터의 독립의 세기이다. 요컨대 아르놀트 하우저는 이렇게 본다. "계몽주의는 현대시민의 정치적 초등학교였다. 그 학교가 없었더라면 지난 두 세기 동안의 정신사에 있어서 시민의 역할은 상상할 수도 없었을 것이다." (하우저 1972의 617쪽) 다양한 연결끈들이 계몽주의와 17세기를 이어준다. 주요 통찰과 견해들, 이론적 전제조건과 기본가설들이 앞뒤로 서로 영향을 주면서, 때로는 과격해지고 때로는 보편화되고, 결국에는 시민계급의 이해와 요구에 맞추어 다시 파당적으로 재변형되었다. 시민계급이 자신의 보편적 존재 가치를 입증하는 이데올로기의 토대와 바탕으로 삼았던 이러한 획기적 통찰 가운데 하나는 개성의 '발명', 즉 개별화된 개인, 자율적이고 완전히 자기 자신에게만 의존하며, 자기 자신의 내적인 가치를 갈고닦는 주체의 확립이었다. 17세기 회화는 이러한 테마를 오래전에 선취하였고, 렘브란트의 초상화들은 개별적 인간의 저 내면성과 자기연관성을 이미 그림 속으로 옮겨놓았다. 그것은 이후 광범위하게 문학과 정치와 철학의 영역에서 본격적으로 그리고 전 유럽적으로 거론되기 이전의 일이었다. 빌헬름 딜타이의 정신사적 역사 서술은 그 점을 명료하게 꿰뚫어보고 있다.

---

* Geschmack. 바움가르텐과 칸트에 의해 정립된 중요한 개념으로 기존의 미학서들에는 '취미'로 번역되어 있으나, 영어로는 taste, 불어로는 goût에 해당되는 용어임을 감안할 때, 미감 정도로 번역하는 것이 타당해 보인다.

"유럽의 자유의 탄생지인 네덜란드 공화국에서 17세기의 회화는 렘브란트를 통해 전통적인 이상적 유형을 거부하고, 또 신분에 어울리는 태도나 형식에 조금도 개의치 않으면서, 오로지 생의 에너지만 넘쳐흐르는 인간 유형을 낳았다. 네덜란드의 풍속화가들은 순수한 인간의 모습을 그렸다."(딜타이Dilthey 전집 제4권 1924의 255쪽) 계몽주의 시대, 그리고 다른 어떤 나라들보다 앞서 특별나게 계몽화된 영국과의 다른 점은, 17세기가 고립된 개인 존재의 내면성을 예찬하였다는 점에 있다. 반면에 계몽주의는 이 고립된 개인 존재를 하나의 강령으로 삼았다. 말하자면 르네상스적인 "만능인 l'uomo universale"의 의미에서가 아니라, 광범위한 교양을 쌓았으면서도 동시에 자기 자신의 이해관계를 아주 정확하게 알고 또 대변하는 개인이라는 의미에서 미학적·도덕적·정치적 의식 형성과 교육의 기획으로 삼았던 것이다. 계몽주의에서 중요한 것은 자신을 관철해 내는 개인이며, 시장에서 자신의 지위를 주장하고 자신의 초월적 고향을 차안의 세계, 더 정확하게 말해서 자기 자신 안으로 밀쳐넣은 그런 인간 유형이다.

딜타이는 계몽주의자들의 교양 개념에서 예술이 가지는 우월한 지위를 지적한다. "새로운 영국 사회는 자유로운 교양으로 이끌어가고, 도덕적인 태도를 준비하는 그러한 예술을 필요로 하였다. 애디슨은 언젠가 런던 거리를 보았던 장면을 인상 깊게 서술하고 있다. 거리에서 몰려다니는 사람들 대부분이 허상의 존재로 보였던 것이다. 그는 그들을 살아 있는 사람들로 만들고 싶었다. 그리고 새로운 점은 그가 그러한 일을 종교를 통해서가 아니라 미학적이고 윤리적인 개화를 통해서 이루려고 했다는 것이다. 개화의 이러한 두 가지 유형은 새로운 정신사조와 분리될 수 없는 것이었다."(딜타이의 같은 책 255쪽) 딜타이는 이로써 모든 계몽주의적 노력의 핵심을 말하고 있다.

선진적인 영국과 그 나라의 권위 있는 문학가들과 철학자들, 예를 들자면 잡지《스펙테이터The spectator》의 발행인인 애디슨과 포프, 그리고 또한 프랑스와 후진적이었던 프로이센-독일, 라인강 이편의 디드로와 루소, 그리고 라인강 저편의 레싱과 칸트가 모두 거기에 포함된다. 예술과 철학 교육을 받은 계몽된 인간은 실제적이고 교양에 넘치며, 독자적이고 자부심이 있고, 비사교적이라는 말을 들을 정도로 자율적이고 독립적이며, 자신의 견해를 거리낌 없이(최소한 독립적인 개인으로서) 표현할 수 있는 성숙한 사내이다.

이 "성숙한 사내"는 어떤 의미에서 한 과정의 종착점에 서 있으며, 달리 말하자면 그가 곧바로 자기 자신의 문 앞에서 스스로의 힘으로 시작해야 한다는 뜻이기도 하다. 보편적 인간 본성을 들여다본다면 ─이것은 계몽철학의 방법적 요령이기도 하다─우리 모두가 지위와 직업과 상관없이 특정한 능력을 타고났음이 곧바로 드러난다. 그리고 그러한 능력들 중에서 건강한 인간오성, 양식(디드로) 또는 공통 감각(섀프츠베리)는 결코 변변찮은 것이 아니다. 우리는 그것과 도처에서 마주친다. 그것은 모든 유혹과 혼란에 맞서는 방벽과도 같은 것이며, 문화에 의한 타락에 저항하기 위해 자연이 내려준 현명한 통찰력과도 같은 것이다.

섀프츠베리는 그의 에세이 〈공통 감각: 위트와 유머의 자유에 관한 에세이〉(1709)에서 말한다. "인간을 이성적인 사유자로 만들어주는 이성의 사용은 오직 지속적인 사유의 자세를 통해서만 가능하다." 그가 계속해서 말한다. "그러나 거기에서 곧바로 만족을 느낀다면 그보다 잘못될 수는 없다. 익살스러운 조롱의 자유, 모든 것을 적절한 언어로 의심해 보는 특권 그리고 모든 논증에 대해 그 입증자의 감정을 건드리지 않으면서도 바로잡고 반박할 수 있는 허용. 이러한 것들은 뼈아프게 파고드는 대화들을 어느 정도 부드럽게 이끌어갈 수 있는 유일한 전제조건들이다. 발언을 주도하고 자신의 분야에서 무제한의 지배자이기를 자처하는 자들이 강요하는 법칙들의 엄격함과 장황하게 지속되는 꼼꼼함, 그리고 위선적인 열정에 의해 사람들이 잘못된 방향으로 빠져드는 경우가 허다하기 때문이다."(섀프츠베리 Shaftesbury 전집 제1권 3장 1992의 31쪽) 섀프츠베리는 그의 미학적·철학적 강령 전체의 토대를 앞서 소개한 인용문에서 울려 나오는 것과 같은 사교적인 문화, 즉 사교적인 목적과 교류, 소통과 토론을 위한 자유로운 모임에 두었다. 섀프츠베리는 언제나 현실의 생활문제들을 중요하게 여겼다. 그러므로 그가 미학적인 문제들을 다루는 것도 "순수한 삶을 형성하는 데 필요한 해답, 즉 내면적이고 정신적이며 개인적인 우주의 구축을 지배하는 법칙을 보여주는 답을 얻기 위해서일 때뿐이다."(카시러 1989의 47쪽) 뛰어난 사교술은 자의식을 가진 시민들에 의해 장려되었던 미학적 훈련의 목표이자 목적이었다. 아름다움과 선은 그에게 있어서 "하나이자 동일한 것"이며(섀프츠베리 1980의 181쪽), 우정과 고귀한 행동(섀프츠베리의 같은 책 77쪽)은 최고의 선이고, 사상의 자유로운 교환(섀프츠베리의 같은 책 55쪽)은 최고최상의 가치였다. 또 다른 글에서 섀프츠베리는 아주 간명하게 말한다. "가장 간명하면서 직접적인 인간의 철학은 무엇보다도 우리 자신을 통찰하고, 우리 자신 속에서 척도를 찾는 것이다."(섀프츠베리의 같은 책 7쪽)

오십 년도 더 뒤에 디드로는 그의 《백과전서》의 인간오성을 다룬 항목에서 "양식bon sense"을 옹호하면서 그것을 "판단력과 지성의 척도"로 정의한다. 또한 "모든 인간은 그 양식에 의해서 사회의 일상적인 번거로움으로부터 수월하게 벗어날 수 있다."(디드로Diderot 1969

의 369쪽) 칸트의 견해도 같은 맥락이다. 건강한 인간오성은 그것이 건강하고 또 사변으로 빠져들지 않고, 경험 속에서 곧장 응용할 수 있을 정도로 실천적임이 입증된다면 전적으로 쓸만하다는 것이다. (칸트의《프롤레고메나》제3장 6쪽)

　건강하고 보편적이며 또는 일상적이기도 한 인간오성의 문제와 관련된 글들은 수없이 많다. 그것들은 모두 같은 문제를 파고들고 있으며, 오성의 능력을 옹호하고 있다. 그러나 이러한 글들은 나중의, 무엇보다도 19세기 후반 이후 철학에서 유행하게 되는, 오성에 대한 일반적인 유죄 판결과는 멀어도 한참 먼 것들이다.(호프마이스터 Hoffmeister 1955의 400쪽 그리고 555쪽 참조) 건강한 인간오성은 시민의 오성이며, 끊임없이 주의를 기울이고, 이해관계를 잘 이해하고, 본능적으로 판단하고 사물들을 아주 구체적으로 대하는 그러한 실천적 이성이다. 인간오성은 헤겔의 "이성의 간지"와 같은 것이다. 그 이성의 간지는 자연의 의복을 입고 등장하며 모든 인간을, 계몽주의자들이 보기에 균일하게 만드는, 모두에게 귀속되면서도 서로를 다르게 만드는 개별적 보편성이다. 달리 말하자면, 인간오성은 광범하고 복잡하고 실천적인 강령이 그 안으로 짜여 들어간 이론적인 틀이며, 대안적인 생의 모델과 사회의 모델을 뒷받침하기 위한 전제조건이다. 건강한 오성이라는 개념은 무엇보다도 미학, 나중에 살펴보겠지만 칸트의 뒤를 이어 판단력 이론으로 등장하는 미학의 개념에 있어서 중요한 의미를 가진다.

　은유적으로 표현하자면, 건강한 인간오성이란 "해방운동 과정으로서의 계몽주의"(뵈데커, 피어하우스Vierhaus 1988에서 재인용)를 촉진하기 위한 전동 벨트와도 같은 것이다. 해방이란 말을 "낯선 규정으로부터 벗어나게 하여 자립성과 성숙함과 자기 규정으로 이끌어간다."(뵈데커, 피어하우스의 같은 책 10쪽에서 재인용)라는 의미에서 "이성과 도덕의 활동"으로 본다면, 칸트의 논문 〈계몽이란 무엇인가라는 질문에 대한 답변〉(1784)은 여기에서 중심적인 강령을 담은 문서로 읽힐 수 있다. 칸트는 "자신에게 그 책임이 있는 미성숙으로부터의 인간의 해방"으로서의 계몽이라는 말을 사용하며, 호라티우스의 "용기 있게 탐구하라!(Sapere aude!)"라는 말에 기대어 인간은 자기 자신의 "오성을 사용해야 한다."(칸트 1969의 1쪽)는 점을 역설한다. 칸트는 또 다른 곳에서 이렇게 정의한다. 인간은 "자율적 사유", 종국적으로 "자기 자신의 이성"을 사용하는 것을 배워야 하며, 척도를 자기 자신 속에서 그리고 자신의 판단 속에서 찾아야 한다. "자기 자신의 이성을 사용한다는 것은 다름 아니라 자신이 받아들여야 하는 모든 일을 자기 자신에게 묻는 것을 말한다. 그것이 타당한 것인지, 무엇 때문에 어떤 것을 받아들여야 하는지, 혹은 자신이 받아들이는 것에서 생겨난 규칙을 따름으로써 자신의 이성을 사용하는 보편적 도덕법칙을 만들어야 하는지를 말이다."(칸트의 같은 책 26쪽)

그리하여 마침내 계몽주의는 "자율적 사유와 자율적 판단에 이르는, 의식적으로 경험하고 의식적인 경험에 이르는 해방의 과정으로" 선언된다.(뵈데커, 피어하우스 1988의 10쪽에서 재인용) 이로써 구체적이고 실천적인 강령을 담고 있으며, 또한 보편적인 의사소통의 관계라고 불러도 무방한 그러한 이론적 시나리오가 마련되었던 것이다.(이와 관련해서는 코젤렉Koselleck 1979, 하버마스Habermas 1974, 뵈데커 Bödeker 1988을 주로 참조하라.) 왜냐하면 계몽주의의 과정은 여러 측면으로 전개되었고, 언제나 의사소통의 측면, 즉 담론기술의 강화와 국제화의 관점에서 전개되었기 때문이다. 편지라는 매체는 새로운 의미를 가지게 되었고, 출판물은 팽창했으며, 새로운 신문과 잡지(교양 주간지)가 창간되었으며, 다양한 종류의 계몽주의적 조합들(프리메이슨 연맹, 클럽, 서클, 독서 클럽과 살롱)이 우후죽순처럼 솟아났다.(뵈데커의 같은 책 111쪽 참조) 계몽과 책읽기와 의사소통은 서로 긴밀한 연관을 이루었다. 사람들은 책을 읽고 교양을 쌓고 다시 공적으로 의사를 교환하였다. 기본적으로는 모든 시민들이 이 과정에 참여할 수 있었다.

괴테 이전 시대에 가장 애호 받고 가장 널리 읽힌 독일 작가였던 겔레르트는 그의 소설《스웨덴 백작부인 G의 일생》에서 계몽적이고 교양 있는 인물의 이상형을 그리고 있는데, 소설의 한 구절은 백작부인의 두 번째 남자를 이렇게 묘사하고 있다. "그의 박식함은 특출했고, 그의 겸손함도 마찬가지로 대단했다. 그는 덕망과 우정에 있어서 완고할 정도로 엄격했다. 그의 표정은 슬픔을 띠기도 했지만, 또한 마찬가지로 침착하고 만족스런 얼굴이었다. 그는 어떠한 오락도 마다하지 않았다. 그러나 내가 보기에 그는 오락 그 자체를 즐거워한다기보다는, 그 오락이 다른 사람을 유쾌하게 만들어준다는 만족감을 즐기는 것처럼 보였다. 그의 소망은 모든 사람을 이성적으로, 그리고 모든 이성적인 사람이 행복해지는 것을 보는 것이었다."(겔레르트 Gellert 전집 제4권 1989의 14쪽)

한스 에리히 뵈데커는 이론적인 측면으로 접근하면서, 그런 식으로 교양을 갖추고 우정과 이타주의와 자족감을 갖춘 인간을 다음과 같이 기술하였다.

"의사소통은 하나의 상호적인 행동 방식의 조화로운 모습으로 여겨졌다. 사람들은 개인적인 경험들을 이야기하면서, 그 유사성을 집단적으로 검토하고 서로 의견을 나누었다. 이러한 경험들은 설명의 체계 속으로 편입되었고, 새로운 관심들이 부각되었으며, 새로운 이념들이 토론되고 널리 전파되었다. 그리고 커뮤니케이션, 즉 의사소통은 교양 있는 언어와 대화적 관계의 존재를 전제로 하였다. 의사소통은 또한 교류의 이념을 촉진시켰다. 성격들과 견해들의 날카로운 대립은 의사소통의 단절을 초래했다. 평등과 자유, 개성과 관용은 계몽의 중심적인 가치들로서, 동시대의 견해에 따르는 계몽주의적 의사소통의 전제가 되었던 사고의 범주들을 이루었다.”(뵈데커 1988의 89쪽)

겔레르트의 소설에서 우리는 최종적으로 이러한 이론적 통찰들의 문학적 변환을 확인할 수 있다. 사람들은 끊임없이 읽고 토론을 벌였으며, 교양 주간지들과 (외국의) 소설들을 통해서 배우고 교양을 쌓았다. 외국어를 틈틈이 익혔고, 무엇보다도 친숙한 친구들과의 모임을 통해서 사교성을 길렀다. 모든 일이 벌어지는 가정의 테두리는 점차로 대안적 사회질서의 모델로 형성되어 갔다. 혁명은 부드러운 방식으로 그 출현을 예고하였다. 가족이라는 소우주 속에서는, 나중에 시민계급이 프랑스혁명과 그 이념들(자유, 평등, 박애)을 통해 내세웠던 저 이상이 이미 실현되고 있었다.

계몽주의의 새로운 미학적 단서를 보다 잘 이해하기 위해서는 여기에서 계몽주의를 짤막하게 개관할 필요가 있겠다. 계몽주의는 개별적인 개인을, 성숙한 시민으로서의 주체를 그들의 성찰의 전면에 부각시켰다. 그들의 이상형은 자기 자신에 토대를 두고 자신만만하게 행동하며, 자신과 비슷한 부류의 다른 사람들과 사상 교환을 추구하는 그러한 광범위한 교양을 쌓은 인간이었다. 아울러서 계몽주의는 이러한 개별적인 인간을 조화롭게 그 자체로 완결된 하나의 단위로, 그 속에서 감각과 오성, 이성의 논리와 가슴의 시문학이 서로 화해하는 하나의 단위로 보았다. 이것은 내가 보기에 그 시대의 고유한 그리고 국경을 초월한 공통적인 요소이다. 요컨대 이 개별적 인간을 통해 철학사와 정신사에서 서로 모순되는 것으로 나타났던 여러 갈래의 견해들, 흐름들, 견해들과 이념들 사이의 내면적인 화해가 이루어졌던 것이다. 추상적·철학적 분석과 해부의 과정에서 드러난 온갖 모순과 갈등이 인간학의 내용을 풍성하게 해주었다. 자연과 문화, 합리성과 비합리성, 오성의 문화와 감정의 문화, 사유와 느낌이 경합을 벌이는 파노라마가 전개되었다. 또한 여기에서도 겔레르트의 소설은 긍정적인 것이든 부정적인 것이든 생생한 사례들을 보여준다. 소설 속에서 부정적 인물들은 감정에 지배됨으로써 맹목성에 빠져 중용을 성취할 줄 모르는 사람들이다. 반면에 긍정적인 인물들, 계몽된 인물들은 그들의 다양한 능력들 사이에서 행복한 균형을 이루어 낸 사람들이다. 겔레르트는 스토아학파의 이상을 다시 받아들여 그들을 "지혜로우며 평정에 도달한 사람들"이라 부른다.

우리는 이제 미학으로 통하는 출입문 바로 앞에 있다. 역설적으로 들릴지는 몰라도 학문으로서의 미학이, 예술에 대해 숙고해 온지 이미 이천 년을 넘긴 시점에서 이제 다양한 인간 능력에 대한 성찰과 더불어 다시 앞으로 나아가게 되었기 때문이다. 미학은 그 창시자이자 이 개념을 처음으로 사용한 알렉산더 고틀리프 바움가르텐(1714-1762)이 볼 때 인식 이론의 빈틈으로부터 생겨난 산물이자 결과였다. 다시 말해 기존의 논리학이 감각의 지위와 상태를 결정하지 못해서 미학이 생겨난 것이다. 논리학이 순수하고 명료하고 분명한 인식의 문제를 대상으로 하는 반면에, 바움가르텐의 견해에 의하면 이제 미학은 감각과 감각적 인식이 제공하고 위임한 저 혼란스럽고 불분명한 인식의 영역을 다루어야 한다. 1735년의 그의 박사학위 논문 〈시와 관련된 몇 가지 문제들에 관한 철학적 성찰〉에서 시작하여 《형이상학》(1739)을 거쳐 《미학》(1750-58)에 이르기까지—이것들은 모두 라틴어로 쓰였다—바움가르텐은 감각과 감각적 인식을 체계적으로 철학에 통합하고, 그럼으로써 오성 능력의 균형, 오성 능력의 조화라는 문제를 형이상학적으로 그리고 정신 내적인 현상으로 답하는 것이 어떻게 가능한가를 중심적으로 탐구하였다.

바움가르텐은 《형이상학》에서 명료한 인식을 혼란스러운 인식과 구분한다.(바움가르텐Baumgarten 1983의 5쪽) 그러면서 그는 전적으로 그의 철학 스승인 라이프니츠의 전통에 따라, 세계 내에서의 물체의 "지위"가 어떤 것이 혼란스럽게 인식되는지 아니면 명료하게 인식되는지를 결정한다고 주장한다. 실체와 연관될 때 그 인식은 명료하다.(바움가르텐의 같은 책 7쪽) 그리고 인식은 실체의 범위가 크면 클수록, 다시 말해 어떤 실체가 보다 많은 관계와 연관들에 의해 포착될수록 더욱 더 진실하다. "보다 큰 질서 속에서 보다 참되게 인식된다면, 그 인식은 보다 참되고 따라서 보다 의미심장하다."(바움가르텐의 같은 책 8쪽) 바움가르텐은 또한 명료하고 분명한 인식능력을 상급의 인식능력이라 부른다. 반면에 그는 "어떤 사물을 애매하거나 혼란스럽게 인식하는" 능력을 하급의 인식능력이라 부른다. 그리고 이 하급의 인식능력을 그는 감각에 편입시킨다. "분명하지 않은 표상을 우리는 감각적이라고 부른다."(바움가르텐의 같은 책 10쪽) 최종적으로 그는 아직도 비어 있는 영역, 저 하급의 감각적이고 불분명한 인식을 전적으로 담당하는 새로운 학문, 즉 미학을 정립하고자 한다. 그러면서 그는 흥미롭게도 실재와 예술, 감각적 가상과 예술적 출현 사이에 아무런 구분도 하지 않는다. "감각적 인식과 감각적 표현을 다루는 학문이 미학이다. (미학은 하급 인식 능력의 논리학이고, 우미優美의 여신과 뮤즈의 여신의 철학이며, 하급 인식 이론, 아름다운 사유의 예술, 이성과 유사한 사유의 예술이다)."(바움가르텐의 같은 책 17쪽)

이로써 그는 자신의《미학》의 두 권에서 아주 폭넓고 장황하게 보여주었던 것의 핵심적 강령을 다시 풀어서 표현하고 있다. 자신의 《형이상학》에서 소위 "이중의 성격", 즉 인식 이론적으로 그리고 동시에 시적·수사학적인 관점에서 정의를 내리면서 "인식과 표현"으로서의 미학이라는 말을 쓴 것과는 달리, 바움가르텐은《미학》의 제1단원에서 "미학(교양 학예의 이론으로서의, 하급 인식 이론으로서의, 아름다운 사유의 예술로서 그리고 이성과 유사한 사유의 예술로서의)(…)은 감각적 인식의 학문"이라는 주장을 고수한다.(바움가르텐 1988의 3쪽) 연구의 목표로 그는 "감각적 인식 그 자체의 완전성을 제시한다."(바움가르텐의 같은 책 11쪽) 이로써 우리는 피할 도리 없이 아름다움이라는 주제에 도달하게 된다. 왜냐하면 바움가르텐에게 있어서 아름다움은 감각적 인식의 완전성으로부터 곧바로 생겨나기 때문이다. 다시 말해 상급 인식능력으로서 논리의 산물인 개념과는 상관없이, 대상은 그 특수한 아름다움 속에서 인식된다. 물론 그것은 혼란스럽기는 해도 그만큼 또 완전한 표상으로 드러난다. 반면에 감각적으로 불완전하게 인식되는 것은 추하다.

그러므로 바움가르텐의 미학은 엄밀한 인식이론 내지는 인식 비판적인 성격을 가진다. 그에게 있어서 미학은 "철학의 독립적이고 예비적인 분야로서"(가체마이어, 미텔슈트라스 1980 제1권 254쪽에서 재인용), 하급 인식능력의 논리를 탐구하려는 목표를 추구한다. 그러므로 그의 관심을 끄는 것은 자연현상도 예술작품도 아니며, 다만 "아름다움의 인식"에 대한 문제, 즉 상급 인식능력을 혹사시키지 않고 어떤 것을 일관성 있게 표상화하는 문제이며, 아울러 비례와 조화를 발견하고, 가능한 한 관계들과 의존성을 찾아내는 문제일 따름이다. 물론 바움가르텐은 자신을 고도로 수행되는 논리학의 체계에 하나의 층을 증축하거나 잇대어 건축하고, 인간의 성향과 능력을 체계적으로 보완하는 논리학자로 그리고 합리주의자로 보았다. 또한 동시에 그는 "인간학"(카시러)에 종사했고, 인도주의 사상을 장려하였다. 요컨대 그는 허약한 존재인 인간의 총체적 모습, 총체적 인간상을 감각과 오성을 매개로 하여 중심 문제로 부각시켰던 것이다.(프랑케Franke 1972의 65쪽을 참조)

> "철학자는 자신의 사유의 기본 특성, 총체성에의 의지라는 점에서 예술가와 인척관계에 있다. 철학자는 아름다움의 산출이라는 점에서 예술가와 경쟁을 할 수 없긴 하지만, 아름다움을 인식함에 있어서는 감히 앞서갈 수 있다. 그리고 이러한 인식과 체계적인 미학의 힘으로 자기 자신의 세계상을 완성할 수 있는 것이다. 그리하여 이 새로운 학문은 논리적인 정당성을 얻을 뿐만 아니라 또한 윤리적으로 장려되고 또 윤리적으로 그 정당성을 얻게 된다. 왜냐하면 '아름다움의 학문'은 이제 단순하고 상대적으로 독립적인 학문의 영역을 이루는 것이 아니라, '총체적인 인간을 만들어내며, 인간을 그렇게 될 수 있고 또 그렇게 되어야만 하는 존재로 만들 수 있는 것이다 (G. F. 마이어)."(카시러 1989의 85쪽)

바움가르텐은 '미학'이라는 이름을 지었으며, 미학이 철학의 한 분야가 되도록 애쓰긴 했지만, 그렇다고 해서 아름다운 예술의 이론에 관한 창조자가 된 것도, 감각 철학의 주창자가 된 것도 아니다. 두 영역은 이미 그 이전부터 존재해 왔으며, 그 분야에서 활동한 영국과 프랑스 철학자들의 이름은 잘 알려져 있다. 바움가르텐의 업적은 오히려 종합이라는 점에서 찾아야 할 것이다. 한 여성 해석자가 그 점을 이렇게 표현한다. "그는 아름다운 예술과 철학적 감각 개념의 상관관계를 생생하게 보여주었다. 그렇게 함으로써 그는 미학을 하나의 학문으로 정립시켰으며, 이 학문을 통해 비로소 처음으로 철학적 성찰의 수준에서 예술의 아름다움과 감각에 관한 사유가 이루어졌던 것이다. 다시 말해 아름다운 예술에 대한 이론이 철학이 되었는데, 그것은 철학적 개념이 그 이론의 토대를 이루고 있기 때문이다." (나우만바이어 Naumann-Beyer 1990의 297쪽) 이 점이 새롭고 독창적인 것이었으며, 이로써 기존에 이루어진 예술 이론들을 훌쩍 넘어서게 되었던 것이다.

이제 아주 간략하게 바움가르텐에 이르기까지의 미학 이론 형성과 이론 발전의 과정을 차례로 열거한다면, 우리는 두 줄기 흐름과 만나게 된다. 합리주의와 감각주의인데, 전자의 흐름은 데카르트의 합리주의 전통과 닿아 있는 많은 프랑스의 이름들과 연결되며, 후자의 흐름은 감각주의 전통과 닿아 있는 영국의 이름들과 연결된다. 프랑스 쪽으로는 뒤보스, 바퇴와 브왈로, 그리고 이어서 볼테르, 디드로 그리고 루소가 있으며, 영국 쪽으로는 이미 언급한 섀프츠베리 이외에 흄과 허친슨과 버크가 있다. 이제 처음으로 광범위한 영역에서 국제적으로 진행되는 토론의 지속적인 주제들은 미감에 대한 문제, 예술에 있어서의 천재성과 규칙성, 자연과 예술의 관계, 아름다움의 기준, 그리고 아름다움과 다른 미학적 기준, 즉 숭고함, 추함, 희극성과의 관계 같은 문제들이다.

계몽주의 미학, 대체적으로 말해 18세기의 미학이 비로소 근대 미학의 출발점을 이룬다고 말하는 것은 정당하다. 왜냐하면 여기에서 두 가지 조건이 마련되기 때문이다. '미감'의 개념과 '미학적 주관성'의 개념이 알려졌고, 또 헤겔과 더불어 인식되었던 것이다. 알프레트 보이믈러는 그것을 다음과 같이 의미심장하게 요약하였다.

　　"근대 미학은 이전에 시도되었던 비슷한 종류의 모든 이론들과 아주 엄격하게 구분되는데, 그것은 무엇보다도 근대 미학이 미감에 대한 이론으로 정의된다는 점에서 그렇다. 그리스인들과 중세는 예술학과 예술 기법에 대한 단서들을 알고 있었고, 또한 아름다움에 대해 심리학적으로 그리고 형이상학적으로 접근할 줄도 알았지만, 현대적인 의미에서의 미학은 알지 못했다. 그리스인들과 중세의 접근법에는 특정한 전제조건, 즉 개별적인 미학적 주체라는 전제가 빠져 있기 때문이다. 아름다움에 대한 단순한 숙고만으로는 어떠한 미학도 낳지 못했고, 독립적인 미학적 주체가 전제되었을 때에야 비로소 고유한 학문 영역으로서의 미학이라는 생각이 가능했던 것이다. 말하자면 미학이라는 학문은 미감의 체험과 개념이 유럽인들의 의식 속에 등장했을 시점에 비로소 시작되었다. 즉 미감의 체험이 미학적 주체의 본질을 구성하는 것이다."(보이믈러 1975의 2쪽)

　독일 계몽주의의 전성기에 요한 고텔프 린트너가 쓴, 대중적으로도 인기 있고 학문적으로도 인정받는 교과서인《미학개론, 수사학과 시학》(1771/1772)을 한번 들여다본다면, 보이믈러의 표현이 얼마나 적절한지 금방 알게 된다. 린트너는 시대를 앞질러 미학을 "미감 이론"이라고 정의한다. 미감 이론은 "1) 아름다움에 관한 모든 학문과 예술작품에 나타난 아름다움에 대한 보편적 이론 혹은 인식이며, 따라서 그것은 '미학적'이라고 불린다." 그리고 또 미감 이론은 "2) 웅변과 시문학에 관한 아름다운 사유들을" 포괄한다.(린트너Lindner 1971의 79쪽 참조) 이어서 미감을 "자연의 보편적 선물"로 표기하며, "좋은 미감"을 기르기 위해 "고대인들을 연구하고" 아울러 몇몇의 근대인들도 연구할 것을 권한다.(린트너의 같은 책 95쪽)

린트너에 의하면, 미학은 미감, 즉 좋은 미감과 관련된다. 인용문이 분명히 보여주듯이 이 미감은 어떤 비합리적인 요소, 추론 불가능하고 입증 불가능한 요소를 그 자체 내에 가지고 있다. 미감은 "자연의 선물"이며, 더 쉽게 말하자면 우리가 갖추고 태어난 그 어떤 것이다. 우리는 미감을 적극적으로 촉진하고 활기차게 할 수 있긴 하지만, 미감을 원래부터 갖추지 못한 사람들이 그것을 획득할 수는 없다. 결국 미감이란 우리에게 학문과 예술 속에서 아름다움을 수용하고 아름다움을 생산하는 것과 관련된 깨달음을 마련해 주는 능력이다. 그리고 린트너는 학문과 예술에서 무엇보다도 시문학과 산문, 예술적 언어와 수사학적 언어를 중요시하는데, 그것은 철저하게 이전의 전통에 따른 것이다.

린트너의 개념 규정은 18세기의 미학 이론 형성 과정에서 축적해 왔고, 또 '미감으로부터 천재로의 길로'라고 요약할 수 있는 것을 적절하게 표현하고 있다. 17세기(더 나아가 18세기에 이르기까지)의 공식적인 예술과 문화는 궁정과 예의범절을 지향하였고, 미학은 재현을 목표로 삼았으며, 예술은 규칙들에 의해 재단되었다. 또한 그동안 통용되던 훌륭한 미감은 군주의 총애와 동일한 것이었다. 반면에 18세기는 이제 인간 본성의 성향과 자질로서의 보편적이고 훌륭한 미감을 선택하였다. 다시 요약해서 말하자면 인간은 시민이고 개인이고 독자적 개인이며, 전통적인 규범에, 그것이 국가와 군주의 이성이든 혹은 예술이든 상관없이 거의 신경 쓰지 않는 그러한 "영혼의 인간"이다.

셰니에의 교훈시에는 다음과 같은 구절이 나온다. "미감은 섬세한 상식일 뿐이며, / 천재는 숭고한 이성이다.(Le gout n'est rien qu'un bon sens delicat, / Et le genie est la raison sublime.)"(카시러 1989의 14쪽에서 재인용) 여기에서 미감과 천재의 개념이 다시 나란히 등장한다. 이 둘은 셰니에가 "양식"이라고 부른, 건강하고 보편적인 인간오성을 바탕으로 한다.

때로는 배척당하고 때로는 혼란을 불러일으키고, 심지어는 유럽 여러 나라들에서 상이한 경과들을 보여주기도 하는 그러한 복잡한 경로와 발전 과정의 끝에 결국 하나의 노선이 분명하게 드러나게 되었는데, 그것은 말하자면 고대로부터 물려받은 미메시스-패러다임의 점차적인 해체이자 배제라고 표현할 수 있는 것이었다. 미감과 천재라는 개념들 그리고 그 물질적 토대와 시민적 주관성(내지는 개인의 발명)의 영역에서 이제 개별적 인간, 즉 특수성이라는 범주가 보편에 대해 승리를 거두는 것이다. 자연의 모방, 또는 외적으로 주어진 것을 규칙에 따라 재생산하는 모사 대신에 발명과 상상 그리고 창조적인 상상의 능력으로서의 위트가 들어선다. 내면적으로 직관된 것, 주관적인 관점, 특수한 인상과 개인적인 필체가 규범에 대해 승리를 거둔다.

보다 좁혀서 말하자면 하나의 패러다임이 다른 패러다임을 교체한다. 감각이 단순한 오성을 압도한다. 프랑스의 미학자 뒤보스는 많은 영향을 미친 그의 논문 〈시와 회화에 관한 비판적 성찰〉(1719)에서 일찌감치 '감각'에 주목하였다. 그가 보기에 감각과 상상력은 두 개의 근원적인 동력이다. 예술작품들은 무엇보다도 우리의 근원적인 동력을 활성화한다. 다시 말해 우리의 감각에 호소한다. 뒤보스는 말한다. "어떤 시나 그림의 가장 커다란 효과는 우리의 마음을 끈다는 데에 있다. 모든 사람들은 규범을 몰라도 내적인 느낌의 도움을 받아 예술작품이 그 효과를 달성했는지 어떤지를 깨닫는다."(카시러의 같은 책 37쪽에서 재인용) 예술작품은 우리에게로 다가와야 하고, 우리에게 무언가를 말해야 한다. 우리의 감각에 적절하게 호소해야 하고, 현대적인 용어를 빌리자면, 우리를 감성적이고 실존적인 상황에 놓이도록 해야 한다. 여기에서는 또한 미감과 천재가 서로 스파크를 일으킨다. 왜냐하면 생산자/천재의 감각 속에서나 수용자/판단자 미감 속에서나 동일한 것이 진행되기 때문이다. 강렬한 인상은 형상화되어야 하고, 천재를 통해 자신의 표현을 발견하며, 이 표현은 다시 수용자에게 강렬하게 작용하는 것이다.

무엇보다도 18세기 영국의 미학자들이 이러한 심리적 차원들에 대해 깊이 파고들었다. 예컨대 허친슨은 미감 능력의 분석을 제시하였는데, 그는 미감 판단이 감각 느낌처럼 직접적이고 반사적으로 이루어진다는 점을 지적하였다. 미감 판단은 규칙들에 따라 이루어지는 것이 아니며, 가르칠 필요도 배울 필요도 없이 저절로 이루어지는 법이다.(슈타인Stein 1897의 108쪽 참조) 다음으로 그 저작들이 칸트에게 커다란 인상을 주었던 버크는 거대한 발견을 한다. 어떤 것이 우리의 호감을 불러일으키기 위해서는 아름다움이 결정적인 기준이 되어서는 안 되며, 오히려 정반대라는 견해이다. "엄격한 의고전주의적인 의미에서의 형식뿐만 아니라 비형식 또한 그 미학적 가치와 미학적 권리를 가진다. 규범적인 것만 아니라 비규범적인 것, 특정한 척도로 포착할 수 있는 것뿐만 아니라 척도로 잴 수 없는 것 또한 그 미학적 가치와 권리를 가지는 것이다."(카시러 1989의 62쪽) 버크는 이러한 것들을 위해 숭고의 개념을 택하였다. 이러한 숭고함은 "그 어떤 엄청난 것"과 터무니없음, 그 어떤 척도도 경계도 없는 것이며, "모든 단순한 비례관계를 넘어서는 것"을 그 "본래적인 성격으로 가진다. 숭고함의 본질은 바로 이러한 초월성에 있으며, 오직 그 초월성을 통해서, 또 그 초월성에 의해서 작용한다. 내면적으로 순수한 직관 속에서 스스로를 형성하고 경계 지우는 것들만이 우리에게 영향을 주는 것은 아니다. 모든 인간적인 시도의 손길로부터 벗어나 있으며, 우리에 의해 그 형태를 얻고 제어되는 대신 우리 자신을 압도하는 것들도 우리에게 영향을 준다."(카시러의 같은 곳)

버크는 그의 논문 〈숭고와 아름다움의 관념의 기원에 대한 철학적 탐구〉(1757)에서 힘주어 말한다. 우리 인간의 미감, 저 감성의 능력은 "상상력의 작품들과 아름다운 예술들에 의해서 영향을 받으며, 또한 바로 그러한 작품들과 예술품들에 대해 판단을 내린다."(버크Burke 1980의 43쪽) 이때 우리의 미감은 단순히 아름다운 것에 의해서뿐만 아니라, 무시무시한 것, 공포와 경악, 고통을 초래하고 죽음을 불러일으키는 것에 의해서도 영향을 받는다. 그리고 이것은 모든 사람들의 경우에 그러하다. 미감은 모든 사람에게 똑같이 귀속되며, "미감의 원리"는 "모든 사람들에게 있어서 동일하기" 때문이다.(버크의 같은 책 54쪽) 다만 감수성 내지는 영향력의 정도에 따라 다소간의 차이가 날 뿐이다. 인상 깊은 현상학적 탐구를 통해서 버크는 우리의 정서와 우리의 정열이 어떠한 기제들에 따라 자극되는지, 그리고 공포와 우매함과 힘(버크에게 있어서 자연과 사회의 다양한 현상들에 대한 집합 개념)과 같은 현상들이 우리에게 깊은 영향을 미치는지를 분명히 밝히고 있다.

최근에 들어 18세기 미학의 발생과 관련하여 "이중의 미학"이라는 말이 사용되고 있는데, 이것은 아름다움과 예술에 대한 성찰과 아울러 그 이면, 즉 숭고함과 추함과 경악스러움에 대한 성찰이 같은 시기에 시작되었다는 견해이다.(첼레 Zelle 1989와 1987 참조) 그러한 성찰은 무엇보다도 규범 미학, 즉 전통과 관습에 의해 보장받은 미학적 상수常數(미메시스 패러다임)를 뒤집어엎어 버리고 정신적인 조건들을 탐색함으로써, 그리고 고착된 아름다움의 객관성에서 벗어나, 심적 상태와 성향의 주관성에 집중함으로써 가능하게 된 것이다. 그리하여 인간의 미감 능력은 이전의 고귀한 미의 이상이나 격정적인 감동과는 멀리 떨어져, 비천한 감각적 갈망(예컨대 통속문학과 낭만적 이야기와 모험소설들)으로부터 시작하여, 극단적인 자극(섹스, 죽음 그리고 폭력)에 이르기까지 미학적 열정과 열광의 모든 단계와 정도를 두루 거치는 것임이 분명히 드러났다. 결국 분명한 것은 훌륭한 미감과 아름다운 예술, 그리고 열등한 미감과 추한 예술에 대한 판단을 성급하게 내릴 수는 없다는 점이다. 다만 도덕적으로 무장하고 열을 올리거나, 선과 악을 가르는 가위와 고전적인 규범을 머릿속에 넣고 유죄 판결을 내린다면 혹시 가능할지는 몰라도.

그러나 영국의 미학자들은 미학적 판단이 미감 능력을 바탕으로 이루어지며, 그 미감 능력은 자발적이고 직접적이며, 종종 비이성적으로 작용함을 보여주었다. 칸트의 말을 빌리자면, 그 미감 능력은 오직 쾌와 불쾌로, 감각적 자극과 완전한 무관심의 상태로 나타난다. 18세기 미학적 탐구의 이론적 종합이자 결말을 보여주는 바로 이 칸트의 미학에서 처음으로 그리고 분명하게, 미학의 차원(아름다움 내지는 숭고함)과 도덕의 차원(선함과 악함)이 철저하게 분리된다. 무엇보다도 여기에서 근대 미학의 특별한 현대성이 그 모습을 드러내는 데, 그 흐름은 18세기 말 칸트의 세 번째 비판서, 즉《판단력 비판》(1790)과 더불어 그 토대가 구축되었고, 독일의 초기 낭만주의, 독일의 이상주의(셸링, 헤겔)와 그 적대자들 및 반대자들(쇼펜하우어, 니체)을 넘어, 주기적으로 나타나는 다양한 아방가르드의 조류들, 그리고 최근에 이르기까지 이어진다. 장프랑수아 리오타르의 말을 빌리자면, 미학과 윤리학의 분리는 "되돌릴 수 없다."(리오타르 1979의 95쪽) 물론 그러한 분리는 근대 이전으로의 후퇴라는 대가를 치른다면 가능할지도 모른다. 힘과 힘의 과시를 목표로 삼았던 시대, 즉 시민사회가 도래하지 않은 계몽주의 이전 시대로 돌아간다면 말이다.

아름다움은 아름다움일 뿐이며, 그 이상도 이하도 아니다. "장미는 장미이고 장미이다."(거트루드 스타인) 그것이 우리의 쾌감을 불러일으키고, 이유와 결과를 불문하고 우리의 미감 능력에 호소하기 때문에 우리의 마음에 들 뿐이다. 그것을 관찰하고 받아들이는 것이 우리 마음에 들고, 이러한 상태가 우리를 즐겁게 하기 때문이다. 아름다운 것은 우리 마음에 들고, 아름답지 않은 것은 우리 마음에 들지 않는다. 도덕을 강요할 필요는 없다. 윤리적 양심은 바깥에 머문다. 칸트의 말을 빌리자면, "선에 대한 어떠한 개념도 미감 능력을 규제할 수 없다(…)."(《판단력 비판》 11절 136쪽) 그 점은 학문의 경우에도 마찬가지이다. 한 송이의 꽃을 아름답게 보기 위해서, 식물학자이어야 할 필요는 없는 것이다. 미학의 영역은 별개의 영역이며, 실재와 나란히 그리고 그 바깥에 위치하는, 제2의 보다 높은 영역이다. 거기에서는 실재에서와 동일한 현상들이 다시 한번 일어나겠지만, 이번에는 제2의 눈으로 보아야 한다. 아름다운 꽃은 우리가 직관하는 순간, 그것이 마음에 들기 때문에 아름다운 것이지, 우리에게 유용하거나 혹은 기독교의 상징으로 유효하기 때문에 아름다운 것은 아니다.

처음에는 알려지지 않았지만 나중에 식물학적 분류 책에 의해서 그 비밀이 밝혀지는 것과도 아무런 상관이 없다. 꽃은 그저 아름다우며, 그 형태가 우리의 마음에 들고 그것을 보는 순간 유쾌한 느낌 속으로 빠져들기 때문에 아름다운 것이다. 거기에는 아무런 개념도 인식도 형이상학적 배경도 필요 없다. 단순한 사실, 아름다운 사물의 현전, 칸트식으로 말하자면, 우리에 의해 아름답다고 판단된 대상의 현전만으로 족한 것이다.

다양하게 해명하고 해석할 수 있는 칸트의 "미학으로의 전회", 순수한 인식 이론과 윤리적-도덕적 문제제기(두 전작 비판서)는 최근에 들어 사유의 최종적인 가능성으로서 다시 체계적인 성찰의 대상이 되었다. "아름다움의 개념을 세상으로부터, 자연이나 사물들로부터 다시 회수하여 인간에게 돌려주는 것이다."(디셀베크 Disselbeck 1993의 152쪽, 베르버 Werber 1992의 41쪽 이하도 비슷한 입장이다.) 그리하여 칸트의《판단력 비판》은 "세분화된 예술체계의 성찰 이론"으로 읽히며, "세분화된 예술체계의 자기 기술"로 해석된다.(디셀베크 1993의 152쪽) 미감과 천재라는 두 개념에 대한 이러한 평가는 보다 엄밀하게, 체계론적으로 정밀하게 규정된다. "미감과 천재의 차이를 포괄하는 통일"(디셀베크의 같은 책 같은 곳)

사실상 미감과 천재라는 두 개념은, 배후에서 끊임없이 울려나오고 있는 자연과 나란히 칸트 이론의 "관절 부위"를 이룬다. 아름다운 인식에 대해 여전히 숙고했던 바움가르텐과는 달리, 칸트는 감정의 자극들, 쾌와 불쾌를 토대로 하여 생겨나는 판단들의 성격을 파고든다. 칸트에 의하면 쾌와 불쾌 자체는 설명될 수 없다. "왜냐하면 그것들은 인식의 성격을 가진 것이 아니어서 그 자체로는 전혀 설명 불가능하기 때문이다. 그것들은 오히려 느껴지기를 원할 뿐 관찰되기를 원하지는 않는다."(칸트의《판단력 비판》45쪽) 칸트의 정의에 의하면 "쾌와 불쾌를 바탕에 둔 이러한 미학적 판단 혹은 미감 판단은 인식(객관성의 개념)이라는 부가어가 결코 붙을 수 없는 그러한 판단이다. 인식 자체에 이르는 주관적 조건들과도 아무런 상관이 없다. 그러한 판단에 있어서 규정의 근거는 오로지 느낌이다."(칸트의 같은 책 37쪽) 그러므로 분명한 것은 미감 판단이 결코 객관적이 아니며, 언제나 주관적일 수밖에 없다는 사실이다. 그리고 칸트는 미감 판단이 동시에 사이비-객관적 판단의 형태로도 나타나게 됨을 여러 구절들에서 세세하게 설명한다. 왜냐하면 판단자는 언제나 다른 사람에 의한 동의라는 객관성을 요구하며, 초월적 판단자는 역사를 속일 수 없고, 그때마다 도달된 교양과 문화의 상태를 속일 수 없음을 인정해야 하기 때문이다.(뷔르거Bürger 1983의 150쪽 참조) 일반화시켜 말하자면, "아름다움에 대한 판단 능력" 내지는 숭고함에 대한 판단 능력으로서의 미감이 유효하다면, 개별적인 미감 판단은 "인식 판단이 아니며, 논리가 아닌 미학의 영역에 속한다."(칸트의《판단력 비판》제1절) 미감 판단은 대상에 아무것도 덧붙이지 못하고, 어떠한 설명도 얻어낼 수 없으며, 오로지 나와 대상이 처하고 있는 관계만을 평가하기 때문이다. "아름답다"라는 판단은 나 자신에 대한 진술이며, 아름답다고 판단된 대상 앞에서의 나의 상태를 말해 주는 진술이다.

　더 나아가 칸트는 미감 판단의 네 가지 전제조건들의 성격을 규정한다. 만족을 불러일으키는 어떤 대상을 아름답다고 말하는 것은, 그 대상이 "어떤 이해관계도 없이" 마음에 들기 때문이다.(제5절) 그러므로 아름다움은 "개념 없이도 마음에 든다."(제9절). 왜냐하면 그 아름다움 속에서 "목적 관념이 없는", "합목적성의 형식", 목적 없는 합목적성을 인지할 수 있기 때문이다.(제17절) 다시 최종적으로 요약하자면 이렇다. "개념과는 상관없이 필연적인 만족의 대상으로 인식되는 것, 그것이 아름답다."(제22절) 다시 풀어서 설명해 보자. 어떤 대상이 아름다운 것은 그것이 마음에 들기 때문이다. 그리고 그 대상은 눈에 들어오는 형식(조화, 비례)을 통해서 우리를 만족시킨다. 그러므로 눈에 들어오는 대상들은 아무런 이해관계도 없이, 무관심하게, 쇼펜하우어의 말을 빌리자면 순수하게 관조적으로 받아들여야 한다. 결국 칸트가 필수적으로 여기는 것은 "미적 공감sensus communis aestheticus"에 바탕을 둔 만족이다. 시대정신에 의해 제약되는 이 공통감각은 모든 인간을 지배하며, 우리에 의해 아름답다고 판단된 사물들이나 예술품들이 그 자체로 합목적성을 드러내도록 하는 방식으로 작용한다. 물론 여기서 말하는 합목적성은 우리들의 능력의 조화로운 일치와 같은 것으로 나타나기는 하지만, 일치 자체는 아닌 그러한 것이다.

"미학적 관점에서 체험하고 판단하는 사람은 대상의 현상 방식에 주목하고 집중하지만, 그 대상을 갈망하지는 않는다. 그의 판단은 대상의 사실적인 속성에 대해서는 아무것도 발언하지 않으며, 인지하는 사람의 체험의 질에 대해 말할 뿐이다. 말하자면 그는 대상의 유용하거나 삶에 필요한 모든 기능들은 도외시해 버리고, 자신의 인지와 인식의 장치에 특별히 적합한 것으로서의 대상의 형식을 체험한다."(디셀베크 1993의 153쪽) 칸트는 미감을 토대로 하여, 사물들과 대상들 혹은 예술품들을 아름답다고 평가하는 미학적 판단에 집중한다. 사물들 자체는 그의 흥미를 끌지 못한다. 벽지무늬와 연회음악 혹은 겔레르트의 우화들이 어떤지는 그의 관심사가 아니다. 칸트의 미학은 형식적이며 형식적으로 머문다. 말하자면 대상은 개별적인 판단의 대상일 뿐이다. 가다머가 "칸트에 의한 미학의 주관화"라는 말을 사용하는 것은 그 때문이다.(가다머 Gadamer 1975의 39쪽 이하) 칸트는 어떠한 내용도 분석하지 않는다. 덧붙이자면, 제3비판서 제2부의 대부분은 오로지 자연(자연의 아름다움 또는 숭고함)만을 다루고 있을 뿐, 예술작품이나 그 대상의 특성에 대해서는 아무런 언급도 하지 않는다. 다만 판단의 구조에 대해서만 논할 뿐이다. 그러므로 그에게서 예술작품에 대한 정의를 찾는 것은 헛된 일이다. 미감이 절대적인 우위를 차지한다.(가다머의 같은 책 50쪽)

그럼에도 불구하고 칸트는 천재를 언급한다. 천재는 무엇보다도 예술작품의 생산자라는 점에서 언급하지 않을 수 없다, 하지만 그 천재는 다시금 무뎌지고 길들여지고 뒤로 물러선다. "아름다운 예술은 천재의 예술이며"(제46절), "아름다운 예술 자체는 그러한 대상들의 생산"(제48절 246쪽)을 통해서만 이루어지므로 체계상으로 볼 때 천재는 없을 수 없다. 하지만 그 천재는 다시 미감의 뒤쪽으로 물러난다. "미감은 판단력 일반과 마찬가지로 천재를 제어하는 규율이며, 천재로부터 그 날개를 꺾어 예의바르거나 세련된 존재로 만든다. 동시에 미감은 천재를 이끌어감으로써, 합목적적인 상태로 머물기 위해 천재가 어떤 식으로 어느 정도로 자신의 능력을 펼쳐야 할지를 지시한다. 또한 미감은 사유라는 몸체에 명료함과 질서를 부여함으로써 이념들을 안정적인 것이 되도록 하며, 지속적이고도 보편적인 찬동을 받도록 하고, 계속 발전해 나가는 다른 문화를 계승할 수 있도록 한다."(제50절 257쪽) 천재는 한편으로 예외적인 인간이며, 독창적인 인간으로서, 칸트는 그 천재의 "아름다운 예술에 대한 재능"(제48절 246쪽)을 인정한다. 하지만 천재는 언제나 자연에 의존해 있는 존재이다. 저 유명한 구절을 소개하자면, "천재는 예술에 규칙을 부가하는 재능(천부적 재능)이다."(제46절 241쪽) 여기서 철두철미한 계몽주의자가 다시 발언하며 징계의 채찍을 휘두르고 있는데, 그것은 명징한 미감의 형태로 나타나는 이성으로부터 천재가 멀어지지 않도록 하기 위해서이다. 아마도 칸트는 여기서 괴테가 프로메테우스를 변호하는 소름끼치는 장면, 더 심각한 작품인《젊은 베르테르의 슬픔》, 그리고 뒤따르는 열정들을 눈앞에 두고 말하고 있는 것이리라.

그러므로 이제 우리의 체계 이론가가 미감과 천재를 포괄하는 통일이라는 말로 무엇을 의도했는지는 분명해진다. 예술작품의 생산자로서의 천재는 미감이라는 법정을 필요로 하며, 내부의 검열관을 필요로 하는 것이다. 최종적으로 다시 규범들에 따라, 탁월하고 명징하고 해방된 미감의 규준에 따라 예술을 창조하기 위해서다. 우리의 체계 이론가인 칸트는 "미감의 미학적 관점과 판단을 천재 속으로 통합하는 것이다."(디셀베크 1975의 155쪽) 다시 말하자면 이렇다. "천재는 예술체계 속에서 두 개의 다른 역할로 분산되는 저 두 개의 법정을 자신 속에서 통일한다. 예술체계 속에서 예술가는 다만 창조자로서 그리고 감상자는 다만 비평가의 역할만 하기 때문이다. 그러므로 예술체계의 통일이라는 말의 뜻은 예술가와 감상자의 동질성에 있다."(디셀베크의 같은 책 155쪽) 그러므로 또 다른 측면에서 보자면, 아름다운 작품은 천재의 산물이면서 또한 동시에 명징한 미감의 산물인 것이다. 그 둘은 서로 자극하며 열매를 맺는다.

최종적으로 정리하자면 이렇다. 아름답다고 판단된 작품 속에서 그리고 또한 우리에 의해 숭고함의 정서를 부여받은 자연현상들을 앞에 두고서 우리는 궁극적으로 언제나 거듭해서 우리 자신의 탁월한 이성을 찬미할 뿐이다. 그것은 우리들의 능력과 다양한 힘들의 상호작용의 탁월함이며, 또한 우리의 힘이 다른 모든 외적인 현상들을 압도한다는 느낌과 자연(자기 자신의 내부에 있는 자연까지도 포함하여)에 대한 정신의 우월함을 분명하게 보여준다. 그러므로 칸트가 첫 번째 걸음을 내딛긴 했어도, 예술과 관련하여 자율적인 관점에는 결코 도달하지 못했다는 가다머의 견해에 우리는 동의할 수 있다. 사실 그렇다. "예술의 관점"(가다머), 아름다운 예술 그 자체에 대한 성찰이 미감 판단의 분석에 가려 서서히 꺼져버렸던 것이다. 다시 말해 칸트는 판단의 형식성과 선험적으로 펼쳐 보인 주관성—그 특수성은 미감의 개념을 통해서 범주적으로 보편성이 된다—의 문제에 빠져 그 자리에 머물러 있었다.

칸트의 제3 비판서와 더불어 우리는 18세기와 계몽주의의 종점에 도달한다. 파리에서 혁명이 요동치고 있는 동안에, 칸트는 평화로운 쾨니히스베르크에서 철두철미하게 계몽주의적인 기획을 책임지며, 제1부의 마지막에서 아름다움과 미감의 영역을 사회 전체의 영역으로 확장하는 자신의 미학 이론을 집필하고 있었다. 말하자면 그는 여기에서 미감의 발전과 고양을 위한 강령을 작성하였는데, 그는 그 강령 속에서 변화된 역사적 조건들로부터 생겨난 "윤리성"을 새로운 "감각성", 즉 미감의 아름다운 문화를 지향하고 정치적으로, 역사적으로, 미학적으로 형성되는 인류공동체의 이념을 지향하는 새로운 "감각성"과 결합하고자 했다. 칸트는 조화로우며, 그 자체로 완결된 시민사회를 여전히 생각하고 있었는데, 그 사회는 미학적 범주 속에서도 기술될 수 있지만, 또한 현실적인 범주로서도 제시될 수 있는 그러한 성격의 것이었다. 미래에 이루어질 아름다운 국가로서 말이다.(제60절 300쪽 참조)

이후에 등장하는 미학은 암시적으로든 명시적으로든 칸트의 이론과 논쟁하지 않을 수 없다. 더 이상 계몽주의라든가 계몽주의적 사유와 관련이 없다고 생각되는 그러한 미학의 경우도 마찬가지다. 독일의 이상주의(피히테, 셸링, 헤겔)는 실러나 초기 낭만주의자들과 마찬가지로 칸트와 씨름하였다. 괴테도 빠질 수 없다. 여기에서 실러, 괴테 그리고 셸링에 대해 간단하게 언급하려 하는데, 이는 칸트가 제시한 단서가 이후 어떤 방향으로 검토되었으며, 또 칸트가 극복되었는지 혹은 어떤 식으로 극복되었는지를 분명히 알기 위해서이다. 이로써 우리는 앞으로 다가올 19세기에 그리고 부분적으로는 오늘날까지도 유효한 논쟁의 맥락 속으로 들어가는 셈이다.

아주 일반적으로 말하자면, 칸트에 의해서 정립된 주관화는 그의 후계자들과 계승자들에 의해 아주 진지하게 받아들여졌고, 때로는 더욱 첨예화되었다. 선험적인, 다시 말해 보편타당한 자아의 자리에 이제 실제의 경험적 개인, 개별적 예술생산자와 수용자가 대신 들어섰다. 칸트의 후계자들에게 천재는 더 이상 제지되지 않았고 미감을 통해 억제되지도 않았으며, 아름다움의 영역에서의 무제한적이고 규칙을 벗어난 전능한 지배자가 되었다. 이제 아름다움 자체는 셸링과 실러와 괴테에게서, 그리고 헤겔의 경우에는 범주적으로 그리고 최종적으로 점점 더 분명하게 예술작품과 결합된다. 아름다움은 자율적이고, 자기목적적이 되었으며, 현실과 나란히 그리고 그 바깥에서 자기 자신만의 이상적인 영역을 보여준다. 그것은 하늘과 지상 사이에서 떠도는 "천사와도 같다."(장 파울)


## 4. … 그리고 그 계승자들(실러, 괴테, 셸링)

칸트 이후의 발전에 있어서의 이러한 "공통점들", 즉 "고전주의적 예술 해석"(적어도 실러와 괴테와 셸링이 거기에 포함된다)이라는 말로 요약할 수 있는 공통점들을 철학자인 발터 슐츠는 다음과 같이 기술한다. "예술을 생산하는 주체를 합리성과 이성의 관점에서 설명할 수는 없다. 상상력이야말로 고도의 생산성의 원천이며, 그 상상력 속에서 감각과 오성은 함께 작용하면서 눈앞에 주어진 것을 넘어선다. 예술적 주체성은 시원始原의 영역을 향하고 있다. 이것은 천재의 타고난 능력으로 이해되거나 아니면 형이상학적 체계의 질서 속에서 자리를 잡는다."(슐츠Schulz 1985의 269쪽) 그리고 더 나아가서 작품의 범주에 대해 언급한다. "예술작품들은 모방이라는 의미에서 현실을 '리얼하게' 재현하지는 않는다. 이것은 여러 이유 때문에 타당하지 않다. 실재 그 자체는 예술의 대상이 될 수 없다. 우리가 그 현실(리얼리티)을 비가를 통해 슬퍼한다 하더라도, 아름다운 예술로서의 예술은 언제나 이상성과 연관되어 있다는 점을 유의해야 한다. 다시 말해 진정한 자연, 원현상原現像은 감각적으로 인지될 수 없는 것이다. 천재로서의 예술가는 진정한 자연을 그의 정신력을 토대로 하여 만들어낸다."(슐츠의 같은 책 270쪽)

이제 실러와 괴테 그리고 셸링에 대해서 간단히 살펴보기로 하자. 우리가 첫 번째로 소개하는 실러는 칸트의《판단력 비판》과 거의 같은 시기에 발표되었고, 일부분만 나중에 인쇄되었던 미학 논문들에서 선험철학에 대한 의존을 분명하게 고백한다. 다시 말해 저 유명한 서간문《인간의 미적 교육에 대하여》(1795)의 바로 첫머리에서 자신의 이론의 "상당히 많은 부분을 칸트의 근본명제들로부터" 힘입고 있음을 인정한다.(실러Schiller 1984의 139쪽 참조) 사실상 실러의 사유는 주관성으로부터 출발하는데, 그 주관성은 이제 더 이상 선험적 주관성이 아니라, 개개의 인간들에게서 "순수한 이상적 인간에 도달할 수 있는 성향과 운명을" 인정하는 보다 인간적인 주관성이다. 실러는 또한 이 순수한 이상적 인간을 조화롭게 그 자체로 완결되고 균형이 잡힌 그러한 인간으로 부르기도 했다.(실러의 같은 책 145쪽) 그러므로 실러에게 중요한 것은 바로 "인간의 통일성과 온전함"이며(슐츠 1985의 267쪽) 균형의 상태이다. 그 균형은 인간이 자신의 종의 발전 과정에서 잃어버렸던 것으로서, 생산의 관점뿐만 아니라 또한 수용의 관점에서 오로지 예술을 매개로 해서, 예술적인 방식으로 또한 예술가적인 방식으로 비로소 되찾아야 하는 것이다. 슐츠가 《인간의 미적 교육에 대하여》를 다음처럼 해석한 것은 그러므로 정당하다. "인간이란 자기 자신과의 미학적 관계 속에서 그리고 자기 자신을 통해서 조화에 이를 수 있다. 그리고 이러한 과정은 예술을 통해서 성취되어야 한다."(슐츠의 같은 책 같은 곳)

　실러의 서간문의 많은 부분은 고대의 미화된 모습을 보여줌으로써 너무도 깊이 타락해 버린 현시대에 대한 역사철학적 위기 진단을 명확히 전달하고 있다. 현대를 진단하면서 실러는 분열과 소외, "황폐화"와 "무기력", "윤리를 그럴듯하게 꾸밈", "에고이즘"의 시대, "모든 것을 분리하는 오성" 그리고 "죽어버린 활자들"이라는 말을 사용한다. 요컨대 "이제 국가와 교회, 법률과 윤리는 서로 찢어졌으며, 향유는 노동으로부터, 수단은 목적으로부터, 노력은 보답으로부터 분리되었다. 오로지 전체의 작은 파편들에 얽어 매인 채로 인간 자신은 오직 파편으로서의 자신만을 형성하며, 그가 돌리는 바퀴의 단조로운 소음만을 귀로 들으면서 인간은 결코 자신의 존재와 조화를 이루지 못하고, 인류를 그 본성에 따라 분명하게 보여주는 대신에, 다만 자신의 사업과 자신의 학문의 각인刻印과 같은 존재가 되고 만다."(실러 1984의 152쪽) 실러의 논증 방식을 현대적으로 표현하자면 이렇다. 그는 이데올로기 비판적으로 자신의 견해를 표명하고 있고, 계몽주의적 수단들을 동원하여 자신의 시대, 즉 프리드리히 2세의 제국에서의 저 계몽주의 시대에 대항하고 있는 것이다. 말하자면 실러는 적극적으로 가능성들을, 즉 "인간 내부에 있어서의 분열", 바로 저 소외 상태를 "다시 극복하고" 자신의 내면의 자연이 가진 당연한 권리를 다시 찾아줄 수 있는 가능성들을 보여주려 했던 것이다.(실러의 같은 책 157쪽)

　복잡하게 얽힌 경로를 통해서 그리고 언제나 명료하지만은 않은 설명을 통해서 실러는 인간 내부의 세 가지 근본 충동에서 비롯하는 인류학적 관념들을 전개시켰는데, 그가 말하는 근본 충동이란 소재 충동과 형식 충동 그리고 서로 다른 이 둘을 매개하는 유희 충동이다. 실러의 비밀스런 표현들을 일일이 따라가기보다 여기에서는 대강의 윤곽만 소개하기로 한다. 유희 충동 속에서 인간은 진정한 자유를 획득한다. 실러의 유명한 표현을 빌리자면, "인간은 유희하는 그곳에서만 온전한 인간이다."(실러의 같은 책 183쪽) 이 유희 충동은 "심미적 예술 그리고 그보다 더 어려운 삶의 예술의 건축물 전체"를 떠받친다.(실러의 같은 책 같은 곳) 유희 충동 속에서 "우리는 마치 시간을 벗어난 것처럼 느끼며"(실러의 같은 책 201쪽), 이러한 자유와 통일과 균형의 상태는 예술작품들과의 만남을 통해 매개됨으로써 성립되는 것이다. 실러는 이러한 상태를 또한 심미적 상태라고 부른다. 이 심미적 상태 속에서 "자연의 힘"은 극복되며(실러의 같은 책 208쪽), 자연이 초래하는 구속은 아름다운 예술과의 만남을 통해 극복된다. 왜냐하면 작품 속으로 옮겨진 아름다움으로서의 예술작품 속에서("현상 속에서의 자유") 인간은 자기 자신을 우월한 존재로서 경험하기 때문이다. 다시 말해 인간은 이상적인 것을 실현하고 그럼으로써 예술가로서 작용할 수 있는 존재이며(실러의 〈소박문학과 성찰문학〉 참조), 또한 자연의 사슬로부터 스스로를 예민하게 해방시킬 수 있는 존재라는 것이다. 결국 실러에게서 모든 것은 포괄적인 심미화, 즉 생활세계의 심미화(심미적인 문화라는 개념으로서의)로 귀결된다. 이 점이 아마도 칸트의 관점과의 가장 깊고도 가장 눈에 띄는 결별을 의미하는 것으로 보인다. 요컨대 심미화는 현실의 아름다운 연관들 내지는 새로운 사회라는 생각과는 이별을 고하고, 그 대신에 현존하는 기존 체제의 테두리 내에 머물면서 사회정치적인 영역을 미학적인 영역으로 초월화하는 것을 옹호한다.(그리밍거 Grimminger 1984의 174쪽 참조) 실러는 그의 서간문의 마지막 부분에서 이렇게 말한다. "평등"이란 비슷한 생각을 가진 지식인들과 예술가들의 소규모 그룹, 다시 말해 "소수의 선택된 집단" 내에서만 발견될 수 있는 것을 현실로 옮기려고 하는 정치적 "몽상가들"을 위한 그 어떤 것이다. "그 선택된 집단 내에서 인간은 낯선 관습들을 우둔하게 모방하는 것이 아니라 자기 자신의 아름다운 본성에 의해 행동을 이끌어 간다. 거기에서 인간은 대담한 단순성과 고요한 소박함으로 복잡하기 그지없는 상황들 속을 뚫고 나아간다. 인간은 자신의 자유를 주장하기 위해 다른 사람의 자유를 훼손할 필요도 없으며 또한 우아함을 보여주기 위해 자신의 위엄을 내던질 필요도 없다."(실러 1984의 230쪽)

인류 역사와 인류 발전의 거대한 전체를 지향하는 실러의 파토스와는 정반대로 괴테의 태도는 훨씬 더 냉철하다. 괴테에게 심미적 영역은 심미적 영역일 뿐이고, 예술작품은 예술작품일 뿐이다. 그는 실제적인 의문들을 가진 예술가로서 글을 쓰며, 미학 이론들을 둘러싼 논쟁을 피한다. 카를 필리프 모리츠에 대한 짧은 글(1789)에 괴테의 생각이 잘 요약되어 있는데, 거기에서 괴테는 모리츠의 논문 〈아름다움의 형성적 모방에 대하여〉(1788)를 긍정적으로 인용하면서 그 핵심적 내용들을 다시 설명한다. 칸트와 영국의 감각주의를 배경으로 하고 있는 괴테는 모리츠와 마찬가지로 아름다움을 "인식되는 것"이 아니라 "느끼거나 산출되어야" 하는 그 어떤 것으로 정의한다.(괴테 1965의 제13권 73쪽) 그러므로 아름다움의 수용은 자극도 감동도 그 어떤 유익함과도 상관없이 오로지 관조적으로 이루어진다. 예술작품의 형태로 아름다움을 생산하는 자가 천재이며, 그 천재의 "실행력"이 내적인 형상들을 토대로 하여 생겨나는 작품들을 창조한다. 모방 대신에 창안과 영혼의 몰두가 그 출발점이다. 1805년에 출판된 빙켈만 관련 논문에는 괴테의 미학적 신조가 압축적으로 드러나 있는 또 다른 구절이 있다. "아름다움"이라는 단원에 다음과 같은 구절이 나온다. "끊임없이 상승하는 자연의 최후의 산물은 (…) 아름다운 인간이다." 그리고 이 아름다운 인간은 예술작품 속에서 다시 그 모습을 드러낸다.

> "인간은 자연의 정점으로 올려졌기 때문에, 그는 자신을 하나의 자연으로, 그 안에서 다시 하나의 정점을 산출해야 하는 하나의 온전한 자연으로 간주한다. 그러기 위해서 그는 상승한다. 그는 그 모든 완전함과 미덕을 다하여 앞으로 나아가고, 선택과 질서와 조화와 의미를 간청하며, 마침내 예술작품의 생산에 이르기까지 자신을 고양시켜 나간다. 그리하여 예술작품은 그의 다른 행동들과 작품들과 나란히 명예로운 자리를 차지하는 것이다. 다시 말해 예술작품은 산출되어 나오는 순간, 이상적인 현실성으로서 당당하게 세상 앞에 서며, 이후 지속적인 영향을 발휘하면서 최고도의 영향을 미친다.

왜냐하면 예술작품이 온갖 힘들의 종합으로서 정신적으로 그 모습을 드러내는 순간, 그 예술작품은 모든 위대하고, 명예롭고 사랑스러운 것을 자기 속으로 받아들여 드높이기 때문이다. 다시 말해 예술작품은 인간의 형상에 혼을 불어넣고, 인간을 자기 자신을 넘어서게 하고, 제자리에서 맴도는 자신의 생과 행동의 순환을 종결시켜며, 인간을 과거와 미래가 그 안에 녹아 있는 현재 그 자리에서 신성하게 만든다."(괴테의 같은 책 422쪽)

자연의 최고 업적으로서의 인간, 그중에서도 천재적인 예술가는 마치 자신의 존재의 정점에 있는 듯이 예술작품을 창조한다. 그리고 이 예술작품은 자율적인 형상으로서 이해관계와 경향에 의해서 오염되지 않은 채로 "이상적인 현실성으로서 세상 앞에 당당히 서 있다." 말하자면 세상과 나란히 그리고 세상 밖으로 인간을, 예술작품의 생산자는 물론 그 수용자도 꼭 마찬가지로 높이 끌어올리는 것이다.

실러와 괴테는 말하자면 철학의 영역에서는 아류이고, 그들이 미학의 문제들에 대해 표현할 때면, 그것들을 예술가의 입장에서 성찰했다. 물론 후자의 관점이 전자의 관점보다 비교도 안 될 정도로 강렬하고 긴장에 차 있다. 반면에 칸트뿐만 아니라 피히테로부터도 영향을 받은 철학자이자 이론가인 셸링은 자기 자신의 철학적 체계를 만들었다. 그 체계 속에서 예술은 독립적인 지위를 차지한다. 아도르노의 견해를 빌리자면 이렇다. 셸링에 의하여 미학은 처음으로 예술의 한 부분과 일정한 영역을 차지하게 되었고, 이제 미학은 "예술철학"(이것은 또한 1802/1803년 예나에서 있었던 그의 미학 강연의 제목이기도 하다)으로 인정되었다.(아도르노Adorno 1980의 97쪽) 여기서 형편상 다시 축약하여 셸링 철학의 주된 관심을 자기 정체성과 조화, 주체와 객체, 자아와 자연의 통일 가능성이라는 문제로 첨예화시켜 본다면, 예술의 역할은 보다 분명하게 드러난다. 대략적으로 말하자면, 셸링은 그의 첫 번째 거대한 체계론인《선험적 관념론의 체계》(1800)로써 지식 전체의 포괄적인 체계를 전개하려고 했다.

두 가지 가능성이 제기된다. 하나는 "모든 객관적인 것의 총체"인 자연을 출발점으로 선택하고, 거기에 주관적인 것이 어떻게 부가되는가를 설명하는 길이다. 두 번째는 거꾸로 "모든 주관적인 것의 총체"인 자아 혹은 지성으로부터 출발하여 객관적인 것이 어떻게 부가되었는지를 설명하는 길이다.(셸링 전집 제2권 340쪽) 첫 번째 길은 자연철학의 길인 반면에 두 번째 가능성은 셸링이 의도에 두고 있는 선험철학이다. 자아는 선험철학의 출발점이며 원리이다. 말하자면 선험철학은 자아의 의식의 역사를 추逍체험하고 그럼으로써 한편으로는 자아 그리고 다른 한편으로는 그것을 둘러싼 세계와 자연, 다시 말해 주체와 객체 사이의 분열에서 비롯하는 딜레마의 이론적이고 실천적인 양상을 탐색한다. 셸링이 많은 우회로를 거쳐 도달한 해결책은 오로지 미학적인 영역 안에 있다. 셸링은 그 미학의 영역을 생산된 결과물(=예술)의 측면에서뿐만 아니라 인간의 활동적-생산적 행위(미학적 행위)의 측면에서도 관찰한다. 셸링에게 있어서 예술은 "철학의 보편적 기관이며 철학이라는 아치 전체의 홍석虹石에 해당한다."(셸링의 같은 책 349쪽) 왜냐하면 오로지 예술을 통해서만 태곳적에 실제로 있었던 저 통일의 상태, 즉 주관과 객관의 통일, 진정한 자기 정체성과 행복이 다시 실현되기 때문이다. 그리고 이러한 일을 이루어내는 특별한 인간이 천재이다. 천재는 그의 활동과 예술작품을 통해서 통일성을 실현하며, 창조된 작품에 의해서 그 통일성을 마침내 다시 밖으로 드러내는 것이다. "생산에의 모든 충동은 작품의 완성과 함께 가라앉는다. 그때 모든 모순은 지양되며, 모든 수수께끼는 풀린다."(셸링의 같은 책 615쪽) 셸링이 계속해서 말한다. 그리고 이 "진실한 것으로 입증된 생산품은 다름 아니라 바로 천재의 생산품이며, 또는—천재란 오직 예술 속에서만 가능하기 때문에—예술의 생산품이기도 하다."(셸링의 같은 책 616쪽) 예술작품, 보다 엄밀하게 말해 천재의 생산품으로서의 아름다운 작품은 "지금까지는 어떤 것에 의해서도 성찰되지 못했던 저 절대적인 동일성을 철학자에게 생생하게 보여준다. 자아 속에서 이미 분리되어 있었던 것, 그리하여 철학자가 이미 의식의 첫 번째 활동에서부터 자신과 분리된 것으로 보았던 것, 지금까지 그 어떤 직관에 의해서도 접근 불가능하게 보였던 것, 그것이 이제 예술의 기적으로 말미암아 그 생산품들을 통해서 되비쳐지는 것이다."(셸링의 같은 책 625쪽) 보다 산문적으로 표현하자면 이렇다. 셸링의 견해에 의하면, 창조된 작품은 성공한 종합을 보여준다. 그 종합은 무의식과 의식, 자연과 문화, 미감과 천재 혹은 규칙성과 불규칙성과 같은 극히 다양한 대립 개념들을 매개하며, 언제나 동일한 것을 목표로 삼는다. 다시 말해 종합의 목표는 철학자라면 실제 역사에서 그런 일은 없었노라고 언제나 부정하게 마련인 그러한 태곳적 조화를 성공한 것으로 그리고 언제나 새로이 성공하고 있는 통일성으로 설정하는 것이다. 철학자는 예술이 보여주는 像을 개념화할 수도 없고 논증적인 방식으로 언어화할 수도 없는 것처럼 저 태곳적 통일성을 말로 설명할 수는 없다. 다만 철학자는 그 통일성을 설정하고, 그것을 순수 가능성의 세계라고 주장할 수 있을 따름이다.

그리하여 결국《선험적 관념론 체계》의 결말 부분에서 우리는 자주 인용되기는 하나 예술에 대한 의미 파악을 너무도 힘들게 만드는 저 셸링의 문장들을 만나게 된다.

"예술은 그러므로 철학자에게는 최상의 것이다. 왜냐하면 예술은 영원하고 시원始原적인 결합 속에서 마치 단일자의 불꽃처럼 타오르며 더 없는 신성함을 철학자에게 열어 보이기 때문이다. 그 신성함은 자연과 역사 속에서 따로 떨어진 곳에 있으며 사고 속에서와 마찬가지로 생활과 행위 속에서는 영원히 달아나기 마련인 그러한 것이다. 철학자가 자연으로부터 정교하게 만들어내는 그러한 견해는 예술의 본질을 밝혀주는 시원적이고 자연적인 견해이다. 우리가 자연이라고 부르는 것은 비밀스러우면서도 놀라운 책 속에 갇혀 있는 시와도 같다. 수수께끼가 그 정체를 드러낸다면 우리는 불가사의하게 기만당해 자기 자신을 추구하고 다시 자기 자신으로부터 달아나는 정신의 오디세이를 거기에서 알아볼 것이다. 왜냐하면 마치 언어 사이로 비치는 것처럼 감각의 세계를 통해 의미가 살짝 드러나고, 마치 어슴푸레한 안개를 통해서 우리가 도달하려고 애쓰는 환상의 나라가 살짝 드러나기 때문이다. 모든 위대한 회화는 말하자면 현실세계와 이상세계를 분리하는 눈에 보이지 않는 칸막이벽이 제거됨으로써 생겨난다. 그리고 그렇게 생겨난 회화는 열린 틈과도 같다. 그 열린 틈을 통하여 현실세계에서는 오직 불완전하게만 내비치는 저 상상세계의 인물들과 주변 풍경들이 완전하게 모습을 드러내는 것이다. 예술가의 자연은 더 이상 철학자의 자연이 아니다. 말하자면 예술가에게 있어서 자연은 지속적인 제한 속에서만 나타나는 이상적 세계이거나, 아니면 예술가의 밖이 아니라 그의 내부에 존재하는 세계를 비추어주는 불완전한 반사광일 따름이다."(셸링의 같은 책 628쪽)

우리는 여기에서 셸링이 철학에 미친 영향을 자세히 파고들 수도 없고 파고들려고도 하지 않는다. 다만 사유의 미학화라는 슬로건에 대해 알아보기로 한다.(크로너Kroner 1977의 제2권 105쪽, 잔트퀼러 Sandkühler 1970의 104쪽, 하버마스 1954의 179쪽 이하 참조) 분명히 눈에 띄는 것은 셸링의 사유를 낭만주의, 그리고 슐레겔 형제들과 노발리스가 전개하였던 초기 낭만주의의 사유들과 연결시켜 주는 결합의 끈들이다. 노발리스의 단편에 "비밀에 찬 길은 내면으로 향한다."라는 구절이 있는데, 바로 이 내면에서, 예술가, 천재, 그리고 프리드리히 슐레겔이 종종 표현하듯 "예언자"의 내면에서 휠덜린의 표현처럼 "하나 속에 전체가 들어 있는" 연관들이 총체적으로 떠오르는 것이다.

셸링의《선험적 관념론의 체계》와 더불어 우리는 헤겔이라는 징후를 기준으로 미학이라는 분야를 더욱 본격적으로 고찰하고 이해하게 되는 세기인 19세기로 넘어가는 문지방에 서 있는 셈이다. 헤겔과 그 계승자들, 다시 말해 19세기와 20세기를 집중적으로 논구하기 전에 다시 한번 계몽주의 시대를 돌이켜보기로 하자.

18세기의 근대 미학은 프랑스 그리고 특히 영국에서 아주 미미한 세력으로 시작되었으나, 마침내 둑을 넘어 독일 땅에서 범람하게 되었다. 감각적 자극, 쾌와 불쾌의 느낌들, 감각적 인식 혹은 미학적 판단의 지위와 같은 단순한 문제들 대신에 이제 미학적 영역 전체의 과도한 확장, 창조적인 생산의 비합리화 과정, 작품을 완전한 자율성을 가진 아득한 아우라의 영역으로 초월화시킴, 그리고 수용 행위에 대한 복잡한 해석 등의 문제들이 전면에 들어서게 되었다. 독일과 관련된 논쟁들을 개관해서 보자면, 대개는 프로이센-독일의 후진성과 정치적 차원에서의 결함으로 말미암아 독일에서는 미학적인 것이 일종의 대체 기능을 하게 되었다는 정도로 요약할 수 있다. 미학적인 것이 일상적·실천적 삶에 있어서의 결함들을 보상했으며, 이 미학적인 것의 도움을 받아 아름다운 세상을 기억하게 되고 미래에 올 아름다운 세상을 미리 보게 함으로써 그 결함들을 극복할 힘을 얻었다는 것이다. 요컨대 미학이 정치학을 대체하였다. 천재적인 개인의 창안(독일의 독창적인 천재 및 원현상을 대표하는 두 인물로서의 파우스트와 괴테)이 민주주의적인 공동체를 대신하였으며, 이상성(아름다움과 예술의 영역)이 추악한 현실을 구축해 버렸고, 생산적·인간적 능력(미감 능력, 비판 능력)이 개인을 도움으로써 자신의 정치적·실천적 무능력, 즉 미성숙 상태에 대해 눈을 감도록 만들었다.

다시 말하자면 미학은 장대한 축출의 드라마를 연출하였던 것이다. 주류를 이룬 것은 미세하고 암시적인 진술이었다. 왜냐하면 18세기 말의 미학적 언설은 비독자적인 언설이었으며, "이따금씩 예술작품들에 대해"(루카치) 논하기는 하나 그 목표를 미학 외적인 영역, 즉 현실과 역사에 둔 담론이었기 때문이다. 미학의 언설은 그러므로 가면을 쓴 역사철학적 기획인 셈이다. 현실 사회가 주는 고통으로부터 생겨난 그 기획은 이제 보다 나은 조화로운 과거(고대의 이상)의 모습에 토대를 두거나 아니면 유토피아를 경외로운 이상적 미래 속으로 연장하는 치유 수단과 해결책을 찾았던 것이다. 그러므로 예술작품은 종종 그에 걸맞은 요구, 즉 불러일으킴과 회상과 추념追念이 되라는 요구를 받았다. 예술작품의 임무는 한 마디로 (미메시스적인 모방과는 정반대로) 소외된 현재와 분업 그리고 파편화에 맞서는 아름다운 관계들을 눈앞에 드러내는 것이었다.

문예학자 위르겐 볼텐은 실러의 미학과 시학에 관한 논문의 한 구절에서 18세기 말의 미학의 의도를 다음과 같이 정리하였다. "1800

년경의 미학은 (…) 자신의 역할을 치료의 영역으로 자리매김하였다. 장 파울이 그 시대에 '우리 시대는 다름 아니라 미학자들로 우글거린다.'라고 썼던 것은 뒤집어서 보자면, '병든 시대'(장 파울)를 가리키는 징후로 해석될 수 있다. 그 시대는 자신의 병세의 '치유'를 미학적인 것으로부터 얻으려고 했고, 따라서 시인에게서 '초월적인 의사'(노발리스)를 보았던 것이다."(볼텐Bolten 1985의 168쪽, 또한 마르크바르트Marquard 1962와 에베르스Ewers 1978도 참조하라.)

# IV.

## 19세기의 미학

## 1. 헤겔

### 중심의 상실

　19세기는 시민계급과 국민국가들 그리고 산업혁명의 세기이다. 또한 계급투쟁과 식민주의의 기치 아래 서로 힘을 겨루는 국민국가들과 세계적인 규모의 약탈의 세기이다. 그 세기의 출발점에는 헤겔이 "말을 타고 가는 세계정신"이라고 묘사했던 나폴레옹, 즉 한 왕위 찬탈자의 세계패권 전략이 자리 잡고 있으며, 그 세기의 마지막에는 최소한 표면적으로는 서로 간에 갈등이 해결된 것처럼 보이는, 여러 나라들로 분할된 유럽 세계가 있었다. 다만 멀리 떨어져 있는 아시아나 아프리카 같은 '주변 지역'들에는 위기가 꿈틀거리고 있었다. 그러나 그 밖의 유럽 세계에는 질서가 유지되고 있었다. 진보와 번영이 번져 나갔고, 대도시들은 새로 발명된 전기의 불빛 아래 환하게 밝혀졌으며, 기술상의 낙관론이 세계박람회에서 만족감을 누리고 있었다. 1896년의 "베를린 산업박람회"를 계기로 어떤 동시대인이 자부심에 가득 차 다음과 같이 말하기도 했다. 세계박람회의 "독특한 매력"은 "그것이 세계문화의 순간적인 중심을 형성하며, 전 세계의 노동을 마치 하나의 그림 속에 있는 것처럼 이 좁은 테두리 내에 응축하고 있다."는 점에 있다.(짐멜 1990b의 170쪽) 세계는 더욱 긴밀해지고 밀착되고 이쪽 끝에서 저쪽 끝까지 보다 잘 개관할 수 있게 되었으며, 철도망 덕택으로 교역은 증대되었고, 상품들은 배에 실려 막힘없이 운송되었다. 짐멜은 심지어 "세계문화"의 가능성까지 점치고 있었다.

리하르트 바그너의 사위인 휴스턴 스튜어트 체임벌린은 그의 저작 《19세기의 토대》에서 이제 막 끝나가고 있는 세기를 1898년의 시점에서 최종적으로 정리하며 칭송과 비난을 마다하지 않는다. 너무도 잘 알려진 그 구절은 다음과 같다.

"우리의 세기는 사실상 물질 축적과 과도기와 잠정성의 세기이다. 다른 관점에서 보자면, 우리의 세기는 물고기도 고기도 아닌 그러한 세기이다. 모든 것이 흔들거린다. 경험주의와 심령술 사이에서, 자유주의(…)와 노쇠한 반동적 욕망의 무력한 시도 사이에서, 독재정치와 무정부주의, 유대인 숭배와 반유대주의, 무오류성의 선언과 어리석기 그지없는 유물론(…), 대부호 위주의 경제와 프롤레타리아 정치 사이에서 모든 것이 흔들거린다. 우리 세기를 특징짓는 것은 이념이 아니라 물질적 업적이다. 여기저기서 솟아오른 위대한 사상들과 《파우스트》 제2부로부터 《파르치팔》에 이르기까지 독일 민족에게 영원한 명예를 가져다준 강력한 예술작품들은 미래를 향하여 뻗어 나갔다. 거대한 사회적 변혁들이 일어나고 거대한 정신적 업적들이 이루어진 후에(지난 세기의 저녁과 이 세기의 이른 아침) 이제 다시 앞으로의 발전을 위한 재료들이 모아져야 했다."(체임벌린Chamberlain 1900의 제1권 31쪽)

우리의 "문화철학자"는 19세기에 "아름다운 것"이 삶으로부터 "거의 전부" 사라져버렸음을 의심하지 않는다.(체임벌린의 같은 책 같은 곳) 진보와 기술이 그 세기의 운명으로 정해졌던 것이다. 체임벌린이 보기에 이것은 하나의 필연적인 과정이며, 지극히 다양한 종류의 모순들과 계급 대립의 바탕 위에서 이루어질 수밖에 없는 과정이었다. 하지만 그는 다시 확신에 차서 미래를 바라보며 우리의 20세기에 희망을 걸며 그 윤곽을 그려본다. "우리 게르만족과 우리의 영향 하에 있는 민족들은 새롭고 조화로운 문화, 역사가 말해주는 이전의 그 어떤 문화들보다도 비교할 수 없을 정도로 더 아름다운 문화를 향해 나아가고 있다. 그 문화 속에서 인간들은 지금 상태보다도 실제적으로 '더 훌륭하고 더 행복하게' 될 것이다."(체임벌린의 같은 책 33쪽) 앞서 말했다시피 체임벌린의 방대한 저작《19세기의 토대》는 아담과 이브 시대까지 거슬러 올라가 설명하며, "새로운 문화의 창조자로서의 게르만족"에 대해 호언장담하고 그럼으로써 반유대적인 사악한 언동들을 포함하고 있다. 저 민족주의적인 망상을 이미 예고하고 있는 이 책은 실제로 1898년에 출판되었다. 흔히들 생각하는 것처럼 이후의 수십 년 동안의 격변 과정에서 출판된 것은 아니다.

체임벌린이 그토록 세세하게 발언하고 있는 이유는, 19세기를 규정하는 갈등의 장을 정신적으로, 지적으로 그리고 물질적으로 아주 엄밀하게 스케치하고 또 그 속에 포함된 양극적 대립들을 일일이 보여주려 했기 때문이다.

역사적으로 보다 멀리 떨어져 있는, 또 다른 보수주의자인 예술사가 한스 제들마이어는 2차 대전 직후에 "중심의 상실"(1948)이라는 제목 하에 문화비판적, 예술비판적 진단을 내리고 있다. 슈펭글러와 윙어 등을 거론하면서 그는 19세기 이래 현대 인간의 탈중심적 태도라는 말을 사용한다. 제들마이어는 말한다. "신에 대한 인간의 관계는 혼란스러워졌다. (…) 인간의 새로운 신들은 자연이고 예술이고 기계이며, 만유도 혼돈도 무도 마찬가지이다."(제들마이어Sedlmayr 1955의 133쪽) 인간은, 모든 개인은 신을 잃어버렸고 그리하여 삶의 중심을 상실하였다.(제들마이어의 같은 책 136쪽) 인간은 "자연 속에서" 고립되고, 자아 속에 머무르고 그럼으로써 망상에 빠지게 되었다.(제들마이어의 같은 책 같은 곳) 실존철학은 강력한 추진력을 갖추게 되었다. "자기 자신에 대한 인간의 관계는 혼란스러워졌다. 그 모습에서 곧바로 드러나듯이 인간은 자신을 불신과 불안과 절망감으로 바라본다. 인간은 자신이 죽음에 내맡겨져 있음을 느낀다. 인간 자신 속에서 오성의 세계와 충동의 세계는 서로 분열되어 있다."(제들마이어의 같은 책 133쪽)

19세기에 대한 문화비판적 진단과 그 세기를 규정하는 특징들은 모순을 드러낸다. 한편으로 역사와 사회의 진보라는 관점에서 사람들은 희망과 확신을 가지고 있는가 하면, 다른 한편으로 그러한 희망과 확신은 개인들의 안녕과 복지에 대한, 응당 있을 수 있는 회의와 연결되어 있다. 그렇다면 기술로부터 시작하여 금융을 거쳐 국가조직에 이르기까지의 물질적 요인들에 해당하는 객관성, 다시 말해 헤겔이 "산문적 상황들"이라고 표현하였던 객관성이 주관성과 개인과 단독적인 것에 대해 승리를 거두었다고 말해도 무방한 것인가?

체임벌린이나 제들마이어와 같은 보수적 성향이라는 혐의로부터 자유롭긴 하지만, 헝가리의 젊은 철학자 게오르크 루카치는 문학비판서이자 총체적인 문화비판서인 에세이 《소설의 이론》(1916/1920)에서 19세기를 그들과 비슷하게 진단하였다. 피히테와 초기 낭만주의자들의 말을 빌리자면, 개별 인간은 "선험적으로 의지할 곳 없는 신세"가 되었고, 상황들의 힘, 나중에 저 "실제적인 것의 규범적 힘"(카를 포퍼)이라고 불린 힘은 개인을 속박하고 그에게서 정신의 고향을 빼앗아가 버렸다. "별이 총총한 하늘이 우리가 갈 수 있고 또 가고 있는 길을 보여주는 지도가 되고, 별들이 그 길들을 밝혀주던"(루카치 1976의 21쪽) 저 행복했던 시대와는 정반대로 "우리의 세계"는, 다시 말해 19세기 이후의 세계는 "무한히 거대해지긴" 하지만 "자아와 세계 사이에는 건널 수 없는 심연들이"(루카치의 같은 책 28쪽) 놓여 있다. "칸트의 별이 총총한 하늘은 순수인식의 어두운 밤에 반짝거리기만 할 뿐, 그 어떤 고독한 방랑자에게도 더 이상 길을 밝혀주지 않는다. 새로운 세계에서 인간-존재는 고독한-존재일 따름이다.(루카치의 같은 책 28쪽) 사유에다 신뢰할 수 있는 준거점과 지향점을 부여하려 했던 칸트류의 선험철학이 19세기에는 거부되었다. 사유에 있어서의 지향점은 다른 곳에서 찾아야만 했다.

### 매개

이로써 우리는 이제 헤겔 철학의 한가운데로 들어선다. 헤겔적 사유와 그의 새로운 발상은 당연하게도 중심에 대한 고찰이며, 체임벌린과 제들마이어와 루카치가 그곳의 비어 있음을 한탄했던 저 자리, 즉 '매개'라는 범주에 대한 고찰이다. 헤겔이 분명히 했듯이, 관례적인 의미에서의 중심, 조화와 평형과 화해라는 의미에서의 중심, 모든 종류의 극단들을 넘어서 있는 안전한 자리로서의 중심과 같은 것은 있을 수 없다. 사유와 삶에 있어서 이론적으로도 그리고 실천적으로도 추구할 만한 가치가 있는 그 어떤 상태로서의 중심과 같은 것은 없는 것이다. 헤겔에 대한 전기를 최초로 쓴 카를 로젠크란츠는 헤겔의 후기 기록을 인용하여 말한다. "가장 일상적인 것들이 언제나 중심이다."(로젠크란츠Rosenkranz 1844, 1977의 557쪽)

헤겔적 사유의 전체적인 방향, 그가 사변적이라고 부르기도 했던 변증법적 방식은 대립들의 통일성을 포착하고, 그 대립들을 사변적인 개념을 사용하여 사유 속에서 지양하려고 한다. 한 해석자는 그 요점을 이렇게 말한다. "헤겔의 '매개'는 그 자체로 지속되든가 아니면 극복되기는 하지만, 결코 조화롭게 결합되지는 않는 모순들을 서로 연결한다."(바이어Beyer 1974의 320쪽) 헤겔은 자신의 진술에 따르자면, 시대를, 자기 자신의 시대를 사유 속에서 포착하려고 하면서 언제나 전체를 지향한다. 그리고 그 사상은 이론적인 영역(논리학, 백과사전)과 아울러 또한 실제적인 영역(미학, 법철학, 역사철학 그리고 종교철학)에서도 사유를 통해 사물들을 인식한 결과라면 어떠한 것도 빠뜨리지 않고 포괄한다. 왜냐하면 법철학의 의도를 제시하는 구절에서 밝히고 있듯이, 오로지 전체만이 참된 것이기 때문이다. 참된 것으로서의 전체에 대한 인식은 그러나 행복하게 구성되는 그 어떤 중심도 아니며 부분들 전체를 포괄하는 결합도 아니다. 오히려 그 인식은 모순들에서 비롯하는 고통스런 경험을 자신 내에 숨기고 있다. 예컨대 시민사회는 가난과 부유함 사이의 깊은 대립을 그 특징으로 하는데, 그 대립은 이 사회에서는 더 이상 매개될 수 없는 것이어서, 강력한 국가와 제도들(예컨대 사회복지국가의 조치들)의 설립이 필수불가결하다.

매개란 모순들을 드러내고, 모순들 사이의 경쟁을 추적하고, 모순들이 그 속에서 지양되는 보다 높은 차원이 필요함을 입증하는 사유의 과정과 재구성을 가리킨다. 이것이 바로 변증법의 삼박자이며, 인간의 삶과 사유의 모든 영역에서 헤겔이 적용하고 있는 원리이다. 그의 철학은 말하자면 보편적이고 전체적, 아니 총체적이다. 왜냐하면 거기에는 어떠한 우연도, 양자택일의 경우도, 따로 분리된 것도 존재하지 않기 때문이다. 강철과 같은 필연성으로 그 과정들은 완수되며, 헤겔이 "이성의 간지"라고 정의하고, 그의 천재적인 제자들 중 한 사람인 마르크스가 단지 몇 년 후에 "그들은 그것을 모른다. 하지만 그들은 그것을 행한다."라는 말로 표현한 것이 완수된다. 헤겔이 그의 《철학백과》 209항의 부록에서 해설한 것처럼, 이성의 간지가 여기에서 뜻하는 바는 인간, 모든 인간은 자신만의 부분적 목적만을 추구한다고 잘못 생각함에도 불구하고 그가 사회 안에서 다른 사람들과 살아가고 행동하는 한에 있어서는 결국 보편적 목적에 봉사하게 된다는 말이다. "신은 인간들에게 특별한 열정과 관심을 베풀었고, 그렇게 하여 인간들은 신의 의도를 성취하게 된다. 하지만 신의 의도는 신이 동원하고 있는 인간들이 가장 중요하게 여기는 것과는 다른 그 무엇이다."(헤겔Hegel 전집 제8권 365쪽) 우리가 여기에서 신을 지워버리고 마르크스와 함께 물질적 토대로서의 경제와 상품교환을 투입한다면, 우리는 사회 발전의 원리들, 동인動因과 원동력을 가지게 된다. 헤겔도 최소한 그러한 단서들을 이미 예감하고 있었다. 다시 말해 헤겔은 그의 첫 번째 주요 저작인 《정신현상학》(1807)의 〈주인과 노예〉(헤겔 전집 제3권 145쪽 이하)라는 소단원에서 노동의 과정을 그 소외적 영향이라는 관점에서뿐만 아니라 또한 노동자의 소유권 획득 과정과 형성 과정으로 기술했다. 나중에 마르크스는 변화의 가능성이 있는 즉자卽自로서 노동과 아울러 현실에 있는 그

대로의 즉자적이면서 대자對自적인 노동이라는 말을 사용하게 되는데, 이것은 다시 말하자면 소외되면서-소외시키는 임금노동을 가리킨다. 어쨌든 노동은 역사의 추진력이며, 그것을 통해서만 사회의 횡적·종적 발전의 과정이 비로소 가능하게 된다. 헤겔에 있어서 인류의 이러한 자기생산 행위가 최종적으로 노동이나 욕구 충족 같은 기초적인 물질적 요인들로 환원되는 것은 아니다. 하지만 헤겔로부터 자기생산의 사상이, 이념적으로 전위된 형식으로 비롯된 것임은 분명하다. 다시 말해 이러한 형식을 통한 교양 형성 과정과 자유의식의 진보가, 헤겔의 또 다른 유명한 문구가 말하는 바대로 자기생산에 기여하게 되는 것이다.

정신이야말로 자연의 역사와 인간의 역사를 아우르는 보편적 의미에서의 역사를 점차 자기 것으로 만들며 그 지배자로 올라선다. 헤겔은 자신의 철학을, 자기의식적이고 무제한의 주권을 가진 인간, 자신의 시대를 장악하고 있고 자신의 유래를 알고 있으며 또한 발전의 목표와 목적도 염두에 두고 있는 시민의 철학을 어쨌든 학자-철학자의 자격으로 기술하고 있는데, 그 학자-철학자의 겸손하지만은 않은 의도는 세계 창조 이전의 신의 생각에 대해 사유하고 있음을 그대로 드러낸다. 다시 한번, 또다시, 철저하게 편파적이고 자기확신에 차서 신성모독에까지 이를 정도다. 이 철학에 있어서는 모든 것이 혼돈의 여지없이 올바른 자리에 위치하고 있는데, 이것이 또한 헤겔적 사유의 명명백백한 어조이기도 하다. 여기서 헤겔 철학에 입문하거나, 그 체계의 전체 윤곽에 접근하는 것은 우리의 관심사가 아니다. 다만 우리가 주목할 것은 헤겔이 그의 기초적인 이론적 저작들(《정신현상학》, 《논리학》, 《철학백과》)로써 정신철학의 토대를 놓은 후에, 그의 저작의 실천적인 부분들에서 인간 정신을 담은 모든 기록들과 정신을 객관화시킨 것들(저작과 음악과 그림과 조형물의 형태로)을 수집하고 정리하고 해석하는 하나의 해석학을 제시하였다는 점이다. 헤겔의 실천철학은 진행되어온 전체 역사 발전으로부터 출발하며 인간 노동의 모든 증명서를 "인류의 기억"(루카치)으로, 다시 말해 인간 정신이 발전의 각 단계마다에서 어느 정도로 진보했는가를 보여주는 그 무엇으로 이해했다. 여기서 헤겔 해석학의 보다 광범위한 특징이 드러난다. 즉 이 해석학적 정신철학은 언제나 동시에 역사철학이며, 역사와의 연관 속에서 객관화된 것들에 대해 말한다. 왜냐하면 이 모든 객관화된 것들은 역사의 표현이고 증언이고 기록이기 때문이다. 다시 거꾸로 보자면, 이 역사는 인간이 객관화시킨 업적들에 의해서 고정되지 않는다면 흐릿한 안개 속으로 흩날려 사라져버리게 된다. 헤겔과 동업자인, 저 유명한 루트비히 비트겐슈타인은 "말할 수 없는 것에 대해서는 침묵해야 한다."라고 말하지 않았던가. 이전에 보거나 읽거나 들었던 것에 대해서만 말할 수 있다는 것이다. 그러므로 역사철학은 언제나 늦게 완성되며,《법철학》서문에 나와 있듯이 어떤 인물이 노경에 들었을 때에야 성립되는 것이다.(헤겔 1955의 17쪽) 그 저작은 재구축의 산물이고 해석학이며, 정신적인 업적들에 대한 이해이다.

이것이 보편타당한 원리라면, 헤겔이 말하듯이 우리를 사유적인 관찰로 이끌어가는 예술과 예술작품들의 경우에도 그대로 적용될 것이다.(헤겔의《미학》제1권 22쪽) 이러한 예술작품들을 직관하고 해석하고, 역사적 맥락 속에서 정신의 활동 과정을 세계와 역사 속으로 편입시키는 것이 미학의 첫 번째 임무이다.

이전의 미학적 구상들과의 단절은 너무도 분명하다. 이제 더 이상 미학적 판단이나 감각적 인식, 감정 체험에 대한 정의나 주관성에 대한 몰두, 그리고 또한 아름다움과 추함과 같은 미학적 범주들에 대한 기술은 중요하지 않다. 바로 첫 페이지에서부터 씌여 있듯이, 헤겔의 미학은 스스로를 "예술의 철학"으로 이해한다. 예술작품들은 아름다움과 동일시되며, "아름다운 것은" 예술작품들을 정리하고 제시하는 기준이 되는 범주이다. 둘 다 객관적이며, 아름다운 작품이 미학의 전제조건이 된다. 바로 여기에 헤겔 미학을 이전의 모든 구상들과 구별 짓는 보다 광범위한 규정들이 들어 있다. 헤겔은 자연의 아름다움과 자연의 숭고함을 즉시에 배제한다. 오직 예술만이, 각각의 예술작품만이 아름답다. 왜냐하면 오직 그 속에서만 정신이 객관화되기 때문이다. 그러므로 예술이 아름다운 것은 그 속에 정신이 "깃들어 있기" 때문이며, 정신이 그 속에서 하나의 이념을, 헤겔이 "이념의 감각적 출현"이라는 유명한 말로 나타낸 것을 표현하고 있기 때문이다. "스스로를 비치고 그 모습을 드러내지 않는다면 진리란 없는 것이다."(헤겔의 같은 책 19쪽)

결국 헤겔의 미학은 예술작품들의 내용을 그 배경에 있는 역사와 연관시킨다는 점에서 순수한 내용의 미학이다. 그리고 이러한 점 때문에, 예술철학과 역사철학을 괄호에 묶어둔 채 처음으로 미학 자체가 예술의 철학으로 나아가며 또한 동시에 예술사 내지는 문학사, 음악사 또는 건축사로 나아가게 된다. 헤겔 이후에야 비로소 처음으로 상응하는 학문 분과들, 예컨대 예술사나 독일 문학사 같은 학문 분과들이 보다 좁은 범위의 헤겔학파 내에서 형성되었던 것도(대략 1830년에서 1870년 사이에) 그 때문이다. 그중에서 카를 슈나제는 예술사를 대변하고, 카를 로젠크란츠, 게오르크 고트프리트 게르비누스 혹은 헤르만 헤트너는 문학사를 대변한다.

외관상으로 볼 때 헤겔 미학에 있어서 가장 인상적인 것은 모든 시대와 영역을 망라하는 엄청난 자료와 수많은 예술작품을 다루고 있다는 점이다. 고대의 기념비적 건축물들로부터 시작하여 그리스의 비극작품들을 거쳐 17세기 네덜란드의 풍속화들 그리고 동시대 독일 낭만주의자들의 문학에 이르기까지 헤겔은 거대한 만곡선을 그리고 있다. 작품 속에서 언제나 이념을 추구하므로 헤겔은 역사 발전의 기나긴 궤도를 추적해야만 한다. 그러므로 우리는 여기에서 헤겔의《철학백과》의 작은 부분조차도 열어젖힐 수가 없다. 그렇게 되면 끝도 없는 역사의 빽빽한 수풀 속으로 들어가게 되고, 결국에는 나무들 때문에 숲을 보지 못하게 되고 말 것이다. 다시 말해 역사상의 예술작품들을 일일이 해석하느라고 예술철학으로서의 미학을 더 이상 보지 못하게 될 것이다. 그러므로 우리는 헤겔의 체계적 관심을 충분히 분명하게 보여주고, 게다가 전체 기획의 모든 중심 주제들과 양상들을 즉흥적으로 연주해 주는 "《미학》서문"에 대한 약간의 언급으로 만족하도록 한다.

헤겔은 선배들의 업적을 그대로 인정할 줄 알았다. 그는 미학이라는 이름을 처음으로 사용하고 미학이라는 학문 분과를 철학 속으로 편입시켰던 바움가르텐의 업적을 인정하였고, 또한 많은 구절들에서 칸트와 실러 또는 셸링의 성찰들을 환기시켰다. 그럼에도 불구하고 헤겔은 자신의 강의를 "아름다운 것의 광대한 영역"에 대한 것으로, 좀 더 자세히 말하자면 아름다운 예술의 영역으로 선언함으로써 그는 완전히 새롭게 출발한다.(헤겔의 같은 책 13쪽) 다시 한번 반복하자면 미학은 "아름다운 예술의 철학"이다.(헤겔의 같은 책 같은 곳) 헤겔에 의한 관점의 결정적인 변화는 바로 여기에 있다. 동시에 바로 앞에서 이미 언급한 대로 헤겔은 자연의 아름다움을 미학의 범주에서 배제해 버린다. 그의 정의에 의하면 아름다운 것은 인간 정신에 의하여 생산된 인공적인 그 어떤 것으로서, 자연 속에 있는 그저 우연히 존재하거나, 우연히 아름답다고 판단된 대상들 내지는 현상들보다 상위에 있다. 아름다운 것은 그 어떤 객관적인 것이고, 인간의 손과 정신에 의해 만들어진 산물로서 거기에는 자연과 사회에 대한 인간의 지배와 자기 소유화의 정도가 반영되어 있다. "예술의 아름다움은 정신으로부터 태어나고 다시 태어난 아름다움으로", 거기에서 정신은 "자유롭게 그리고 자의식적으로" 자신의 존재를 입증한다.(헤겔의 같은 책 14쪽)

이어서 헤겔은 예술의 가치를 반박하는 견해들, 예컨대 예술을 "잉여"로, "정신의 단순한 사치"로, 또는 "가상"과 "기만"과 "유희"로 폄하하는 반대 견해들에 대해서 논의한다. 이러한 반대 견해들을 반박하는 그의 논증은 자명하고 정언명법적이다. 그는 오로지 자유로운 예술, 다시 말해 단순하게 다른 목적에 동원되는, 칸트의 어법으로 말하자면 그저 부차적이고 목적을 위한 수단에 지나지 않는 것이 아니라, 그 자체로 아름다운 예술을 대상으로 한다. 이 자유로운 예술의 임무는 "신적인 것", 즉 "인간의 가장 심원한 관심, 정신의 가장 포괄적인 진리를" 의식하고 표현하는 것이다.(헤겔의 같은 책 19쪽) 기만으로서의 가상과 관련하여 헤겔은 일종의 변증법적인 도약을 제시하면서, 현재 그 자체에 대해서도 그 가상적인 특성을 지적한다. 다시 말해 현재 그 자체를 인식하지 않고 그저 느끼기만 하는 차원이라면, 현재라는 실체도 결국 가상에 지나지 않는다는 말이다. 그러므로 실재의 핵심, 즉 실체를 인식하는 것이 예술에게 주어진 하나의 임무이며 가장 의미심장한 의무인 것이다. 그러기 위해서 예술은 예술적 가상이라는 제2의 영토를, 사실적인 현실의 바깥과 상위에 있음이 분명한 제2의 실재를 정립해야 한다. "예술은 현상들의 저 참된 내용으로부터 저급하고 찰나적인 세계의 가상과 기만을 지속적으로 제거함으로써, 그 현상들에게 정신으로부터 태어난 보다 높은 현실을 부여한다. 그러므로 예술은 단순한 가상과는 거리가 멀다. 관습적인 현실과는 대비되는 보다 높은 실재와 보다 참된 현존재가 예술이라는 현상 덕분에 드러나는 것이다."(헤겔의 같은 책 20쪽)

앞의 인용문에는 두 가지 사실이 숨겨져 있다. 하나는 관습적인 현실과 관련된 견해인데, 이때 관습적 현실이란 알려져 있기는 하나 오랫동안 인식되지 못하고 있는, 에른스트 블로흐의 말을 빌리자면 어둡고 불쾌하게 파고드는 귀찮은 존재이다. 그리고 이 관습적 현실은 사유에 의해 밝혀지지 않는 한 그러한 성격에서 벗어날 수가 없다. 다른 하나는 예술의 기능과 관련된 것이다. 요컨대 예술은 현실을 정신으로 관통하고 마침내는 작품의 감각적-직관적 매개를 통해 현실을 비춘다. 다시 말해 예술은 단순한 실재를 정신화되고 인식되고 직관되는 현실로 변형시킨다. 그러므로 예술은 직관이고 감각적 인식이며, 그것도 주관적 직관과 인식이라는 의미에서가 아니라 객관적인 의미에서 그렇다. 왜냐하면 실재와 역사에 대한 감각적 인식은 예술을 통해 작품이 되어버렸기 때문이다. 다시 말해 감각적 인식은 작품으로서 외적인 형상을 가지게 되고, 그럼으로써 모든 수용자들, 즉 독자, 관람자 또는 청중으로 하여금 관찰하고 심사숙고하게 만들기 때문이다.

하지만 헤겔은 동시에 예술이 아직도 인간 인식의 최상의 단계가 아니며, 예술 속에서 인간의 정신이 아직도 자신의 최고의 형식에 도달하지 못했음을 강조한다. 그것은 무엇보다도 철학에 의해서 도달되며, 헤겔이 잘 사용하는 말을 빌려서 표현하자면, 청각과 시각이 사라져버리고 단순한 직관력의 단계가 비직관적인 사변적 개념 속에서 지양될 때 비로소 도달된다.

또한 헤겔의 주장에 의하면 저 이른 시기에, 그 어떤 시대보다도 앞서서 고대 그리스의 행복했던 시대에 예술은 한 차례 인간 인식의 가장 높고 이상적인 형식을, 인간의 자의식, 자기 인식과 자기 경험의 가장 높은 단계를 보여주었다. 헤겔에 의하면 당시에는 주관과 객관, 개별성과 보편성, 자연과 문화는 하나로 통일되어 있었다. 그 대립물들은 타당하면서도 아무런 문제도 없는 방식으로 예술이라는 감각적이고 직관적인 매개, 즉 고대의 조각상들과 고전 비극과 서사시 속에서 서로 중재될 수 있었다. 형상과 은유와 선택된 예술적 표현은 여기에서 보편타당한 특성을 가지며, 그 표현 속에서 폴리스의 모든 구성원은 별 어려움 없이 자신을 재인식할 수 있었다. 신들은 친숙하고 문제들은 잘 알려져 있었으며, 그 해결책들은 공동의 재산이 되었다. 삶의 조건들은 안정적이었다. "강제적인 법률이 없었음에도" 불구하고 민중은 그 지도자들을 따랐다. 나중에 기록된 바에 따르면, 누구나 "강자의 명예를 인정하고 존경과 외경의 마음"을 품었다. 질서는 확고부동한 법률들을 토대로 해서가 아니라 "정서로서 그리고 윤리로서" 지켜졌다. 모든 것은 "저절로 그렇게 된 것처럼 이루어졌다."(《미학》 제2권 415쪽) 고대의 현실 조건들은 아름다웠으므로 거기에서 아름다운 예술이 태어날 수 있었다. 그리고 예술이 그러한 조건들을 충실하게 반영한 것은 당연한 일이었다. "영혼과 육체의 아름다운 결합이 처음으로"(헤겔의 같은 책 95쪽) 돌에 새겨졌으며, "세계관과 민족정신의 객관적 모습이"(헤겔의 같은 책 406쪽) 서사적으로 광대하게 펼쳐졌다.

그러나 이 행복했던 시절로부터 현재의 우리는 너무도 멀리 떨어져 있다. 현실 조건들은 더 이상 옛날의 그것이 아니며, 보다 분화되고 보다 복잡해졌다. 아니 훨씬 복잡해졌다. 그러므로 현실 조건들은 더 이상 아름다운 예술작품들(이것들이 물질적으로 구성되었음에도 불구하고)에 의해 포착되거나 제시될 수 없게 되었다. 헤겔은 그 단절을 이렇게 표현한다. "예술 생산과 그 작품의 본질적인 성격은 우리의 시급한 요구를 더 이상 충족할 수 없다. 우리는 더 이상 예술작품을 신성시하고 숭배할 수 없다. 예술작품들이 주는 인상은 성찰적 성격의 것이며, 그것들을 통해서 우리가 받는 자극은 보다 높은 시금석과 다른 방식의 검증 방식을 요구한다. 말하자면 사유와 성찰이 아름다운 예술을 훌쩍 능가해 버린 것이다."《미학》 제1권 21쪽) 마지막 문장이 모든 것을 결정짓는 문장이다. 감각적-직관적 매개로서의 예술, 아름다운 작품은 더 이상 시대를 형상들과 은유들과 음향들을 사용하여 받아들일 수가 없다. 그 예술의 자리에 이제 사유와 성찰, 즉 체계적으로 연관 짓고 첨예화시킨 학문과 철학이 들어선다. 현실 조건들의 복잡성, 즉 헤겔이 시민사회의 개념을 통하여 여기저기에서 기술하고 가리켰던 모순과 대립과 시대착오는 곧바로 또 다른 매개를 필요로 하였으며, 인간 정신으로 하여금 다른 방식으로 자신과 세계, 사회 속에서의 자신에 대한 인식을 얻도록 강요하였다. 이제 철학에게 운명의 시간이 다가온 것이다. 보다 정확히 말하자면, 헤겔에서 비롯한 절대적-이상주의적 철학, 철학자가 스스로에게 전권을 부여하는 시간이 도래한 것이다. 헤겔을 인용하자면, "열정과 이기적인 관심의 범람, 그리고 현재의 역경, 시민적 삶과 정치적 삶에 있어서 얽히고설킨 상황이" 철학으로 하여금 전면에 나서지 않을 수 없게 한 것이다.(헤겔의 같은 책 같은 곳) 현대 생활에 있어서는 "보편적인 형식과 법률과 의무와 권리와 준칙이 규준으로서 요구되며"(헤겔의 같은 책 22쪽), 이것들은 더 이상 의문의 여지가 없거나 자명한 것이 아니므로, (사회와 국가의 제도로서 법전들 속에서) 명확하게 규정되어야 한다. 헤겔은 결론적으로 이렇게 말한다. "그러므로 우리가 살고 있는 현재는 그 보편적인 상황으로 볼 때 예술에 우호적일 수 없는 시대이다."(헤겔의 같은 책 같은 곳) 조금 뒷부분에서 그는 계속해서 말한다. 예술은 "그 가장 지고한 사명을 고려하더라도, 우리에게는 이제 지나간 과거의 것이다. 그러므로 예술은 우리에게 있어서 참된 진리성과 생동감을 잃어버렸으며, 이제 현실 속에서 이전에 가졌던 필연성을 주장하고 보다 높은 지위를 차지하기보다는 오히려 우리들의 관념 속으로 자리를 옮기게 되었다."(헤겔의 같은 책 같은 곳) 예술의 과거적 성격이라는 이 유명하면서도 악명 높은 명제가 의미하는 바는 거듭해서 잘못 해석되는 것처럼 현 시대에 있어서의 예술과의 결별도, 예술의 사멸도 아니다. 헤겔은 예술의 고귀한 사명을, 즉 점점 더 분화되어 가고 있는 시대와 사회질서를 적절하게 표현할 수 있는 권리나 가능성을 부인하며, 예술이 고도로 복잡한 역사적 상황을 나타내는 그림이나 상징이나 은유를 제공할 수 있다는 점을 반박한다. 다만 철학, 사변적인 개념만이 보편적인 것을 목표로 삼고 모순들을 사유적으로 포착하고 극복함으로써 그러한 상황을 해결할 수 있다. 반면에 예술은 잔재적이고 부분적인 것이 되어버렸으며, 오로지 논박당한 주관성의 문제들을 붙들고 씨름할 뿐이다.

여기에서 헤겔이 구체적으로 의도하는 것이 무엇인가 하는 점은 앞의 인용문 못지않게 유명하면서도 자주 인용되는, 현대의 시민소설에 대한 구절들이 잘 말해 주고 있다. 그는 무엇보다도 괴테의《친화력》과《빌헬름 마이스터의 수업시대》를 연결하고 있다. 한 구절에서는 그는《친화력》의 가치를 애써 강조하면서 괴테가 "자기 시대의 교양"을 얼마나 "능숙하고 우아하게" 소설 속에서 반영하였는가를 말하고 있다.(헤겔의 같은 책 291쪽) 요컨대 헤겔에게 소설의 형식은 자신의 시대에 적합한 예술적 표현으로 보였다. "시민사회와 국가의 확고하고 안전한 질서", "경찰과 법원, 군대와 국가기구"가 삶을 규정하는(헤겔의 같은 책 567쪽) 시대, 헤겔이 또한 "산문적으로 질서 지워진 현실"(《미학》 제2권 452쪽)로 파악한 그런 시대는 새롭고 다른 예술적 표현을 요구한다. 그것이 바로 소설이다.

헤겔은 내용미학적으로 그리고 단정적으로 규정한다. 소설 속에는 "심정의 시詩와 거기에 대치되는 현실 조건들을 반영하는 산문 및 우연하고 외적인 환경들 사이의 갈등이 담겨 있다."(헤겔의 같은 책 같은 곳) 여기에서는 주체와 객체가 서로 마찰을 일으키는데, 그것은 개인과 사회적 질서 사이의 마찰이라는 형태로, 다시 말해 개별적 인간의 관심과 요구와 욕망과 공동체의 그것들 사이의 마찰의 형태로 나타난다. 그리하여 결국 균형과 조화로운 화해에 도달한다고 하더라도, 이것은 다만 아도르노의 표현을 빌리자면 "강요된 화해" 내지는 기존 현실 조건들의 우월성과 견고함에 대한 체념적인 통찰에 불과할 뿐이다. 개인은 기존 현실 조건들 속으로 편입되면서 그것들을 인정해야 하고, 자신의 뜻만 내세우면서 그 조건들을 쉽사리 거부할 수는 없다. 하지만 그래도 거부의 길을 택한다면 공민권 상실과 사상검증과 시민권 박탈을 감수해야 함은 물론이다. 도처의 현실 조건들은 안정적이고 제도화되어 있고 법적 안전장치를 갖추고 있으며, 물샐 틈 없는 그물망을 이루고 있다. 이러한 확고한 신념은 헤겔이 그의 《미학》을 발표하기 이전부터 계속 가지고 있던 생각이었다. 헤겔은 권리를 가진 개인을 우선 잠정적으로는 인정하지만, 결국은 공동체의 힘과 이성에 견주어볼 때 개별적이고 제한적인 존재일 수밖에 없으므로 그 개인을 다시 거부하는 것이다. 개인은 단순히 사라지고 마는 하나의 가상적인 단위이며, 역사의 흐름 앞에서 무시해 버려도 무방한 정도의 질량에 불과하다. 현실 조건들이야말로 이성적인 것이며, 헤겔의 어법을 빌려 말하자면 실체적인 것이고 보다 깊은 현실이다. 개인에게는 그의 소망과 요구와 필요가 당연한 것으로 보일지 몰라도, 그것들은 총체성으로서의 현실을 결정적으로 포착하지는 못한다. 개인은 더 이상 그의 행동과 태도 그리고 개입을 통해서 전체상의 운명에 결정적인 영향을 미칠 수 있는 위치에 있지 않다. 헤겔이 시민사회의 서사시로서의 현대소설을 기술하면서 그 등장 배경으로 소개했던, 하르트만 폰 아우에나 볼프람 폰 에셴바흐의 기사도 서사시들에 나오는 저 전설의 중세 기사는 그야말로 전설 속으로 사라지고 말았다. 위대한 개인, 영웅과 기사를 대신하여 이제 수많은 개인들, 시민들, 그리고 그 누구보다도 상인들과 사업가들이 무대의 전면에 나서게 된 것이다. 하지만 이들은 기껏해야 계좌의 수입을 올리거나 아니면 파멸적인 방식으로 손실을 초래할 수 있기는 해도, 최소한 헤겔 시대의 시민적-자본주의적 발전의 단계에서는 인구 전체의 행복과 불행에 별다른 영향을 미치지는 못했다. 물론 오늘날 그들이 전혀 다른 모습으로 재등장하고 있다는 것은 주지의 사실이다. 개인은 개별화되고 개별화된 채로 남는다. 그의 운명은 자신의 운명으로 정해진 그대로 개별적이지만, 동시에 그의 운명은 개별적이라는 점에 있어서 또한 보편적이다. 헤겔은 여기에서 현대와 현대예술의 심원한 역설을 본다. 이 사회의 모든 인간들은 개별화된 개인인 것이다. 그러므로 소설에서 묘사되는 개인적인 특수한 이야기는 또다시 전체를 대표하게 된다. 다만 이전의(고대와 중세의) 전개 방식과는 작지만 섬세한 차이가 난다. 다시 말해 현대인의 운명은 완전히 비영웅적이고 산문적으로 전개되며, 영업 장부를 지속적으로 들여다보는 눈길과 개인적인 사소한 발전이 시민적 영웅의 등장이 가능했던 시대를 밀어내고 말았다. 헤겔은 이러한 사정을 그의 평소 문체와는 다른 반어적인 어투로 기술하고 있는데, 거기서 드러나는 것은 우선 그가 소설의 형식을 하찮게 여기고 있음이 분명하다는 사실이다. 다음으로 그는 현대 예술의 어떤 영역을(여기에서는 문학의 영역) 고칠 필요가 있는지 알게 해준다. 이것은 이후의 역사 과정에서도 거듭해서 입증되는 헤겔 미학의 고유한 측면이다.(피히트Picht 1986의 92쪽 이하)

결말 장면은 잘 알려져 있다. 한 개인이 거대한 세계, 사회 앞에 마주 서 있다. 그는 영웅이며, 그 자신 그렇게 믿고 있듯이 현대판 기사로서 "산문적인 현실 조건들"에 맞서 "심정의 시"를 관철하고 싶어 한다.

> "특히나 이러한 새로운 기사들은 젊은이들이다. 그 기사들은 이상 대신에 코앞에 현실로 다가오는 세상만사를 싸우면서 돌파해 나가야 하며, 가족과 시민사회, 국가와 법률, 직장과 같은 것이 이 세상에 있음을 불행으로 여긴다. 왜냐하면 이러한 실질적인 생의 연관들은 강력한 구속력을 가지고서 심정의 이상 및 무한한 권리와 가차 없이 맞서고 있기 때문이다. 이제는 이러한 사물들의 질서에 구멍을 내고 세계를 변혁하고 개선하거나 혹은 질서에 대항해서 최소한 지상 위에 펼쳐진 하늘의 한 조각이라도 베어내야 한다. 당연히 그래야 하는 것이지만, 소녀는 이제 자신을 찾고 자신을 발견하고 사악한 친척이나 그 밖의 열악한 조건들을 이겨내고 극복하고 승리를 쟁취해야 한다. 하지만 이러한 전투들은 현대세계에 있어서 다름 아니라 수업시대에 해당하며, 기존 현실 한가운데에서 개인을 교육하는 것이다. 그리고 그러한 과정을 통합으로써 전투들은 그 진정한 의미를 획득한다. 왜냐하면 그러한 수업시대의 목표 지

점은 주체가 따끔한 맛을 본 후 정신을 차리는 것이고, 자신의 소망과 견해를 가지고서 기존 조건들과 그 조건들의 합리성 속으로 자신을 편입시키는 것이며, 세계의 얽힘 속으로 들어가 그 속에서 하나의 적합한 입각점을 획득하는 데에 있기 때문이다."(《미학》제2권 567쪽)

이 경우에 음향이 아니라 주제가 음악을 만든다. 그에 반해 음향들은 불협화음을 내며 울린다. 헤겔이 말하는 현대성은 이를 가리킨다. 주어진 대상들의 범위와 주어진 과제들의 영역은(이것들은 나중에 루카치에 의해 다시 하나의 세계관과 인생관의 총체성으로서 중요하게 여겨지긴 하지만) 오히려 좁혀진다. 그것들은 한 개별적 인간의 운명, 사적인 전기로 축소된다. 그리하여 19세기 내내 유럽의 모든 문학작품들에서 소위 말하는 교육소설, 교양소설, 그리고 성장소설들이 줄을 지어 발표된다. 아이헨도르프의 《방랑아 이야기》로부터 시작하여 켈러의 《초록 옷의 하인리히》, 야콥슨의 《닐스 리네》 또는 폰토피단의 《행운의 한스》를 거쳐 아래로부터 장르를 파괴한 구스타브 플로베르의 탈환상소설(시대를 규정하는 그의 이 위대한 소설 《감정 교육》(1869)은 독일어로 《심정의 수업시대》라고 번역되어 있다)에 이르기까지 거대한 만곡선을 그린다. 그리고 이는 사실상 헤겔이 강조했던 저 수업시대에 해당하며, 그 수업시대의 종착점에는, 주체가 일단 혹독한 시련을 거치고 난 후에 주어진 현실 조건들과 화해하는 장면이 자리 잡고 있는 것이다. 플로베르의 경우 이러한 화해는 자신의 소망, 의도와 외적인 현실 조건들 사이의 결코 메울 수 없는 틈에 대한 체념적인 통찰의 얼굴로 나타난다.

헤겔의 통찰을 한 문장으로 요약하자면, 소설이란 세계에 대한 부정적 총체성이다. 그 중심, 모순들과 서로 다투는 의견들과 이해관계들은 더 이상 그림이나 음악이나 말에 의해서 유효하게 드러나지 않으며, 점점 더 새로워지는, 새로우면서도-오래된 수많은 소설들 속에서, 다시 말해 생의 운명들의 무한한 연속 속에서만 겨우 그 편린을 드러낸다. 시대에 대한 접근은 이러한 점차적인 방식으로만 가능하다. 헤겔에 의하면 시대에 대한 인식은 오로지 철학에 의해서만, 개념들과 추론의 수단을 가진 철학에 의해서만 가능하다.

헤겔이 현대에 대해 그리고 동시대의 예술에 대해 어떤 태도를 취했는지에 관해 많은 견해들이 오가고 있다. 그러나 결론적으로 말하자면, 그의 의고전주의는 예술철학 전체 위로 둥근 아치를 이루고 있다. 헤겔이 슐레겔 형제, 노발리스, 클라이스트와 E. T. A. 호프만에 대해 언급하지 않은 점을 주목하라. 현대의 분열된, 아니 추한 예술의 불완전한 양식이 고대의 이상을 배경으로 하여 일종의 '일탈로서' 더욱 더 뚜렷하게 부각되고 있는 것이다.(보러Bohrer 1989의 176쪽, 융Jung 1987의 106쪽 이하 참조) 어쨌든 헤겔은 그의 도그마적인 의고전주의 이론을 바탕으로 하여 동시대 예술의 새로움과 현대성을 포착하였으며, 그 어쩔 수 없는 일탈적 특성을 기술하였다.

예술철학과 관련된 자료들을 먼저 다루었으니 이제는 준비의 말을 끝내고 본격적으로 헤겔의《미학》 일반에 대해 살펴보기로 하자.

내버려두었던 이야기를 다시 시작하자면, 예술은 그 최고의 사명이라는 관점에서 볼 때 이미 과거지사가 되었기 때문에 인류의 가장 고귀하고 보편적인 관심들을 더 이상 담아내지 못한다. 그 자리를 이제는 철학이 차지한다. 다시 말하자면 성찰이 아름다운 예술을 능가해 버렸기 때문에 예술철학으로서의 미학이 예술 자체, 즉 작품을 뒤로 제쳐버린 것이다. 헤겔은 말한다. "우리는 예술작품들을 사유의 관찰 아래에 둔다."(《미학》제1권 22쪽) "예술은 우리를 사유의 관찰로 초대하는데, 이는 예술을 다시 불러내기 위함이 아니라 예술이 무엇인가를 학문적으로 인식하기 위한 목적에서이다."(헤겔의 같은 책 같은 곳) 예술은 과거지사가 되었으며, 그 최고의 사명은 지난 일이 되었다. 그러므로 이제 예술의 크기와 넓이가 제대로 인식될 수 있게 되었으며,《법철학 강요》에 나오는 헤겔의 또 다른 명언을 따르자면, 이제는 오직 그것만이, 그 "삶의 내용"이 역사화된 것만이 인식될 수 있다. 다시 말하자면, 인간은 그가 자신의 등 뒤로 넘겨버린 것, 자신이 극복한 것만 인식할 수 있다. 현재 자신이 처해 있는 (자신의 시대이든 자신의 입장이든) 상황에 대한 인식은 훨씬 어렵다. 그러므로 헤겔에 있어서 체계적인 자리가 마련되는데, 그것은 역사에 대한 시각이 필연적으로 주어져 있고 예술철학이 역사화되고 따라서 그때마다의 구체적인 역사적 내용들, 보다 정확하게 말해 역사적 사실과 예술사적 사실 사이의 상호연관성이 논구되는 그러한 자리이다. 예술사에 대한 간결하고 거시적인 개요는 지금 우리의 관심사가 아니다. 《미학》이 바로 이러한 이유 때문에 거듭해서 읽혀져야 함에도 불구하고 말이다. 나는 다만《미학》이 내용에 대한 문제를 제기함으로써 역사적인 전환점에 도달했다는 점을 지적하고 싶을 따름이다. "개념적으로 볼 때 예술에게 주어진 사명은 다름 아니라 그 자체로 풍부한 내용을 적합하고 감각적인 현재로 부각시키는 것이다. 따라서 예술철학은 이 풍부한 내용과 그것의 아름다운 현상 방식의 본질이 무엇인지를 사유적으로 포착하는 것을 주요 과업으로 삼아야 한다."(헤겔의 같은 책 584쪽) 헤겔은 역사를 가로지르고 상호결합을 이루어내며, 또한 예술의 포괄적인 체계와 위계질서를 기획한다. 그리고 아울러서 예술 형식들의 역사적 전개(상징적, 고전적, 낭만적 예술 형식)

과정을 순서대로 밝히고, 그럼으로써 언제나 자료와 구체적인 내용 분석에 치중한다. 그것은 철학자인 발터 슐츠가 핵심을 찔러 정확하게 말했듯이, 예술의 분야에서도 철학하기라는 자신의 임무를 입증하기 위해서였다. 여기서 철학하기란 물론 지난 시대에 있었던 정신적 발현을 "내재적으로 지향하는 것"이다.(슐츠 1985의 30쪽)

헤겔에 대한 나의 소견을 결론적으로 밝히자면, 나는 숨길 수 없는 공감에도 불구하고 반대 의견을 말하지 않을 수 없다. 헤겔의 건축물에는 그 어떤 경직성과 정적인 것이 들러붙어 있다. 그는 예술작품을 전통에 의해 매개된, 더 이상 의문의 여지가 없는 고정적인 사실 Faktum brutum로 간단히 규정해 버린다. 그리고 유효하고 객관적인 내용들로부터 출발하고 또 이 내용미학을 근거로 삼아 규범적으로 주어진 생산과 수용의 영역들을 완전히 사라지게 만들어버린다. 하지만 더욱 더 당황스러운 것은, 아니 불쾌감마저 불러일으키는 것은 그의 사유의 건축물을 떠받치고 있는 박물관적 특징이다. 그것을 그림으로 표현하자면 이렇다. 헤겔의 텍스트를 읽으면 이런 느낌이 든다. 우리는 그의 손을 잡고 상상 속의 거대한 박물관 안을 돌아다닌다. 그 박물관의 벽에는 과거와 현재, 모든 나라들과 시대들로부터 생겨난 상상 가능한 온갖 예술작품들이 사방에 걸려 있거나 자리를 차지하고 있다. 여기에는 지난 시절의 정신이 북적대고 있다. 그러다가 갑자기, 헤겔의 말을 따르자면 사물들과 예술품들이 생생하게 되살아나면서 보다 요란하게 다성적으로 연주를 시작한다. 헤겔이 자신의 개념을 요약해서 표현하는 바대로, 그것들은 마치 이렇게 말하려는 것 같다. 인간들아, 여기를 보라. 이 예술과 뮤즈의 여신들의 사원을 보라. 그대들은 이미 성공을 거두었다! 종교철학자인 게오르크 피히트는 헤겔을 염두에 두고 이렇게 말했다. "박물관들은 미학의 사원

이다."(피히트 1986의 189쪽)

거기에서 감상자들은 분열된 느낌에 사로잡히게 될 것이다. 헤겔이 그토록 달변을 동원하여 분석한 바 있는 우리 인간들의 정신의 힘과 강력함이라는 느낌을 전해주는 숭고함의 느낌 말이다. 하지만 그와 동시에 불안한 느낌도 들 것이다. 미학적 대상들에 대한 이러한 이성적인 접근이 본질적 측면들을 못 보고 스쳐 지나가게 하고, 또 현상들에 대한 미학적 부가가치가 밋밋하게 균일화되어 버리지나 않을까 하는 불안감이 생겨날 수도 있는 것이다. 헤겔이 그처럼 노련하게 그 속에서 우리를 이끌고 다녔던 상상 속의 박물관은 그 자체로 조화롭고 그럴듯하며 전문지식을 동원하여 배치되어 있기는 하다. 하지만 박물관 안으로 들어오지 못하고 차단되어 버린 것들은 어떻게 되는가? 규범 또는 도달할 수 없는 모범적인 고전으로 인정받지 못하는 작품들은 어떻게 되는가? 또한 전시된 작품들 자체도 문제다. 그것들은 우리들 앞에 고요하게 서 있다. 아련한 구름에 둘러싸여 감히 만져볼 수도 없다! 영원히 차단되고 그 자체로 머물고, 형식과 내용에 있어서 최종적으로 그리고 명백하게 규정되어 버린 채로 말이다.

앞서 말한 바대로 문제점들이 예상되고 또 그 윤곽들이 보인다. 그것들은 결국 헤겔의 후계자들에게 지속적인 문제로 남게 된다.

헤겔은 말하자면 19세기의 (도자기 제조용)회전 받침대와 같은 존재이며 또 변함없이 그렇다. 그의 철학은 지배적이며, 쇄도하는 논쟁들의 최고 성부聲部를 차지한다. 또한 "미학의 영역"에서도 그렇다. 그는 모두들 거기에 음조를 맞추어야 하는 중심적 존재로서의 협연자이거나 아니면 적대적 연주자이다. 그의 제자들과 후계자들은 체계적인 문제들에 흥미를 가지지만, 그에 대한 초기의 엄혹한 비판자들은 이성의 독점적인 장악에 맞서고 이상주의의 주도권을 무너뜨리기 위해 현상들을 구원하고 미학적인 행동 방식을 복권시켰으며, 19세기 후반기에는 과학적인 행동 방식으로 맞섰다. 결국 이 모든 대응들은, 긍정적이든 부정적이든 거장이 제시한 기본적인 주제들과 연관을 맺고 있는 것이다.


## 2. 헤겔학파와 반反헤겔학파

### 분열된 자들

　　1831년 헤겔의 죽음 후에 그 계승자들이 직면했던 주요한 문제는, 철학이 자기들의 시대를 사유로써 파악하는 것이 가능한가, 그리고 가능하다면 어떠한 형태로 이루어져야 하는가의 문제였다. 왜냐하면 그렇게 하는 데 필수적인 모든 것들은 이미 헤겔(학생식으로 서툴게 말하자면, 그에게서 절대정신은 자기 자신에게 도달했다) 자신에 의해 포괄적으로 체계화되었기 때문이다. 우울한 시대정신이 퍼져 나갔다. 예술과 문학과 철학에 있어서 사람들은 종종 자신이 불필요한 여분의 존재라는 느낌을 가지게 되었고, 또 아류라는 느낌 속에서 살았다. "분열"이라는 개념이 유행어가 되었으며 문학의 장을 지배하였다. 분열은 하이네와 뷔히너로 대표되는, 소위 청년독일파와 3월 혁명 전前 시대(1815-1848)의 문학자들의 기본적 문학 용어가 되었다. 그 시대의 몇몇 소설의 제목이 이러한 문제의식을 예고하고 있다. 아니 너무도 명백하게 선언하고 있다. 카를 이머만은《아류들》이라는 제목을 가진 소설을 썼으며, 운게른슈테른은 《분열된 자들》이라는 제목의 소설을, 포이흐터슬레벤은《어떤 몰락한 자》의 생애를, 문트는《뒤엉킨 현대인들》을, 그리고 이러한 계열에서 마지막으로 슈필하겐은《문제적 인간들》(1861)을 썼다. 동시대인들에게 자신들의 시대는 단순한 과도기로, 보다 나을 테지만 극도로 불투명한 미래를 향해 나아가는 불분명한 과도적인 시기로 보였다. 사람들은 인식의 수단을 소유했다고 믿었다. 그러나 알려지고 인식된 것을 어떻게 실천적으로 변화시키고 개혁할 것인가? 예술, 그 시대의 예술은 훌륭한 논증들에 의해 강력하게 그리고 지속적으로 퇴장당해 버린 터에 어떻게 정당성을 얻을 수 있을 것인가?

헤겔의 제자이며, 칸트의 쾨닉스베르크 대학에서 막강한 영향력을 가진 철학자이자 문학사가인 카를 로젠크란츠는 자신의 세대를 변명하는 한 편지에서, 그가 느끼는 아류적 특성과 분열성을 있는 그대로 토로한다. "나의 가련함은 미헬레트, 가브러, 힌릭스, 바이스를 포함한 최근 세대의 모든 철학자들이 셸링과 헤겔과 피히테 등과 같은 의미에서의 철학자가 아니며 그 점에서는 나도 마찬가지라는 데에 있다. 이들은 우리와는 다른 독창적인 인물들이다. 물론 나는 시적인 재능을 가지고 있지만 결코 시인은 아니다."(융 1987의 187쪽에서 재인용) 그리고 나서 삼 년 후 서른다섯 살의 로젠크란츠는 그의 희극《사색의 중심》(1840)의 한 구절에서 이때까지의 그의 삶을 반어적이고 혹독한 심정으로 되돌아본다. "내가 무엇을 원하는지 나도 모른다. 내가 옛날의 독일에 속하는지 아니면 지금의 독일에 속하는지 머리가 마구 헷갈리기만 한다. 하지만 이것은 유감스럽게도 마음대로 결정할 수 있는 일은 아니다. 처음에 나는 시를 썼다. 그리고 나서 중세에 푹 빠졌고, 이어서 평범한 문학서들을 편찬했다. 그 틈틈이 나는 신앙과 지식, 슐라이어마허와 다우프, 칸트와 헤겔에 대해 사색했고, 마침내는 여러 유파들 사이에서 갈피를 잡지 못하고 엎치락뒤치락 했기 때문에 나에게 친숙한 인물을 꼽으라면 그 누구도 없다. 나는 모든 사람들의 호의를 잃어버렸으므로, 나 홀로 있게 될까 봐 너무도 두렵다. 내가 앞으로 어떻게 될지는 아무도 모른다. 결국 나는 이전의 나 그대로일 뿐이다. 즉 그저 작가일 뿐이다."(융의 같은 책 355쪽에서 재인용)

이 인용문은 징후적인 성격을 드러내고 있으며, 당대 시대정신의 뿌리 없음을 말하고 있다. 철학계의 아류에 지나지 않는 로젠크란츠보다 더 유명한 동료들도 그 시대정신에 대해 발언을 하였다. 예컨대 한때는 최후의 낭만주의자로, 나중에는 현대의 고지자告知者로 여겨졌던 하이네를 비롯하여 천재적인 뷔허너, 그의 작품의 비극적인 인물들, 그리고 특히 권태의 고통에 시달렸던 렌츠를 들 수가 있다. 이상주의 이후의 시대, 즉 헤겔과 괴테의 죽음 이후의 시대의 또 다른 핵심 개념은 권태였다. 한편으로는 얼음처럼 차가운 염세주의자이면서 다른 한편으로는 열기에 넘치는 실존주의자인 쇼펜하우어와 키르케고르 같은 여러 유형의 철학자들은 권태를 시대 개념으로 분석하였다. 키르케고르에게 있어서 권태는 "만악의 근원"이며 "모든 악덕의 출발"이었다. 쇼펜하우어도 맞장구를 쳤다. "궁핍이 민중들을 지속적으로 괴롭히는 채찍이라면, 권태는 상류 계층을 괴롭히는 징벌이다. 시민생활에 있어서 궁핍이 육 일 동안의 평일에 그 모습을 드러낸다면, 권태는 일요일에 그 모습을 드러낸다."(쇼펜하우어 Schopenhauer 전집 제2권 370쪽) 많은 구절들에서 고통과 권태는 인간적 특성을 거의 그대로 보여주는 상수로 묘사된다.

포식과 복지와 제어되기 어려운 성장의 시대였다. 흔히들 제1차 산업혁명이라고 부르는 시대였으며, 생산성 증대이든 부르주아들의 재산 증대든 진보의 수단과 가능성의 성장이든 간에 가속에 가속을 거듭하는 시대였다. 본격적으로 그 형태를 드러내는 자연과학으로부터 철학에 이르기까지 그리고 예술들도 그러한 시대의 흐름에 아주 다양하게 보조를 맞추었다. 한편으로는 물질주의적인 경향들, 즉 생물학과 진화론이 인간의 진보를 널리 알리기 위해 손을 잡았으며, 마침내 1855년에는 시민계급과 그 계급의 견고함과 부의 신성함을 뒷받침하는 토지대장으로 승격된, 구스타프 프라이타크의 소설《차변과 대변》이 출간되었다. 하지만 다른 한편으로는 쇼펜하우어와 마르크스, 키르케고르와 니체 같은 회의주의자들, 염세주의자들, 그리고 자신의 집안을 헐뜯는 자들이 서로 친근하게 손을 맞잡으면서 이 배부른 부르주아 세계의 바닥 없음과 뿌리 없음을 저주하였다.

또한 미학의 영역에서도 동일한 분열이 모습을 드러냈다. 시대의 모순들이 미학적 기획들 속에서 아주 구체적으로 반영되었다. 당대와의 관계, 즉 사회 발전에 대한 입장이 미학적 태도를 규정하였다.

헤겔 이후에는 두 개의 분파가 갈라져 서로 가차 없는 대립을 보였다. 우선적으로 문제가 되면서 근본적인 차이를 드러낸 논쟁점은 현대 예술의 성격, 예술과 시대의 관계, 현대의 작품과 현대세계의 관계를 둘러싼 것이었다. 헤겔의 추종자들은 작품에 중점을 두면서, 또 다른 체계와 또 다른 분화된 개념을 가지고 작품의 진리를 구하는 데 온갖 노력을 기울였다. 반면에 헤겔을 경멸하는 교양이 뛰어난 자들은 미학의 영역을 작품과 아름다움의 영역으로부터 떼어내어, 현대적으로 말하자면 생활세계의 미학화에 중점을 두었다. 다시 말하자면 여기에서 나중에 푸코가 말하게 되는 "실존의 미학"이 이미 시작되었다. 한때는 서로 굳게 결합되어 있던 예술과 미학의 관계가 다시 느슨하게 풀어지게 된 것이다. 헤겔 이후 세대로부터 비로소 이러한 관점들이 등장하게 되었는데, 이는 오늘날의 첨예한 논쟁으로까지 이어지고 있다.

## 추醜의 미학

헤겔의 여러 제자들은 카를 로젠크란츠처럼 우파에 속하든 아르놀트 루게처럼 좌파에 속하든 아니면 프리드리히 테오도어 피셔처럼 중도에 속하든 간에 한 가지 점에서는 의견의 일치를 보인다. 즉 미학은 예술철학이며, 미학은 알다시피 헤겔이 아름다운 예술과 결별한 후에 현대인들에게 있어서 다시 규정되어야 한다는 것이다. "현대 예술"은 헤겔학파에게 있어서는 괴테의 예술시대 이후의 예술을 의미했다. 다시 말하자면 현대예술은 후기 낭만주의자, 청년독일파, 그리고 3월 혁명 전 시대의 테두리에 속하는 경향문학들, 즉 E. T. A. 호프만과 티크, 하이네와 뵈르너, 이머만, 헤벨, 구츠코브와 문트의 작품들을 포함한다. 그리고 바로 이러한 예술작품이야말로 분열의 시대에 대한 표현이며 반응이었던 것이다.

프리드리히 테오도어 피셔(1807-1887)는 여섯 권으로 된 두꺼운 책 《미학》에서 "공장제" 생산과 기계에 의해 좌우되는 분업의 해로운 영향에 대해 이렇게 말한다. "다양화된 사업은 사람으로 하여금 평생 동안 날이면 날마다 같은 일을 하도록 요구한다. 다른 일이라든지 다른 인간적인 것들을 위한 여유 시간을 내지도 못하게 하면서 말이다. (…) 마찬가지로 산업은 모든 것을 분리시켜 버렸으며, 직업은 그 일면성 속에서 굳어져 버렸다. 보편적인 분리의 본질적 특징은 정신적인 행위와 감각적인 행위가 서로 분리된다는 것이다. 지금까지 귀족과 민중 사이가 그랬던 것처럼, 이제는 교양계급과 노동자들 사이에 무한한 간극이 벌어지게 되었다. 전자는 연구를 하지만 후자는 그렇지 않다."(피셔Vischer 1847의 제2권 289쪽) 게다가 더욱 심각하게도 "손으로 작업을 하는 민중은 (…) 가난 때문에 인간성과 인간의 위엄을 증진시킬 여유를 가질 수가 없다. (…) 너무도 혹심한 노동과 열악한 임금으로 구부정해지고 의욕을 잃었으며 경쟁에서 낙오한 농부, 굶주림에 시달리고 누더기를 입은 채 투덜거리고 있는 공장 노동자들. 시장이나 싸구려 식당에 모여 있는 이들. 여기에서 우리는 아무리 눈을 비비고 봐도 아름다운 삶의 흔적이라고는 찾아볼 수 없다."(피셔의 같은 책 290쪽)

헤겔 좌파뿐만 아니라 헤겔학파 모두가 자신들의 시대를 소수를 위한 부와 번영, 다수를 위한 가난의 시대로 평가하였다. 우글거리는 모순들과 대립들을 그들은 사변적 개념과 변증법이라는 마술지팡이를 사용하여 추방하려고 시도하였다. 이미 우리가 그 발언을 들은 바 있는 로젠크란츠는 자기 자신의 시대를 "육체적으로도 도덕적으로도 타락한" 분열되고 병든 시대이며, 그에 따라 인간들도 마찬가지로 변질되고 타락한 시대로 보았다. 로젠크란츠는 그의 《추의 미학》의 한 구절에서 이렇게 결론짓는다. "분열된 지식인들은 추함을 보고 즐긴다. 왜냐하면 추한 것이 그들 자신의 부정적인 상태의 이상을 나타내기 때문이다."(로젠크란츠 1979의 52쪽)

헤겔학파의 소수 학자들이 그들의 당면 과제로 보았던 것은 그 문제점이 명백하게 드러난 시대의 예술을 어떤 식으로 대해야 하는가의 문제였다. 예술의 근거는 무엇이며 예술은 어떻게 구제될 수 있는가? 도대체 미학이란 가치 있는 것인가? 지식인들은 전제된 진단에 있어서는 일치했지만, 그 대응에 있어서는 서로 견해를 달리 했다. 여기에서 다수를 대변하고 있는 세 명의 학자, 루게, 로젠크란츠와 피셔는 서로 간의 차이에도 불구하고 다음의 사실에는 일치된 견해를 보였다. 즉 헤겔의 기본 개념 전체가 그들의 시대의 예술을 규정하는 데는 더 이상 유효하지 않다는 결론이었다. 예술의 부분성, 헤겔의 개념을 따르자면 예술의 더-이상-아름답지 않은 특성은 이미 알고 있는 사실이었다. 실제적인 내용의 결핍과 형식의 부정확성은 이미 진부한 말이 되었다. 그렇다면 예술은 어떤 범주들로 파악될 수 있을 것인가?

그들은 일종의 편법을 사용하여 해결책을 제시했다.

루게(1802-1880)는 장 파울의 《미학 입문》의 제목뿐만 아니라 그 내용을 더 발전시켜 저술했노라고 고백한 자신의 《미학 신新입문》(1837)에서 '희극성'의 개념을 도입한다. 현대의 더-이상-아름답지 않은 예술, 부분적인 예술을 우선적으로 인정하면서 루게는 추한 것의 가면을 희극적으로 벗길 것을 주장한다. 결국 루게 자신이 가장 차원 높은 예술 형식으로 보고 있는 희극을 해결책으로 제시한다. 희극의 넘치는 익살과 유머 속에서 모든 모순과 대립이 지양되며 다시 조화로운 상태가 주어진다는 것이다. 다시 말하자면 세계를 향하여 웃음을 짓는 유머는 명백한 추를 밝게 비추어 변용하며, 모순 대립의 불가피한 현실에 더 높은 통일성을 부여한다. 최소한 유머는 대립들을 다시 화해시킨다. 구체적인 예술작품을 직접 거론하지는 않더라도 이론가들이 목표로 삼는 유머로 넘치는 통일성은 대립들을 다시 화해시키는 것이다.

다른 한편 이러한 논증은 풍속화의 장면으로 일상생활을 리얼하고 자연주의적으로 묘사하고 있는 뒤셀도르프 화파의 그림들 같은 아주 사실적인 작품들을 악마적인 것으로 낙인찍는 데 근거를 제공하기도 한다. 이러한 그림들이 실은 화해의 이데올로기를 변용된 가상이라며 폭로하고 있음에도 말이다. 구토하는 거지들, 행패를 부리는 술고래들, 그림으로 그려진 도시 룸펜 프롤레타리아들의 가난은 화해의 도식에 그렇게 잘 들어맞지 않는다. 그리하여 그러한 작품들은 비예술로 낙인찍히고 만다. 루게는 떠돌이 부랑자를 그리고 있는 뒤셀도르프 화파의 그림 하나에 대해 이렇게 말한다. "사물들의 비루한 진실이 드러나는 것 외에는 아무것도 이루어지지 못했다. 아직 그 속에 완전히 빠져버리지는 않고 있다고 느낌으로써 유쾌한 상태를 유지하는 대신에, 극복되지 못한 비천한 곤궁 속에서 처참하고 슬픈 상태로 빠져들고 만다. 자신 속에서도 세계 속에서도 안정을 얻지 못하는 심각한 고향 상실의 느낌에서 헤어나지 못하게 하며, 부분적으로는 감명을 주기도 하지만, 또 부분적으로는 도덕적으로 바람직하지 못한 영향을 주는 것이다."(루게Ruge 1837의 243쪽)

너무도 분명해 보이는 화해는 결국 대가를 치른다. 그림이나 문학과 같은 예술의 순수성 유지는 실제 현실 사회의 추악하기 그지없는 현상들을 배제할 것을 강요하기 때문이다. 루게는 사회적인 경험으로서 가난과 부유함의 대립을 조심스럽게 암시한다. 하지만 또한 이러한 경험은 미학적 구성에 있어서의 경계를 분명히 보여준다. 그 경계선 너머의 진정한 화해는 결코 제시되지 못하는 것이다. 루게가 적극 권하고 있는 희극 장르와 관련하여 다시 그의 말을 빌려 정리하기로 하자. "희극의 내용(⋯)은 그 어떤 인물을 통하여 시민생활의 비천함이나 유한한 정신의 비천한 궁핍을 다룰 것이 아니라, 유머에 넘치는 기억장치를 이미 통과한 현실, 유한한 정신의 현실을 다루어야 한다."(루게의 같은 책 254쪽) 이러한 원리에 따르지 않고 "있는 그대로 비천하게 그려낸다면" 가식이 없다는 평가를 받을지는 몰라도 "비문학적인 것으로 배척되고"(루게의 같은 책 같은 곳) 만다는 것이다.

로젠크란츠와 피셔의 논증 경로도 아주 유사하다.

피셔의 필생의 작업은 하나의 예외를 제외한다면(《또 다른 한 사람도》(1878)라는 소설이 그 예외인데 19세기의 문학사 기술에서 언급될 만한 가치가 있는 작품이다), 전적으로 미학에 바쳐졌다. 루게의 《미학 신新입문》이 나온 것과 같은 해에 그의 학위논문 〈숭고와 희극적인 것에 대하여〉가 출판되었다. 1846년과 1857년 사이에 피셔는 방대한 양의 미학 관련 저술을 출간하였고, 마지막으로는 아들인 로베르트가 1898년에 아버지의 유고로부터 일련의 강의록을 모아 《아름다움과 예술》을 출간하였다. 피셔는 초기에는 헤겔을 추종했지만, 이후에는 점차 심리학자로 변모해 갔고 어떤 점에서는 생生의 철학의 선구자가 되었다. 하지만 일찌감치 발견하였던 숭고와 희극성을 자명한 공리로 삼는다는 데는 아무런 변화도 없었다. 아름다움이 사라져버린 시대에 힘들게 얻어낸 두 개의 범주인 숭고와 희극성은 예술적 이상이라는 점에서 어떠한 새로운 미의 이상도 발견되지 않고 있는 시점에서 최소한 그 빈자리를 채울 수 있는 그런 것이었다. 또한 피셔는, 루게와 아주 비슷하게 그러나 그와는 독립적으로 희극성과 숭고를 현대 예술의 명백한 특징인 추醜를 완화하는, 아니 제어할 수 있는 양식으로 파악하였다. 말하자면 추는 희극성을 위한 재료라는 것이다. 그 무엇에 대해서 웃음으로써, 피셔의 관점에서 보자면 그 무엇을 우습게 만듦으로써 우리는 그 무엇을 넘어서게 되고 또한 그것으로부터 자유로워지는 것이다. 피셔에게 있어서 추의 존재는 다만 미학적으로 지양될 수 있는 것이며 또한 웃음을 통하여 그때마다 지양되는 희극성의 계기일 뿐이다.

그러므로 한계는 다시 분명히 드러난다. 더 이상 웃어버릴 수 없는 것, 더 이상 우습게 만들어버릴 수 없는 것은 고려의 대상에서 제외되어 버리는 것이다. 추는 희극적인 것을 위해 재료를 제공하기는 하지만, 그럼으로써 그 자체는 왜곡되게 재단되어 버린다. 피셔가 제시한 예를 따르자면 지나치게 거대한 코는 호의적인 웃음을 얻을 수 있다. 그 거대한 코는 아름다움이라는 이념에 대한 일종의 무해한 "저항"일 수 있기 때문이다. 그러나 정신박약이라든지 아니면 어느 모로나 균형 잡힌 인간들의 기준으로부터 벗어난 정신적 일탈의 경우를 앞에 두고 웃음을 터뜨리는 것은 곤란한 일이다. 기존의 조화로운 규범과는 어울리기 어려운 사회적 폐해들이나 악덕들에 대해서 웃음을 터뜨린다는 것은 더더욱 말이 안 된다. 그러므로 결국 피셔는 루게와 꼭 마찬가지의 딜레마에 봉착하게 되는 것이다. 한편으로는 현실의 질곡이 너무도 분명하게 보이므로 추를 인정하고 고백해야 한다. 그러나 다른 한편으로는 추를 너무 강력하게 부각시켜서도 안 된다. 만일 추를 너무 강력하게 부각시켜 버린다면 도피처로서 그리고 진정제로서의 유머가 해낼 수 있는 변용적 화해 작용이 아예 성립할 수 없기 때문이다. 그러므로 이 모순 앞에서 피셔의 구상이든 루게의 구상이든 흔들거리다가 자체 내에서 붕괴되어 버리는 것이다.

피셔의 마지막 발언은 유머와 그가 실제로 《또 다른 한 사람도》라는 작품으로 구체적으로 보여준 유머러스한 소설을 둘러싼 것이다. 그 소설 속에서 피셔는 우월한 입장이라는 온화한 빛 아래서 사회의 결함들을 그저 부정하지만은 않는다. 그러한 문제점들을 그는 해결할 수 있는 것으로 보며 어쨌든 드라마상의 가상적인 사건들은 아니라는 입장을 취한다. 피셔에 따르면, 긍정적인 예술가의 전형이자 예술가의 전범으로서의 유머 작가는 "자기 자신을 가장 예리하게 관찰한다. 그는 우주적인 감각을 가지고 세계 내에서 자신의 주위를 둘러본다. 심원한 통찰력의 소유자인 그는 자신의 존재의 골수 속에서 세계의 모순, 그 사악함과 궁핍, 인간들의 우둔함과 열악함을 체험한다. 하지만 끊임없이 노력함으로써 그는 그 모든 것에도 불구하고 세계는 결코 버림받을 수 없으며 그 모든 악의에도 불구하고 정신과 선함은 삶의 능동적인 힘이라는 느낌을 고수한다. 그리고 이러한 확신의 바탕 위에서 그는 사회를, 전도된 세계를 이제 희극의 빛 아래 비추어 보는 것이다. 사회를 향해 선한 미소를 던지는 것이다."(피셔 1898의 191쪽) 이런 식으로 미학도 예술도 현실 앞에, 현존하고 있으며 또한 용인되어 버린 악惡 앞에 공손하게 머리를 조아린다. 그 악 앞에서 유머 작가는 눈을 감아버리지는 않지만, 그것을 그렇게 뚫어져라 응시하지도 않는 것이다. 어쨌든 더 나쁜 일도 얼마든지 있을 수 있지 않은가!, 라는 식이다. 어쨌든 뜨거운 불에 직접 손을 갖다 대지 않는 것이 최상의 방식이 아닐까 하는 심산인 셈이다.

이제 카를 로젠크란츠(1805-1879)로 눈길을 돌려보자. 그에게 있어서 예술과 사변적인 미학에 대한 연구는 그의 다양한 철학적·문학적 그리고 문학사적 연구의 곁가지일 뿐이었다. 또한 그에게는 새로운 미학 체계라든지, 피셔가 말한 바대로 백과사전적인 미학은 관심 밖의 일이었다. "다만" 그가 《추의 미학》을 쓴 것은 자신의 진술에 따르자면 체계상의 빈틈을 메우기 위해서였고, 또한 추의 현상을 "우주"의 영역으로 확대하기 위함이었다.(로젠크란츠 1979 참조) 《추의 미학》은 교양 있는 비평가이며 또한 섬세한 관찰자, 즉 추의 광대한 영역, 말하자면 저 "아름다움의 지옥"(로젠크란츠의 같은 책 3쪽)을 두루 돌아다니고 예술사와 문학사를 마음의 눈앞으로 차례차례 떠올리는 사람의 작품이었다. 그 눈길은 도처에서 추악한 현상들을 목격하였다. 그 비평가는 무형식과 부정확함과 일그러짐을 보았으며 야비한 것들을 추적하였다. 왜냐하면 이 미학은 비록 그것이 명목상으로 헤겔의 변증법으로 논증을 전개하고, 추를 "아름다운 것과 희극적인 것 사이의 중심"으로 파악하며 추의 상대적이고 사적인 특성

("다만 사라져버리기 쉬운 계기로서")(로젠크란츠의 같은 책 8쪽)을 지적하고 있지만, 종국적으로는 하나의 윤리, 선량하고 모범적인 시민의 미감에 일치하는 건전한 윤리 감각에 토대를 두고 있기 때문이다. 그 미감에 거슬리며, 질서를 교란하고 감각을 거칠게 다루거나, 시민의 예의와 안녕을 해치는 모든 것은 추라는 카인의 낙인을 얻게 되며, 병자와 위험한 자와 범죄자로 여겨진다. 그것은 헤겔학파에 속하지는 않지만, 모든 헤겔 추종자들에 의해 즐겨 인용되는 동시대의 또 다른 미학자가 말하듯이 "스스로를 궁극이며 최고라고 주장하는 유령과도 같은 상상력"(바이세Weiße 1830의 198쪽)의 산물인 것이다.

그 이후의 작가들에게 추라는 것은 이렇게 보였다. E. T. A. 호프만의 유령 이야기들, 클라이스트의 분열된 인물들과 차하리아스 베르너의 괴물들. 이것들은 미학자들을 놀라 자빠지게 만들었다. 하이네와 뵈르너가 자신의 시대와 시대정신에 대해 풍자적으로 빈정거리고 독설을 퍼부은 것도 마찬가지였다. 루게의 걸인 초상화를 그 대표로 떠올릴 수 있는, 뒤셀도르프 화파의 그림들이라든지, 헤벨의 작품들에 나오는 의도적인 거칠음 또는 디킨스와 발자크의 작품에 나오는 대도시의 정경들도 같은 맥락에 있다. 로젠크란츠가 예를 들어 설명하면서 드러내 보여주는 추의 모습들은 리얼하고 자연주의적으로 연출하거나 혹은 풍자적으로 비틀어놓은 현실에 대한 견해들, 즉 현실을 일그러뜨린 요술 그림들에 불과하다. 사실상 현실의 그림자 부분들(가난, 범죄, 매춘)은 전문적인 미학자들의 변용하고 이상화하는 관점으로는 더 이상 포착할 수가 없는 것이다. 지탄의 대상이 되는 작품들, (프리드리히 슐레겔의 말을 빌리자면) "미학적 범죄 규범"에 토대를 둔 작품들은 무엇보다도 유럽적인 현대, 아방가르드적인 입장들을 반영하였는데, 이러한 입장들은 그 형식과 내용에 있어서 당대의 건전한 미감(그 독일적인 양심은 헤겔 미학자들의 형상을 하고 있다)을 해치는 것이었다. 예컨대 독일의 낭만주의자들, 영국의 리얼리스트들 그리고 나중에 프랑스의 아방가르드 작가들을 그 대표로 들 수 있다. 요컨대 헤겔이 그러한 유죄 판결을 내리기 시작하였으며, 또한 19세기 후반의 헤겔주의자들이 뒤를 이어 이러한 낡은 토론을 거듭거듭 지속시켰던 것이다.

### 자성自省의 철학자들: 실존 - 관조 - 의지
### 키르케고르, 쇼펜하우어와 니체에 대하여

그러나 그 반대편에서는 진정으로 철학적인 미학이 다시 성립되고 있었다. 유연한 개념변증법으로 시작했으나 차츰차츰 무미건조한 지껄임으로 타락해갔던 헤겔 추종자들의 "이성 학파"(니체)에 대한 반작용으로 키르케고르, 쇼펜하우어와 니체가 그들의 견해를 주창하였다. 그들의 의도는 다른 방향을 향하고 있었으나, 그들의 이론은 곧바로 미학의 문제들에 있어서 의미 있는 영향을 미쳤다. 이것은 좀 더 자세히 들여다본다면 아무런 역설도 아니며, 오히려 미학의 달라진 위상을 가리킨다. 왜냐하면 감각적 지각과 인식에 대한 이론으로서의 미학적 사유의 출발점들을 돌이켜볼 필요도 없이, 그 동안에 180도로 달라진 일종의 전회를 확인할 수 있기 때문이다. 개별 작품들에 대한 성찰이 종종 중요한 지위를 차지하곤 했지만, 이제는 예술 내지는 예술에 대한 성찰이 더 이상 논의의 중점이 되지 못하고, 아름다움, 관조 내지는 실존과 같은 아주 다양한 개념들이 중심을 차지하게 된 것이다.

간단히 요약하자면 이렇다. 아름다움은 더 이상 어떤 작품의 속성도 아니며, 예술 존재론의 범주도 아니다. 아름다움은 하나의 존재

요소 Existential이다. 후기 니체의 말을 빌리자면, 아름다움은 "몸을 실마리로 하여" 전개되고 해석되는 것으로서 마치 "생리학"과도 같은 것이다.

장 폴 사르트르의 핵심을 찌르는 표현에 따르자면, 헤겔과 더불어 "비극으로서의 역사가 철학 속으로 들어간 것이라면, 키르케고르와 더불어 소극笑劇 혹은 드라마로서의 전기가 철학 속으로 스며들었다."(사르트르Sartre 전집 제4권 11쪽) 키르케고르는 인간의 실존, 개인적 인간의 실존을 파헤치는 데 사유의 힘을 집중하였다. 특수한 인식이론의 수취인으로서의 초월적인 주체가 구축되고 사유와 이념의 영역에서 독단적인 지위를 점하는 절대적 자아가 비대해진 것에 맞서, 키르케고르는 이제 벌거벗고 뿌리 없는 경험적 개인을 철학의 중심으로 옮겨놓는다. 이러한 개인은 헤겔이 말하는 특수성과 유일성의 징후를 이미 상실하였다. 개인은 다만 홀로이며 따로 분리되어 있다. 개인은 자기 자신과 세계에 낯선 존재가 되었으며 결혼과 가족 같은 관계나 결합은 파손되었다. 그 무엇도 그 누구도 믿을 수가 없다. 키르케고르의 세계는 스트린드베리의 영역이다. 《율리에 아가씨》에서 율리에가 하인인 장에게 "당신은 내 친구가 아닌가요?"라고 묻자 장이 대답한다. "그렇지는 않아요. 하지만 나를 믿지는 마세요."(스트린드베리Strindberg O. J.의 123쪽) 또 다른 작품《다마스커스를 향하여》에는 "삶이란 하나의 파편일 뿐 … 시작도 끝도 없는!"이라는 말이 나온다. 여기에 키르케고르의 관점이 함축적으로 드러나 있다. "우연성의 충격"(보러)이라는 말은 틀림없이 키르케고르가 철학적 개념으로 구축하고자 했던 것에 대한 적합한 표현일 것이다. 키르케고르는 절망한 자아, "자신으로부터 헤어날 수 없는" 자아에 대한 사상가이다.(키르케고르Kierkegaard 전집 24/25의 15쪽) 자아가 절망하는 이유는 자신의 주관성이 "더 이상 매개될 수 없는 모순"이 기 때문이다.(슐츠 1985의 285쪽) 자아는 분열되고 녹초가 된 느낌을 받으면서 더 이상 자기 자신과 화해하거나 잘 지낼 수가 없는 것이다. 자아의 실존은 절망에 의하여 지속적으로 위협을 받는다. 왜냐하면 그 어떠한 외적인 의지처도 없기 때문이다. 소통도 의문시되었고, 사회 속의 제도들도 의미 없는 것이 되었으며, 인간들 사이의 어울림도 너무나 많은 문제를 안고 있다. 인간들 각자가 나와 꼭 마찬가지로 속이고 거짓말하고 연기할 수 있는 다른 사람에 대한 이해가 불투명하고 불가능하다는 것을 고통스러울 정도로 인식하였기 때문이다. 발터 슐츠는 그러므로 키르케고르의 입장을 다음처럼 요약한다. "나는 모든 것을 오로지 내 안에서 그리고 나와 함께 해결해야 한다."(슐츠의 같은 책 291쪽)

이러한 배경을 전제로 하면서 키르케고르는 삶을 실존적으로 극복할 수 있는 세 가지 삶의 가능성, 세 가지 태도를 논의한다. 바로 미학적, 윤리적 그리고 종교적 삶의 방식이다. 프로테스탄트이면서 종교학자인 키르케고르에게 있어서 결국 종교적 실존만이 중요하지 않겠는가, 라는 추측은 그가 무엇보다도 자신의 결정적 저작인《이것이냐 저것이냐》(1843)에서 보여주는 대안적인 실존의 가능성들에 대한 논구와 비교하면 별다른 의미가 없다.

제목부터가 이미 전체 구도를 보여준다. 미학적으로 살 것인가 아니면 윤리적으로 살 것인가, 삶을 예술 형식으로 만들 것인가 아니면 의무적으로 살 것인가.《이것이냐 저것이냐》에서 키르케고르는 두 명의 다른 사람들에 의해 대표되는 두 가지 삶의 태도를 제기한다. 미학주의자인 A는 B에게서 윤리주의자를 만난다. 그 둘은 각각 상대방의 뒷면, 즉 대안적인 측면, 억압된 측면을 이룬다. 그러므로 둘이 서로 대화를 나누는 가운데 성립되는 상대방에 대한 평가는 아주 유익하다. 자신에 대한 평가와 자기 기획은 차이 속에서, 비난받는 상대방에 대한 부정과 대립에 의해 성립되기 때문이다. 미학주의자는 윤리주의자를 이렇게 조롱한다. "윤리적인 것은 학문에 있어서나 실제의 삶에 있어서나 마찬가지로 지겹기만 하다. 얼마나 차이가 나는가. 미학의 하늘 아래에서는 모든 것이 경쾌하고 아름답고 신속하다. 반면에 윤리가 들어서게 되면 모든 것이 굳어지고 모가 나고 끝없이 지루해진다."(키르케고르 1968의 428쪽) 그러면 윤리주의자가 반박한다. "삶을 윤리적인 관점에서 볼 때라야 비로소 삶은 아름다움과 진리와 의미와 지속성을 얻게 된다. 스스로 윤리적으로 살 때라야 비로소 인간의 삶은 아름다움과 진리와 의미와 안전함을 얻게 된다. 윤리적인 세계관 속에서라야 비로소 단독적이고 비공감적인 의심이 진정되는 법이다."(키르케고르의 같은 책 840쪽)

윤리주의자는 의무 완수를 삶의 목표로 삼고 거기에서 삶의 행복을 이끌어내지만, 미학주의자는 신뢰하기 어렵고 변덕스러우며 순간순간의 기분 속에서 내키는 대로 살아간다. 전자는 충동 포기와 금욕과 세상살이로부터의 일종의 도피를 설교하지만, 후자는 향락에 몸을 맡기고 시작도 끝도 없는 순간의 환희에 탐닉한다. 윤리주의자의 최고의 이상은 삶의 균형과 균일함과 지속성이다. 반면에 미학주의자는 순간의 섬세함과 예측불허의 경지를 사랑한다. 윤리주의자는 결혼을 옹호하지만 미학주의자는 유혹의 가치를 인정한다. 전자는 정신에 후자는 감각에 중점을 둔다. 간접성과 직접성, 성찰과 도취, 규율과 해방의 삶으로 서로 대립된다.

이 두 가지 태도 사이에 명백한 분리의 선을 긋는 것은 윤리주의자의 몫이다. 윤리주의자 B가 말한다. "미학적으로 살아가는 사람의 감정은 언제나 바깥을 향하고 있다. 왜냐하면 그의 중심은 주변에 있기 때문이다. 그러나 인격은 그 중심을 자신 속에 가지고 있으며, 자기 자신을 가지지 못한 사람은 언제나 밖을 향할 뿐이다. 윤리적으로 살아가는 사람의 감정은 중심을 향하고 있다. 그는 감정 속에 있지 않으며 감정 그 자체이지도 않다. 그는 감정을 가지되 자신 속에서 그 감정을 통제하고 있다."(키르케고르의 같은 책 791쪽) 그 다음에도 짤막하고도 간결한 문장들이 이어진다. "미학적으로 살아가는 사람은 도처에서 가능성들을 보며, 이러한 가능성들이 그에게 있어서 미래의 내용을 이루게 된다. 반면에 윤리적으로 살아가는 사람은 도처에서 의무를 본다."(키르케고르의 같은 책 817쪽)

의무인가 성향인가, 요컨대 이것이 문제이다. 윤리학인가 미학인가, 의무인가 존재인가. 두 가지 태도는 생의 가능성들, 생의 표현 방식들을 나타낸다. 이것들은 실체도, 기댈 수 있는 배경도, 궁극의 말씀도 있을 수 없는 현대세계에서의 충격적 경험에 대한 반응들이다. 그러므로 이러한 충격은 키르케고르의 전체 작품에도 깊은 영향을 남긴다. 윤리주의자의 성찰에도 미학주의자의 기획에도 충격은 깊은 흔적들의 징표를 남긴다. 예컨대《이것이냐 저것이냐》에서는 권태, 다시 말해 근본적으로 내적인 공허함을 불러일으키는 외적이고 사회적인 충족 현상이 끊임없이 언급되고 있다. 사람들은 무한히 많은 것을 가지지만, 더 이상 아무런 의미도 없는 존재이다. 부르주아의 삶은 충족되면서도 지겨운 삶의 지속일 따름이다. 죽음과도 같은 균일성으로 가득한 삶이며, 모든 사람들은 그 앞에서 속수무책 당하기만 한다. 그 점과 관련하여 미학주의자가 다소간 장황하게 설명하는 것을 들어보기로 하자.

"그러므로 모든 사람들은 권태에 시달린다. 권태라는 말 자체는 어떠한 분류의 가능성을 가리킨다. 말하자면 권태라는 말은 자기 자신에게 권태를 느끼는 사람뿐 아니라 다른 사람을 권태롭게 하는 사람도 가리킨다. 다른 사람을 권태롭게 하는 자들은 평민들이고 우중이며 수를 헤아릴 수도 없는 어중이떠중이들이다. 반면에 자기 자신을 권태롭게 하는 자들은 선택된 자들이며 귀족이다. 참으로 특이하게도, 권태로움을 느끼지 않는 자들은 대개는 다른 사람들을 권태롭게 하며, 권태로움에 시달리는 자들은 다른 사람을 즐겁게 해준다. 권태를 모르는 자들은 대개의 경우 세상살이에서 할 일을 무척이나 많이 가진 그러한 사람들이다. 그러나 이러한 사람들은 바로 그 때문에 가장 권태로운 존재이며 가장 참아내기 어려운 부류이다. 이러한 짐승의 부류는 남성의 욕구나 여성의 관능으로부터 생겨난 열매는 결코 아니다. 그들은 모든 하찮은 동물의 부류들과 마찬가지로 높은 번식력을 자랑하며 믿을 수 없을 정도로 무한히 증식된다. 자연이 그러한 존재들을 낳기 위하여 아홉 달이나 들인다는 것을 이해하기 어렵다. 그러한 존재들은 차라리 한 다스씩 낳아버리는 것이 나을 것이다. 인간의 다른 부류들, 즉 고귀한 자들은 스스로 권태로워하는 자들이다. 앞서 말한 대로 이들은 대개는 다른 사람들을 즐겁게 해준다. 때로는 피상적인 차원에서 평범한 자들에게 때로는 깊은 의미에서 내막을 잘 아는 사람들에게 즐거움을 선사한다. 보다 철저하게 권태를 느끼면 느낄수록 이들은 다른 사람들에게 보다 강력한 기분전환의 계기들을 제공한다. 권태가 제 아무리 절정의 상태에 도달했더라도 말이다. 그들은 때로는 권태에 시달린 나머지 죽어가기도 하며(소극적 결단) 때로는 호기심에 넘쳐 스스로를 쏘아버리기도 한다(적극적 결단)."(키르케고르의 같은 책 335쪽)

삶의 권태로움이라는 경험 앞에서 윤리주의자와 미학주의자는 아주 다르게 대응하지만, 그들의 태도의 구조는 동일하다. 미학과 윤리학은 미리 주어진 고정된 영역과는 아무런 관련이 없으며, 다만 "상호대립의 의미에서 순수하게 실현된다."(슐츠 1985의 286쪽) 윤리적인 삶도 미학적인 삶도 주관적인 결정이고 개인적인 태도이고 각각의 다른 결단으로서 "생의 예술"을 실현하는 상이한 방식들일 따름이다. 그리하여 마침내는 아름다움과 예술 그리고 미학과 같은 전통적인 개념들은 흔들리게 된다.

개인은 개인일 따름이며 개인으로 남는다. 그러나 개인은 이러한 요구, 실존적 위기에 맞서는 자신의 대응책을 발견해야 한다. 청년 시절의 게오르크 루카치는 키르케고르를 해석하면서 그 점을 날카롭게 통찰하였다. "삶에 있어서 체계란 없다. 삶에 있어서는 개별자만이, 구체적인 것만이 존재한다. 실존이란 상이한 존재가 됨을 말한다. 절대적인 것, 과정적이지 않은 것, 일의적인 것은 그저 말로만 존재할 따름이다. 구체적인 것만이 개별적으로 드러난다. 진리는 오로지 주관적으로 존재할 뿐이며, 아마도 그럴 것이다. 그러나 주관성이 바로 진리라는 사실은 너무도 분명하다. 개별적인 사물만이 유일한 존재자이다. 개별자는 실제적인 인간이다."(루카치 1971의 49쪽) 여기서부터 니체와 생의 철학과 실존주의를 경유하여 주체를 거부하고 파괴하는 포스트모던적 응용에 이르기까지 일련의 연속성이 주어지는 것이다. 포스트모더니즘이란 알고 보면 이미 키르케고르가 구축했던 주체성을 더욱 더 확장하고 경계를 넘어 전개한 것일 따름이다.

미학주의자의 삶의 예술은 그가 직접성 속에서 존재하며 순간을 통해서 순간을 위해서 살아간다는 데 그 본질이 있다. 그 순간에 대해서는 마지막 장인 〈유혹자의 일기〉, 즉 A의 기록들이 분명히 보여준다. 요컨대 유혹자는 순간 속에서, 유혹의 순간에 최고의 향락을 느끼며 동시에 승리감을 맛보는 것이다. 그의 삶은 거기를 향하며 그 순간을 위하여 자신을 기획하고 자신을 무대에 올린다. 그는 자신의 삶이 실존의 그러한 지점을 향하도록 한다. 하지만 그것으로부터 아무런 결과도 생겨나지 않는다. 순간은 삶 전체를 포괄하며, 순간만이 본질적인 삶이고 진정한 삶이기 때문이다. 그러므로 진정으로 미학적인 삶은 불확실하고 구속력이 없는, 기만적이고 예술작품과도 같은 삶이며, 어떠한 것도 붙들지 않으면서 많은 말을 하고 아양을 떠는 그러한 삶이다. 유혹자는 유혹자일 뿐 다른 아무것도 아니다. 그의 겉모양은 유행에 따른 장식품이며, 희생양을 현혹하기 위한 가면일 따름이다. 껍질은 목적을 달성하기 위한 수단에 지나지 않으며, 그 자신과 그의 내면은 유혹의 순간에 사로잡혀 있다. 왜냐하면 그의 생의 예술, 그의 세련된 미학은 순간의 성취를 목표로 하고 있기 때문이다. "순간은 어떠한 기억도 어떠한 관점도 알지 못한다. 그러므로 순간에게는 후회도 희망도 없다. '그들이 본다는 것과 그들이 사랑한다는 것은 하나이다. 그리고 이것은 오로지 순간 속에서 일어난다. 동일한 순간에 모든 것은 지나가버리며, 동일한 것은 무한하게 반복된다'."(리즈만 Liessmann 1991의 39쪽) 유혹자로서의 미학주의자는 삶을 걸고 내기를 하는 도박꾼으로서 그의 배팅 액수는 자신의 실존 전부이다. 그는 사로잡힌 자로서, 자신도 그 점을 알고 있지만 자제하려고 하지 않는다. 그는 삼켜질 수도 있고 죽을 수도 있지만 그래도 멈출 수 없다. 목표 자체가 배팅 금액을 정당화한다. 최고의 행복, 심원한 향락, 유희에 내맡겨진 실존이 그 목표이기 때문이다.

이러한 풍조에 영향을 미친 것은 당시에 그다지 비중이 크지는 않았던 우수 어린 철학적 경향뿐만은 아니었다. 19세기에 널리 유행되었던 현상인 멋쟁이 인물과 댄디즘도 한몫 거들었다. 조지 브루멜이나 바이런 경, 또는 쥘 바르베 도르비이나 나중의 오스카 와일드와 같은 유형의 댄디들을 통해서 미학은 절대적인 것이 되었다. 이들은 아름다움과 예술을 순전히 표면적인 현상으로 이해했다. 육체(육체에 대한 사치스러운 손질을 포함하여)는 미학화되었으며, 유행은 차이를 드러내고 다른 부류와의 경계선을 긋는 결정적인 기준이 되었으며, 사교적인 풍채는 신비의 영역으로 승화되었다. 바르베 도르비이는 댄디의 전형이었던 학생 브루멜에 대해 이미 언급하고 있는데, 브루멜이 그의 동급생들에게 커다란 영향을 미친 것은 오로지 "그의 옷과 그의 침착하고 의젓한 몸가짐"(도르비이 d'Aurevilly 1987의 62쪽)을 통해서였다는 것이다. 댄디는 그가 다만 댄디에 머무는 한에 있어서는 (아직 예술가가 아닌) 순전히 외적인 것에 관심을 기울이고 표면을 기준으로 삼는 존재이다. 알맹이가 없는 껍질이고 존재가 없는 가상이며, 그 뒤에 개성이 없는 가면과도 같은 존재이다. 그러므로 댄디의 존재는 현상들 속에서 스스로 피폐해진다. 사교 모임에서 중심을 이루기는 하지만, 그 모임 밖으로 나오기만 하면 그는 아무것도 아닌 존재가 되고 마는 것이다. 키르케고르식의 논증에 따르자면, 댄디는 인간화된 권태이다. 하지만 그 인간화된 권태는 또한 권태에 저항하면서 자신을 미학적으로 정립하려고 시도한다.

좀 더 시야를 넓혀서 보자면 이런 점도 있다. 댄디와 보헤미안을 대표하는 역사적 인물들은 우리가 오늘날 "생활세계의 미학화"라는 말로 표현하는 현상들을 앞서 체현한 선구자들일 수 있다. 생활세계의 미학화는 말하자면 우리의 삶을 미학적으로 해명하고 섬세하게 만드는 것이고, 우리의 주변세계를 유행과 디자인의 법칙들에 따라 형성하는 것이며, 특정한 생활양식을 장려하는 것이다. 요컨대 객관적인 문화의 규격화하고 사물화하는 특성에 대항해서 "주관적인 문화"(게오르크 짐멜)의 일정한 척도를 보존하며, 그럼으로써 낯선 사람이든 친구든 상관없이, 타인들로부터 자신을 구분하는 것이다. 생활세계의 공간들은, 최근에 들어 사회학자들의 논쟁에 있어서 한편으로는 "위험사회"(U. 베크)로, 다른 한편으로는 "체험사회"(G. 슐체)(양자는 서로를 적절하게 보완하고 있다)라는 말로 표현되는 그러한 사회에서 유일한 보존의 장소가 된다. 구속받지 않는 모험과 영원한 매력에 대한 추구라는 체험은 알고 보면 외부로부터 오는 외적이고 지속적인 위협의 뒷면일 따름인 것이다.

그리고 그런 위협의 와중에서 개인들은 무엇보다도 복제물의 영역에서 자신을 특징짓는 형식들을 찾아낸다. 내가 무엇을 입을 것인가, 자동차를 몰되 어떤 자동차를 몰 것인가, 내가 무엇을 어떻게 먹을 것인가 하는 것들은 나라는 존재에 대해서 늘 무엇인가를 말해 줄 뿐만 아니라 또한 다른 사람들에 대한 나의 관계들, 즉 생활양식이 나에게 친근한 사람들이나 문화적 기질이 나와는 아주 딴판인 사람들에 대한 나의 관계에 대해서도 말해 준다. 우리가 "라이프스타일"이라고 부르는 바로 이것 속에서 서로 간의 공통점들과 차이점들이 표현되는 것이다.

반면에 댄디는 보다 가뿐하게 대처했다. 댄디는 위험을 무릅쓰고 자신의 몸을 보여주며 그럼으로써 자기 자신을 보여줄 수 있었다. 오늘날의 우리들은 대개는 수많은 물건들에 의존해야 한다. 우리는 포르쉐나 베엠베, 맞춤 가구와 맞춤 의복, 밀라노의 베르디 페스티발 또는 암스테르담에서의 북해-재즈-페스티벌을 방문한다. 밤을 보내기 위한 적당한 특실도 필요함은 물론이다. 그러나 댄디는 스스로 즐길 수 있었으며, 그의 육체는 그에게 수단이면서 동시에 목적이었다.

반면에 우리는 우리들 바깥의 물건들, 재산과 소유물에 의존한다. 그러므로 게오르크 짐멜은 거의 백 년 전에 예술작품과 공예품의 수집가를 차츰 시들해가는 댄디의 역사적 후예로, 어떤 점에서는 댄디의 산문판으로, 심지어는 포스트모던의 임의주의로 나아가는 도정에 있는 중간 유형으로 파악하였다. 짐멜의 선견지명은 그가 수집가의 미학적인 문화를 대중들의 소유 욕구와 분리한 데서도 분명히 드러난다. "아니다. 내가 그것을 가지고 있는지 아닌지가 나의 감정을 결정하지는 않는다. 다른 사람이 그것을 가지고 있는지 아닌지가 나의 감정을 결정한다. 자기 자신만의 내밀한 것으로 살아갈 수 있을 만큼 충분히 부유한, 아주 섬세하고 순수한 영혼들만이 사물을 즐기면서 자기 자신 안으로 끌어들일 수 있다. 그 사물이 누구의 것인가를 묻지 않고. 그러나 대중은 사물들의 매력에 결코 만족하지 않으며, 그 사물의 소유 여부에 따라 자극을 받는다. 이웃에게는 없기 때문에 소유에서 만족을 느끼며, 이웃이 가지고 있기 때문에 결핍을 뼈저리게 느끼는 것이다."(짐멜 1897의 392쪽)

짐멜이 말하는 수집가, 고상하고 뛰어난 인물들, 즉 "자기 자신만의 내밀한 것으로 살아갈 수 있을 만큼 충분히 부유한 아주 섬세하고 순수한 영혼들"에게는 두 명의 조상이 있다. 바로 쇼펜하우어와 니체이다. 두 사람은 전적으로 자신의 내면에 따라 살며 의지로부터 자신을 해방시키고(쇼펜하우어), "간격의 열정"(니체)를 가지고서 동시대인들 앞에 등장했던 고독한 단독자의 유형을 보여주었다.

쇼펜하우어의 철학(그 토대는 《의지와 표상으로서의 세계》(1818)에서 제시되었으며 이후 새롭게 변주되며 반복적으로 나타난다)은 인류의 역사와 삶을 쉼 없이 몰아대는 저 맹목적인 원리에 대한 설명에 뿌리를 두고 있다. 짐멜은 짧은 에세이에서 아주 함축적으로 쇼펜

하우어의 사상을 요약한 적이 있다. 쇼펜하우어에게,

> "의지는 인간의 삶과 세계 전체의 토대이며, 이것은 절대적인 의미
> 에서 그렇다. 모든 사물들은 끊임없이 작용하는 어둡고 강제적인
> 힘을 통해 생겨나는 현상들일 뿐이며, 이 힘을 제외하고는 아무것
> 도 존재하지 않는다. 이 힘은 영원한 불만족이라는 판결을 받는다.
> 왜냐하면 이 힘은 그것이 도달하는 모든 지점에서 오로지 자기 자
> 신과 맞닥뜨릴 뿐이며, 그것이 펼쳐지는 모든 지점에 있어서 맹목
> 적으로 나아가려는 동일한 투쟁과 동일한 상태를 유지하기 때문이
> 다. 인간은 그 존재의 전체에 있어서 의지일 뿐 다른 어떤 것도 아
> 니라는 학설은 우리의 삶에 있어서 궁극적 목표는 존재하지 않는
> 다는 이념을 가장 논리적으로 그리고 가장 완벽하게 표현한 것이
> 다. 다시 말해 이 의지를 제외하고는 아무것도 존재하지 않는다면,
> 이 의지는 결코 만족의 상태에 도달하지 못하게 된다. 왜냐하면 의
> 지라는 것은 언제나 자기 자신만을 포착할 수 있고 그럼으로써 거
> 기에 어떠한 기준점도 없는 순환의 굴레에서 벗어나지 못할 것이기
> 때문이다."(짐멜 1990a의 20쪽)

"의지의 초점"(쇼펜하우어 전집 제4권 44장)으로서의 생식기라는
형상으로 쇼펜하우어는 의지의 맹목적인 돌진이 무엇을 의미하는지
를 아주 생생하게 표현하였다. 성욕 속에서 의지는 절정으로 내달린
다. 의지는 계속 앞으로 나아가며 잠시 동안만 잠잠해졌다가는 모든
경우에 있어서 혼란을 일으키며 다시 돌진해 나간다. 쇼펜하우어는
말한다. 성애는 "삶에 대한 의지 못지않게 모든 추동력 가운데서 가
장 강력하고 가장 활동적인 것이다."

"성애는 인류 중의 젊은 사람들의 힘과 사고의 절반을 지속적으로 요구한다. 거의 모든 인간적 노력의 최후 목표이며, 아주 중요한 일들에 있어서 불리한 영향을 끼친다. 아주 진지한 사업들을 언제든 중단시키기도 하고, 때로는 아주 명석한 사람들조차도 그 어떤 혼란에 빠지게 하며, 정치 지도자들의 회의와 학자들의 연구 과정에 있어서도 혼란을 일으키며 누더기를 걸치고 나타나기를 망설이지 않는다. 심지어는 장관들로 하여금 서류 가방 속에 연애편지와 가발을 철학적 원고들과 뒤섞어 넣도록 만들기도 한다. 또한 날이면 날마다 혼란스럽고 고약한 일들을 꾸미게 하며, 가장 가치 있는 관계들을 해체시켜 버리기도 하고, 가장 단단한 유대관계도 찢어버리며, 때로는 생명과 건강을, 때로는 부와 지위와 행복을 희생양으로 삼아버리기도 한다. 또한 지금까지 그토록 솔직했던 사람을 양심 없는 인간으로 만들고, 지금까지 충직했던 사람을 배신자로 만들어 버린다. 요컨대 성애는 모든 것을 전도하고 혼란에 빠뜨리고 뒤집어버리려고 하는 적개심에 찬 악마로 그 모습을 드러내는 것이다 (…)."(쇼펜하우어의 같은 책 624쪽)

이 긴 인용문 자체가 모든 사정을 말해 주리라 생각한다.

의지는 역사의 원동력이며 역사의 모터이다. 의지는 발전의 원리이고, 무한한 진보의 원리이며 목표도 없는 흐름의 원리이다. 이러한 가정을 배경으로 하여 쇼펜하우어는 그가 "미의 형이상학"이라고 이름 붙인 미학을 전개시켰는데, 그에게 있어서 미의 형이상학이란 "곧 예술의 대상이기도 한 이념들을 포착하기 위한 이론"이었다.(쇼펜하우어의《철학강의》제3부 37쪽 참조) 쇼펜하우어의 이론의 중심 개념은 칸트의 "무관심적 만족"을 더욱 첨예화하여, "관조" 내지는 "완전한 무관심"이라는 형태로 받아들였다. 예술작품 혹은 아름답게 느껴지는 자연의 또 다른 사물들을 받아들이는 순간, 우리는 목적과 원인, 이성과 의지의 세계로부터 해방된 독특한 상태로 빠져들게 되며, 그 순간 우리는 완전히 새로운 경험을 하게 된다. 명상적인 관찰은 우리로 하여금 주변 세계와의 연관을 벗어나서 대상 속으로 완전히 몰입하게 만들며, 그 순간 우리에게는 제2의 세계, 말하자면 일상의 현실보다 차원 높은 세계가 나타나, 우리로 하여금 제1의 세계, 다시 말해 의지와 행위와 실천의 세계로부터 자신을 해방시키라고 소리치는 것이다. 쇼펜하우어에게 있어서 관조는 하나의 새롭고 다른 지각 방식을 의미하는데, 이것은 우리로 하여금 인식의 보다 높은 차원으로 이끌어가며, 사물들에 대한 관습적인 견해를 완전한 부정에 이를 정도로 의문시하게 만든다. 쇼펜하우어는 이러한 "미학적 상태", 명상적 관찰이 도처에서 그리고 언제나, 궁정에서든 감옥에서든 가릴 것 없이 생겨날 수 있다는 사실을 의심하지 않았으며, 무엇보다도 예술작품들을 볼 때 분명하게 생겨난다고 보았다.

쇼펜하우어의 간결한 정의에 따르면, 예술작품은 인간 중에서도 가장 객관적으로 사유하는 천재의 산물이며, 천재의 활동은 전적으로 지성 속에 집중되어 나타나며, 종국적으로는 창작된 작품 속에서 "독자적인 유연성으로 그리고 아무런 목적도 없이 세계를 순수하게 객관적으로" 포착한다.(쇼펜하우어 전집 제4권 446쪽) 예술작품은 무용無用하며 여분의 것이다. "무용하다는 것은 천재의 작품들의 특징에 속한다. 무용함은 작품들에게 내린 작위 수여증과도 같다. 인간이 만든 다른 모든 작품들은 우리의 존재를 보존하거나 각성시키기 위해서 거기에 있다. 그러나 여기에서 문제가 되는 작품들은 그렇지 않다. 그것들은 오로지 그 자신을 위해서 존재한다. 그리고 바로 이런 의미에서 그것들은 존재의 꽃으로, 혹은 존재의 순수한 결실로 간주될 수 있는 것이다."(쇼펜하우어의 같은 책 459쪽) 예술작품은 일상적인 의미에서, 일상적이고 실제적인 사용이라는 관점에서 보자면 무용하다. 예술작품은 자율적인, 다시 말해 완전히 독립적인 산물이다. 그리고 천재는 그 산물을 통하여 자신을 객관화하며, 헤겔의 용어를 빌리자면 자신을 방출하는 것이다. 그리하여 쇼펜하우어에게는 이제 작품과 예술을 삶으로부터 최대한 멀리 떨어지게 하는 것이 더욱 강화된 인식에 도달하는 자극제가 된다는 심원한 역설이 성립하게 되는 것이다. 왜냐하면 실제적인 목적과 강제로부터 해방된 작품만이 관조와 심원한 몰입과 행동으로 이끌어가기 때문이다. 그리고 그러한 것들에 대한 성찰이 결국에는 무목적성이라는 염세주의적인 인식, 다시 말해 의지가 이끄는 대로 끌려가는 삶의 무의미성을 드러내는 것이다.

예술에 대한 이러한 규범적인 시각은 또한 쇼펜하우어가 왜 비극을 선호하는지에 대한 이유를 설명해준다. 그에게 있어서 비극은 음악의 특별한 지위를 제외한다면 가장 고귀한 예술적 지위를 차지한다. 왜냐하면 비극적인 영웅의 몰락 속에서 우리는 모든 삶의 무가치함을 섬광처럼 인식하며, 따라서 우리 자신을 삶의 저 너머로 끌어올릴 수 있기 때문이다. 말하자면 예술은 인식을 매개한다. 아니 이렇게 말하는 것이 낫겠다. 예술은 무관심적인 관조라는 우리의 능력의 자유로운 작용으로부터 생겨나는 인지 행위 속으로 인식의 과정을 방출한다. "시작품의 정점"(쇼펜하우어 전집 제1권 318쪽)으로서의 비극 속에서 우리가 명백하게 목도할 수 있는 것은 "삶이란 괴로운 꿈이므로, 우리가 거기에서 깨어나야 한다는 점이다."(쇼펜하우어 전집 제4권 510쪽) "무대 위에서 벌어지는 경악"은 우리들 관객에게 "인생살이의 쓴맛과 무가치함, 즉 모든 인간적인 노력의 무상함을 코

앞에 들이밀며 보여준다. 이러한 인상이 주는 효과는 인간이 비록 희미하게 느껴지기는 하더라도 그의 마음을 삶으로부터 거두어들이고 그의 의지를 삶으로부터 피하게 하고 세계와 삶을 사랑하지 않는 것이 차라리 낫다는 점을 깊이 자각케 하는 것이어야 한다. 그렇게 하여 그의 깊숙한 마음속에서 다른 종류의 의지가, 다른 종류의 실존이 있어야만 한다는 의식이 일어나게 되는 것이다."(쇼펜하우어의 같은 책 512쪽) "목적 없는 합목적성"(칸트)으로서의 예술, 관조로서의 "무관심적 만족", 이것들이 서로 결합하고 뒤섞이는 가운데 예술의 영지靈知적인 성격이 보존된다. 그리고 이러한 관조의 의식, 아니 유랑하는 의식은 삶으로부터 등을 돌려버린 이유를 결코 캐묻지 않는 그 어떤 것을 발견하게 된다. 결국 삶을 바꾸어야 한다는 인식은 더 이상 통하지 않게 되고, 세계 경멸과 세계 포기라는 과격한 염세주의가 들어서게 되는 것이다.

카프카의 한 단편 소설에서 고양이가 쥐에게 말한다. 너는 다만 달리는 방향을 바꾸기만 하면 돼, 라고. 아마도 쇼펜하우어가 이 말을 들었다면 틀림없이 좋아했을 것이다. 왜냐하면 쇼펜하우어는 사람들에게 자살할 처지가 못 된다면 최소한 빨리 죽기라도 해야 한다고 권유했기 때문이다. 쇼펜하우어가 바이런 경의 다음과 같은 시를 인용한 것도 생에 대한 구토 때문이었다. "너의 시절들이 보았던 시간 너머를 헤아려보라,/고뇌로부터 자유로웠던 나날들을 헤아려보라,/그러면 알게 되리라, 네가 지금껏 어떤 존재였던 간에,/존재하지 않았더라면 차라리 더 나았을 것임을."(쇼펜하우어의 같은 책 689쪽) 그러므로 그에 따르면 예술은 삶에 대한 자극제가 아니라 죽음의 자극제이며, 삶을 등지고 거부케 하는 자극제이다. 최소한 예술과 만나는 짧은 동안이나마 예술은 우리로 하여금 근본적인 관점의 변화를 일으키게 한다. 다시 말해 삶으로부터 등을 돌리도록 자극한다. 쇼펜하우어는 적어도 그렇게 생각했다. 문학에서 적절한 예를 찾는다면, 곤차로프가 쓴 작품의 주인공 오블로모프를 들 수 있다. 이 세상에서 실제로 바꿀 수 있는 것은 아무것도 없다는 생각을 가진 오블로모프는 같은 이름의 소설에서 긴 안락의자에 누워 내내 잠만 자면서 시간을 보낸다. 게오르크 짐멜은 쇼펜하우어의 미학의 의도를 간명하게 다음과 같이 정리하였다. 인용해 보기로 하자.

> "존재, 즉 고통으로부터의 미학적 구원, 다시 말해 예술이 달성하는 미학적 구원은 그 본성에 따라 미학적 고양의 순간들에만 유효하다. 고양이 일어나는 동안 존재와 고통은 우리들의 본질 가운데에 머무른다. 그리고 자기 자신의 뿌리로부터 잠시 떨어져 나오긴 했지만 그 구원의 상태에 오래 머물지 못하는 지성은 의지에 의해 조종되었던 강제노동으로 불가피하게 되돌아가고 만다. 미학적 향유의 순간에 있어서 우리는 자신의 사슬을 잊어버린 노예와도 같으며, 혹은 자신의 막강한 적대자를, 그 적대자를 소멸시켰기 때문이 아니라 그로부터 도망쳐 버렸기 때문에 더 이상 눈앞에 두고 있지 않은 전사와도 같다. 다음 순간이면 그 적대자를 대면할 수밖에 없는데도 말이다."(짐멜 1990a의 207쪽)

프리드리히 니체의 입장은 쇼펜하우어의 염세주의와 정반대이다. 쇼펜하우어로부터 니체로의 연결은 한편으로는 선생으로부터 제자로의 계승을 의미하여, 다른 한편으로는 쇼펜하우어의 "체념주의"(니체 비판본 전집 제1권 20쪽) 전체에 대해 니체가 숭배자로부터 격렬한 비판자로 변화했음을 의미한다. 서양의 이성 중심주의를 비판하며, 특히 헤겔의 이성주의 학파를 겨냥하고 있는 쇼펜하우어의 생각에 대해 니체는 전적으로 동의한다. 또한 이러한 배경으로부터 생겨난 미학적인 것과 예술에 대한 애호는 쇼펜하우어나 니체나 구조적으로 동일하다. 그러나 생에 대한 입장에 있어서 그들은 서로 결정적으로 차이가 난다. 요컨대 니체가 긍정적으로 보는 생의 의지에 있어서 그들의 입장은 서로 다르다.

〈비도덕적인 의미에 있어서의 진리와 거짓에 관하여〉(1873)라는 짧은 에세이는 이성 비판과 예술 옹호의 논지를 분명히 보여준다. 니체는 이렇게 머리말을 시작한다. "'영리한 짐승들이 인식을 고안해 낸 것은 더없이 오만방자하고 기만적인 '세계사'의 순간이었다." 그러나 그는 곧 이어서 말한다. "그러나 그것은 순간에 불과했다. 자연이 잠시 숨을 돌리자 운명의 별은 굳어버렸고 영리한 짐승들은 죽어야만 했다."(니체의 같은 책 875쪽) 다시 말해 인류의 역사를 위대한 발견이자 혼란의 역사로, 오성과 논리의 역사로 보는 거짓말은 잠시 동안 가능했다. 이러한 관점에서 그들은 진리를 사물들과 동일시했고 그럼으로써 그 사물들을 인식할 수 있다고 믿었던 것이다. 하지만 이러한 진리란 존재하지 않으며, 그러한 개념도 존재하지 않는다. 왜냐하면 존재하는 모든 것은 실제적이며 개별적이고 따라서 유일무이하므로, 평준화하고 획일화하며 강요하는 개념으로는 환원될 수 없기 때문이다. "모든 개념은 동일하지 않은 것을 동일시함으로써 생겨난다."(니체의 같은 책 880쪽)

그렇다면 진리란 무엇인가? 니체의 대답은 이렇다. "은유와 환유 그리고 의인화를 그 구성 성분으로 하는 한 무리의 유동적인 집합체, 다시 말해 인간적인 관계들의 총합이다. 이 인간적인 관계들은 시적으로 그리고 수사학적으로 상승되고 전이되고 장식되며, 오랫동안 사용되면서 점차 한 민족에게 전범典範으로 고정된 것으로, 그리고 구속력이 있는 것으로 된다. 그것은 말하자면 형태를 잃어버려 이제는 더 이상 주화鑄貨가 아니라 금속으로만 간주되는 주화와도 같다."(니체의 같은 책 880쪽 이하) 요컨대 니체는 진리를 복수의 진리, 다양한 진리들로 대체시켰다. 그에게 있어서 이 모든 진리들은 상대적이며, 그 기원이 알려지지 않은 관습적인 타협이고 합의일 따름이다. 진리들과 은유들은 애초에는 신축성 있고 연상 가능하며 연상을 일으키는 "잠재적 의미 능력"이었으나, 마침내는 소모되고 길들여지는 과정에서 독단적인 개념들로 쇠퇴해 버리고 마는 것이다. 그리하여 사람들은 이제 "망상의 관념"을 껴안고 있는 저 유명하면서도-악명 높은 "이성 학파"를 통하여 철학과 학문의 영역에 상륙하게 되고, 니체의 《비극의 탄생》의 한 구절에 나와 있듯이 "그에 따라 사유는 인과율이라는 지도 원리에 따라 존재의 가장 심원한 깊이에까지 도달하게 되며, 존재를 인식할 뿐만 아니라 심지어 존재를 교정까지 하는 입장에 놓이게 되는 것이다."(니체의 같은 책 99쪽) 이성 자체는 하나의 망상이면서 또한 동시에 (니체는 이 점을 힘주어 강조한다) 일종의 구조물, 비록 거짓이기는 하나 인류의 살아남음을 보장하는 구조물이기도 하다. 왜냐하면 이성에 대한 믿음 속에서 인간은 "어느 정도의 안식과 안전과 일관성을 가지고" 살아갈 수 있기 때문이다.(니체의 같은 책 883쪽) 개념들이 가진 능력으로서의 이성은 개념들의 거대한 창고를 가지고 있는데(니체의 같은 책 882쪽 참조), 그 속에서 모든 것은 자신의 자리를 가지며 일목요연하게 정돈되고 나누어지며, 관계들에 따라 분할되고 형식들과 구조들에 따라 분류된다. 그러나 니체에 따르면 가장 이성적인 사람들에게조차 이제 의심이 살그머니 찾아오기 마련이다. 그 모든 것이 환상이고, 공상적이

162

며 관념적인 질서 체계들이며, "마치 흐르는 물 위처럼 유동적인 토대 위에" 건립된 것이 아닌가 하는 의심이 찾아오는 것이다.(니체의 같은 책 같은 곳) 현실과 사건, 그때마다의 특수성은 범주상으로는 포착되지만, 그곳에 머물지는 않는다. 현실과 세계 일반은 인식의 형식으로는 도달할 수 없는 그 어떤 일회적인 것이고 새로운 것이며 거대한 예술작품과도 같은 것이다. 개념적인 모방이나 그 어떤 종류의 모방으로도 그것을 나타낼 수 없으며, 표현하거나 재현할 수도 없다. 우리는 현실을 앞에 있는 그대로 만난다. 현실은 자체로 완결된 예술작품과도 같다. 이것은 예술가가 창조한 감명 깊은 창조물이며, 신이 아니라 우리 자신, 즉 인류가 만든 것이다. 그리고 현실은 결코 완결되지 않으며, 끊임없는 생성 속에서 놓여 있다. 말하자면 현실은 "변화 속에 있는 작품work in progress"이다. 이러한 미학적 통찰에 일단 도달하고, 니체에 따르자면 자기 자신 속에서 직관이 이성에 대해 승리를 거두도록 하는 자는 "지속적으로 밀려드는 각성과 쾌활함과 구원을 체험하게 될 것이다."(니체의 같은 책 889쪽)

이미 이 짧은 에세이에 니체의 기본적인 의도가 명백하게 언명되어 있다. 그는 "삶에 대한 예술의 지배"(니체의 같은 책 같은 곳)를 옹호하고 있다. 왜냐하면 이 삶은, 이 세계와 우주는 오로지 예술작품과의 유추를 통해서만, 오로지 예술작품으로서만 해석될 수 있기 때문이다. 다시 말해 우리는 오직 근접해 가고 에워싸고 추측함으로써만 삶에 대해 말할 수 있을 뿐이다. 개념들은 허탕이고 이성은 더 이상 도움이 안 된다. 이것은 또한 니체의 비극에 관한 저작, 즉 실존과 세계는 오로지 미학적 현상으로서만 정당화될 수 있음을 말하는 저 "사악하고 불쾌한 저작"이 말하려는 의도이다. 니체가 "선언의 형식"으로 표현하고 그 자신이 이미 예기했던 대로 "분노의 함성"(니체의 같은 책 256쪽)을 불러일으켰던 것은 "여기에서 비로소 처음으로 언급되었던"(니체의 같은 책 287쪽) "그 어떤 영원한 사물들" 때문이었다. 이 말로써 니체가 의도한 바는 그 방법과 결과들이 무시되어 버린 고전문헌학 분야를 비롯한 고귀한 학문들에 대한 모독이 아니라, 서양의 이성 중심주의에 그 토대를 두고 있는 철학적 토대와 주도 이념들에 대한 모독이었다. "미학적 정당화"라는 표현은 단순하면서도 근본적이다. 그의 이 말은 다름 아니라 논리학과 윤리학의 포기를 의미하며, 진리와 선에 관한 논쟁으로부터의 해방을 의미한다. 미와 진리와 선의 삼일치라는 공식에 대한 궁극적이고 결정적인 파괴를 의도하는 말이다. 그리하여 결정적으로 그리고 돌이킬 수 없이 니체와 더불어 현대가 시작되는 것이다. 현대적 사유와 현대에 대한 사유라는 두 가지가 이로써 시작된다. 미학이 언급되는 곳에서 윤리학은 배제되며, 논리학도 침묵해야 한다. "미학적인 것을 정당한 것으로서 고려하는 자는 도덕적 정당성의 사유라는 영향권을 돌파한다. 도덕적 정당성에 대한 사유는 무엇보다도 현대의 프로테스탄트들의 날개에 들러붙어 있는 것으로서, 이들은 우리에게 위장병을 일으키는 도덕 토론들에 관한 서적들을 선사하였던 것이다. (…) 니체는 오늘날까지도 놀라움을 불러일으킬 정도로 가차 없이 현대의 도덕적인 매듭을 베어버렸다. 그는 도덕과 삶의 관계를 철저하게 전도시켰다. 삶을 영원히 만족을 모르는 도덕의 시각으로 보면서 얼룩지게 만드는 대신에, 니체는 도덕을 영원히 개선되지 않는 삶의 시각 아래에 두고 관찰하기 시작했다."(슬로터다이크Sloterdijk 1986의 160쪽)

미학 영역의 정당성은 그 정당성을 가늠하는 다른 심급 없이도 자체적으로 성립한다. "이성이라는 통주저음通奏低音"(쇼펜하우어)은 윤리학이라는 소프라노와 꼭 마찬가지로 침묵하라는 판결에 처해진다. 미학적 음조들은 아름답거나 추하거나 숭고하다. 여기에서 다시 전통적 범주들의 조짐이 보인다. 그러나 결정적인 차이점은 다음과 같다. 즉 미학적 음조들의 관점에서 보자면, 어떠한 예술작품들도 더 이상 개념으로 환원되지 않는다. 오히려 예술 그 자체에서 그리고 예술과 함께 생겨나고 이어서 적절한 가치 평가를 받은 경험들은 이제 삶 자체로 향하게 된다. 미학적 언설이란 세계와 삶 전체에 대해 미학적 용어들을 사용하여 말하는 언설을 의미한다. 미학적 언설은 "미학적 사유"(볼프강 벨슈)에서 나오며, 이러한 사유는 개인적인 것과 개별적인 것, 부분적인 것과 특수한 것으로 향하기 위해 전통적 학문 언어 및 개념 언어와 결별을 고한다. 요컨대 삶에 유용한 것이 아름다우며, 삶의 고양에 기여하고, 거기에서 삶의 의지가 명확히 드러나는 그러한 것이 아름답다. 반면에 삶에 해로운 것은 추하며, 인류라는 종의 "퇴화"를 의미한다. 니체가 말하는 최고의 경지, 최고의 관점을 우리는 숭고하다고 할 수 있는데, 그것은 다시 말하자면 "예술가의 형이상학"이기도 하다. 이 형이상학을 기준으로 하여 모든 인간은 자신에게 예술가의 역할을 맡기고 또한 거기에 도달하는 것이다. 발터 슐츠는 이렇게 말한다. "예술은 무의미한 세계 안에서 형이상학적 활동을 할 수 있는 유일무이한 기회를 허용한다. 예술은 철학과 종교로부터 자신을 분리시킬 뿐만 아니라 그것들과 엄격하게 대립각을 세운다."(슐츠 1985의 50쪽)

예술은 대체로 형이상학-실증주의-존재론으로 나눌 수 있는 니체 사유의 모든 단계에 있어서 하나의 사례로서의 성격을 가진다. 미학적 진술은 본래부터 생에 대한 진술이지만, 부수적인 차원에서 말하자면 예술에 대한 진술이다. 요컨대 예술과의 만남에서 우리는 특정한 경험을 할 수 있으며, 그 어떤 자극을 받게 된다. 하지만 예술은, 은유적으로 말하자면 최종적인 것 바로 직전의 것이다. 최종적으로 오는 것은 힘에의 의지로서의 생의 의지인 생 그 자체이기 때문이다. 달리 말하자면 이렇다. 후기 니체가 지향했던 것은, 그의 해석자인 잔니 바티모가 보여주듯이 "예술로 나타난 힘에의 의지"였다. 바티모의 해석에 따르자면 예술은 "힘에의 의지를 보여주는 하나의 모델"(바티모Vattimo 1992의 89쪽)이다. 생산자의 입장에서 보자면 예술은 인간 "본래의 형이상학적 활동"이며, 수용자의 입장에서 보자면 예술은 "생의 자극제"(리프Lypp 1991의 148쪽, 154쪽 참조) 역할을 한다.

〈힘에의 의지. 모든 가치의 전도〉의 집필 계획을 담고 있는 니체의 후기 에세이(여기에 "최종적"이라는 말을 덧붙이고 싶다)에는 다음과 같은 구절이 나온다.

"(…) 오직 하나의 세계만이 있다. 그것은 천박하고 잔혹하며 모순으로 가득하고 유혹적이며 아무런 의미도 없는 세계이다(…). 그러나 이러한 세계야말로 참된 세계이다(…). 이러한 현실, 이러한 '진리'에 승리를 거두기 위해서는, 다시 말해 살아남기 위해서 우리에게는 거짓이 필요하다(…). 살아남기 위해서 거짓이 필요하다는 것, 그것은 실존의 무시무시하고 의심스러운 본성을 말해 준다(…). 형이상학, 도덕, 종교, 학문은 이 책에서 거짓의 다양한 형식들로 간주된다. 사실상 우리는 이러한 것들의 도움을 받아 생을 믿게 되는 것이다. 요컨대 '우리는 삶에 믿음을 불어넣어야 한다.' 이런 식으로 우리에게 주어진 과제는 참으로 터무니없다. 그 과제를 해결하려면 인간은 타고날 때부터 거짓말쟁이가 되어야 하며, 다른 무엇보다도 예술가가 되어야 한다(…). 아니 인간은 이미 예술가이다. 형이상학, 도덕, 종교, 학문, 이 모든 것은 예술의 의지이고 거짓의 의지이

며 '진리'로부터 도주하려는 의지로부터 생겨났을 뿐이다."(니체 비판본 전집 제13권 193쪽)

세계를 "미학적으로 정당화한다는" 것은 경험을 예술과 더불어 이용하고 그것을 세계와 삶에 적용하며, 세계와 삶을 예술로서 받아들임을 말한다. 다시 말해 세계와 삶의 비합리성과 자의성을 받아들이는 것이다. 이러한 태도를 쇼펜하우어의 관조를 더 극단화시킨 것으로 보아도 별 무리는 없을 것이다. 이와 관련한 니체의 인식론적 관점에 대해 카를 뢰비트는 다음과 같이 정리하고 있다.

"니체 자신이 보기에 인간이란 존재는 (…) 자신의 삶과 고통에 대해 '왜?'라는 질문을 더 이상 던지지 않는다. 니체는 또한 '의미' 추구를 포기하며 아울러서 의미 부여와 의미 풀이로서의 '해석'을 포기한다. 그가 의미 추구를 포기하는 것은 도덕적 실존이라는 차원에서의 의미는 객관적으로 '주어져 있는' 것이 아니라, 인간이 해석하려고 하는 잣대에 따라 생겨날 뿐이기 때문이다. 그러나 실존에 대한 지금까지의 '가치 해석'을 토대로 하여 단순한 무의미로, 순수한 부정성이나 '허무주의'로 여겨져야 했던 것이, 이제 바로 그 순간에 그 어떤 긍정적인 것으로 변한다. 순수한 실존을 전체로서 그리고 그 자체로서 긍정하기 위해 인간이 단호하게 이러한 가치들에 대하여 반기를 들 때에 말이다. 그 순간 인간은 의미와 의미 없음의 저 너머로, 그리고 '선악의 저편'으로, 칭송과 비난 등등의 저 너머에 있게 되는 것이다."(뢰비트Löwith 1987의 제6권 93쪽)

"무조건적인 긍정"(뢰비트의 같은 책 같은 쪽)이라는 이러한 세계상

안에서는 예술이 여러 다양한 의미를 부여받게 된다. 구조적으로 보자면 예술은 그러한 세계관의 전범이나 모델의 역할을 한다. 작은 규모의 예술은 거대한 규모의 세계와 마찬가지로 우연적인 것으로서 규칙들로 환원할 수 있는 것도 추론 가능한 것도 아니다. 예술은 거기에 존재하며, 그것이고 그것이며 또 그것이다. 다른 한편, 내용적인 관점에서 보자면 비극을 다룬 글에서 예술의 양대 원리를 말하고 있는 니체의 통찰은 획기적이다. 그 하나는 미화와 조화(=표현 예술, 시문학)를 지향하는 아폴로적인 원리이며, 다른 하나는 도취와 해방과 현존과 탈한계(=음악)를 지향하는 디오니소스적인 원리이다. 요컨대 이 두 원리는 생을 제어하기 위한 방식들이다. 고대 그리스 이후의 예술사는 이 두 원리 사이에서 균형을 잡으며 힘들게 전개되어 왔고 또 작품들을 낳았다. 그 작품들은 거짓이고 기만이고 가상이긴 했어도 삶에 필수적인 것들이었다. 말하자만 생의 의지의 표현이었으며, 무의미한 세계에서의 생의 긍정이고, 삶의 만곡선이 도중에 끊어지지 않도록 하기 위한 "생의 원동력"이었다.

니체의 미학 이론의 과격한 점은, 니체에 대한 포스트모던적인 해석자인 바티모의 말을 다시 빌리자면, "힘에의 의지, 즉 '세계'를 예술이며 예술 자체라고 보는 데에 있다. 인간 짐승이 극단적으로 이해利害를 초월할 수 있는 능력. 이것이야말로 니체가 세계 내의 실존의 특성으로서 적절하다고 여기는 유일한 것이다. 이 세계 내에서는 그 어떤 궁극적인 토대나 본질도 존재하지 않으며 실존은 그것에 대한 해석이라는 순수한 사건으로 환원되기 때문이다."(바티모 1992의 96쪽)

키르케고르와 쇼펜하우어 그리고 니체의 경우, 예술과 미와 추에 대한 그들의 담론은 언제나 그들 고유의 영역은 아니었다. 그들의 미학 이론은, (그렇게 부르기를 원한다면) 그들의 미학적 사유는 더 이상 예술철학이 아니며, 예술을 그 모범으로 삼은 실존적 관심사였다. 그들의 사유는 미학적 실존, 실존의 미학과 같은 것들의 주위를 맴돌고 있다. 이 미학의 과격성은 그것이 개별적인 것, 특수한 것, 부분적인 것, 분리된 개별성을 어떠한 제한도 없이 있는 그대로 확신도 기억도 희망도 없이 사유한다는 데에 있다. 키르케고르와 쇼펜하우어에게 있어서 기준점은 실존적인 권태라는 개념(될레만Doehlemann 1991 참조)이며, 니체의 경우에는 고통과 고뇌가 추가된다. 이런 것들로 표현되는 위기는, 무엇보다도 신체 자체에서(심신心身상관의 병적 증상, 그리고 나중에 찾아오는 불안과 신경쇠약) 미학적으로 치유된다. 키르케고르는 장래에 대해서는 조금도 염려하지 않고 전적으로 순간 속에서 살아가는 댄디와 유혹자라는 미학적 인간의 전형을 만들어냈다. 쇼펜하우어는 주의 깊은 관찰자에게 삶의 새로운 연관들을 별안간에 떠오르게 하는 미학적 경험과 관조의 가치를 높이 평가하였다. 니체는 생과 전체 세계를 예술로 보았다. 그렇다면 푸코적인 의미에서의 실존의 예술이라는 말에 대해서도 주목할 필요가 있지 않을까? "특정한 미학적 가치를 가지고 있으며 특정한 양식의 기준에 상응하는 작품을 자신의 삶으로부터 만들어내려고 시도하는"(푸코Foucault 1986의 18쪽) 사람들을 지칭하면서 푸코가 "자기의 테크놀로지*"라는 말로 불렀던 것에 대해서도 말이다. 미학적 실존이란 말하자면 세속적이고 관습적인 일상에 대립하는 것이며, 미학 개념에 있어서 순수 예술철학으로 요약되는 그 모든 전통으로부터 벗어나는 태도와 양식화를 가리키는 것이 아니겠는가?

---

* 주체가 지식-권력의 종속함수로 머무는 데서 벗어나 적극적으로 자신을 미적·윤리적 주체로 세우고, 자신의 삶을 예술적 완성으로 끌어올린다는 존재 미학의 개념.

# V.

## 20세기의 미학과 역사철학

## 1. 부르주아 문화

새로운 세기인 20세기의 초기는 어린아이와 평화와 진보와 유럽 균형의 시대였다. 19세기 후반 이래로 자연과학과 기술의 승승장구는 거침없어 보였고, 만인의 복지와 만족은 기정사실로 여겨졌다. 유럽은 점점 더 서로 긴밀해지고 철도망으로 연결되었다. 대도시들은 팽창을 거듭했고 전기가 동물성 기름과 밀랍과 석유를 대체했다. 사진술과 무한히 복제되는 그림들이 회화와 조형예술을 부차적인 위치로 몰아넣었다. 커다란 만족을 선사하는 장소이며 통속문화의 종합예술작품이라고 할 수 있는, 새로운 영화관에 대한 요구는 소도시들로까지 번져 나갔다. 유럽 세계는 지난 세기의 마지막 수십 년동안 더욱 거대해지고 부유해졌으며, 최소한으로 말하더라도 더욱 조밀해진 것은 분명했다. 대도시 문화는 점점 더 주도적이 되었으며, 모두들 런던과 파리와 베를린으로 눈길을 돌렸다.

이와 동시에 광범위한 영역에서 자연이 도피의 공간으로, 귀환의 공간으로 다시 발견되었다. 방랑의 단체들이 우후죽순처럼 생겨났으며 그중에는 사회주의자들이 설립한 '자연의 친구'(1895)라는 단체도 있었는데, 그 설립 취지문은 다음과 같았다. "우리는 무엇보다도 노동자들을 술집과 주사위던지기와 카드놀이의 소굴로부터 해방시키려 한다. 우리는 그들을 좁은 집으로부터, 그리고 공장과 음식점의 뿌연 연기로부터 끌어내어 우리들의 화창한 자연으로 인도하며, 그들에게 아름다움과 기쁨을 안기려고 한다. 우리는 그들의 육체와 정신을 일상의 온갖 흐릿하고 황량한 것들로부터 해방시킬 수 있는 곳으로 데려가고자 한다."(쾨크Köck 1990의 57쪽에서 재인용) 도시문화 그리고 시골과 자연. 사람들은 도시문화 속에서 살아가고, 주말에는 시골과 자연에서 휴식을 취한다는 것이다.

독일제국 시대의 문화와 사회를 매우 정밀하고 섬세하게 관찰했던 철학자 게오르크 짐멜은 당시 독일에 있어서의 날카로운 변화와 변동을 토대와 상부구조, 물질운동과 문화구조 형성 사이의 변증법으로 설명하였다. "다음의 사실은 분명하다."라고 짐멜은 특별히 미국의 독자들을 위해 기고했던 에세이에서 말한다.

"지난 20-30년 동안 신속하게 이루어졌던 중산 계층의 생활조건 개선은 당연하게도 실제적인 물질주의의 결과였으며 또한 그 원인이기도 했다. 그리고 오늘에 이르기까지 바로 그러한 생활조건의 개선이 생각 가능한 모든 종류의 세련된 미감 그리고 문화 일반을 위한 출발점이 되었던 것이다. 주택들의 개선, 거기서 비롯된 모든 장식적 예술품, 특히 공예품에 대한 관심의 증대, 오늘날 학자들에 의해서까지도 더 이상 내면적인 가치가 없는 것으로 간주되는 그 어떤 외형적인 것에 대한 집중, 세련된 사회 관습, 교통량의 증대. 이 모든 것은 마르크스의 말을 인용하자면, 증대하는 물질적 복지의 '이데올로기적 상부구조'였다. 그리고 이 상부구조가 무엇보다도 가장 물질적이었던 독일의 발전 단계를 드러냈던 것이다."(짐멜 1990b의 10쪽)

과학과 기술의 발달은 산업 생산을 증대시켰고, 그 결과 시장이 활성화되고 기록적인 이윤이 달성되었고, 짐멜에 따르자면 그 어떤 '세련된 미감'을 가져온 문화가 형성되었다. 이러한 과정을 담당한 계층은 짐멜이 부르듯이, 중산 계층 또는 새로이 부자가 된 사업가 내지는 유산 계급의 시민들인 부르주아들이었다. 젊은 토마스 만은 이들에게서 이전의 훌륭한 독일 시민, "정신적인 시민"의 몰락을 보면서 극도의 혐오감으로 이렇게 말했다. "완고한 시민, 그것이 부르주아이다." 이어서 토마스 만은 자신이 살고 있는 세계인 1900년의 세계를 다음과 같이 묘사하였다.

"'현실정치'의 승리, '제국'으로 가차 없이 고착되어 가는 독일, 산업의 학문화와 학문의 산업화, 고용주와 임금 노동자 사이의 가부장적 인간관계가 사라지고 사회적인 법칙이 그 자리를 대신함으로써 양자 사이의 관계가 규칙화되고 경화되고 적대화됨, 해방과 착취, 힘, 힘, 힘! 오늘날 학문이란 무엇인가? 이용과 착취와 지배의 목적을 달성하기 위한 편협하고 냉혹한 전문화. 오늘날 교양이란 무엇인가? 인간성을 위한 것일까? 아량과 선량함을 말하는가? 그렇지 않다. 그것은 다름 아니라 돈벌이와 지배를 위한 수단일 뿐이다. 그렇다면 철학은 무엇인가? 아마도 돈벌이를 위한 수단은 아니라 할

지라도, 시대의 양식과 정신에 따라 엄격하게 제한된 전문성일 따름이다."(만Mann 1988의 129쪽)

　여기에서 토마스 만은 부르주아와 그 문화에 대해 그토록 경멸적인 가치 판단을 내리고 있는데, 이 문제는 19세기의 90년대부터 새로운 세기의 20년대에 이르기까지 예술가들과 이론가들 사이에 있어서, 우파나 좌파나, 사회주의자나 극단적 반동주의자나 할 것 없이 격렬하고 흥분을 자아내는 논쟁의 대상이었다.

　예컨대 테오도어 폰타네는 그의 최후의 소설인《슈테힐린》(1899)의 마지막 장면에서 새로운 시대에 대해 과감하게 전망하고 있다. 그 시대는 업적과 참여를 우선시함으로써 궁극적 목표의 기원이라는 문제를 낡은 것으로 치부해 버리며, "광적인 고안자들", "위대한 등반가와 암벽등반가들", "세계 탐험가들" 그리고 "북극 탐험가들"을 새로운 영웅들로 떠오르게 한다.(폰타네 1985의 402쪽) 낡은 프로이센의 대변자인 두브스라프 슈테힐린이 보기에 그 시대는 어떤 무도회장에서 "강단 사회주의자인 한 교수가(그가 사회를 원상복구하려는 것인지 아니면 와해하려는 것인지는 아무도 모른다) 짧게 머리를 깎은 귀족 부인에게" 춤을 추자고 손을 내미는 것과 같은 그런 시대이다. 그 무도회장에는 "아프리카를 탐험하고 온 자도 건축가도 초상화가도" 참석하고 있다. 뒷방에서는 다른 손님들이 앨범을 뒤적이고 있는데, 그 안에는 프리드리히 대왕, 비스마르크와 몰트케뿐만 아니라 마르크스, 라살, 베벨 그리고 리프크네히트의 사진들이 나열되어 있다. 모든 것이 뒤죽박죽 섞여 있다. 그래서 폰타네는 늙은 두브스라프로 하여금 자신의 아들에 대해 말하도록 만든다. "그러고 나서 볼데마어가 말했지. '베벨을 보세요. 나와는 정치적으로 입장이 달라도 신조가 있고 지성이 있거든요.'"(폰타네의 같은 책 434쪽) 새로운 시대에는 바로 신조와 확신이 중요했으며, 지성은 그보다 더 중시되었던 것이다.

토마스 만이 그처럼 경멸적으로 평가하고 또 그만큼 정확하게 인식하였으며, 테오도어 폰타네가 생생하게 묘사하고 있는 부르주아 문화는 업적에 토대를 두고 이윤의 극대화를 옹호하는 문화이다. 이 문화를 통해서 보다 높고 보다 넓게 나아가려는 진보가 그 정당성을 얻는 것이다. 출동과 참여와 헌신, 자신의 사업이든 이념이든 간에 하나의 일에 몰두하는 것, 이런 것들이 인정을 받는다. 다양한 이론가들, 사회학자들 그리고 철학자들은 궁극적으로 "인간의 특정한 생물학적 유형"(셸러Scheler 1979의 75쪽)인 부르주아적 인간형으로부터 현대의 본질을 이끌어냈다. 사회학의 창시자들 중 한 사람인 막스 베버는 자본주의 정신의 유래를 프로테스탄트적인 금욕, 근검절약과 현명한 투자의 미덕에서 보았다. 반면에 국민경제학자인 좀바르트가 자본주의를 낭비의 정신으로부터, 산업을 낭비에 대한 요구로부터 나온다고 주장한 것은 얼핏 보기에 베버의 견해와 정반대의 것으로 여겨진다. 하지만 이러한 대립 관계는 피상적일 뿐이다. 금욕과 사치는 차원을 분명하게 구분해서 본다면 서로 매우 잘 어울린다. 금욕은 사업과 집에 속하는 것이며, 사치는 바깥의 영역에 속하는 것이다. 도덕은 규범적인 일상, 제도들(사업, 결혼 그리고 가족)의 정상적 기능을 위해서 유효하다. 반면에 낭비는 균형 잡기와 모험이며, 관습에 맞서는 도취의 기능을 한다. 예컨대 철학자인 막스 셸러는 이렇게 말한다. "맹목적인 관능과 사업정신은 서로 상응하며 서로를 촉진시킨다. 돈을 보고 하는 결혼과 매춘의 관계도 마찬가지다. '부르주아'의 유형은 이 둘을 언제나 새롭게 하는 풍속을 유지시킨다. 부르주아는 자신의 변덕스런 관능을 순간적으로 신속하게 채울 뿐이다. '사업' 때문에 그에게는 사랑을 할 시간이 허용되지 않는 것이다. 부르주아에게 있어서 사치와 세련은 충실함에서 오는 보다 깊은 기쁨을 대체해 버린다."(셸러의 같은 책 87쪽) 집에서는 모든 것을 단정하게 정돈한다. 그러고 나서 바깥에서는 향락을 추구한다. 여성들은 두 경우에 모두 아무런 득도 없다. 아내로서 그녀는 집의 안쪽 영역에 갇혀 있으며, 성공적인 사업가의 옆에 있는 여성으로 머문다. 여성이 애인이 되고 정부가 되고 창녀가 되는 것은 오로지 비밀리에 이루어져야 한다. 여성은 향락의 대가를 그런 식으로 치러야 한다.

그렇고 그런 식으로 현대의 문화는 부르주아의 문화이다. 베버와 좀바르트와 셸러는 이 점에서 일치한다. 부르주아 문화는 자본주의의 토대이며, 그 사회가 돈 위주의 사회라는 낙인을 찍게 만드는 바탕이다. 짐멜은 1900년에 출간된 《돈의 철학》에서 자신의 시대를 규정하면서, "현대문화의 전체 상은 돈이라는 기호가 그 중심이다."라고 하였다.(융 1990의 58쪽에서 재인용) 광범위한 의미에서 거래의 영역과 연관되는 계산과 합리성과 고도의 지적 능력은 소비 영역에서의 낭비적 태도와 꼭 마찬가지로 여기에서 마음껏 활개를 친다. 돈과 상품과 가치라는 삼화음은 짐멜의 《돈의 철학》을 요약하고 있는 마지막 장의 제목처럼 "생활양식" 전체를 특징짓는다. 어떤 것이 가치가 있게 되는 것은 내가 그것에 가치를 부여하는 데 달려 있다. 그 무엇이 상품이 된다는 것은 그것이 보다 가치가 있거나 보다 가치가 적은 어떤 것과 교환될 수 있음을 말한다. 모든 가치들은 돈에서 자신과 동일한 척도와 등가물을 발견하지만, 이러한 척도와 등가물은 그 어떤 특별한 구체적인 형태도 띄지 않고 있다. 하지만 돈과 화폐 경제는 문화를 만들어내며, 따라서 가치를 생성한다. 물건들은 그것들이 비쌀수록 더 가치가 올라간다. 더 많은 돈을 지불한 것일수록 사람들은 사들인 물건들을 더 조심스럽게 다룬다. 그만큼 더 많은 가치가 있기 때문이다. 그러므로 그림이든 조각작품이든 아니면 최소한 값진 인쇄물이나 육필 원고이든 간에 많은 돈을 지불하고 사들여야 하는 예술작품들은 가장 귀하고 가치 있는 문화재로 여겨지는 것이다. 그러나 예술작품들만 여기에 해당하는 것은 아니다. 짐멜이 미학적 섬세함과 라이프 스타일의 예찬에 대해서 지적한 것은 정당했다. 여기서 우리는 실내장식이나 공예품을 중심으로 이루어지는 '설치'를 특별히 높게 평가하는 부르주아 문화와 다시 만나게 된다. 심미적 문화에 대한 토론들은 이제 예술에 대한 전문지식이나 뛰어난 미감을 통해서만 좌우되는 것이 아니라, 유행과 의상, 실내장식과 고양된 라이프 스타일의 영역을 따라 이루어지기도 한다. 가진 자가 가지며, 오로지 가진 자만이 다른 사람들로부터 자신을 돋보이게 할 수 있다. 더 많이 가진 자는 그만큼 더 자신을 과시할 수 있다. 짐멜의 말대로 어떤 사람의 "라이프스타일" 또는 "주관적 문화"는 다른 사람을 앞서 나간다. 우리가 짐멜과 함께 아니 짐멜을 넘어서 생각하자면, 결국 관건이 되는 것은 사람들이 무엇을 그리고 얼마만큼 자신을 과시할 수 있느냐 하는 미학적 문화의 척도이다. 오로지 그 점이 기준이다. 짐멜 자신은 《돈의 철학》의 한 절인 〈남녀관계에서의 돈의 역할〉(1898)에서 이러한 논점을 더욱 첨예하게 제기하였다. 이 글의 마지막 무렵에 다음과 같은 구절이 나온다. "진귀한 가치를 가진 여성들만 많은 돈을 받는 것은 아니다. 거꾸로 유행의 변덕이든 그 어떤 이유에서든 일단 높은 가격을 받는 여성들 또한 진귀한 가치를 지니게 된다."(짐멜 전집 제5권 265쪽) 짐멜에 따르자면, 제후의 정부는 연인의 특별한 위엄을 보여주는 생생한 사례이다. 그러나 그

정부의 "진귀한 가치란 알고 보면 그녀가 상상을 뛰어넘은 금액을 요구하는 용기를 가지고 있다는 사실에 근거하는 것이다."(짐멜의 같은 책 같은 곳) 알다시피 돈은 세상을 지배하며, 가격은 가치를 결정한다. 가격은 모든 사물들과 사람들, 모든 문화와 예술의 가치를 결정한다. 짐멜의 제자로서 곧장 마르크스주의로 개종한 게오르크 루카치는 1923년 사물화와 관련하여(그 배후에는 총체적인 돈의 문제가 암묵적으로 자리 잡고 있다) 이렇게 말한다. "자본주의가 진전됨에 따라 사물화의 구조는 점점 더 깊이 운명적으로 본질적으로 (…) 인간의 의식 속으로 스며들었다."(루카치 1976의 185쪽)

그렇다면 이 모든 것이 예술과 어떤 상관이 있단 말인가? 미학의 문제와는 또 어떤 연관이 있단 말인가?


## 2. 체험 - 표현 - 이해: 감정이입의 미학

물론 이러한 질문에 대답하지 않고 이리저리 피해 가도 무방하리라. 1900년경의 문화가 병약한 것이든 아니든, 발전의 정점이든 아니면 바닥이든 간에 통틀어서 부르주아의 문화라고 한다면, 다시 말해 온 세계를 현금에 혹하도록 하고 "지출과 수입"을 생의 원리로 삼으며 돈에 살고 돈에 죽는 그러한 시민들의 문화라면, 그것은 무엇보다도 예술과 예술에 대한 담론에 커다란 영향을 미치지 않을 수 없을 것이다. 모든 것이 돈에 따라 좌우되고 그 선두에 예술이 자리 잡고 있는 그런 상황이라면, 판단과 미감 또는 이념들과 같은 전통적인 미학의 의문점들이나 문제점들은 사라지게 마련일 것이다.

자본의 정신은 계산과 계산 가능함, 측량과 측정의 정신이며, 유용함과 능률, 당대의 학문 용어를 빌어서 말하자면 "힘의 절약"과 가능한 한 최소의 마찰 손실을 지향하는 근본적이고 철두철미한 합리성의 정신이다. 이것은 물론 기술과 자연과학, 소위 사실들에 바탕을 두는 실증주의 그리고 정밀성에 대한 추구가 대성황을 이루게 된 결정적인 근거들 중의 하나이다. 이념들에 대한 이상주의적인 개념들과 아울러 사변적인 사유 방식들이 별다른 저항도 없이 포기되었다. 헤겔과 독일 이상주의 전체가 죽어버렸다. 또한 고도로 발전되었던 예술철학의 체계들도 잊히고 말았다.

예술을 다루었던 개별 학문들이 처음으로 철학과 미학 이론 형성의 짐으로부터 해방되었다. 예술학과 문예학은 이제 철학이라는 등 뒤의 짐을 느낄 필요 없이 역사적인 관점에서 작업하려고 하였다. 게다가 예술학과 문예학은 예술 고유의, 문학 고유의 개념들을 발전시킴으로써 메타 이론적인 성찰 없이 자립하려고 애를 썼다. 요컨대 예술학과 문예학은 미학으로부터 분리되었다. 미학과는 독립된 이러한 예술학의 대변자 중의 한 사람인 모리츠 타우징은 이와 관련하여 이미 1873년 그의 빈 대학 취임 강연에서 이렇게 말하였다. "정치의 역사가 도덕적 판단을 내릴 목적을 가지고 있지 않은 만큼이나 예술사의 척도도 미학적인 목적을 가지고 있지 않다(…). 예컨대 어떤 그림이 아름다운가 하는 문제는 예술사에서는 조금도 받아들여질 수 없다(…). 나는 '아름다운'이라는 말이 단 한번도 나오지 않는 훌륭한 예술사를 얼마든지 생각할 수 있다."(나흐츠하임Nachtsheim 1984의 33쪽에서 재인용)

예술학과 문예학이 미학 없이 성립한다는 사실은, 다른 한편으로 보면 철학적 미학도 예술 없이 가능하리라는 인상을 준다. 최소한 이 모든 것은 19세기의 후반기에 소위 "아래로부터의 미학"(구스타프 페히너)이 점차적으로 형성되어 갔던 배경을 설명해 준다. 이 아래로 부터의 미학은 예술사적인 성찰, 가치 평가 그리고 규범의 문제로부터 벗어나 순수하게 미학적 인상이나 심리적 과정들의 분석에 집중했다. 이러한 미학자들에게 핵심적이고 기본적인 학문은 경험 심리학이었다. "어쨌든 미학은 더 이상 원리들을 다루는 학문이 아니라 사실들을 다루는 학문이다. 더 엄밀하게 말하자면, 소위 학문적인 엄밀성을 추구하는 과정에서 원리 개념은 법칙 개념에 의해 밀려나고 말았다."(나흐츠하임의 같은 책 35쪽)

소위 감정이입 미학의 교과서적인 방향을 전형적으로 보여주는 두 대표자는 테오도어 립스와 요하네스 폴켈트이다. 이 두 사람은 미학 이론들을 두꺼운 분량의 책으로 출판하였다. 그들의 근본 개념을 담은 논문 목록은 상당한 정도이지만, 그들의 논증은 언제나 같은 방향으로 달리고 있다. 립스는 그 당시 출간된 개론서인《체계적 철학》의 미학 분야에 기고한 글의 강령적인 구절에서 이렇게 말한다. "미학은 심리학의 분야에 속한다. 어떤 대상의 아름다움은 녹색이나 청색과 같은 대상의 속성이 아니다. 오히려 아름다움은 어떤 대상 속에서 미학적 가치 평가의 행위가 일어날 때 생겨나는 것이다. 그러한 행위는 다름 아니라 의식 속에서 일어난다."(립스Lipps 1907의 351쪽) 그러므로 아름다움은 대상의 본질을 이루는 표지라든지 동인動因이 아니며, 주체로부터 생겨나는 것이다. 이 점에서 칸트의 주장과 동일하다. 관찰자로 하여금 감정이입이 되도록 자극하고, 더 나아가 관찰된 대상 속으로 관찰자 스스로 완전히 빠져들도록 자극하는 것, 그것이 아름답다.(보다시피 칸트와 쇼펜하우어의 미학으로부터의 영향이 너무도 명백하다.) 립스가 관조 내지는 미학적 관찰이라고 부른 이러한 류의 감정이입은 인간을 습관적이고 일상적인 관점으로부터 해방시킨다. 감정이입은 인간을 일상의 실제적인 강요들로부터 벗어나게 한다. "생의 현실로부터 해방된 자아, 이 순수한 '인간'을 나는 이제 미학적으로 관조된 대상 속에서 긍정할 수 있다. 나는 이러한 긍정 속에서 행복하다고 느낀다."(립스의 같은 책 364쪽) 그의 방대한 저서《미학》의 또 다른 구절에서 립스는 미학적 감정이입을 "순수한" 관찰이라고 정의한다. 순수 관찰은 "대상 속으로 밀쳐 들어 가고, 대상 속으로 침잠하여 그 속에서 머무른다. 이것이 가능한 것은 순수관찰이 대상 자체와 그 대상 안에 있는 것을 제외하고는 그 어떠한 것도 추구하지 않기 때문이다."(립스의《미학》제2권 36쪽) 그러므로 감정이입의 미학자들이 자연미를 배제해 버린 헤겔의 관점을 다시 무효화하고 이제 모든 대상을 (그 속으로 "깊숙이" 들어가 감정이입을 할 수 있는 한에 있어서) 명상적 침잠의 계기와 대상으로 허용하는 것은 결코 놀랄 일이 아니다.

립스의 제자인 폴켈트는 나중에 립스보다도 더 첨예하게 감정이입의 개념을 정립하려고 시도하였다. 그는 처음에는 낯선 것, 즉 예술작품이나 자연현상을 "개인적인 미학적 내면의 체험"(폴켈트 1927의 제1권 35쪽)으로 점령해 버리는 것을 "자아의 동참"(폴켈트의 같은 책 21쪽)이라는 말로 표현했다. 다시 말하자면 이렇다. 대상들이 미학적으로 될 수 있는 것은(이는 폴켈트가 말하고 있는 미학적 "자기 가치", "보편타당한 종류의 가치"(폴켈트의 같은 책 25쪽)와는 완전히 별개의 문제이다) 언제나 수용자가 그 대상을 느끼고 지각하고 다시 인식할 수 있는 경우일 뿐이다. 폴켈트에게 있어서 이러한 심리적 전제조건들은 부정할 수 없는 것이며 궁극적인 기준점이다. "온갖 제한들에도 불구하고 미학적 자기 체험이 미학자에게 있어서 궁극적이고 원천적인 경험의 토대를 이룬다는 사실은 명백하다."(폴켈트의 같은 책 36쪽) 요컨대 나의 개인적 지각의 폭과 깊이와 부피, 최상의 학문적 경지에 이르기까지의 지식들이 감정이입의 정도를 좌우한다. 내가 낯선 것 속에서 자신을 재발견하고 자신의 지각과 느낌으로 그것을 "자신의 영토로 만들지" 않는다면 낯선 것은 낯선 그대로이고 나에게는 닫혀 있는 것이다. 요약하자면 이렇다. 폴켈트가 보기에 미학적 대상들은 그때그때마다 잘 알려져 있고 친숙한 것으로서 나에게 무언가를 말해 주어야 하는 대상들이고 사물들이며 예술작품들 또는 현상들이다. 왜냐하면 그 대상들은 나의 내부의 잘 알려진 감정적 성향과 충돌하지만, 궁극적으로는 내가 그 낯선 것들을 자신 속에서 용해시킬 수 있기 때문이다. 인식론적인 관점으로 확장해서 보면 이렇다. 나는 나에게 이미 알려진 것만을 그때그때 인식한다. 낯섦은 과정상의 어떤 것일 뿐이며 궁극적인 것은 아니다. 추체험할 수 없고 감정이입될 수 없기 때문에 그 어떤 것에 이름을 붙일 수 없는 곳, 그곳에서 나는 나의 세계, 즉 나의 문화 지평의 한계에 도달한다.

앞서 말했다시피 감정이입의 미학은 근본 개념들을 제한된 범위 내에서만 사용한다. 그리고 그 성과는 ("아래로부터"라는 체계적인 시도가 칭송할 만한 것이긴 했어도) 미미하다고 볼 수 있다.

빌헬름 딜타이는 또 다른 경우이다. 그는 립스나 폴케트와 마찬가지로 심리학으로부터 출발한다. 아니 그의 삶의 종점까지 심리학으로부터 벗어나지 않는다. 그러나 좁은 영역에서 작업했던 감정이입 미학자들과는 근본적으로 다르게, 딜타이는 자연과학과 구분하여 정신과학이라고 그가 이름 붙인 것의 영역 전체로 시각을 넓혔다. 감정이입의 미학자들이 자연 속의 사물들이나 실상들을 칸트의 관점을 추종하며 법칙들에 지배되는 존재로서 "설명"한 반면에, 정신과학자들은 현상들을 "이해"하려고 했다. 요컨대 전자가 외적인 것에 집중하였다면, 후자는 내적인 것에 몰두하였다.

딜타이가 그의 생애 동안 광범위한 영역에 걸쳐 남긴 저작들, 수많은 논문들과 에세이들, 예컨대《체험과 문학》(1905)을 비롯하여 전기 작품들《슐라이어마허의 생애》(1870),《헤겔의 젊은 시절》(1905),《정신과학에서 역사적 세계의 구축》(1910)은 근본적으로 이러한 이해의 이론에 바탕을 두고 있다. 딜타이 자신이 1900년 이후의 글들에서("해석학의 발생"이라는 강연이 그 출발점이다) 해석학적 모델이라는 말을 사용한다. 그의 의도에 따르자면 해석학적 모델이란 "삶 스스로가 자신의 심원한 깊이에 대해 해명하는 그러한 이해의 과정"(딜타이 1981의 99쪽)이다. 딜타이의 기본 개념들은 체험, 표현 그리고 이해이다. 삶은 체험으로서 체험 속에서 펼쳐진다. 삶은 자신을 드러내며 그때마다의 체험들 속에서 자신을 드러낸다. 그리고 그 체험들은 표현으로 고정된다. 말하자면 표현은 체험의 객관화와도 같은 그 무엇이다. 표현은 다시 바깥쪽으로, 표면 쪽으로 향하게 된 체험이며 달리 말하자면 고정되고 이름이 붙여진 체험내용이다. 그리고 이 체험내용은 차후적인 체험과 차후적인 구성의 과정을 통하여 이해된다. 다시 말해 체험표현은 수용자로서의 우리가 체험표현이 전해주는 인상을 우리 자신 속에서 반복함으로써 재구성된다. 이 점에서 립스나 폴켈트의 관점과 완전히 일치한다. 딜타이에 따르자면 우리는 자신을 표현 속으로 옮겨놓으며, 그 표현을 우리 속에서 다시 형성한다. 요컨대 우리는 자신이 이미 가지고 있는 인상들을 표현에다가 덧붙인다.

이쯤에서 두 가지 사실을 밝혀놓는다. 우선 딜타이는 18세기 후반의 서정시에 특별한 관심을 쏟았다. 이는 괴테 이후로 명명된 체험시, 아니 궁극적으로는 문학의 전체 영역을 가리키는 것이며, 특정한 방식의 심원하고 창조적인 체험의 표현이며 최상의 가치를 표현한 것이었다. 그래서 딜타이는 시문학이 삶의 "직접적 표현"(딜타이의 같은 책 298쪽 참조)이고, 시문학의 본질은 "체험된 것을 표현하고 삶을 객관화시킴으로써 시인에 의해 분리되었던 사건을 삶의 전체를 포괄하는 의미 속에서 효과적으로 드러내는 데에 있다."(딜타이의 같은 책 204쪽)라고 말한다. 또 다른 구절에서 딜타이는 보다 간략하게 말한다. "진정한 시문학 작품은 그것이 나타내는 현실의 단면을 통하여 이전에는 보이지 않았던 삶의 속성을 이끌어낸다."(딜타이 1970의 139쪽) 이로써 딜타이가 위대하고 진정한 것으로 간주하였던 예술작품이 종국적으로는 "삶에 대한 이해"(딜타이의 같은 책 같은 곳)라는 사실을 우리는 알 수 있다. 시문학 작품을 통하여 우리는 삶을 더 잘 이해하게 되며, 현대적으로 말하자면 사물들에 대한 섬세한 시각을 얻게 된다. 그러나 딜타이는 이와 동시에 예술과 문학에 지나칠 정도로 기울었다는 비판으로부터 자유롭지 못하다. 예컨대 1887년에 쓰인 시학 이론《시인의 상상력》은 다음과 같은 구절로 끝을 맺는다. "우리가 어떻게 고통받고 즐기고 삶과 투쟁을 하는지를 말해 줄 시인을 우리는 학수고대하고 있다!"(딜타이 1924의 241쪽) 이 구절은 "영도자로서의 시인", 지도자와 전범典範, 예언자이자 고지자告知者라는 뉘앙스를 풍긴다. 그러므로 몇 년 후에 상당한 영향력을 가지고 있고 딜타이로부터 영향을 받은 막스 코메렐이 그의 괴테 전기에 '독일 고전주의의 영도자로서의 시인'(1928)이라는 악명 높은 제목을 붙이게 된 것은 우연이 아니었다.

그러나 딜타이의 이해 이론에는 또 다른 문제점이 잠복해 있다. 만일 그의 이해 개념이 체험 표현의 추체험적인 실행이라는 심리적 측면에 연결되어 있다면, 그것은 궁극적으로 주관주의에 머무르게 된다. 왜냐하면 그럴 경우에 감정이입 능력의 그때마다의 개인적 발휘, 그때마다의 심리 상태와 감수성이 모든 이해 과정의 출발점이 되기 때문이다. 립스 및 폴켈트와 연관하여 이미 언급하였던 것을 다시 한 번 확인해 보기로 하자. 나는 나에게 이미 알려져 있는 것만을 이해할 수 있으며, 내 속에 이미 들어 있고 내 속에 이미 구성되어 있는 것만을 이해의 행위를 통해서 재발현시킬 수 있다. 나에게는 그 어떤 내부의 성향이 필요하다. 그 어떤 것이 나에게 무슨 말을 하기 위해서는 그것이 나에게 와닿아야 하며 나에게 관계되어야 한다. 나는 그 무엇이 말을 걸어온다는 느낌을 받아야 한다. 딜타이는 이러한 문제점을 스스로 느끼고 있었다. 그래서 그는 이처럼 이해 행위를 체계화시킬 수 없음을 수시로 지적하면서, 궁극적으로는 추체험적인 행위로서의 이해를 개인적인 독창성의 영역이라고 선언하였다. "낯선 것과 과거의 것을 재구성하고 추체험하는 것을 보면, 이해라는 것이 특별한 개인적 독창성에 토대를 둔다는 사실이 얼마나 분명해지는가!"(딜타이 1981의 267쪽) 그러므로 이해, 그중에서도 예술성에 접근한 이해라고 할 수 있는 해석학은 "직감적"인 것으로서 "결코 명시적인 확실성"을 보여주지 않는다(딜타이의 같은 책 279쪽).

예술학 내지는 문예학의 구축 과정에서 생겨나는 방법상의 현저한 어려움들에 대해서는 더 이상 장황하게 말하고 싶지 않다. 다만 주관성의 문제가 제기하는 그 모든 이론적인 난점에도 불구하고 딜타이가 오늘날까지도 논쟁의 대상이 되고 지속적인 토론을 불러일으키는 핵심을 건드린 게 아닌가 하는 점은 되새길 필요가 있어 보인다. 딜타이의 비판적 제자인 젊은 루카치가 그 점을 간결하게 말하고 있다. "누군가가 셰익스피어를 '좋아하지 않는'다면, 그 사람은 또한 햄릿에 대한 심원한 해석도 공허한 잡담으로 여길 것이다. 왜냐하면 이러한 해석은 그 사람에게는 없는, 햄릿에 대한 어떤 체험을 전제로 하기 때문이다."(루카치 1973의 49쪽) 문학은 다른 모든 예술과 마찬 가지로 나와 "관련"되어야 하며, 나에게 "관계"가 있어야 한다. 그래 야만 나는 문학과 더불어 무엇인가를 "시작할" 수 있으며, 그래야만 문학이 나에게 정해지지 않은 무언가를 말하게 된다. 그러나 젊은 루 카치는 이와 동시에 아주 날카롭게 이러한 주관적 관련성과 주관적 체험에도 불구하고 다음의 사실은 변함이 없음을 거듭해서 지적한 다. "완전히 다른 체험들을 가진 사람에게는 사물들에 대한 그 모든 섬세하고 심원한 해석들은 아무런 쓸모도 없다. 문학을 다루는 학문 은 이러한 주관주의를 결코 넘어서지 못할 것이다."(루카치의 같은 책 같은 곳)

마찬가지로 딜타이로부터 한때 깊은 영향을 받았던 또 다른 이론 가인 짐멜은 이런 식으로 던져진 문제제기를 학문들(이해의 문제와 관련이 있는 모든 학문들, 가령 역사와 관련된 학문들)에 대한 근본적인 성찰의 계기로 삼기도 했다. 그의 과격하면서도 선견지명 있는 추론 에 의하면, 모든 이해의 행위들은 구조물들이며, 막스 베버가 나중에 말하게 되듯이 이상형들이다. 베버에 의하면, 이 이상형들을 토대로 하여 실재들이 신뢰를 얻게 된다. 또한 짐멜은 다음과 같이 말함으 로써 딜타이를 넘어선다. 즉 예술작품 속에서 표현되고 형상을 얻게 되는 주관적 체험은 결코 적합하게 반복될 수 없다는 것이다. 최소 한 우리에게는 그렇게 할 수 있는 수단도 조절 능력도 없다. 다만 우 리가 이러한 체험을 예감하는 것은 가능하지만 우리가 그것을 알 수 는 없다. 왜냐하면 그것에 대한 검증 기준이 없기 때문이다. 오히려 우리는 칸트적인 의미에서의 "몰래 기어들어 감Subreption", 다시 말해 표현된 체험이 우리 자신의 내적인 체험에 상응하기라도 "하는 것처럼" 슬쩍 궤변을 동원한다. 말하자면 우리는 다른 낯선 표현에 우리 자신의 성향들이 포함되어 있는 것으로 간주한다. 짐멜은 이러한 맥락에서 "직관"(이것은 무엇보다도 앙리 베르그송과 연결되어 있다)이라는 말을 사용한다. 직관은 다시 말해 "이해 과정의 창조성"(짐멜 1984의 69쪽, 82쪽)으로서, 동일한 과정에 대해 다른 개념들이 생겨나게 한다. 그러므로 이해의 행위들에 있어서는 그때마다의 주관적인 구조물들이 중요한 것이다. 이러한 구조물들로부터 결국 역사적 학문들이 생겨나며, 또한 이 학문들은, 칸트의 요구에 따르자면 다른 사람들로부터 동의를 받는 것을 목표로 한다. 학문들은 "그 자체로 설득력이 있고 엄밀하고 사실적이어야 하기 때문이다."(짐멜의 같은 책 73쪽) 물론 주장의 논리에는 일관성이 있어야 하지만, 사물들에 대한 수많은 관점들과 다양한 견해들이 있기 마련이며, 고대의 해석학자인 클라데니우스가 적절하게 표현했듯이 극히 다양한 "관찰-지점"들은 피할 수 없는 것이다. 짐멜의 비교에 따르면, "정신의 창조물은 그 창조자가 특정한 해답을 염두에 두고 만든 수수께끼와도 같다. 만일 수수께끼를 푸는 사람이 원래의 해답과 마찬가지로 아주 적합하며, 객관적으로 보아 완전히 동일하게 논리적이고 영감에 찬 결과를 보여주는 두 번째의 답을 찾는다면, 그 해답 또한 고안자가 의도했던 해답과 마찬가지로 완전히 '올바른' 해답이다. 게다가 고안자가 원래 의도했던 해답이라 할지라도 이 두 번째의 해답 또는 원칙적으로 얼마든지 찾아낼 수 있는 해답들보다 조금도 우월하다고 할 수 없다."(짐멜의 같은 책 같은 곳, 또는 로티Rorty 1993의 1030쪽과 1034쪽도 참조하라.)

## 3. "근대의 탈주자"

작품은 여러 의미를 가진다. 그렇다. 다의적이다. 하나의 해답, 다시 말해 유효한 해석이나 규정이나 진술은 존재하지 않는다. 중요한 것은 시각이며 관점이다. 한번은 이렇게 보이고 다시 보면 저렇게 보이기 마련이다. 하나의 작품, 텍스트 또는 그림의 내부에 다수의 것들이 들어 있지 않나 하는 생각도 든다. 그렇다면 실체는 어디에 있는가? 본질이 직관 방식들과 견해들 속으로 해체되어 버린다면, 도대체 실체라는 것은 있기는 하단 말인가?

이해의 문제를 다룬 짐멜의 선견지명 있는 글은 20세기의 이른 시기부터 최근의 포스트모더니즘과 카오스 이론에 이르기까지의 시기를 특징짓는 전반적인 학문의 위기를 아주 선명하게 드러내고 있다. 신칸트 학파와 실증주의와 생의 철학 사이에서, 그리고 사회학과 사회심리학과 철학 사이에서 끊임없이 오락가락해 왔던 짐멜의 평생 동안의 학문적 이력이 명백하게 말해 주는 것은 다음과 같다. 학문적인 패러다임은 (지금까지 그런 게 있었다고 치더라도) 이제 더 이상 존재하지 않으며, 더 이상 타당하고 유효한 규범적 학문은 존재하지 않는다. 극히 다양한 방법들과 분과 학문들은 그것들이 질문에 대한 답과 해결책을 제시하는 한에 있어서는 동등한 권리를 가지며 마찬가지로 유효하다. 물리학이나 수학 같은 소위 말하는 기초 학문(아인슈타인의 상대성이론이나 보다 나중의 하이젠베르크의 불확정성원리와 같은 20세기 초의 토대 논쟁을 생각해 보라)들조차도 이 문제의 영향권을 벗어나지 못하고 있었던 형편이라면, 철학과 미학 또는 예술학과도 같은 신뢰하기 어려운 학문들은 도대체 어떻게 해야 한단 말인가? 20세기 초에 있었던 미학 이론과 예술적 실천, 미학과 예술학 사이의 분열은 오래 지속되었던 갈등들, 오늘날에는 해결 불가능한 것으로 보이는 갈등들의 서막이었던 셈이다. 지금까지, 부분적으로는 상당한 근거를 가지고 역사적인 순서에 따라 전개될 수 있었던 것이 이제는 동시에 나란히 분화되어 있다. 20세기에는 극히 상이한 입장들이 자유롭게 서로 뒤섞여 유동하고 있으며, 서로 간에 아무런 접촉이 없는 경우들도 허다하다. 미학의 활동 범위는 여전히 칸트와 헤겔을 중심으로 하고 있지만, 그 사이에는 다양한 입장과 관점들이 꾸불꾸불 강물처럼 흘러가고 있다. 해석학과 현상학 그리고 존재론이 마르크시즘이나 구조주의와 어깨를 나란히 하고 있으며, 그 옆으로는 (실용주의, 기호학, 정보 이론과 같은)형식주의적 경향들이 다양한 방식으로 전개되고 있다. 한편에서 예술작품이 열렬하게 숭배를 받는가 하면, 다른 한편에서는 순수한 미학적 용어들의 정당성이 의문시된다. 한편에서 예술의 자율성을 과격하게 주장하는가 하면, 다른 한편에서는 실제 삶에 있어서 예술의 관여를 주장한다. 심지어 오늘날 미학적 사유라는 말을 사용하는 관점들은(고도로 발전된 복제 기술에 즈음하여), 미학적인 것의 완전한 사멸을 말하거나 혹은 (텍스트든 그림이든)전통적인 예술작품의 가치를 끈질기게 변호하는 입장들과 대치 상태에 있다. 최근에 들어와서는 작품, 예술, 범주들(아름다움-추함-숭고함)로부터 시작하여 보다 확실한 것으로 여겨졌던 기준들, 즉 생산자와 수용자, 그리고 예술가와 해석자에 이르기까지 모든 것이 유동적이 되어버렸다. 주체의 보편적 위기, 전통적으로 인정되어 온 개성에 대한 문제제기(한편에서는 마흐와 경험비판론 그리고 다른 한편으로는 인류학에서 이 점이 분명히 제기된다)와 더불어 예술 생성과 소비에 있어서의 창조자와 수용자의 역할도 흔들리게 되었다. 잘 짜인 시장과 그에 따라 만들어지는 역할 분담과 더불어 고도로 분화된 사회에서(그 핵심어는 사회적 체제들이다. 이와 관련하여서는 N. 루만을 참조하라) 생산자와 소비자의 구분이 너무도 분명해 보인다는 것은 새삼 말할 필요도 없다. 하지만 다시 들여다보자면 예술가는 어디서부터 예술가이며, 수용자는 어디서부터 수용자이기를 멈추는가? 그 사이에는 온갖 것들이 들어 있지 않은가. 소위 말하는 촉진 역할(미디어들을 포함한 전체 전달 매체들)을 수행하는 판매 체계들과 광고 체계들이 그 사이에 자리 잡고 있지 않은가. 1989년 울리히 쇠틀바우어는 메츨러 출판사가 발행한 문예학 개론《문학의 인식》에 게재한 "미학적 경험"이라는 제목의 기고문에서 다음과 같이 언급하였다. "오늘날 미학에 종사하는 사람은 하나의 시체를 절개하는 것과도 같다. 전래의 문제제기들은 신뢰 상실이라는 낙인이 찍혔다. 지난 수십 년 동안의 예술사와 문학사를 통해서 그러한 문제제기들은 아무런 인정도 받을 수 없었다. 값비싼 유물들인 아름다움과 비극성뿐만 아니라 전통적인 미학의 모든 범주들이 원천적으로 무효화되었기 때문이다."(쇠틀바우어Schödlbauer 1989의 33쪽) 이것은 의심의 여지 없이 메달의 한 면으로서 타당한 말이기도 하다. 그러나 메달에는 또한 뒷면이 있는 법이다. 우리 모두가 전통적인 미학의 개념들을 사용하면서 아름다움과 예술에 대해 아무런 반성도 없이 말하고 판단해 왔을 뿐만 아니라(이와 관련해서는 뷔르거 1983을 참조하라), 또한 마찬가지로 미학이 그 가치의 최후적인 상실을 감내해야 했다는 사실을 감안해야 한다. 우리는 이러한 점을 감안하면서 미학적인 것의 새로운 현실성을 진단할 수 있다. 요컨대 미학은 지속적으로 팔리는 품목이다. 미학 이론으로, 미학으로 때로는 예술학 및 문예학과 나란히 때로는 그 외곽에서 말이다. 미학은 한편으로는 전통적인 오류들과 잘못된 이론을 조심하라고 경고를 받으면서도, 다

른 한편으로는 모든 것을 설명하고 본질을 말해 줄 것처럼 큰소리
치는 진술들을 거부하며 모든 범주들과 고정된 개념들을 회의적으
로 성찰한다. 하지만 미학은 또한 우리가 예술이라고 부르는 경이롭
고 수수께끼 같은 것이 존재하며 그것을 설명할 방법들이(무엇이고
또 몇 개나 있는지 정해지지는 않았지만) 있음을 확신한다. 요컨대 풀
이가 없는 수수께끼도, 답 없는 질문도 없는 법이다. 칸트 및 신칸트
학파와 더불어 우리는 다음과 같이 확신한다. 예술작품들은 '존재한
다.' 또한 아도르노를 끌어들여 덧붙여 말하자면, 예술작품들은 자신
의 본질을 우리에게 말해주지 않는다. 그러므로 예술작품들로 하여
금 입을 열도록 하기 위해 우리에게는 이론이나 철학이 필요한 것이
다. 아도르노는 그의 《미학 이론》에서 이렇게 말한다. "모든 예술작
품은 온전하게 경험되기 위해서는 사유, 즉 철학을 필요로 한다. 여
기서 철학은 다름 아니라 억누를 수 없는 사유를 말한다. 그리고 이
해란 비판과 동일한 것이다. 이해의 대상을 일종의 정신적인 것으로
내면화하는 능력, 이해력은 다름 아니라 참과 거짓을 구분하는 것이
다. 비록 이러한 구분이 일상적 논리의 작동 방식과는 다르다고 할지
라도 말이다."(아도르노 1980의 391쪽)

　나는 지금까지 몇몇 긴요한 문제점들, 특히 근본적인 문제와 관련
하여 "주마간산"식으로 언급했다. 20세기 미학사의 요점은 어떻게
정리할 수 있을 것인가? 그 요점은 무엇인가? 나란하게 병존하거나
서로 섞여 있는 것을 어떻게 표현할 수 있을 것인가? 주제별로 그리
고 체계적으로 좀 더 확실하게 정리했어야 하지 않았을까? 하여간
나는 다소간 긴장감이 덜하고 독창성이 부족한 길을 택했다. 요컨대
몇몇 모범적인 이론가와 철학자들을 택하여 그들이 어떤 식으로 영
향을 미쳤고, 우리 세기의 정신사에 어떠한 결정적인 자취를 남겼는

지를 전체적으로 살펴보고, 또한 미학의 위기들과 필연성과 그 좌절의 궤적을 추적함으로써 말이다. 이러한 방식은 격조를 떨어뜨리는 점이 있기는 하지만, 그 대신 조망할 수 있다는 장점이 있다. 게다가 이 분야의 역사학자는 이처럼 조망하는 가운데 자신의 문제점들을 왜곡하지 않고 그대로 드러낼 수 있다. 이론들의 연속적인 순서는 그것들의 지위나 존엄성과 아무런 연관이 없다. 또한 그 순서라는 것이 고정된 선후관계를 가리키는 것도 아니다. 종착점이라든지 목적론이라는 인상은 기만적일 뿐이다. 오히려 제시된 여러 입장들은 의견들과 관점들이 어우러져 연주되는 협주곡 속에서 같은 권리를 가진 음조들로 이해되어야 할 것이다. 이것은 미학 분야의 역사학자라고 해서 특정한 관점들에 의해서 좌우되거나 영향받지 않는다는 것은 물론 아니다. 하지만 역사학자는 자제해야 하며 정신사 내지는 이론사의 자료들 자체가 말하도록 내버려 두어야 한다. 이데올로기 문제는 결코 배제되기 어려우며, 어떠한 이론들이라 할지라도 정치적인 맥락과 권력의 담론 속에서 적용되고 오용되는 것을 피할 도리가 없음은 분명하기 때문이다. 이러한 점에서 나는 지식사회학, 특히 문예학자 페터 V. 지마가 대표하는 저 현대적인 형태의 지식사회학의 노선에 손을 들어주고 싶다. 지마에 의하면 모든 이론적 담론들은 "특정한 사회집단의 언어들로부터 생겨나며 집단의 관점들과 공통의 이해관계들을 반영한다."(지마zima 1991의 383쪽) 그러나 비판적 역사학자인 나는 지마의 발언에 덧붙여 다음의 사실을 말하고 싶다. 즉 그 어떤 특수한 집단언어가 자신을 유일하게 참되고 자연적인 것으로 부각하면서 마치 자신이 상상적인 전체를 대변하는 것처럼 행세하는 곳에서는 어디든 한계들이 생겨날 수밖에 없다는 사실을 나는 분명하게 인식하고 있다.(지마의 같은 책 386쪽) 요컨대 보편진술과 총체성과 전체성의 위험은 결국 그 어떤 체제의 도그마와 광기, 닫힌 지배 구조와 사회의 광기로 이르기 때문이다. 이제 여기서 그에 대한 지식 이론상의 근거를 대보기로 하자.

우리 세기에 있어서 미학의 역사는 하나의 열린 무대이다. 구체적인 그림으로 비유해 보자면. 농사를 짓는 밭이 너무도 비옥해서 아주 다양한 식물들이 그 위에서 무성하게 자라고 있다. 그런 터에 오늘날 누가 감히 나서서 어느 것이 잡초이고 어느 것이 가치 있는 식물인지를 확신을 가지고 결정할 수 있을 것인가? 어쨌든 나는 미학이 어느 방향으로 나아갈지, 비옥한 밭에 어떤 식물이 번성할지 예측하지 못한다. 다만 교조주의적인 이론들, 특히 마르크스주의적인 혈통의 변종들이, 한때 현실로 존재했던 사회주의가 붕괴한 이래로 당분간은 더 이상 통용되지 못하리라는 추측만은 분명히 들어맞을 것이다. 반면에 보다 온건한, 반교조적이고 비판적인 네오마르크시즘 (루카치-블로흐-비판이론)의 경우에는 보다 신중한 진단이 필요하리라고 본다. 나는 여기에서 진단은 아니라 할지라도, 미학사를 조망하는 가운데 얻을 수 있는 하나의 테제를 제시해 보기로 한다. 물론 이 것은 이해를 위한 만능키라든지 "미학의 열쇠"가 아니라, 이해를 보다 쉽게 해주는 테제일 따름이다. 베버와 짐멜 그리고 그들의 모호한 마르크스 해석과 연관을 맺으면서 비판적 사회과학은 부르주아 자본주의 사회를 돈과 상품이라는 기호로써, 물신숭배라는 낙인으로써 기술하였다. 게다가 실제 역사도 위기에 찬 경험들의 연속이었다. 제국의 붕괴, 제1차 세계대전, 이어서 전개된 의회민주주의의 혼돈과 방향 상실, 볼셰비즘의 대두와 동방의 스탈린화, 마침내 파시즘과 대학살. 사회 속에서 개인이 처한 상황과 사회 전체의 병적인 산만함을 통칭하여 간결하게 "부르주아 사회"라고 표현하기 위해, 소외와 사물화라는 말이 마법의 주문처럼 사용되었다. 좌파나 우파나 마찬가지 였다. 양 진영 모두 민주주의를 증오하면서, 한쪽은 계급 국가의 공고한 폐쇄성 속으로 되돌아가려고 하였고, 다른 한쪽은 못지않게 경직된 사회주의-공산주의적 질서의 총체성 속으로 들어가려고 했다. 도처에 불안감이 팽배해 있었다. 대중화, 평준화, 냉담함이 일반화되었고, 상품이 인간을 압도하면서 인간들의 공동생활을 좌지우지하였다. 모든 것은 오로지 돈으로 환산되면서 모든 것과 교환될 수 있게 되었다.

게오르크 루카치는 1923년에 발간된 그의 에세이 모음집 《역사와 계급의식》에서 마르크스주의적인 역사 해석을 토대로 하여 소외된 사유구조와 의식구조들에 대해 명민하면서도 위험한 해석을 내리고 있다. 몇 년 후 마르틴 하이데거는 그의 《존재와 시간》(1927)에서 피상적이 되어버린 세계 내에서의 "속인Man"과 진정성 없는 잡담과 서투른 글의 불확실한 성격을 분석하고 있다. 에른스트 윙거는 그의 강령적인 글 〈노동자〉(1932)에서 새로운 인간 유형, 대중 속에서 등장하는 노동자의 도래를 예언하고 있다. 우파와 좌파 사이의 공통점들, 극단주의자들 사이의 담론의 공통점들은(노르베르트 볼츠는 한쪽의 블로흐, 테오도어, 루카치 그리고 다른 한쪽의 슈미트, 윙거, 하이데거 사이의 아주 혼란스러우면서도 일치하는 수많은 공통점들을 "양차 대전 사이의 철학적 극단주의"라는 말로 적절하게 표현하고 있다) 무엇보다도 두 가지 경향과 연관되어 있다. 요컨대 '부르주아의 개성'이라는 개념 뒤에는 무엇보다도 대人부르주아 가문 출신 이론가들의 자기증오와 같은 그 무엇이 숨겨져 있으며, 또한 동시에 대중에 대한 공포증도 숨겨져 있다. 루카치는 프롤레타리아 당파에 속하는 프롤레타리아 대중을 계급에 단단히 밀착시켜 놓으려 했던 반면에, 윙거는 프롤레타리아 대중을 기꺼이 하나의 무리로 묶어 통제하려고 했다. 하이데거는 갈색의 칠장이*에게 속아 넘어갔고, 테오도어나 블로흐 같은 철학자들은 한때나마 소비에트 체제의 매력에 빠져들었다. 볼츠가 그렇게 불렀듯이 이러한 "근대의 탈주자들"(볼츠 Bolz 1991의 11쪽 참조)은 대중을 근본적으로 경멸하면서 또한 동시에 그들과 함께 권력을 잡으려고 했다. "군중과 권력"(엘리아스 카네티)은 하나의 구호가 되었다! 권력과 함께 개인주의와 주관주의라는 근대의 개념은 끝장나고 말았다. 그 배경에는 이제 거대한 질서라는 이념이 요동치고 있다.

잘 들여다보면 이 시기는 실천철학적 참여와 역사철학적 개입으로 대표되는 양차 대전 사이의 상황에 해당한다. 문제는 새로운 세계와 시대를 구상할 수단과 방법들이었다. 그리하여 1917년 5월에 이미 완결된 블로흐의 위대한 초기 작품 《유토피아의 정신》(1918)의 서두는 이렇게 시작한다. "그걸로 충분하다. 이제 우리는 새로운 걸음을 내딛어야 한다. 삶은 우리의 손에 내맡겨져 있다. 삶 그 자체가 텅 비어버린 지는 이미 오래이다. 삶은 이리저리 의미 없이 비틀거리고 있으나, 우리는 굳건하게 서 있다. 그리하여 우리는 삶의 모루가 되고 삶의 목표가 되려고 한다."(블로흐 전집 제16권 9쪽) 그러나 문제는 그것이 미학적 사유와 어떻게 접합될 것인가이다. 블로흐에게 있어서, 그리고 초기 마르크스 이론가인 젊은 루카치에게 있어서 미학과 역사철학은 실용적인 관점을 유지하면서 서로 나란히 손을 잡고 있다. 예술에 대한 성찰, 다름 아니라 미학은 일종의 자극제이다. 미학은 회상과 희망을 동시에 불러일으킨다. 회상은 자본주의의 타

---

* 히틀러를 가리키는 것으로 보인다.

락, 분열과 목적 지향적 합리주의 시대에서 벗어나 이전의 조화롭고 목가적인 인류의 상태인 유토피아로 되돌아감을 말하며, 희망은 소외 저 너머에 새로운 인간 공동체, 루카치가 말하는 "사랑의 공동체"(루카치 1975의 87쪽)를 이루려는 소망을 가리킨다. 그러나 좌파 우파 할 것 없이 그들 모두는 정치적 혼돈과 격랑 속으로 빠져들게 되며, 결국 정치 속으로 도주하는 꼴이 된다. 일부는 단순한 가담자로 머물고, 일부는 체제의 노골적인 대표자가 된다.(루카치는 좌파의 편에, 슈미트는 우파의 편에 선다.) 그리고 이러한 정치적 관여가 막다른 골목, 아니 실책으로 드러나면서, 이제 다시 미학으로의 귀환 내지는 방향 전환이 일어나게 되는 것이다. 다시 말해 예술에 대한 성찰은 환멸과 체념으로부터 온 것이었다. 그리하여 보상 행위로서의 미학은 실천 내지는 실천이론에서의 좌절을 극복하게 해주었다. 예술작품에 대한 열렬한 칭송은 우리의 도주자들에게 시대로부터 구원해주는 강력한 방벽이 되었던 것이다. 미학은 또한 반항의 함성이기도 했다. 요컨대 도주로서의 미학 그리고 시대에 대한 저주로서의 미학은 작품 구조에 대한 성찰을 통해서 다시 시대의 핵심을 파악하려고 시도했다. 하이데거나 니콜라이 하르트만은 현상학적으로 혹은 존재론적으로, 루카치와 어느 정도 수정된 경향을 보이는 블로흐는 헤겔화된 마르크시즘의 관점에서, 아도르노와 마르쿠제는 마르크스와 심리분석적 성찰을 포괄하면서 비판이론적으로.

이제 나의 명제를 밝히자면 이렇다. 양차 대전 사이에 성립된 미학 이론의 커다란 부분은 그 내밀한 영역에 있어서 제2차 대전 이후에야 비로소 제대로 전개되기 시작했으며, 체념으로부터 벗어나 이제 미학 이론에 보다 궁극적이고 심원한 희망의 서광이 비치게 되었다는 것이다. 왜냐하면 미학 이론은 그들의 논증을 다소간 분명하게 역사철학의 맥락에서 전개시켰기 때문이다. 이에 해당하는 네 가지 사례를 들어보기로 하자. 후기의 루카치는 예술을 인류의 기억으로 해석하면서, 작품들 속에서 인류 발전의 상태를 읽어낼 수 있다고 보았다. 아도르노는 그의 《미학 이론》(1970)에서 아방가르드파의 예술작품을 소외와 사물화에 대한 저항의 연속으로 보았다. 하이데거는 예술작품과 연관을 지어 진리의 계시를 논하였으며, 예술의 작품성을 진리를 드러냄이라고 해석하였다. 하르트만은 아주 일반적으로 예술을 "파악할 수 없는 것에다 형태를 부여하는"(하르트만Hartmann 1953의 25쪽) 마술지팡이로 보았다.

표현들은 이처럼 서로 다르긴 해도, 사실은 동일한 사태를 지향하고 있다. 요컨대 이러한 표현들은 궁극적 목표를 비판하고 유토피아적인 동인을 거부하며, 심지어는 예술작품의 내용조차 거부한다. 루카치는 이와 관련하여 다음과 같이 적절하게 표현한 적이 있다. "어떠한 예술작품도 유토피아적이 아니다. 왜냐하면 예술작품은 그 수단들을 통해 오직 존재자만을 반영할 수 있으며, 아직 오지 않은 것, 오고 있는 것, 앞으로 이루어질 것은 그것이 존재 자체에 이미 주어져 있는 한에 있어서만, 다시 말해 앞으로 도래할 것의 미세한 예비작업으로서, 선구자로서, 소망과 동경으로서, 바로 눈앞에 주어진 것의 거부로서, 전망으로서만 그 모습을 드러내기 때문이다. 하지만 또한 모든 예술작품은 그것이 반영하고 있는 현실의 경험적 속성과 비교할 때는 유토피아적이다. 물론 말 그대로 유토피아이며, 영원히 거기에 있지 않은 그 무엇에 대한 모방이다."(루카치《미학》제2권 222쪽) 이러한 역설은 예술작품의 근본 속성이며 근본 속성으로 남는다. 미학이 자율성과 역사철학 사이에서 이리저리 진동하는 것과 꼭 마찬가지로. 요컨대 칸트냐 헤겔이냐의 문제이다. 예술과 사회, 작품과 그 시대 사이의 연관, 무엇보다도 생활세계와의 연관들은 모든 미학의 지속적인 미결 과제로 남아 있다.

## 4. 인류의 기억으로서의 예술: 루카치

게오르크 루카치(1885-1971)는 부다페스트의 유복한 집안에서 태어났다. 그는 2개 국어를 구사하며 성장했으며, 자유롭고 관대한 부친 덕택으로 연구에 몰두할 수 있었다. 별다른 야심도 없이 법학 공부를 했고 박사학위를 취득한 후에는 철학과 문학에 전념했다. 그는 하이델베르크 대학에서 대학교수 자격을 얻으려고 여러 번 시도하여 좋은 평가를 받긴 했으나 결국은 뜻을 이루지 못했다. 그러고 나서 사건들이 연이어 벌어진다. 루카치는 새로 창설된 헝가리의 공산당에 가입했으며 단명했던 인민공화국의 공직에서 활동한다. 초기의 미학 이론적 관심은 마르크시즘의 이론적 습득과 그 실천적 정치적 실행을 위해 이제 잊히고 희생되었다.

1918년 겨울과 1919년 봄에 걸친 인민공화국 시절 이후부터 죽음에 이르기까지 루카치의 생애는 마치 현대판 오뒷세우스와도 같다. 20년대와 30년대 초반의 빈과 베를린에서의 망명 생활에 뒤이어 루카치는 경찰과 비밀정보기관의 지속적인 감시하에 모스크바에서 불안하고 아슬아슬한 위기의 시절을 보낸다. 전쟁 후에 그는 헝가리로 돌아가 미학 교수로서 영향력 있는 인물로서 활동하다가 얼마 지나지 않아 복잡한 정치적 사건들에 다시 빠져든다. 1956년에 그는 임레 너지를 중심으로 한 개혁 노선에 동참하였고, 헝가리 봉기가 처참하게 패배한 후 체포되어 루마니아로 추방되었다. 그러다가 1957

년 말에 부다페스트로 다시 돌아오긴 했지만 이미 그의 지위와 모든 직책과 당원 자격을 상실한 터였다. 이후 그는 어쩔 도리 없이 사인私人이 되어야만 했던 기간을 이용하여 방대한 노년의 작품인 미학, 즉 "사회적 존재의 존재론"과 마르크시즘을 토대로 한 윤리학을 정립하려고 했다. 그리고 이렇게 연구에 몰두하던 가운데 죽음을 맞이하였다.

초반기의 대략 33년 동안을 제외하고 루카치는 생애의 마지막까지 마르크스주의자로서 비판적이고 반도그마적인 관점을 유지하면서 자신의 신념을 고수하였다. 그에 의하면 마르크스-레닌주의는 세계 이해를 위한 이론적 실천적 무장이며, 동시에 사회주의는 자신이 현실 사회주의의 실현에 있어서 제한적이고 불충분한 행동을 할 수밖에 없었던 것과는 별개로, 인류 발전에 있어서 가장 탁월하고 높은 단계였다. 이러한 기초적인 전제조건들의 테두리 내에서 루카치는 20년대 초반 이래로 마르크스주의적인 관점을 반영한 최초의 작품인 《역사와 계급의식》(1923)으로부터 《사회적 존재의 존재론》(헝가리판의 유고작 1976의 독일어 번역본 1984-1986)에 이르기까지 백과사전과도 같은 방대한 분량의 저작을 생산하였다. 근본적이고 철학적인 연구물들이 정치적 에세이들이나 철학적, 문학적 연구들과 어깨를 나란히 하였다. 그러나 다양한 종류의 미학 이론 글들이 가장 많은 부분을 차지한다. 루카치 저작의 특별함은 읽기 시작하기만 해도 금방 눈에 띈다. 요컨대 연속성, 다시 말해 마르크스주의적인 역사목적론이라는 의미에서의 일관성이라고 해도 무방할 정도다. 이 역사목적론을 바탕으로 하여 루카치는 몇몇의 중심적인 문제들을 반복해서 제기하는 것이다. 이와 관련하여 루카치 자신이 그의 생애를 다룬 글들에서 "체험된 사유"라는 말을 사용하곤 했다. 그에게 있어서 "모든 사물은 그 무엇의 연속"인 것이다.

그가 계속해서 말한다. "나의 발전 단계에 있어서 비유기적인 요소들은 하나도 없다고 나는 생각한다."(루카치 1981의 132쪽, 루카치의 '연속성'과 관련해서는 테르툴리안Tertulian 1980, 뷔르거 1983의 45-52쪽, 융 1989를 참조하라.)

마르크스주의에 따르는 초기 작품인《영혼과 형식》(1910/1911), 《소설의 이론》(1916/1920) 그리고《하이델베르크 시절의 미학》(1916-1918)은 이미 예술을 본질적으로 역사철학적 관점에서 해석하고, 예술을 그 시대의 표현으로서 그리고 동시에 시대에 대한 저항으로서 보며, 또한 사회를 예술을 통하여 더 잘 이해하고, 동시에 예술을 기존의 것에 대한 대체물로 만들려고 하는 욕구에 의해 추동되고 있다.《영혼과 형식》에서 루카치는 무엇보다도 동시대의 생의 철학, 즉 딜타이와 짐멜과 베르그송 그리고 또한 키르케고르에 기대어, 증오의 대상인 부르주아 문화의 극복과 초월을 지향하는 사유의 가능성과 생의 가능성들을 탐구한다.(크루제피셔Kruse-Fischer 1991 참조)《소설의 이론》은 일종의 역사철학적 시나리오("폐쇄된" 문화와 "개방된" 문화)에 따라서 소설 연구의 유형학을 기획한다. 그 탐구의 시발점에《돈키호테》가 있으며, 19세기 후반 장편소설의 혁신자로 평가되는 톨스토이와 도스토예프스키와 더불어 탐구의 종점에 도달한다. 그리고 그 사이에 부르주아 문화의 소외와 자기소외의 기나긴 과정이 놓여 있는데, 루카치에 따르면 현대소설이야말로 그러한 과정을 보여주는 예술의 전형적 표현 형식이라는 것이다. 교수자격시험을 목적으로 집필된 방대한 분량의《하이델베르크 시절의 미학》은 미학의 전통 전체를 대상으로 작업하고 있고, 결국에는 신칸트주의와 생의 철학과 현상학에 상륙하며, 근본적으로는 가치 중심적인

미학과 작품 중심적 이론 미학의 불가능성을 입증하고 있다.(바이서 Weisser 1992 참조)

"예술작품들이 존재한다. 그것들은 어떻게 가능한가?"(루카치 전집 제17권 9쪽) 이것이 루카치가 전개한 성찰들의 출발점이자 종착점 이다. 우리가 그것들을 체계적인 관점에서 보든 역사적인 관점에서 보든 간에. 왜냐하면 그는 하이델베르크 시절의 논문들에서도 머리 를 싸매고 그 점에 대해 집중했을 뿐만 아니라, 그의 노년기에 완성 된 위대한 마르크스주의 미학에서도 예술작품의 가치와 지위에 대 한 문제가 그의 논증의 선두에 자리 잡고 있기 때문이다. 보다 쉽게 말하자면 이렇다. 한편으로 루카치는 독일 이상주의로부터 동시대의 실제 현실에 이르기까지의 미학의 전통을 작품의 자율성이라는 공 준公準에 따라 정리하였으며(미시적 특성), 또 다른 한편으로는 생산 자와 수용자라는 범주적으로 제외되어 버린 영역들에 대해서는 오 직 역사성을 토대로 하여 접근해야 한다고 보았다. 그리하여 초기 하 이델베르크의 연구들에는 불분명하고 모순적인 것들이 끼어들게 되 었고, 루카치는 그 점들을 새로운 마르크스주의적 단초를 정립하기 위한 과정으로 삼았지만, 결국 그것도 만족스럽게 해결될 수는 없 었다.

초기 마르크스주의 작품에서 형성된 것은(신칸트 학파의 철학적 이 론들을 경험한 바로 직후의 일이다) 역사의 의미이고, 역사철학의 범 주들이다. 마르크스주의적으로 적용된 이 범주들은 이후 지속적으로 루카치 사유의 중심에 있게 되는데, 이것들은 1920년대에는 혁명적 충동과 함께 실천철학적인 외양을 하고 나타나며(역사 주체로서의 프 롤레타리아, 전동벨트로서의 당, 새롭고 고차적인 사회 형태 등으로서의 사회주의), 1930년대 이후로는 마르크스주의 미학과 예술사와 문학사의 토대와 전제조건으로서 작용하게 된다.

루카치는 지난날을 회고하면서, 현실정치에 일정 기간 동안 투신 했던 이후 모스크바에서 보냈던 시절을 자신의 마르크스주의 수업 시대라고 표현하였다. 그 기간 동안 그는 그때 막 편집이 시작되었 던 마르크스의 초기 작품을 알게 되었고, 철저히 마르크스주의 미학 과 문학이론에 파고들기로 결심했다. 무엇보다도 그 중심적인 과제 는 시대상황(사회주의와 사회주의적인 문화의 구축, 파시즘에 대한 투 쟁)과 연관된 리얼리즘과 당파성, 즉 민중과의 연대성이었다. 루카치 는 일련의 논문들과 에세이들을 통해(그중에서도 가장 잘 알려진 것들 은 표현주의를 둘러싼 논쟁 과정에서 생겨났다) 자신의 입장을 취하고 리얼리즘 이론을 전개했다. 그는 전형적인 상황하에서 전형적인 인 물들을 제시한다는 엥겔스 이론의 연장선상에서 모든 위대한 문학 적 예술적 작품을, 그것이 "현실의 상"을, 현실의 "경향들과 잠재상태 들"(블로흐), 다시 말해 삶의 총체성 내지는 "모든 본질적이고 개관적 인 조건들"을 예술적으로 반영하는 한에 있어서 리얼리즘 예술이라 고 보았다.

루카치는 이렇게 주장한다. "목표는 모든 위대한 예술에 이미 들 어 있다. 그것은 현실에 상像을 부여하는 것이다. 그 상 속에서 현상 과 본질, 개별적 경우와 법칙, 직접성과 개념 등은 분간할 수 없이 용 해되어 있다. 그러므로 예술작품을 대하는 자의 직접적인 느낌 속에 서 그 대립적 양자들은 저절로 통일을 이루며, 그 때문에 수용자에게 그 통일은 분리할 수 없는 통일로 여겨지는 것이다. 보편성은 개별적 이고 특수한 것의 속성으로 나타나고, 본질은 현상 속에서 가시적으 로 드러나고 체험 가능하게 되며, 법칙은 특별하게 제시된 개별적 경 우들을 특별하게 작동시키는 원인으로서 드러난다."(루카치 전집 제

4권 616쪽) 요컨대 삶의 광범위한 총체성, 즉 생활세계의 연관들의 전체 모습, 상호 의존성, 관습들 그리고 사회로부터의 체계적인 영향들과 강제적인 요인들이 예술에 의해 응축된 표현과 느낌 속으로 녹아들어 간다. 루카치에 따르면, 부분적이고 개별적인 상을 통해서 전체가 그 모습을 드러내므로, 이 개별적인 것이 결국에는 보다 큰 역사적, 사회적 복합체의 표본이자 모범으로서 판독되는 것이다. 이후에 루카치는 또한 예술작품과 연관하여 "전형"이라는 용어와 "특수성의 범주"라는 용어를 사용하게 된다. 그 의도하는 바는 모든 "작품의 개별성"은 그 자체로 "인간들과 상황들의 전형을 생생하게 보여주는 것을 목표로 해야" 한다는 것이다.(루카치 1985의 230쪽 참조) "모든 작품은 인간들이 어디에서 와서 어디로 가는가를 생생하게 보여주는 과정, 다시 말해 인간들의 발전 단계와 그들의 운명이 펼쳐지는 과정을 예술적으로 반영한다. 그리고 작품을 통하여 그 과정을 예술적으로 형상화함으로써 형식 부여라는 창작의 궁극적 원리가 구체적으로 드러난다. 그러므로 작품은 예술가가 작품 창작을 통하여 인류 발전의 길을 상상해낸 것을 간결하게 축약한 모사模寫라고 할 수 있다."(루카치의 같은 책 202쪽) 루카치는 그것을 다음과 같이 요약한다.

> "미학의 관할 범주인 특수성은 (…) 부정적으로 보면 현실이라는 광범위한 총체성에 대한 모사를 포기하는 것이고, 긍정적으로 보면 현실의 한 '조각'을 형성하는 것이다. 그 조각은 긴장감에 넘치는 총체성과 그것의 운동 방향을 재생한 것이며, 본질적이면서도 특정한 관점에서 그 총체성을 눈에 보이도록 만든 것이다. 그리고 이러한 현실의 '조각'은 삶 전체의 본질적인 요소들이 그 조각 속에서 표현

되도록 만드는 특수한 성질을 가진다. 물론 그 본질적 요소들은 특수한 테두리 내에 이미 존재하는 것들로서, 참된 본성과 올바른 비례와 현실적인 모순성과 운동 방향과 관점을 드러내면서 표현되는 것이다. 그 때문에, 오직 그 때문에 예술작품은 하나의 완결된 총체성, 다시 말해 그 자체로 완성된 형상일 수 있고 또 그래야 하는 것이다."(루카치의 같은 책 234쪽)

이러한 발언들과 함께 이제 우리는 미학과 존재론을 중심으로 하며, 미학 자체를 존재론적 토대 위에 두는 루카치의 후기 저작들에 도달한다. 또 덧붙여 말해야 할 것은, 1930년대 이후로 그리고 그의 최초의 탐구들 이래로 루카치의 논증은 "공산주의적 미학"(시클라이Sziklai 1986의 234쪽)을 고수해 왔다는 점이다. 그리고 미학 용어로 말하자면, 미메시스에 해당하는 반영의 지위에 대한 근본적인 인식론적 방법론적인 해명도 적지 않은 비중을 차지한다. 이어서 카타르시스의 문제, 예술과 일상생활, 예술과 학문의 관계에 대한 문제도 마찬가지이다.

루카치는 하이델베르크 시절의 저작들의 오래된 노선에 전적으로 따르면서, 예술작품에 자기 자신만의 독자적인 지위를 부여하고, 예술작품의 즉자성을 인정하며, 예술작품은 하나의 총체성을 재현한다고 말한다. 예술작품의 내용은 일상생활로부터, 다시 말해 일상의 밑바닥으로부터 우러나오는 것이긴 해도, 일단 형식을 얻고 나면 이제 현실에 카타르시스적으로 영향을 미치면서 현실과 나란히 그리고 현실과 별개로 독자적인 존엄성을 얻게 되는 것이다. 예술의 나라는 초월되고 변형된 일상의 나라이며, 재각인되고 형상화된 체험의 나라이다. 그러나 루카치에 따르면, 결국 예술이란 생활 현실과의 연관을 벗어날 수 없으므로, 예술들이 생겨난 발생사를 성찰함과 동시에 예술의 소통적 측면을 고려하지 않을 수 없다. 요컨대 예술은 체험이면서 또한 전달이다. 전달로서의 예술은 영향을 미치고 소통을 이루어낸다. 예술작품은 우리에게 무엇인가를 말하려고 하며, 루카치의 전형적인 발언을 빌리자면, 그 형식은 언제나 "특정한 내용의 형식"(루카치 1985의 157쪽 또는 전집 제10권의 689쪽 참조)인 것이다.

실천(내지는 이론적 실천, 즉 인식)을 최우선으로 하는 현실의 삶과는 달리, 예술의 영역은 (겔렌이 말하는 바대로)매인 데 없는 인간을 전제로 한다. 예술을 경험하기 위해서는 행위의 부담으로부터의 자유, 실제적인 행위의 강요로부터의 자유가 전제되어야 한다. 예컨대 무엇보다도 새로운 생산적인 힘들(칸트나 실러가 말하는 능력의 자유로운 발휘)이 장애 없이 발휘되려면 여가와 같은 것이 필요하다. 그러므로 루카치에게 있어서 예술의 역사는 "인류의 기억" 내지는 인류의 "자의식"이다.(루카치 전집 제11권 515쪽, 618쪽, 851쪽) 예술은 인류가 자신의 발전 상태를 읽어낼 수 있는, 펼쳐진 역사책과도 같다. 자연의 제약으로부터 시작하여 사회주의를 통한 창조적 자기실현에 이르기까지의 해방의 길은 멀고도 힘든 길이었다. 예술은 그것에 대한 기억을 보존하고 있으며, 해석자를, 마르크스주의라는 의복을 입은 해석자를 기다리고 있는 것이다. 형상들의 비밀을 다시 해독하고, 기억으로 하여금 말하게 하며, 지금까지의 전체 역사를 언어로 표현하는 해석자를 말이다.(후기 루카치의 미학과 관련해서는 파슈터나크Pasternack 1990을 참조하라.)

## 5. 잠재된 가능성의 선취先取 : 블로흐

에른스트 블로흐(1885-1977)는 청년 시절 루카치의 가장 친한 친구 중 하나였다. 하이델베르크에서 서로 알게 된 후 머지않아 이 두 사람은 막스 베버의 집에서 매주 열리는 서클 모임에서 토론을 주도하였다. 그 둘은 마치 공명하는 두 개의 "연통관連通管"(블로흐)인 양 서로의 존재를 느꼈다. 그들은 자신들만의 고유한 체계를 만들어가면서 열정적으로 철학사를 흡수하였으나, 곧 동시대인들이 전개하는 사유의 진부한 수준에 환멸을 느끼지 않을 수 없었다. 전적으로 루카치의 초기 작품인 《영혼과 형식》과 《소설의 이론》의 분위기를 자아내고 있는 블로흐의 《유토피아의 정신》은 특히 혹독한 비방과 논쟁으로 가득하다. 예컨대 블로흐는 사랑스러운 학생들의 존재에 대해서 이렇게 말한다. "그 학생들은 철학 세미나에 참가하기 전까지는 아무것도 아닌 존재였다. 그리고 그들이 세미나에서 배웠던 것 말고는 이후 아무것도 할 수 없게 되었노라고 스스로 놀라워하면서 이야말로 학문 그 자체가 아닌가라고 믿는 것이다." 또한 이런 구절도 있다. "그들은 소인이면서도 위인이다. 라스크와 짐멜과 리케르트, 그리고 후설까지도 형이상학적인 것과 관련해서는 정말 그렇고 그런 존재들이다!"(블로흐 전집 제16권 246쪽)

그러나 두 사람의 욕구는 보다 높은 것을 목표로 하고 있었으니, 그것은 적어도 새로운 형이상학과 역사철학이어야 했다. 그리고 거기에 미학이 포함된다는 것은 당연지사였다. 폭풍우 속에서 구질서는 철학자의 단호한 개입 아래 휩쓸려 가야 했다. "지배와 권력 자체는 악하다. 그러므로 그것이 마땅히 절멸되는 것 이외에 다른 선택의 여지가 없는 경우라면 손에 연발 권총을 들고 정언명법의 자격으로 그것에 힘차게 맞서는 것 또한 필요한 일이다(…).”(블로흐의 같은 책 406쪽) 종국에는 다시 새로운 인간 공동체, 루카치의 “사랑의 공동체”, 블로흐의 “새로운 삶”이 이루어질 것이다.

블로흐가 일단 인식된 원리들을 밀고 나가는 일관성은 인상적이다. 아마도 이 점에서는 블로흐가 루카치보다도 엄격할 것이다. 블로흐의 철학은 수십 년 동안 모든 외적인 불안에도 불구하고, 파시즘과 그에 따라 강요된 미국으로의 망명, 스탈린주의와 그 결과 피할 수 없었던 라이프치히에서 튀빙겐으로의 이주에도 불구하고 흔들림이 없었다. 《유토피아의 정신》에서 비롯되는 사유 과정들은 파시즘에 대항하는 전투적 저작인 《이 시대의 유산》(1935)에서뿐만 아니라, 미국에서 쓴 최대의 역작 《희망의 원리》(1959), 그리고 그의 노년의 작품이자 철학적 유언에 해당하는 《세계의 실험》(1975)에서도 다시 나타난다.

블로흐의 철학은 일종의 존재론이다. 그러나 니콜라이 하르트만이 의도하는 것과 같이 범주 분석을 통해 존재의 방식과 존재의 양태 내지는 다양한 존재의 유형들을 기술하는 전통적 의미에서의 존재론이 아니라, 존재를 아직 완결되지 않은 것으로서, 생성 중인 것으로 파악하는 그러한 존재론이다. 《세계의 실험》의 마지막 페이지에서 블로흐는 그의 철학을 “아직 의식되지 않은 것, 아직 생성되지 않은 것 속에서의 아직-아닌-존재에 대한 존재론”으로 특징짓는다. “그 둘(즉 아직 의식되지 않은 것과 아직 생성되지 않은 것)의 본질은 앞으로 드러날 경향과 잠재상태를 보는 관점에 있으며, 범주들(존재 방식들, 존재 형식들) 및 범주들의 물질적 토대에 대한 실제 실험에 있다.”(블로흐 전집 제15권 264쪽) 블로흐의 비전은 해방된 인류의 유토피아적인 상태를 향하고 있으며, 또한 그가 《희망의 원리》

에서 또한 고향이라고 지칭하고 마르크스주의적인 비전 속에서 "인간의 자연화, 자연의 인간화"라고 인식한 그러한 상태이다. 간결하게 정리하자면, 블로흐의 철학적 사유 전체는 해석학적인 영감에 의해 이끌리고 있다. 왜냐하면 블로흐의 철학은 전체 문화사와 문명사, 그리고 무엇보다도 인간의 자기이해 과정의 가장 탁월한 객관적 증거로서 위대한 예술작품들을 선두에 내세우고, 그것들 속에서 미래를 향한 길, 다시 말해 블로흐가 경향과 잠재상태라고 표현한 궁극적 관점이 어느 정도 드러나 있는가를 추구하기 때문이다.

블로흐의 철학은 희망에 토대를 두고 있는 기억의 작업이다. 과거 지향적인 관점에서 보자면, 기억의 작업은 아직 드러나지 않은 잠재적 의미, 아직 이루어지지 않은 유토피아를 재구축하고 현재화하는 해석학으로서 나타난다. 그리고 미래 지향적인 관점에서 보자면, 기억의 작업은 가능성을 가장 중요한 범주로 삼는 존재론에 토대를 두고 있다. 여기에서 객관적 요인과 주관적 요인이 함께 만난다. "실제적인 잠재력의 객관적인 요인들만으로는 (…) 어떠한 성공도 보장하지 못한다. 오히려 그 객관적 요인들은 현실화하는 주체의 능력에 위임된다. 그러므로 현실화란, 객관적-실제적 가능성을 실현하고 그로써 완전히 새로운 가능성들을 만들어내는 주관적 능력을 작동하는 것이다. 다시 말해 이는 이미 존재하는 조건들의 유동적인 상태 속으로 주관적 요인을 밀쳐 넣고 개입시키는 것을 말한다. 그리하여 객관적 요인으로서의 기존의 조건들은 잠재상태에서 벗어나 실제로 작용하게 되는 것이다."(블로흐의 같은 책 255쪽)

루카치 및 아도르노와는 달리 블로흐는 미학 이론을 별도로 저술하지는 않았다. 오히려 예술과 아름다운 것에 대한 철학으로서의 미학이 존재론에 편입된다. 존재론은 그의 철학의 총합이다. 예술이 블로흐의 관심을 끄는 것은 오로지 예술작품 때문이다. 해석은 내용, 그때마다의 내용을 염두에 두고 이루어진다. 이 점에서 블로흐는 철저하게 헤겔주의자로 남는다. 루카치의 말을 빌리자면, 분석은 특정한 내용의 개별적인 형식을 규정하고 거기에서 저항과 약속을 읽어내는 것을 목표로 한다. 블로흐의 예술철학은 말하자면 "선취Vor-Schein의 미학"(위딩Ueding 1974)이다. 이와 관련하여 블로흐는《유토피아의 정신》의 제2판에서 이미 말하고 있다. "위대한 예술작품은 어둠 속에서 고향으로 돌아가는 길에 비치는 반사광이고 예감의 별이며 위안의 노래이다. 하지만 그것은 머나먼 곳에서 비치는 희미한 빛이고 반사광일 뿐이며, 지상에서의 모든 완성이 명백한 모순임을 말해주는 것으로서, 궁지에 빠진 인간 자신이 필사적으로 예감코자 하는 영광 속에 머무는 것을 불가능하게 한다."(블로흐 전집 제3권 151쪽)《희망의 원리》도 완전히 같은 맥락에서 이렇게 말한다. "예술은 일종의 실험실이며, 또한 마찬가지로 이미 이루어진 가능성들의 향연장이기도 하다. 물론 거기에는 스쳐 지나가 버린 대안들도 함께 자리를 차지하고 있다. 요컨대 현재 이루어지고 있는 일이든 이미 이루어진 일이든 확실한 가상의 방식으로, 다시 말해 세계 내에서 완성되는 선취先取의 방식으로 이루어진다."(블로흐 전집 제5권 249쪽) 같은 제목을 단 소단원에서도 이런 말이 나온다. 요컨대 "예술적 가상은 가시인 선취이다." 이러한 식으로 선취는 잠재된 가능성을 드러내며, 그 선취를 통해서 잉여, 즉 미학적 잉여가치가 표현되는 것이다. 그리하여 아름다움과 진리, 아름다운 가상과 참된 선취는 서로 형제자매 사이가 된다. "그러므로 미학적 진리의 문제에 대한 답은 다음과 같다. 예술적 가상은 언제 어디서든 단순한 가상에 머무는 것이 아니라, 계속적으로 수행되고 있는 그 어떤 것, 상像들에 의해 둘러싸이긴 했으나 오직 상들을 통해서만 나타낼 수 있는 그 어떤 것을 가리킨다. 그 수행 과정에서 참되고 실제적인 것이 과장과 꾸며냄에 의해 우회적이면서도 의미심장한 방식으로 선취되는 것이다. 이는 다시 말하자면 유동적인 현존의 상황에도 불구하고 미학적이고 내재적이며, 특별하게 드러낼 수 있는 그러한 선취이다."(블로흐의 같은 책 247쪽)

이러한 의미에서 블로흐는 예술사와 문학사를 읽고 해석하였으며, 아직 이루어지지 않은 가능성들, 다시 말해 경향들과 잠재상태들을 탐색하려는 관점에서 자료들을 검토하였다. 그의 탁월한 시선은 탐구된 역사 전체 위로 뻗어 나간다. 고대의 신화와 비극과 희극이 단테와 보카치오, 렘브란트와 루벤스와 마찬가지로 해석되며 표현주의자들도 빠지지 않는다. 블로흐에게 있어서 디오니소스는 "역사적으로 축출되고, 패배하고, 약화되거나 최소한 왜곡되어 버린 '주체'를 가리키는 신화적 명칭이다."(블로흐 전집 제4권 364쪽) 그는 렘브란트 그림에 나타나는 모순적인 빛의 방향을 "희망의 관점을 알리는 빛"(블로흐 전집 제5권 938쪽)으로 이해하며, 좌익과 우익의 선동적인 유죄 선고로부터 예술과 문학의 표현주의를 구제한다. 또한 루카치가 표현주의를 병들고 타락한 예술 현상으로 판결한 것과는 반대로, 블로흐는 "위기의 시대에 현실"은 "광대하고 평화로운 매개 방식에 의해서만 포착 가능한 것은 결코 아니라는" 점을 부각시켰다.(블로흐 전집 제4권 277쪽) 초월적인 피난처가 없는 이러한 분열의 시대에는 오히려 분열과 파편성과 비완결성을 속성으로 가진 예술적 표현이 요구된다는 것이다.

이로써 그 자체로 완결된 총체성으로서의 위대한 리얼리즘 예술작품이라는 루카치의 구상과의 깊은 단절이 드러나는데, 사실상 이 단절은《유토피아의 정신》의 많은 구절들에서 이미 암암리에 예고되고 있었던 것이다. 당시에 블로흐는 스트린드베리와 더불어 파울 에른스트로 대변되는 루카치의 신고전주의에 반기를 들었으며, 나중에는 브레히트 및 표현주의 전체에 동조하면서 비판적 내지는 사회주의적 리얼리즘을 논박했다. 최종적으로 보자면 블로흐의 주장은 아도르노에 의해 아주 세밀하게 재현될 뿐만 아니라, 그것을 넘어서 오늘날까지도 지속적인 현재성을 가지게 된다. 블로흐는 마르크스주의자들에게 보내는 〈다시 표현주의가 문제다〉라는 1940년의 에세이에서 말한다. "광범위한 세계로 열린 위대한 작품들이 매개하는 시대 현실이라 할지라도 빈틈없는 연관을 보여주는 것은 아니며, 언제나 단절과 파편성에서 벗어나지 못한다."(블로흐의 같은 책 278쪽) 이러한 표현의 깊이와 그 파장을 곰곰이 생각해 보면, 예술과 삶과 전체 현실에 있어서 존재하는 진정한 심연들을 인식할 수 있다. 동시에 여기에서 브레히트, 테오도어 그리고 아도르노의 사유 과정들과 겹치는 부분들이 드러난다. 테오도어는 무엇보다도 썩은 역사의 연속을 폭파해 버리기 위해 예술이 만들어내야 하는 충격 효과라는 말을 사용한다. 브레히트는 또 다른 관점에서 강조한다. 복잡한 세계는 더 이상 단순한 재현의 기술을 통해서 포착될 수 없다. 예컨대 크루프의 생산품들이나 아에게*의 본질을 드러내려면 오히려 그 어떤 "인공적인 것", "인위적인 것"(브레히트Brecht 전집 제18권 161쪽)을 다시 구축해야 한다는 것이다. 아도르노는 추醜를 옹호한다. 예술은 "추하다고 배척된 것을 자신의 영역으로 끌어들여야 한다. 세계가 자신의 모

---

* 크루프는 독일의 철강회사, 아에게는 전기제품 회사이다.

습에 따라 만들고 재현한 그 추를 통해서 세계를 고발하기 위해서."
(아도르노 1980의 78쪽)


## 6. 부정성의 미학 : 아도르노

이로써 우리는 별다른 무리 없이 테오도어 W. 아도르노
(1903-1969)로 넘어간다. 유복한 집안의 아들로 태어난 아도르노
는 후일에 쓴 이력서에서 자신에 대해 이렇게 적고 있다. "나는 1903
년 프랑크푸르트에서 태어났다. 나의 아버지는 독일계 유대인이며,
그 자신이 가수이기도 한 나의 어머니는 원래 코르시카 출신의 프랑
스 장교와 독일인 여가수 사이에서 태어난 딸이었다. 나는 전적으로
이론적이고(또한 정치적이고) 예술적이며, 무엇보다도 음악적인 관
심이 지배하는 분위기에서 성장했다."(브룽코르스트 Brunkhorst 1991
의 315쪽에서 재인용) 이 기록은 천재적인 재능을 가지고 태어났으
며, 예술에 있어서도 그리고 또한 이론에 있어서도 통달했던 아도르
노의 성장 배경과 분위기를 분명히 보여준다. 그의 생애는 유대인을
망명으로 몰아갔던 파시즘만 없었더라면 순조롭게 흘러갔을 것이다.
아도르노는 일찌감치 루카치의 《소설의 이론》과 블로흐의 《유토피
아의 정신》을 접하게 되는데, 이 책들은 그 자신의 고백에 따르자면
칸트의 《순수이성비판》과 더불어 그에게 가장 지속적인 영향을 미
쳤다.

"흑갈색의 두꺼운 종이에 인쇄된, 사백 쪽이 넘는 그 책은 우리가
중세의 책들에서나 상상할 수 있는 그러한 느낌을 주었다. 또한 그

책은 내가 어렸을 때 돼지가죽으로 장정된《영웅담》에서 느꼈던 분위기를 풍기기도 했다. 마법의 책으로서는 뒤늦게 18세기에 나타났고, 모호한 암시들로 가득했으며, 그중의 많은 것을 내가 아직도 기억하고 있는 그《영웅담》말이다.《유토피아의 정신》은 마치 노스트라다무스가 직접 쓴 것처럼 보였다. 그리고 블로흐라는 이름도 그러한 분위기를 자아냈다. 트럼본 소리처럼 나직이 웅웅거리고 있는 어두운 문 앞에 서기라도 한 것처럼 그 이름은 내게 무시무시한 것에 대한 예감을 일깨워 주었다. 그리고 그 예감을 통해 곧장 나는 익히 알고 있던 철학이 케케묵고, 개념에 짓눌린 존재가 아닌가 하고 의심하게 되었다.”(아도르노 1981의 556쪽)

아도르노는 구스타프 말러나 아르놀트 쇤베르크와 같은 현대 고전주의자들의 새로운 음악에 매혹당했을 뿐만 아니라 표현주의에도 이끌렸다. 파시즘의 대재앙 직전에 그는 종교철학자인 폴 틸리히에게서 대학교수 자격을 취득했지만, 그후 1933년에 강의 금지와 취업 금지 조치를 당했다. 1937년 프랑크푸르트에 잠시 들른 후 영국을 경유하여 미국으로의 도주에 성공한 그는 거기에서 막스 호르크하이머가 운영하는 사회연구소의 회원이 되었다가 얼마 지나지 않아 곧 연구소의 대표자가 된다. 그리고 이어서 호르크하이머와 함께《계몽의 변증법》을 저술한다. 독일의 파시즘, 소비에트 연방의 스탈린주의 그리고 미국의 자본주의적 문화산업을 염두에 두면서 문화 비판과 문명 비판을 수행하고 있는 이 책은 계몽주의와 자연지배가 광범위한 기만적 연관 체제인 상품경제의 독재로 넘어가는 과정을 변증법적으로 입증하고 있다. 1949년 아도르노와 호르크하이머는 독일로 되돌아온다. 아도르노는 그리하여 마침내 1957년에 이르러서야 소위 "과거보상으로 주어진 교수직"에 취임하게 된다. 그는 독일의 온갖 유명한 출판기관지들에 에세이와 논문들을 게재하였을 뿐만 아니라(예컨대 이것들을 모은 것이《문학 논평》(I-IV)이다), 1966년에는 그의 철학적 사유의 방법과 특징을 전개하고 있는《부정의 변증법》(1966)을, 1970년에는 그의 저작의 정점이자 종결에 해당하는《미학 이론》을 출간하였다. 대학교수 자격 논문으로부터 《미학적인 것에 대한 키르케고르의 진술》(1931)을 거쳐 그의 유작인《미학 이론》에 이르기까지의 다양한 저작들을 관통하는 통일적 중심과 같은 것을 찾고자 한다면, 우리는 하우케 브룽코르스트의 설명에 기대어 다음과 같이 정리할 수 있을 것이다.

> "(…) 삶에 대한 내적인 성찰과 의식에 대한 강조, 사변적이고 체계적인 사유의 모든 폐쇄성에 대항하는 형이상학비판적인 비방, 그리고 아도르노가 평생에 걸쳐 전체와의 거짓된 조화와 '강요된 조화'를 거부하며 주장했던 '개방성'과 '실험성'. 그의 사유의 주도 동기인 '비동일성'은 모든 일반적인 개념들과 규범들 아래로 귀속됨을 거부하는 개별성을 말하며, 그러한 거부와 '재정립'을 통해서 아도르노는 기존의 것을 격렬하게 고발한다. (…) 아도르노가 말하는 '기만적 연관'은 절대적인 진리를 소유할 수 있으며, 또한 아도르노가 때때로 헤겔과 더불어 '사물 자체'라고 지칭하는 개별적인 것을 최종적으로 서술하고 파악할 수 있다고 망상하는 저 '주체의 기만'과 연결된다."(브룽코르스트 1991의 322쪽)

다시 정리하자면 이렇다. 아도르노의 작품은 키르케고르적인 특성과 더불어 시작되고, 헤겔과 마르크스로부터 유래하는 절대정신의 강제적인 제압에 맞섬으로써, 다시 말해 현실 전체를 개념(헤겔) 내지는 실천과 노동(마르크스)을 통하여 자기의 것으로 소유하고 또 극복할 수 있다고 생각하는 경향에 맞섬으로써 주체를 구제하고 주체의 명예를 회복하려고 한다. 그리고 이러한 비판적, 인식비판적 주체는 도처에서 현대사회의 보편적인 기호가 되었고, 마침내는 문화를 오락산업으로, 문화상품의 생산으로 격하시켜 버렸으며, 개별 인간을 소외되고-사물화된 존재로 떨어뜨려 버린 상품경제에 대한 비판으로 나아간다. 요컨대 비판가는 아무것도 변화시킬 수 없긴 하지만, "강철 우리"(막스 베버)과도 같은 새장의 존재를 드러내고 그것을 공격하며, 거기에서 탈출할 수 있는 구멍들을 찾아낼 수 있다.

이로써 우리는 예술과 예술이 지향하는 장소에 도달한 것으로 보인다. 왜냐하면 위대하고 성공적이며 진실한 작품은 아도르노가 볼 때 소외에 대한 저항이고, 사회에 대한 부정이며 또한 비동일적인 것이기 때문이다. 아도르노의 이러한 해석은 예술작품에 대한 루카치의 옹호와는 전혀 다른 차원의 것이다. 아도르노가 생각하는 예술작품은 아방가르드적인 예리한 창날이고, 친숙함과 관습적인 기대 수준과 규범화된 의사소통의 방식들에 대한 저항이다. 그러므로 아도르노에게 있어서 예술작품은 극단적으로 자율적이고, 투시할 수 없을 정도로 수수께끼 같으며, 식별할 수 없을 정도로 아방가르드적이다. 브롱코르스트의 말을 빌리자면 이렇다. "추상과 성찰과 형식상의 정신화로 말미암아 예술작품은 그 감각적 표현에 있어서 모든 관습적인 속박으로부터 풀려난다."(브롱코르스트의 같은 책 325쪽)

물질적인 의미에서든 내용적인 의미에서든, 아도르노에게 있어서 중심은 언제나 예술작품이다. 예술에 대한 성찰로서의 미학은 소외와 사물화에 대항하는 방벽을 세우는 데 협력할 뿐이다. 그러므로 아도르노에게서 20세기 역사철학의 위기가 가장 분명하게 드러나는 것이다. 그의 미학은 체념의 미학이며, 역사의 파국적 경과를 투시하는 체념적인 통찰의 산물이다.《계몽의 변증법》이 말하듯이 역사는 "자기 자신에게 책임이 있는 인간의 미성숙으로부터의 탈출"(칸트)에서 시작하지만, 마침내 독단적인 전능함의 광휘 속에서 종말을 맞는다. 그리고 그 과정에서 역사는 자연을 잊기 위해 자연을 유린하고 마는 것이다. 그 결과 세계대전과 원자무기들과 폐쇄된 전체주의 체제가 바로 문밖에서 우리를 기다리고 있으며, 세계의 절멸은 언제나 가능한 일이 되었다. 그러므로《계몽의 변증법》의 저자인 호르크하이머와 아도르노에 의해 유포된 "비판이론"의 비정통적인 옹호자라고 할 수 있는 귄터 안데르스는《시대에 뒤진 인간》(1956 / 1980)이라는 표현을 사용하면서, 인간이 기술 뒤에서 서서 침묵을 지키고 있어야 할 정도로 인간의 손으로 만들어진 기술의 질이 완벽하다고 말한다.

　인류와 역사의 상시적인 위기는 기술記述 가능하긴 하지만 해결 가능하지는 않다. 그 위기는 더 이상 포괄적이고 체계적으로 그리고 분석적인 범주들에 의해서, 또한 완결된 철학에 의해서가 아니라 다만 측면적으로 파편적으로 그리고 단편적으로만 기술 가능하다. 아도르노의 사유와 기술은 막스 베버가 이미 그의 사회학에서 당시의 자본주의를 염두에 두고 말했던 강철 우리라는 비유를 실제로 받아들여 응용한다. 강철 우리는 에세이식으로 표현하자면, 소위 소외와 단절과 분할을 자기 것으로 삼는다.《부정의 변증법》에서 아도르노는 그의 작업 방식을 "모델들에 의한 사유"라고 부르면서, "체계 없는 구속성"을 목표로 하고, "모델 분석들의 조화로운 전체"로서의 책이라는 말을 사용한다.(아도르노 전집 제6권 39쪽) "전체 저작의 이론적 종합"(로만Lohmann 1980의 71쪽)으로서의《미학 이론》과 관련해서는 병렬체Parataxe와 배치Konstellation라는 개념들이 눈에 띈다. 아도르노는 어떤 편지에서 이렇게 말한다. "책은 말하자면 동일한 무게를 가진 부분들이 하나의 중점을 둘러싸고 정돈되는 방식으로 쓰여야 한다. 그리고 그 부분들의 배치를 통해서 중점이 드러나는 것이다." (아도르노 1980의 541쪽)

  에세이처럼 자유롭게, 이 모델 저 모델 고려하면서, 병렬적으로, 실험 삼아 정돈을 계속해 보는 것이 관건이다. 아도르노의 유명하면서도 악명 높은 표현에 따르자면, 전체라는 것은 다만 전체라고 여겨진 것일 뿐이고 전적으로 거짓이긴 하지만, 사유 속에서 지양될 수 있는 것이다. 그에 따라 표현 방식은 비판적이고, 부정의 변증법을 따른다. 다시 말해 헤겔이나 마르크스의 은총을 입은 차원 높고 사변적인 개념들을 통한 지양적 매개, 즉 종합을 거부한다. 부정의 변증법은 또한 개방된 변증법으로서, "(인간 주체의 자기해방으로서의 역사라는) 내재성을 거부하고 비동일성을 지향할 뿐 아니라, 또한 이론과 실천의 결합이라는 마르크스주의 이념의 해체를 지향한다."(지마 1991의 150쪽) 그러므로 아도르노의 해석자인 지마의 다음과 같은 견해는 지당하다. 아도르노가 변증법을 옹호하면서도 또한 변증법에 대한 헤겔의 모순적 관점, 즉 비동일성과 '헤아릴 수 없음'이라는 개념을 높이 평가하기 때문에, 아도르노는 당연히 비판적 청년헤겔파에 소속되어야 한다는 것이다. 사실상 이들 비판적 청년헤겔파는 이미 헤겔에 대항하여 하찮은 것, 배제된 것으로 대접받았던 자연과 우연과 주체를 다시 논의의 중심으로 끌어들였고, 체계 속의 빈 구멍들에 주목하였다. 마찬가지로 아도르노도 헤겔의 전통과 그 전통하에 있는 마르크시즘에 대항하여 다시 자연의 명예, 부연하자면 자연적 아름다움의 형상을 한 외적 자연뿐만 아니라 주체 속의 내적 자연의 명예 또한 복권시켰다. 아도르노는 그들에게서 유물론적 유형과 이상주의적 유형의 철학이 내포하고 있는 태만죄를 읽어내고 있는 것이다. 황폐화(외적인 환경파괴)와 억압의 기제들(내적인 길들임)은 무엇보다도, 무제한적 진보(어떤 대가를 지불하고서라도 자연을 소유하고 지배하려는)를 기치로 내세우며 인간과 자연의 참된 요구를 망각해 버린 채, 개념에 집착하는 이론과 철학들에 그 책임이 있다.

과학과 기술, 합리성과 진보에 대한 믿음을 기치로 내걸고 세계를 황폐화하는 "존재망각"이 시작되었다. 아도르노가 보기에 사람들이 기꺼이 문화적 진보이자 문명적 진보라고 부르고, 루카치가 자연적 한계의 극복이라고 말한 이러한 과정은 이제 더 이상 뒤집을 수가 없다. 우리의 체념적인 비판가에 의하면, 사람들은 기껏해야 주체 속의 자연을 지속적으로 기억할 수 있을 뿐이며, 이제 결코 순진무구한 상태, 순박한 통일성, 자연과의 결합(블로흐)으로 다시는 되돌아갈 수 없음을 잘 알면서 때가 늦었음을 한탄할 수 있을 뿐이다. 그리고 이러한 기억의 작업을 수행하고, 주체 속의 자연을 기억해 내는 효과적인 수단이 예술이며, 보다 정확하게 말하면 예술에 대한 성찰인 것이다.

"미학적인 것에 대한 논리"가 "비동일성의 흔적"(그뮌더Gmünder 1985의 74쪽)을 추적하며 그려낸다. 그런 점에서 예술작품은 비개념적이고 비담론적인 차원에서 인식을 "번쩍 떠오르게 하는" 유일한 장소이다. 사실상 작품이란 범주는 아도르노의 《미학 이론》에서 중심적인 범주이며, 앞에서 언급한 방법(병렬체, 배치)에 따라 그 어떤 중심적인 것을 추적할 수 있다는 것이 아도르노의 생각이다. 예술은 다른 방식으로는 진술될 수 없고, 형상과 은유와 상징과 같이 은폐된 방식으로만 전달될 수 있는 인식들을 제공한다. 작품은 수수께끼들로 발언하고, 그 실제 내용은 언제나 변형된 일상이며, 현실적인 것을 자율적인 작품의 영역으로 초월시킨다. 이 과정에서 작품은 언제나 특수한 것, 개별적인 것, 분리된 것, 일시적인 것을 취하여 형상화한다. 그리고 예술작품은 철학 속에서, 차후적으로 재구성하고 해석하는 행위 속에서, 철학적 글을 통해서 다시 발언을 한다. 요컨대 철학적 글은 예술작품이 자기 자신으로부터는 발언할 수 없는 것을 표현하며, 감각적인 것을 개념적인 언어로 번역한다.《미학 이론》으로부터 이와 관련된 두 구절을 인용해 보자. "예술은 진리를 향하고 있지만, 직접적으로 그것을 드러내는 것은 아니다. 진리는 예술의 내용일 뿐이다. 요컨대 예술은 진리와의 관계를 통해서만 인식이 된다. 예술 자체가 진리를 인식하지만, 그것은 진리가 예술을 통해서 드러날 때만 그러하다. 예술은 인식으로서 논증되는 것이 아니며, 또한 예술의 진리가 어떤 객체를 반영하는 것도 아니다."(아도르노 1980의 113쪽) 예술은 "예술이 말하지 못하는 것을 말하기 위해 예술을 해석하는 철학을 필요로 한다. 다시 말해 예술이 아무 말도 하지 않을 때에 한해서만 예술에 대해 말할 수 있는 것이다."(아도르노의 같은 책 같은 곳) 그러므로 예술과 철학은 서로를 필요로 하고, 서로를 완성하고 서로를 보완한다. 이로써 예술은 더 이상 철학의 기관이 아니다, 라는 셸링의 오래된 숙제가 풀린다. 또한 사변철학이 예술을 지양시켜 버렸던 헤겔의 전도된 명언도 수정된다. 예술과 철학은 동등한 권리를 가지고서 서로를 도우며, 전략적으로 연합을 맺어 그들이 "사회를 향하여 사회적인 반명제"를 드러내려고 한다는 사실을 표현하려고 하는 것이다.(아도르노의 같은 책 19쪽)

아도르노의 해석자인 그뮌더는《미학 이론》이 작품 내에서는 해결될 수 없는 것으로 드러난 세 가지 아포리아를 안고 있음을 강조한다. "모든 개별적인 예술작품의 논리를 결정하는 미메시스와 구조사이의 변증법(아도르노의 같은 책 87쪽 참조), 작품 자체 내에서 자율성과 '사회적 현상' 사이의 갈등으로 드러나는 예술과 사회 사이의 관계(아도르노의 같은 책 352쪽 참조), 미학 이론이라는 대상을 규정하기 위한 예술과 철학 사이의 상호적인 지시 관계(아도르노의 같은 책 113쪽 참조)."(그뮌더 1985의 75쪽) 마지막 아포리아에 대해서는 이미 설명하였다. 또한 앞의 두 아포리아들도 서로 밀접하게 연관되어 있다. 한편으로 작품에는 그 시대가 이미 각인되어 있다. 아도르노는 이와 관련하여 작품 자체에는 알려지지 않은 무의식적인 역사 서술이라는 말을 사용하며(아도르노 1980의 272쪽), 그에 이어서 "환영apparition"으로서의, 현상으로서의 예술작품들이라는 말도 한다. 또한 그는 현대 예술이 "경직화된 것과 소외된 것에 대한 모방"(아도르노의 같은 책 39쪽)을 통해서 처음으로 예술이 된다고 말한다. 다른 한편으로 그는 예술의 독자적인 성격과 무제한적인 자율성을 거듭해서 옹호한다. 그러면서 아도르노는 여러 구절들에서 자신의 마르크스주의적 대척자인 루카치와 리얼리즘에 대한 마르크스주의적 이해에 대해 경멸적인 언사를 쏟아놓는다. 반면에 그는 아방가르드를 높이 평가하였으며, "마르크스주의적인 리얼리즘을 택하느니 차라리 어떤 예술도 택하지 않겠다."(아도르노의 같은 책 85쪽)라고 말했는데, 이는 이후 널리 퍼진 유행어가 되었다. 그럼에도 불구하고 그는 진리와 인식의 문제를 염두에 두면서 이렇게 주장한다. "경험적 지식으로부터 불굴의 간격을 유지하면서 올바른 인식을 증명해 주는 예술작품들이야말로 계몽적인 것이다."(아도르노의 같은 책 134쪽)

아도르노에 따르면, 예술은 현실과 간격을 유지하고 자신의 고유한 권리와 소우주적인 특성을 강조한다. 하지만 또한 예술은 배척된 현실을 다시 받아들여 자기 것으로 삼는다. 이것이 추의 기능이다. 요컨대 예술은 현대의 작품들에서 보다시피(아도르노의《미학 이론》도 역사적인 아방가르드 운동을 따라서 전개되었던 아방가르드 이론이다) 소외와 사물화라는 징후를 자신만의 고유한 작업 방식을 통해받아들이는 것이다. 내용상으로는 추의 특징을, 형식상으로는 데포르마시옹의 특징을 가진 현대의 예술작품은 현실에 대한 표현이기도 하면서 또한 그것에 대한 대립이기도 하다. 다시 말해 현대예술은 보잘것없는 것들을 졸렬하게 미화하고, 거짓까지 내포한 달콤한 가상의 아름다움을 용인하는 현실을 반영하고 있다. 그러나 사실상 예술적 진실은 오로지 미학적으로 추한 작품 속에만 들어 있다. 이와 관련하여 아도르노는 "랭보와 벤에 있어서의 해부학적 전율, 베케트에 있어서의 육체적인 불쾌감과 혐오감, 당대의 많은 드라마들의 악취 풍기는 특성들"(아도르노의 같은 책 75쪽)을 지적한다. 더욱이 그러한 작품이 자체적으로 조화를 이루거나 완결된 것이 아니라, 파편적이고 완결되지 못한 것임은 자명하다. 부분과 세부가 지배권을 얻게 되었으며, 개별성이 전체성을 몰아냈다. 요컨대 아도르노는 루카치의 관점을 어느 정도 감안하면서 이렇게 정리한다. "미학적인, 궁극적으로는 미학 외적인 연관 체제의 완결성과 예술작품 자체의 위엄은 일치하지 않는다. 완결된 사회라는 이상에 대한 의문 제기는 완결된 예술작품에도 마찬가지로 적용되는 것이다."(아도르노의 같은 책 236쪽)

부르주아 자본주의 사회의 예술은 하나의 현대예술이다. 그리고 이 예술 속에서 "개방으로의 이행"이 완성되는 것이다.(아도르노의 같은 책 같은 곳) 여기서 주목할 것은 아도르노가 모든 뒤틀림과 사물화와 소외에도 불구하고 부르주아 자본주의 사회를 관료주의적인 사회주의보다 더 선호하며, 그 점을 힘주어 강조한다는 사실이다. 사실주의적-자연주의적 서술 방식은 아도르노에게 있어서 현대 이전으로 되돌아감이며, (무엇보다도 미메시스와 카타르시스 같은)오래된 미학적 판결을 비롯한 모방 리얼리즘에 대한 호소는 미학적 문화의 타락과도 같고, 역사를 부르주아 이전으로, 미학의 자율성 시대 이전으로 되돌리는 것을 의미한다. 아도르노의 작품 개념은 고전적인 아방가르드로부터 유래한 것이다. 달리 말하자면 이렇다. 예술작품에 대해 말할 때면 그는 언제나 이것을 역사적 패러다임으로서의 아방가르드에게 주어진 규범적 의미로 이해한다. 그가 가장 진보적인 작품, 재료와 기술에 있어서 가장 아방가르드적인 작품(예컨대 음악과 조각 및 조형, 시학의 작업 방식들), 또한 (수수께끼 같은 특징, 난해함, 자율성과 같은)부가된 기능들을 말할 때면 언제나 이러한 의미에서다.

아도르노는 작품이 이해되거나 이해될 수 있는지 또는 어떻게 이해되거나 어떻게 이해될 수 있는지에 대해서는 아무런 관심도 가지지 않았다. 또한 소통적 측면은 그의 관심사가 아니었다. 대신에 철학자와 비판이론가는 예술과 교류를 하고, 노동의 관계를 맺는 것으로 해석된다.(여기에서 예술 향수를 비판하고, 예술 수용에 있어서의 모든 쾌락주의적 동기들에 반대하는 아도르노의 비방이 설명된다. 재즈 음악을 비롯한 흑인들의 음악문화에 대한 비판이론의 몰이해는 너무도 잘 알려져 있다.) 예술을 "소수의 행복한 자들을" 위한 것으로, 그리고 예술 직업과 문화상품의 생산을 대중들의 몫으로 보는 이러한 엘리트주의적인 예술 이해에 대해 우리는 비판할 수 있고 또 비판해야 마땅하다. 또한 너무 성급하게 싸잡아 비판하기 전에 다음과 같은 점도 고려해 보아야 한다. 아도르노의 미학 이론이 사물화에 대항하고,

《계몽의 변증법》이 미국의 문화를 염두에 두고 기술한 것처럼 광범위한 기만의 연관체제에 저항하며, 그 경향에 있어서 소외의 메커니즘으로부터 벗어나 있는 영역을 고안하려는 최후의 절망적인 시도일 수도 있는 것이다. 그가 아방가르드적이고 이해하기 어려우며, 격식을 갖춘 작품을 옹호하는 것은 이러한 이유 때문이다.

이제 여기에서 예술과 비판의 관계, 예술과 철학의 관계를 아주 겸손하게 서술하고 있는 한 분석철학자의 문장을 마지막 결론으로 삼아 소개하기로 한다. "미학과 비판은 (…) 예술작품들을 개념적 분석과 해석으로 대체해 버리고, 직관적인 체험을 쓸모없는 것으로 만들어서는 안 된다. 요컨대 예술작품들을 개념으로 환원시켜서는 안 된다. 오히려 미학과 비판은 예술에 대한 관찰을 분명히 하고 심화시켜야 한다. 예술작품들의 내용을 개념적으로 충분하게 이해하는 것은 사실상 불가능하지만, 그렇다고 해서 예술작품들에 대해서 합당한 말들을 많이 할 수 없는 것은 아니다."(쿠체라Kutschera 1988의 8쪽)


## 7. 미디어기술이라는 선험적 조건하에서의 예술 : 벤야민

많은 공통점에도 불구하고 테오도어 W. 아도르노와 발터 벤야민(1892-1940) 사이의 차이점은 참으로 크다. 살아온 이력 자체가 결정적으로 차이를 보인다. 쉽게 말해 아도르노는 언제나 운이 좋았던 사람이다. 반면에 벤야민의 생애는 지속적인 좌절의 연대기를 보여준다. 그는 〈독일 낭만주의에 있어서의 예술비판의 개념〉(1919)이라는 논문을 제출하여 뛰어난 성적으로 박사학위를 취득하였고, 이어서 교수자격시험을 통과했지만, 학술적 경력을 위한 입장

권은 얻지 못한다. 언론계 내지는 출판계에 자리를 잡고 생계를 유지하려 했던 모든 시도도 좌절된다. 특히 아도르노가 벤야민을 위해 주선해 주었던 뉴욕의 사회연구소는 그에게 어느 정도의 여유를 주긴 했으나, 대신에 많은 논문과 에세이들을 독촉한다. 그러다가 결국에는 나치스가 그에게서 모든 생활의 방편과 저술의 기회를 박탈한다. 그리고 프랑스 망명 시절에 벤야민은 나치스 지배하의 독일에 압송될 것을 두려워하여 자살을 택하고 만다. 안전한 뉴욕의 망명지에 있던 사회연구소의 동료들은 벤야민의 죽음을 전해 듣고 충격에 빠진다. 아도르노는 《아우프바우Aufbau》지에 추도사를 게재하는데, 주의력이 있는 독자라면 아도르노가 내용적으로나 방법적으로나 얼마나 깊이 벤야민으로부터 영향을 받았는가를 즉시에 알아차릴 수 있다. 아도르노가 말한다. "그의 철학적 저술들은 체계라든지 자유롭게 펼쳐지는 구상들의 모습이 아니라, 텍스트들에 대한 논평과 비평으로서 형성되었다."(비테Witte 1985의 145쪽에서 재인용) 이것은 무엇보다도 아도르노 자신의 저술 양식과 논증 양식의 특징에 해당한다. 에세이들, 모델들, 병렬체들이 그들의 주제를 중심으로 맴돌고 그러면서 예술에 최고의 지위를 부여하는 것이다.

하지만 둘 사이의 차이는 엄연하다. 노르베르트 볼츠는 그 차이를 세세하게 거론하면서 다음과 같이 요약하였다. 작품 개념에 대한 두 사람의 입장 차이가 그 분기점이다. 아도르노는 작품 개념을 강조하며, 그의 미학 이론의 전체는 예술작품에 토대를 둔다. 반면에 벤야민은 예술의 영역을 지금까지는 제외되었던 영역들(영화나 라디오 등)로 확장하는 것을 옹호할 뿐만 아니라, 점점 더 분명하게 부각되는 미디어 혁명을 곧바로 염두에 두면서, 그가 아우라라는 개념으로 그 특징을 규정하는 전통적이고 자율적인 작품과 결별을 고한다.

"《미학 이론》의 우울함은 '아우라의 붕괴로부터 오는 고통이다.'(벤
야민 전집 제5권 433쪽) 이러한 사정이 아도르노로 하여금 구텐베
르크-은하계 내에서 미학적 열정을 지닌 최후의 위대한 인물이 되
게 한다. 현대적 미학의 유서 깊고 착실한 기획을 이리저리 개선하
는 대신에, 새로이 등장하는 미디어들의 사악함에 손을 들어주라
는 명령은 그에게는 수행 불가능한 것이었다. 그러나 벤야민은 그
와 전혀 달랐다. 1930년경에 이미 그는 '텔레비전과 축음기 등'이
미학적 형식들 안으로 침입해 들어가는 현상을 기록하고 있다. '핵
심적인 것. 우리는 결코 그렇게 정확히 알 수는 없다. 왜 알 수 없는
가? 모든 것이 부정된다는 사실 앞에서 두려움을 가지고 있기 때문
이다. 텔레비전을 통한 묘사, 축음기를 통해서 듣는 영웅의 말, 가장
최신의 통계로 뒷받침되는 역사적 교훈.' 새로운 미디어들 앞에서
이제 아우라는 구제될 수 없다. 하지만 문화산업에 대한 아도르노
의 한탄에 대해 벤야민은 다음과 같이 간결하게 대응한다. '울지 말
지어다. 비판적 예측의 무의미함. 이야기 대신에 영화.'(벤야민 전집
제2권 128쪽)"(볼츠 1990의 104쪽)

이야기 대신에 영화. 이 말 속에 미학에 대한 벤야민의 궁극적인
입장이 핵심적으로 요약되어 있다. 왜냐하면 그는 1930년대 이후로,
다시 말하자면 〈기술복제시대의 예술작품〉(1936-1939)이라는 유
명한 에세이를 발표한 이후로 예술을 미디어 기술의 관점에서, 볼츠
의 말을 빌리자면, 미디어 기술의 선험성이라는 관점에서 생각하기
때문이다.

벤야민은 아도르노와 비슷하게 그리고 블로흐와 루카치로부터의
강력한 영향 아래, 전통적인 미학 이론과 문학사의 영역에서부터 출

발한다. 박사학위 논문에서 그는 초기 낭만주의의 비판 개념이 가진 혁신적 잠재능력을 탐색하는데, 그의 판단에 의하면 이 비판 개념이야말로 현대의 출생지이다. 바로크 비극을 주제로 하는 교수자격논문 초안에서 그는 이러한 비판 개념을 극도로 타락하고 분열되어 버린 세계의 이념이고 像像이라고 해석하는데, 그 세계는 이미 바로크 시대의 알레고리를 통해 "세계 고통의 역사"(벤야민)로 연출되었던 세계이기도 한 것이다. 그리고 벤야민이 정신사적인 감정이입 미학과 거칠게 결별한 것은 방법적으로도 의미가 있는데, 그것은 무엇보다도 글로 된 작품을 거부하기 때문이다. 대신에 벤야민은 마르크시즘에 대한 집중적인 연구에 앞서 비판적 역사 개념을 옹호한다. 작품의 기원과 작품 발생의 조건들, 그리고 그 영향 및 수용을 지향하는 비판적 성찰이 감정이입의 패러다임을 대체한다. 벤야민 해석자인 클라우스 가르버는 벤야민의 수용이론을 다음과 같이 정리한다. "그의 수용이론은 세 가지 목표를 지향한다. 수용 과정에서 관철되는 사회적 힘들의 발굴, 역사적인 전승 과정을 염두에 두면서 작품을 현재적으로 소유하는 것, 작품을 그 전승 과정과 마주치게 하여 작품과 전승이 서로를 불러내고 그 과정에서 진리 내용의 역사적으로 전개되는 과정을 구체적으로 보여주는 것."(가르버Garber 1987의 44쪽) 이것으로써 이미 벤야민의 목표는 아도르노와 비판이론 전체(마르쿠제나 안데르스 등)가 가졌던 관심사를 훨씬 넘어선다.

벤야민의 주제들(이와 관련해서는 라이엔Reijen 1992의 24쪽에서부터 32쪽까지를 참조하라)을 대략적으로 조망해 보면, 대도시-문학비판-언어철학-미디어 분석으로 전개되는데, 우리는 이 모든 것이 역사철학적으로 둥근 아치를 이루고 있음을 알 수 있다. 19세기의 부르주아적 역사주의에 반대했다가, 이어서 역사유물론적인 토대 위에서 근거를 마련하고, 마침내는 부정의 변증법을 지향하게 된 비판적 역사 성찰은 모든 물질적 분석들의 앞과 뒤에 자리 잡고 있다. 개념의 탐구, 도시들과 풍경들과 텍스트들에 대한 의미 부여와 해석을 비롯한 모든 작업은 역사에 대한 작업이며, 잠재되어 있는 의미를 눈앞에 드러내고 현재화하고 중재한다는 의미에서 비판적 해석학이다. 그런 식으로 그는 과거의 텍스트들을 "읽고", 19세기의 보들레르가 살던 파리와 또한 1900년경의 자신의 어린시절을 읽으며, 마침내 영화와 라디오의 등장으로 "구텐베르크-은하계"와 작별한 뒤에는 새롭게 나타난 그러한 미디어들을 "이해한다." 벤야민은 인간의 문화적 성과들을 역사적으로 변천하는 기술들로 이해한다. 그 기술들은 제한된 범위 안에 머물고, 끊임없이 변화하고 변천되고 지양되면서 전개되는 것이다. 이와 관련하여 세 가지 사례와 세 가지 텍스트를 들수 있다.

〈이야기꾼〉(1936년)이라는 에세이에서 벤야민은 러시아의 이야기꾼 니콜라이 레스코프에 대한 연구를 배경으로 하여 가속화 기술(전쟁기술, 통신기술)의 발달로 인한 이야기의 소멸이라는 광범위한 명제를 전개한다. 고대에 이야기는 공통의 생활, 광범한 영역에 걸쳐 동일하게 펼쳐지는 공통의 생활세계를 토대로 하여, 공통의 경험들(체험, 관찰 등)을 말로 나타냈다. 그 반면에 소설(《돈키호테》)의 등장과 더불어 패러다임으로서의 이야기와 구술의 영향은 사라지기 시작한다. 집단적인 수용과 생산이라는 집단의 자리에, 작가와 독자라는 개인이 들어서게 된 것이다. 공통성이 단독성 내지는 기껏해야 모범적 표본에 의해 대체된 것이다. 소설은 이러한 속수무책의 표현이며, 벤야민이 빈번하게 인용하는《소설의 이론》에서 루카치가 말했듯이, 의지할 곳 없는 현대 인간의 상황을 표현한 것이다. 소설은 예컨대 성장소설이나 교양소설을 통해서 개인이 자기 자신과 생의 궁극적 목표와 모범적 삶, 그리고 자신을 보호해 주는 공동체를 추구해 가는 과정을 너무도 자주 그려낸다. 점점 도를 더해간 이러한 속수무책의 마지막 단계는 후기 자본주의에 있어서, 순식간에 사라져 가는 정보들을 유일하게 생산하는 출판과 정보통신이다. 내일 발행되는 어떠한 신문도 오늘의 신문보다 더 나이가 많지는 않다! "바로 이 시간"을 위해 글을 쓰는 저널리스트와 산만한 신문 소비자가 작가와 엄격한 명상에 잠긴 소설 독자를 쫓아내 버렸다. 집중과 주목의 자리를 산만함과 분산이 차지해 버렸다. ("대도시와 정신적 삶"에 대한 짐멜의 의미심장한 언급들로부터 시작되는, 일상적 삶에 있어서의 현대적 정신병리학을 추적할 필요도 있으리라. 그렇게 된다면 무엇보다도 점점 증대되어 가는 분망함과 신경증과 분산의 역사가 구체적으로 드러나게 될 것이다. 짐멜로부터 오늘에 이르기까지의 변화 과정은 "분열증"(짐멜)이라는 사례로부터 시작하여 다중 인격체의 사례, 즉 여러 정체성들 사이를 마치 텔레비전 채널을 돌리듯 별다른 어려움 없이 매우 신속하게 오고 갈 줄 아는 다중 인격체와 같은 사례를 통해서 보다 분명하게 드러날 것이다.)

다시 한번 정리하자면 이렇다. 교사이자 현자인 이야기꾼이 삶으로부터 길어 올린 이야기들은 공동체 전체에 타당한 것이었다. 그리고 이 점에서 이야기꾼은 소설작가에게도 최후의 아득한 빛을 비추어주었다. 왜냐하면 소설작가는 보편타당한 진리들의 가치 상실을 이제 몇몇 소수의 사람들만을 위하여 기술하고, 또한 그렇게 개인화되어 가는 과정을 주제로 삼기 때문이다. 반면에 저널리스트는 다시 모두를 위하여 글을 쓴다. 요컨대 저널리스트는 이제 거의 얼굴 없는 존재가 되었고, 마침내는 통신사 제공의 기사 뒤로 숨어버리는 꼴이 되었으며, 독자층도 그 어떠한 실체적인 것을 더 이상 기대하지 않음으로 해서 정보는 일시적이고 우연적인 것이 되어버렸다. 실체에 대한 우연의 이러한 궁극적 승리는 이미 수십 년 전에 짐멜이 예견했던 그대로이다.

체계적으로 생산되는 기만의 체제에 대한 아도르노의 언급이라든지 사회주의적인 "사랑의 공동체"(루카치) 속에서 더 힘을 얻게 되는 문화의 긍정적 특성에 대한 마르쿠제의 명제를 접하고 나면 당연히 예상할 수 있고, 또 그래야 마땅할 것이라는 기대와는 달리, 벤야민은 그동안의 발전 과정 전체를 결코 비판적으로 보지 않는다. 심지어 그는 〈기술복제시대의 예술작품〉이라는 글에서 미디어 기술의 발전이 그 자체로 어떠한 긍정적 결과들을 함유하고 있는지를 보여주려고 시도하고 있다. 고전적 예술작품은, 그것이 불가사의하고 제의적인 목적을 위해 만들어졌든 혹은 부르주아적으로 진행된 세속화의 과정에서 자율성의 지위를 얻었든 간에, 아우라의 특성을 가진다. 벤야민의 말대로 이해하자면 이러한 아우라는 "가까이 있는 것처럼 보일지라도 실은 아득한 곳에서 일어나는 일회적 현상"이며, 어떤 예술작품이 위치하고 있는 곳에서 생겨나는 "일회적 실존"이다.(벤야민 전집 제1권 2부 479쪽과 475쪽) 그러나 "대성당은 원래의 자리를 떠나서 어떤 예술 애호가의 스튜디오에서 사진으로 인화된다. 그리고 홀이나 야외에서 연주되었던 합창곡도 방안에서 들을 수 있다."(벤야민의 같은 책 477쪽)

다시 요약하자면, '여기 그리고 지금'이라는 것은 그 본래적인 의미에서 더 이상 존재하지 않는다. 예술작품들은 이제 이동 가능한 것이 되었다. 그것들은 이제 다양한 복제 방식들에 따라 대규모로 존재한다. "일반적으로 말하자면, 복제기술은 복제품을 전통의 영역 밖으로 분리한다. 복제를 반복함으로써 복제기술은 예술작품의 일회적인 발생 대신에 다량의 발생을 가능케 했다. 복제기술은 복제를 통하여 수용자로 하여금 그때마다의 상황에 대응케 함으로써 복제품을 살아 있게 만든다.”(벤야민의 같은 책 같은 곳) 그리고 복제품의 구조에 따라 습득의 방식, 수용의 방식도 변화된다. 자율적인 작품은 뮤즈의 방식을 따라 집에서건 박물관에서건 고요한 관조 속에서 수용된다. 아울러서 현대의 박물관이 고대 사원의 역사적 계승 내지는 연장이며, 예술 숭배가 세속화된 형태의 제신 숭배를 이어받고 있다는 점을 유의하라(피히트 1986의 189쪽 참조). 이와 반면에 아우라를 빼앗긴, 기술적으로 복제된 작품은 도처에 널려 있음을 보게 된다. 그러므로 벤야민의 명제에 따르면, 예전의 숭배 가치는 전시 가치에 의해 밀려나게 되었고, 복제 기술(영화, 사진술)에 의해 “(예술적) 자율성이라는 가상”은 영원히 사라졌다.(벤야민 전집 제1권 2부 485쪽 참조)

벤야민의 텍스트가 가진 일종의 난해함은 그가 한편으로는 전통적인 예술작품을 논하면서 아울러 조각-조형 작품을 염두에 두고 있고, 다른 한편으로는 종종 단도직입적으로 영화와 라디오에 대해 언급하고 거기에서 생겨나는 결과물들을 복제 기술 시장에서의 가장 진보된 사례들로 거론하기 때문이다. 하지만 그로 인해 논증상의 그 어떤 불균형이 초래된다. 왜냐하면 독자적인 조형 예술품을 침묵 속에서 개별적으로 관조하는 것과 비교할 때, 영화관에서 영화를 보는 경우에 지각의 방향 내지는 주목의 방향이 극적으로 바뀌어 버린다는 점을 강조하는 것은 정말 타당한 일이기는 하지만, 그로 인해 생겨나는 정치적 영향을 그대로 받아들이는 현상은 참으로 치명적이고 또한 순진하기 짝이 없는 결과를 낳게 되기 때문이다. 벤야민이 그렇게 하듯이 기분전환이라는 사실로부터 “진보적인 태도”를 읽어내는 것은 벤야민이 염두에 두고 있는 채플린 영화들의 경우에는 타당할지 모른다. 그러나 영화사의 전개 과정이나, 벤야민이 정치의 미학화라고 비난하고 있는(벤야민의 같은 책 506쪽) 파시즘의 치명적인 화음, 그리고 집단적 감정들과 집단적 정신이상을 유발하고 유형화하는 스탈린주의를 고찰해 볼 때, 영화를 "예술의 정치화"(벤야민의 같은 책 508쪽)라고 보는 벤야민의 명제는 타당하지 않다. 영화라는 기술에 걸었던 기대, 즉 관객들이 현대적인 영화관 궁전들 속에서 비판적이고 스스로를 성찰하는 새로운 공동체를 형성하게 되고, 그리하여 새로운 사회적 행동 방식들이 생겨나리라는 기대는 결코 이루어지지 않았다. "시민계급의 타락과 더불어 비사교적인 태도의 학습장이 되었던 탐닉에 맞서서 이제 사교적인 태도의 변종으로서의 기분전환이 대두되었던 것이다."(벤야민의 같은 책 502쪽)

그렇다. 기대는 결코 이루어지지 않았다. 대중은 비판적인 잠재능력을 결코 방출하지도 않았으며, 벤야민이 칭송했던 거대한 극장 궁전들, 크라카우어의 말대로 하자면 "잘 가꾸어진 화려한 외관"(크라카우어Kracauer 1992의 146쪽 참조)을 가진 "기분전환의 궁전들"은 역사적으로 볼 때 자신의 목표를 달성할 수도 없었다. 군중을 수용하는 대규모의 극장 대신에 소수의 영화 애호가들을 위한 소규모의 영화관이 다시 등장하게 되었다. 반면에 대중은, 아도르노와 또한 안데르스가 그들의 미국에서의 경험을 바탕으로 분석했듯이 안락한 케이블티브이나 혹은 비디오 장치들 앞에 쪼그리고 앉음으로써 새롭고 보다 첨예화된 유아론唯我論으로 빠져들게 되었다.

끊임없이 펼쳐지는 영화들과 비디오테이프들은, 안데르스가 그의 《시대에 뒤진 인간》에서 말하듯이 마찬가지로 휴식도 없이 일사천리로 진행된다. 연출에 있어서 어느 정도의 장애물이라든지 어려움 같은 것은 나타날 수가 없다. 제작물은 남김없이 삼켜져야 하며, 사유는 쓸모없는 것으로 입증되어야 한다. 벤야민의 생각들은 제아무리 좋은 의도를 가지고 있고 또 계몽적으로 분명한 성격의 것이라 하더라도 결국은 환상의 차원에 머물고 만다.(비테 1985의 108쪽)

벤야민이 처음으로 예술을 미디어 기술이라는 관점에서 논의하였고, 더 나아가서 감각지각의 역사적 변화, 즉 "시대에 따른 지각의 구성"(벤야민 전집 제1권 2부 478쪽)에 대한 사유들을 전개하였다는 것은 물론 별개의 문제이다. 벤야민의 이러한 사유들은 모던, 아니 포스트모던적 의미에서 그의 명제들을 다양한 연관 속으로 흘러들어 가게 한다. 기술과 미디어 기술의 선험성이라는 문제는 생산과 수용의 관점에서 앞으로도 계속 논의의 대상으로 남아 있을 것이다. 예컨대 현대의 영상기술과 음향기술은 예술작품의 구성에 있어서 어떠한 영향을 주었으며, 또한 우리의 시각적 습관은 어느 방향으로 나아가게 될 것인가? 벤야민이 영화예술작품의 뛰어난 기법으로 보고 있는 충격 효과는 앞으로 어떠한 반향을 초래할 것인가? 예술작품에 관한 논문에서 게르하르트 플룸페가 벤야민을 "기술의 역사 및 '이념'의 역사에 못지않게 감각지각의 역사를 필수적인 것으로 간주하였던 첫 번째 사람"(플룸페Plumpe 1993의 136쪽)이라고 본 것은 아마도 정당한 견해일 것이다. 이것은 적지 않은 업적이다. 하지만 유감스럽게도 벤야민은 단서와 초안, 그리고 단편의 차원에 머물고 말았던 것이다.

단편들과 주석들의 형태로 전해진 벤야민의 유작, 소위 "아케이드 모음집"이 그러한 작업을 수행할 수도 있었을 것이다. 참된 의미에서 자본주의의 수도라고 할 수 있는 파리, 19세기 파리의 풍경을 관찰했던 벤야민은 대중들을 위해 그곳에 만들어진 시설들(홀, 아케이드, 파노라마, 오락용의 호화로운 건물들)에서 읽어낼 수 있는 현대문화와 대중문화의 본질을 기술하려고 시도하였다. 그러나 앞서 말했다시피 이러한 구상은 실현되지 못했다. 벤야민은 산더미 같은 단편들만을 남겼을 뿐이다. 그 단편들 중에는 "인식 이론"과 "진보의 이론"을 다룬 것도 발견된다. 거기에는 벤야민의 《아케이드 프로젝트》를 편집한 롤프 티데만의 견해에 따르자면 계획된 작업의 의도를 드러내고 있는 다음의 구절을 볼 수 있다. "역사를 서술한다는 것은 역사를 인용하는 것이다. 그러나 인용이란 개념의 본질은 각각의 역사적인 대상들을 그 연관에서 벗어나게 하는 데 있다."(벤야민 전집 제5권 1부 595쪽) 벤야민이 엄중하게 반대하는 것은 역사의 진보와 연속성, 그리고 그 목표에 대해 호언장담을 하면서도 실제의 상처 자국과 부상과, 억압의 기제들을 깡그리 무시하는 통속 마르크스주의와 역사주의의 저 거침없는 관념들이다. 반면에 벤야민에게 있어서 진보의 개념과 같은 것은 "대재앙의 이념"에 그 토대를 두어야 한다.(벤야민의 같은 책 591쪽) 더 나아가서 역사는 그저 거기에 있는 것, 그저 주워 모을 필요가 있는 그런 것이 아니라, 벤야민에 의하면 "구성의 대상"(벤야민 전집 제1권 2부 701쪽)이어야 한다. 그러므로 역사는 발견되는 것이 아니라, "만들어지거나" 혹은 "고안된다." 그리고 그러한 작업을 지배하는 척도는 생동하는 현재의 시간이며, 경험할 수 있고 성찰할 수 있는 자기 자신의 현재의 순간이다. 나중에 하버마스는 이것을 명백한 현재적 관점이라고 부른다.

벤야민은 이러한 역사 개념을 그의 유언장인 "역사의 개념에 대하여"라는 논제로 정리하였다. 자살하기 바로 직전, 히틀러-스탈린 조약으로 나치와 스탈린주의자들 사이에 맺어진 협력 관계에 대해 성찰할 때였다. 그는 역사주의와 전통적 마르크스주의를 승리자에 대

한 감정이입이라는 죄목으로 비난하고(벤야민의 같은 책 696쪽) 그
것들과 결별을 고하면서, 역사적 유물론, 유물론적 역사 기술을 옹
호하였다. 역사유물론자는 "결을 거슬러 올라가며"(벤야민의 같은 책
697쪽) 역사를 솔질한다. 그는 억눌린 자, 잊힌 자, 자취를 감춘 자들
에 다시 주목하는데, 이 점에서 벤야민은 블로흐의 견해에 동의한다.
그는 흔적들을 탐색하며, 부분들과 세부들로부터 하나의 상을 이끌
어낸다. 예컨대《아케이드 프로젝트》에서 19세기의 인상을 전체적
으로 조망하면서 눈에 띄지 않는 작은 것들(유행, 광고, 기술)로부터
상을 이끌어낸 것도 같은 맥락이다. 하나의 상이란 말하자면 하나의
견해이고, 하나의 관점이긴 하지만, 폐쇄된 총체성은 결코 아니다.
벤야민이 보기에 모든 지나간 것은 "언제나 인식 가능성의 순간에만
번쩍하며 드러나는"(벤야민의 같은 책 695쪽) 상으로서만 포착될 수
있다. 벤야민이 계속해서 말한다. "지나간 것을 역사적으로 분명하게
드러내는 일이라고 해서 '지나간 것을 원래 그랬던 대로' 인식하도록
요구하는 것은 아니다. 다만 위험의 순간에 번쩍 하고 드러나는 기억
을 붙드는 것이 관건이다. 역사유물론의 핵심은 위험의 순간에 역사
적 주체에게 돌연 떠오르는 과거의 상을 포착하는 것이다."(벤야민의
같은 책 같은 곳) 이러한 의미에서 기억은 구원이며, 권력에 의해 위
협받는 것, 즉 정의의 독점으로부터 위협받는 그 어떤 것을 보존하는
것이다.(왜냐하면 마르크스와 헤겔이 말하듯이 지배자들의 사유는 지배
적인 사유이기 때문이다.) "역사의 모든 시기에 있어서 우리는 전승을
압도해 버리려고 하는 대세 순응주의로부터 전승을 지켜내려고 시
도해야만 한다."(벤야민의 같은 책 같은 곳) 그러므로 역사유물론자는
지나간 것에서 흔적들을 추적하는 해석학자이고 탐정이며, 반대방향
의 의미를 구성하는 자이다. 이후에 페터 바이스는 그의《저항의 미

학》(1975-1981)에서 이러한 작업 방식을 예술작품에 재적용했다. 여기에서 그는 무엇보다도 결을 거슬러 올라가며 역사를 솔질하면서, 고대의 신화로부터 파시즘 시대에 이르기까지 세계역사 속에서 전개된 피억압자들의 문화와 투쟁에 대한 기억의 흔적들을 탐색한다.(이와 관련해서는 메처Metscher 1984의 165-198쪽을 참조하라.) 벤야민이 역사유물론자를 특징짓기 위해 예로 들었던 그림은 이후 유명해졌다.

> "클레의 앙겔루스 노부스라고 불리는 그림이 있다. 거기에는 천사 하나가 그려져 있는데, 그 모습은 마치 그가 응시하고 있는 그 어떤 것으로부터 멀리 떨어지려고 하는 것처럼 보인다. 그의 두 눈은 열려 있고, 입은 벌려져 있으며, 날개는 활짝 펼쳐져 있다. 요컨대 역사의 천사는 그런 모습이어야 한다. 그의 얼굴은 과거를 향하고 있다. 일련의 사건들이 우리 앞에 나타나는 순간, 역사의 천사는 끊임없이 잔해에 잔해를 쌓고 그것들을 자기의 발앞으로 내던지는 하나의 유일한 대재앙을 본다. 그는 머물려고 하며, 죽은 자들을 일깨우고 파멸한 자들을 다시 살리려고 한다. 그러나 천국으로부터 폭풍이 불어오고, 너무도 강한 그 바람에 천사는 더 이상 날개를 접고 있을 수 없게 된다. 이 폭풍은 천사가 등을 돌리고 있는 미래를 향하여 천사를 쉬지 않고 몰아간다. 한편 천사 앞에는 잔해더미가 하늘까지 높이 자라난다. 우리가 진보라고 부르는 것은 바로 이 폭풍과도 같다."(벤야민 전집 제1권 2부 697쪽)

그러므로 역사유물론자는 과거를 향하여 응시하고, 과거 쪽으로 몸을 돌리고 있는 예언자이다. 그는 지금까지의 역사를 대재앙의 역사로 파악하고 그것을 고정하고 싶어 한다. 동시에 그는 어김없이 폭풍우에 의해, 시대 역사의 폭풍우인 진보에 의해 앞으로 떠밀려 간다. 그는 멈출 수도 머무를 수도 없다. 왜냐하면 역사가 미친 듯이 앞으로 나아가기 때문이다. 앞으로 앞장서서 끊임없이. 어떤 식으로든. 다만 벤야민은 19세기의 역사주의와 20세기의 마르크스주의에서 볼 수 있는 것과 같은 미래 중심주의, 진보의 옹호에 대해서는 부정적인 목적론이라며 비판한다. 천사, 즉 유물론자는 열린 눈으로 세계사의 드라마를 차후에 인식하며, 또한 진보를 위해 지불되어야 할 비용들을 열거하면서 인정한다. 그러나 언제나 보다 나은 미래가 올 것이라는 믿음을 가진 전통주의자들은 그러한 비용에 대해서 그들의 진보에 대한 투자를 평계로 두 눈을 꼭 감아버린다.

다만, 우리의 천사는 역사의 과정을 저지하거나 멈출 수가 없다. 시간의 톱니바퀴는 영원히 앞으로 나아갈 뿐이다. 역사유물론자는 기껏해야 환기하거나 경고할 수 있을 뿐이다. 그는 시간과 그 시대의 비판자이며, 반대 방향의 의미를 구성하는 자로서, 시대와는 전적으로 반대 방향으로 진행되는 경험들을 기술하고, 그럼으로써 (역사를 피안의 천국이나 아니면 차안의 모스크바에서 이루어질 목적론적 종점을 가진 연속체로 이해하는)치명적인 전통적 역사 개념을 폭파한다. 그리고 이 폭파야말로 아마도 벤야민의 주된 관심사일 것이다.(이와 관련해서는 벤야민 전집 제2권 2부 468쪽을 참조하라.) 벤야민의 열여섯 번째 명제는 그것을 다음과 같이 요약하고 있다. "역사주의는 과거의 '영원한' 상을 내세운다. 그러나 역사유물론자는 유일하게 거기 존재하는 과거의 경험을 제시한다. 그는 역사주의라는 홍등가에서 창녀와 함께 '그렇고 그런 일이 있었지'라는 식으로 행세하는 것은 다른 사람에게 위임한다. 그는 다만 자신의 힘의 주인이 되는 것이다. 남자

답게 역사의 연속체를 폭파할 뿐이다.”(벤야민 전집 제1권 2부 702쪽)

벤야민의 마지막 발언, 즉 그의 철학적 유언은 전적으로 그가 역사유물론이라고 부르는 그러한 역사철학의 맥락 속에 있다. 그 핵심은 현재의 관점에서 과거를 복구하는 것이며, 현재의 경험이라는 맥락 속에서, 다시 말해 성찰된 현재 속에서 역사적인 것을 현재화하는 것이다. 벤야민이 즐겨 비평의 대상으로 삼았던 것은 무엇보다도 예술 작품들이었다. 물론 그가 예술작품 못지않게 일상적 문화 현상들에 지대한 관심을 기울였으며, 또한 미학적-예술적인 것의 영역을 새로운 물질적 영역으로 확대시켰다는 것은 주지의 사실이다. 미학과 역사철학이 긴밀한 관계를 맺으며 서로 껴안는다. 미학적 대상은 역사유물론적 비평가의 성찰과 구상의 표면을 이룬다. 즉 역사유물론적 비평가는 미학적 대상에서 그 시대와 지배관계와 생산관계들을 해독하는 것이다. 그러므로 벤야민이 여러 곳에서 강조했듯이, “작품들의 기법”(벤야민 전집 제2권 2부 686쪽을 참조)에 주목하는 것 또한 중요하다. 왜냐하면 마지막에서 두 번째의 명제, 즉 열일곱 번째 역사철학적 테제에서 보듯이, 그 시대와 전체 역사 과정을 “보존하고 (…) 또 지양하는”(벤야민 전집 제1권 2부 703쪽) 그때마다의 삶의 작품이란 것도 사실은 그러한 기법과 단순한 내용 속에 들어 있기 때문일 것이다. 그렇지 않은가?

## 8. 진리의 현현: 하이데거

마르틴 하이데거(1889-1976)의 예술론은 마치 하나의 표석漂石처럼 거기에 존재하고 있다. 그는 미학은 물론이고 어떠한 체계적인 예술 이론도 쓰지 않았지만, 그의 철학에서 예술과 예술작품은 커다란 역할을 한다. 그러나 이러한 사실은 하이데거가 《존재와 시간》(1927)으로 새로운 존재 철학을 도입하였던 1920년대와 1930년대, 즉 그의 철학의 토대가 마련될 무렵에는 해당되지 않는다. 당시 그의 철학에는 예술을 위한 어떠한 자리도 없다. "하이데거는 자신의 유한성을 의식하고 그것을 단호하게 받아들이는 존재자의 고유성이라는 개념과 비고유성의 타락 형태인 '어중이떠중이Das Man', 잡담, 호기심과 대비시켰다. 죽음이라는 시원적인 인간의 수수께끼를 철학의 중심으로 놓는 실존적 진지함, 그리고 자기 존재만의 고유한 '선택'을 하라는 호소로 교양과 문화를 산산이 박살내 버렸던 그 묵직한 압력은 온존되고 있던 학문적 평화에 대한 침범과도 같은 것이었다."(가다머 전집 제3권 250쪽)

하이데거는 루카치 또는 벤야민, 블로흐 또는 아도르노와 꼭 마찬가지로 근대로부터의 탈주자이다. 하지만 그는 그들과는 다른 쪽, 즉 오른쪽 진영에 속한다. 현대 부르주아 사회의 비고유성과 뿌리 없는 주관성에 맞서기 위해 그는 《존재와 시간》이 출간된 지 몇 년 후, 그러나 거기에서 이미 예고된 엄숙주의적 입장을 견지하면서 국가사회주의의 보호 아래에 있는 강력한 국가를 추천하였다. 더 나아가서 하이데거가 파시즘의 정치적 실천에 실제로 관여했다든가(그의 유명한 프라이부르크 대학교 총장 취임 연설) 아니면 추측일 뿐이라는 갑론을박은 지난 수십 년 동안 지속적으로 제기되어 왔다.(이와 관련해서는 파리아스Farías 1989 또는 오트Ott 1988을 참조하라.) 여기서 간략하게 요점만 소개하자면. 하이데거는 1934년 4월 12일 자의 편지에서 총장 직위에 대한 사임 청원서를 제출한다. 이는 분명히 그의 철학적-정치적 강령의 좌절을 시인하고 1934년/1935년의 겨울 학기 이후로 다시 철학에 전념하겠다는 의사 표현이었다. 철학으로 돌아가는 길에 그는 횔덜린이라는 우회로를 택하는데, 그는 이 작가를 전범으로 삼아 예술에 대한 근본적인 성찰을 시도한다. 1935년 마침내 명백하게 예술의 문제를 주제로 삼은 하이데거의 유일한 글이 나온다. 프라이부르크의 예술학 모임에서 그는 "예술작품의 근원"이라는 강연을 하는데, 이것을 손질하고 또 후기를 붙여 확장한 것이 1950년에 나온 논문집《숲길》의 서막에 해당한다.

하이데거의 텍스트를 읽고 난 독자라면 하이데거 해석자인 발터 슐츠의 다음과 같은 견해가 정당함을 무조건 인정하게 될 것이다. 즉 슐츠에 의하면 하이데거식의 언어유희들의 사변적인 속삭임과 그 애매모호함은 "하이데거가 본래부터 잘 알려져 있는 것들을 진술한다."(슐츠 1985의 59쪽)는 사실을 너무도 자주 배제해 버리는 것처럼 보인다는 것이다. 다시 슐츠의 말을 빌려서 요점을 정리하자면 이렇다. 하이데거의 예술에 대한 분석은 "그 의미상으로 볼 때 전통적으로 내려오던 단서를 다시 수용한 것으로 보인다. 그 단서는 말하자면 그 자체로서의 예술의 본질에 대한 물음이며, 예술이 존재 전체의 해명을 위해 할 수 있는 것이 무엇인가를 밝히려는 시도이다. 그리고 하이데거의 이 물음에 대한 답도 전통과 낯설지 않다. 개념적 사유가 아니라 오직 예술만이 존재의 본질적인 연관들을 해명할 수 있으며, 이것은 궁극적인 것 그리고 최초의 것으로서의 존재가 그 자체로서는 개념 이전의 것이며 개념을 넘어선 것이라는 사실에 근거를 둔다."(슐츠의 같은 책 56쪽) 따라서 셸링, 니체, 그리고 또한 아도르노와 같은 다양한 철학자들의 이름이 이와 연결된다는 사실을 슐츠는 새삼 강조한다.

하이데거는 단호하게 자신의 예술철학을, 그가 체험적인 것이라며 경멸적으로 불렀던 전통 미학에 대한 반대의 기획으로 파악하는데, 이것은 적지 않은 파장을 불러일으켰다. 그는 《숲길》 후기에서 이렇게 말한다. "미학은 예술작품을 하나의 대상으로 받아들기는 하지만, 그것을 넓은 의미에서의 감각적 지각의 대상으로 받아들인다. 그리고 이러한 지각을 요즘 사람들은 체험이라고 부른다. 인간이 예술을 체험하는 방식 그 자체가 예술의 본질을 해명해 준다는 것이다. 요컨대 체험은 예술의 향수뿐만 아니라, 또한 예술 창작에 있어서도 결정적인 원천이라는 말이다. 그러므로 모든 것은 체험에 달려 있다. 하지만 체험은 예술이 그 안에서 죽어버리게 되는 그러한 요소일 것이다. 그 죽음은 아주 서서히 진행되므로, 수백 년이 걸릴 수도 있다." (하이데거Heidegger 1950의 66쪽) 하이데거에 의하면, 예술을 체험으로부터 해석하려고 하고 미학 전체를 거기로 환원시키는 입장은, 그가 통틀어서 주관성의 철학이라고 매도해 버린 경향의 바람직하지 않은 찌꺼기가 그대로 남아 있음을 반증한다. 그리고 바로 이 때문에 예술이 타락하게 된다는 것이다. 왜냐하면 예술은 한편으로는 생산자와 수용자라는 비본래적인 영역들을 강화하면서, 다른 한편으로는 고유하고 본질적인 범주를 시야에서 놓쳐버리기 때문이다. 하이데거가 보기에 칸트로부터 시작된 전통적 미학은 예술에 대한 비본래적인 담론이며, (《존재와 시간》을 인용해서 말하자면 잡담과 잡글, "속인"이라는) 참되지 못한 세계 속으로 침몰해 버린 주관성의 자기강화일 뿐이다.

이에 반해 하이데거는 이제 다시 근원들에로 돌아가기를 원한다. 예술작품, 오직 예술작품만이 그의 예술형이상학의 대상이다. 왜냐하면 작품 속에서만 예술의 본질, 즉 "존재자의 진실을 작품-속으로-옮김"(하이데거의 같은 책 25쪽, 59쪽)이 구현되기 때문이다. 여기에서 예술가는 잉여의 존재일 뿐이다.(하이데거의 같은 책 29쪽 참조) 예술은 작품이며, 작품으로서의 예술은 스스로를 보여주는 하나의 사물이며, 외면과 껍질을 가지고 있고, 그럼으로써 물질적 특징을 가짐과 아울러 또한 언제나 자기 자신을 넘어서는 그러한 사물이다. 그것은 존재하는 바로 그것이다. 현대적인 용어로 말하자면, 그것은 자기 지시적이며, 순수하게 자기 연관적이다.(이와 관련해서는 플룸페 1993의 273쪽, 슐츠 1985의 61쪽 참조) 그러나 또한 동시에 예술 속에서는 존재의 진리가 온전하게 드러나며, 존재의 개방(알레테이아)으로서의 진리가 그 모습을 드러낸다. 예컨대 반 고흐의 정물화로부터 C. F. 마이어와 횔덜린의 시들을 거쳐 그리스의 신전들에 이르기까지의 사례들을 들면서, 하이데거는 그의 예술형이상학이 지향하는 바를 분명히 보여주려고 시도한다.

무조건적으로 동의할 정도는 아니지만, 하이데거의 고흐 해석은 다시 음미해 볼 만하다.(이에 대한 비판은 렌치Rentsch 1989의 198쪽 이하 참조) 고흐의 그림 중 농부의 신발 한 켤레가 그려진 그림이 있다. 그림을 잠시 설명한 후에 하이데거는 다음처럼 해석한다. "이 한 켤레의 농부의 신발 주위에는 그 신발이 누구의 것인지를 말해줄 수 있는 것은 아무것도 없으며, 다만 불특정한 공간만이 있을 뿐이다. 그 신발에는 최소한 그 용도나마 알려줄 수도 있는, 밭이나 들길의 흙덩이도 전혀 묻어 있지 않다. 다만 한 켤레의 농부의 신발이 있을 뿐, 다른 아무것도 없다. 하지만 그럼에도 불구하고."(하이데거 1950의 22쪽) 이어서 형이상학적 덧칠을 전해주는 단락이 뒤따른다.

"신발의 닳아빠진 내부의 어두운 틈새로부터 힘든 노동의 발걸음이 우리를 빤하게 응시한다. 신발의 거칠면서도 무뚝뚝한 무게 속에는 드넓게 뻗어 있고 언제나 균일하며 그 위로 거친 바람이 부는 밭고 랑들 사이를 천천히 걸어갔던 걸음이 차곡차곡 쌓여 있다. 가죽에 는 대지의 습기와 포만감이 배여 있다. 발바닥에는 해떨어지는 저 녁을 뒤로 하고 들길의 고독함이 밀려든다. 신발에는 침묵에 찬 대 지의 부름이 윙윙거린다. 익어가는 곡식을 말없이 선사하고, 겨울 들판 속 황량한 휴경지의 알 길 없는 자기 체념을 전해준다. 이 신 발을 통하여 빵의 확보에 대한 불평 없는 우려, 역경을 다시 극복하 였음에 대한 말 없는 기쁨, 탄생을 앞둔 떨림과 죽음의 위협 앞에서 의 전율이 지나간다. 이 신발은 대지에 속하는 것이며, 농부의 아내 가 그것을 돌보아준다. 이러한 보호된 귀속으로 말미암아 신발 자 체는 그 내면의 평화 속에서 부활하는 것이다."(하이데거의 같은 책 같은 곳)

다만 한 켤레의 신발에 불과하지만, 그것은 동시에 세계 전체이다. 농부의 신발은 있는 그대로의 그것이며, 하이데거가 대지와 세계, 자 연과 역사적 생활세계를 서로 겹침으로써 그 경계를 지어주는 전체 를 포함한다. 하지만 하이데거는 이로써, 특수한 것 속에서 개별성과 보편성의 변증법을 보여주는 그 어떠한 모방의 관계, 즉 미메시스적 인 것 내지는 재현적인 것을 나타내려고 하지는 않는다. 그는 여기에 서 오히려 하나의 세계를 "건립한다". 여기 그림 속에서 존재의 구조 가 표현되며, 가상 속에서 존재가 현현한다. 이것을 나중에 하이데거 는 무엇보다도 시적인 언어라는 말로써 설명한다. 대지와 세계가 등 장한다. 대지와 세계는 그 테두리를 활짝 펼치며, 존재는 그 안에서 움직인다. "하이데거가 말하는 '세계'란 한 민족의 지금까지의 역사 적이고 본질적인 의미 지평을 의미한다. 인간들을 지금 그대로의 모습이게 하는 이러한 '의미'는 결코 성찰에 의해서 완전하게 얻어내거나 객관화시킬 수는 없다. 의미는 그것의 지평 안에서만 완수될 수 있는 성찰에 절대적인 영향을 미친다."(플룸페 1993의 262쪽) 그러므로 작품은 무엇보다도 의미로서의 세계를 이루는 것이지, 의미를 모방하는 것은 아니다. 그리고 이러한 의미는 자연 속에, 자연적인 것에 토대를 둔다.(플룸페의 같은 책 같은 쪽) 그 모든 것을 고흐의 그림은 "말한다."

"작품 속에서는 무슨 일이 벌어지고 있는가?"라고 고흐는 묻고 답한다. "반 고흐의 그림은 이 한 켤레의 신발이 진실로 무엇인가를 드러내주는 틈새이다. 이 존재자는 자신의 존재의 개방성 속에서 그 모습을 드러낸다. 존재자의 개방성을 그리스인들은 알레테이아라고 불렀다. 우리는 진리라는 말을 하지만 이 말에 대해서는 거의 생각하지 않는다. 작품 속에서 존재자의 틈새가 열린다면, 즉 거기에 그 무엇이 있고 또 그것이 어떻게 성립되는가가 드러나게 된다면, 곧 작품 속에서 진리의 현현이 이루어지는 것이다."(하이데거 1950의 25쪽) 그는 계속해서 말한다. "예술작품 속에서 존재자의 진리가 작동한다. '작동'이란 말은 여기에서 멈추어 서게 함을 의미한다. 하나의 존재자인 한 켤레의 신발은 작품 속에서 자신의 존재의 빛을 받으며 멈추어 서는 것이다. 요컨대 존재자의 존재는 자신을 지속적으로 드러낸다."(하이데거의 같은 책 같은 곳)

그러므로 작품은 진리이고, 참되게 말한다. 왜냐하면 존재가 거기에서 드러나기 때문이다. 또 다른 구절에서 말하듯이, 존재는 작품 속에서 "밝게 드러난다." 다시 말해 은폐 상태에서 벗어나 자신의 모습을 드러낸다. 요컨대 예술작품은 진리를 말한다. 예컨대 고흐의 그림은 농부의 삶의 힘든 현실에 대해서, 그리스의 신전은 당시의 인간들과 그들의 신들에 대해서, 그리고 횔덜린의 시들은 궁핍한 시대의 시인의 책무와 현대 인간의 상황을 말해주는 것이다. 하이데거는 본질이란 것이 나타나고 드러나지 않는다면 아무것도 아니라는 헤겔의 생각을 헤겔보다 더 과격하게 받아들인다. 헤겔이 말하는 본질에 해당하는 존재는 오로지 작품 속에서만 그 모습을 드러낸다. 그림으로 건축물로 혹은 시적인 언어로. 말하자면 진리는 작품 속에서 "현현한다."(하이데거의 같은 책 44쪽) "작품 속에서는 참된 것뿐만 아니라 진리 자체가 작동한다. 농부의 신발을 보여주는 그림, 로마의 분수를 묘사하는 시는 그 무엇을 알리고 있는 것만은 아니다. 아니 좀더 엄격하게 말하자면, 이 개별적인 존재자들은 그 자체로서 아무것도 말해주지 않는다. 다만 그것들은 존재자 전체와의 연관 속에서 개방 그 자체를 드러나게 할 뿐이다. (…) 이런 식으로 해서 자신을 은폐하는 존재는 밝게 드러난다. 그리고 그런 식으로 밝아진 것이 작품 속에서 그 모습을 드러내는 것이다. 곧 작품 속으로 들어가 그 모습을 드러내는 것이 아름다움이다. 그러므로 아름다움은 진리가 존재하는 방식이다."(하이데거의 같은 책 같은 곳)

작품은 진리이고, 그것의 가상이 아름다움이다. 진리는 그러므로 아름다움이라는 양태로 드러난다. 존재는 작품 속에서 "밝게 드러나며", 작품의 형상으로서 진리 속으로 들어간다. "기존의 것 그리고 관습적인 것으로부터는 결코 진리를 읽어낼 수 없다."(하이데거의 같은 책 59쪽) 오히려 진리를 작동시키는 것이 "예술의 본질"이다.(하이데거의 같은 책 같은 곳 참조) 진리로서의 예술, 예술과 진리의 이러한 결합 속에는, 진리란 그 어떤 초개념적인 것으로서 그림이나 시적인 언어로(은유로) 그 모습을 드러낸다는 하이데거의 확신이 자리 잡고 있다. 이로써 그는 다시 니체 또는 그의 동시대인인 아도르노와 연결된다. 아도르노는 마찬가지로 그의 《미학 이론》에서 예술의 진리라는 말을 사용하며, 또한 예술을 완전하게 이해하기 위해서는 철학이 필요하다고 말하고 있는 것이다. 또한 하이데거도 철학자이자 존재론자로서, 형이상학적인 예술 해석을 완성한 존재의 사유자로서 발언한다. "그는 예술을 개념의 상위에 놓기 위해 아주 과격한 방식으로 사상가들을 '뒤따른다.'"(슐츠 1985의 61쪽)

하지만 하이데거는 은폐된 의미를 말로 드러내고, 예술작품을 개념으로 나타내려고 시도하는 해석학자가 아니다. 또한 그는 가다머나 혹은 다른 것에 주안점을 두고 있는 아도르노처럼 작품이 그 자체로서 말할 수 없는 것을 말하려고 하지도 않는다. 오히려 그는 존재를 사유하며, 작품 속의 진리를 사유한다. 그러므로 우리는 그를 믿거나 믿지 않거나 둘 중의 하나를 택할 수밖에 없다. 말하자면 그의 예술형이상학은 그 자체로 그 어떤 최종적이고 자명한 성격의 것이다. 감격에 넘친 예고의 음조(예언자로서의 시인/사상가/철학자)가 울려 퍼진다. 그러므로 우리는 작품의 진리를, 존재 전체의 진리를 충분한 근거를 가지고서 별안간에 포착한다. 체험으로서가 아니라 인식의 유보, 역사적 경험이라는 의미에서 그렇다. 아니면 우리가 그런 식으로는 전혀 진리를 포착하지 못한다고 생각할 수도 있다. 그러나 작품과 진리와 존재의 위엄이 모든 것을 차지해 버린다면, 작가와 수용자는 도대체 무슨 재미가 있겠는가?

# VI.

## "미학적 표현들의 명료성"
## (비트겐슈타인) : 형식주의 미학

칸트냐 헤겔이냐. 요는 양자택일의 문제이다. 이 문제는 늦게 잡아도 20세기 중반 이후로 더욱 첨예화된다. 한편으로는 형식주의적 성격을 가진 경향들이 전개되는데, 이것들은 칸트의 전통을 잇고 있으며, 구조주의, 기호학, 텍스트 언어학, 그리고 자연과학적 연구 방식을 지향하는 성찰들과 연관을 맺으면서 예술과 미학에 대한 다양한 담론 방식들을 시도한다. 다른 한편으로는 내용미학, 대개는 역사철학을 지향하는 객관적 예술철학의 흐름이 전개된다. 후자에 대해서는 앞으로 더 이상 언급하지는 않을 것이다. 루카치에서 시작하여 하이데거를 거쳐 비판이론에 이르는 우리의 근대의 탈주자들로부터 여러 노선들과 결합관계들이 이어지며, 결국 이것들로부터 현상학적-존재론적 경향들과 해석학적-수용미학적 경향들의 촘촘하게 짜인 그물이 생겨나는 것이다. 그리고 그 그물의 핵심, 다시 말해 그물의 내적인 짜임새와 조직을 만들어가는 것은 부분적으로는 노출되고, 부분적으로는 은폐된 헤겔주의이다. 그리고 이러한 헤겔주의적 경향들의 뒷면을 이루는 것은 잠정적으로 "형식주의 미학"이라는 이름으로 부르기로 하는 미학적 성찰들인데, 이로써 우리는 18세기의 미학과 미학 이론의 형성 과정의 시발점으로 되돌아간다. 아울러 이 형식주의 미학에서 포스트모더니즘, 후기구조주의, 탈구조주의적 명제들과의 밀접한 연결고리가 성립될 수 있다.

장프랑수아 리오타르는 짧은 에세이에서 철학적 미학이 시작되었을 때의 어려움을 상기하면서, 또한 동시에 불확실한 현재적 상황, 다시 말해 이 학문이 처한 곤궁함과 답보 상태에 대해서도 주목하였다. 미학은 18세기 초 예술의 자율화와 더불어 시작되었는데, 그 핵심은 예술이란 "언제 어디서든 그것을 지배해 왔던 문화적·정치적 목적들로 더 이상 환원시킬 수 없다는 것이다." 예술작품은 전시되고 공공적으로 모습을 드러내며, 살롱이나 여타의 장소에서 대화의 대상이 되지만, 역설적이게도 그 담론들에 있어서 독자적인 예술이해가 주도권을 잡지 못했다. 왜냐하면 예술작품의 새로운 소유 계층, 즉 관객으로서의 시민계급이 "미감의 영역에서는 그다지 조예가 없었기 때문이었다." 리오타르는 계속해서 말한다. "시민계급은 작품들의 판단에 있어서 자신의 임의적인 기분을 규칙들에 종속시키지 않음으로써 아무런 교양도 얻을 수 없었다. 말하자면 시민계급은 이상성에 대해서는 거의 믿지 않았다. 그 결과 예술작품을 즐기기는 하더라도, 그 향유 행위가 선험적으로 미감을 규정하는 규칙들에 의해 제약될 수 없었던 것이다. 다만 마음대로 내리는 수많은 판단들에서 걸러낼 수 있는 질서 정도만을 얻을 수가 있었다. 시학을 배제해 버리는 이러한 전도된 상황으로부터 미학이 생겨나며, 이 미학은 즉시 철학적 학문으로서의 미학이 빠져들어 갈 수밖에 없는 자가당착의 상태에 놓이게 되었던 것이다. 즉 개념적으로 규정될 수 없는 미감 판단의 조건들을 논증적으로 설명하는 것이다."(리오타르 1993의 420쪽) 이것은 정확하게 《판단력 비판》에서의 칸트 미학의 출발점에 해당하는데, 칸트는 이 문제를 미감의 자율성으로 해결한다. 리오타르 식으로 설명하자면 이렇다. 이러한 이율배반을 해결하기 위해서 칸트는 "몇몇 논리적인 괴물들을 허용해야 했다. 목적이라는 관념이 없는 합목적성, 개념 없는 보편성, 단순한 예시적인 필연성, 그리고 무엇보다도 무관심의 관심이 그것들이다. 이러한 모순들을 굴복시키지 못한다면, 미학은 언제나 아무런 소득도 만들어낼 수 없게 된다. 미학은 논증적인 담론으로부터 추방되거나, 아니면 논증적인 담론에 재앙을 내리게 된다. 그러므로 미학은 흔들거리는 문턱 위에 서서 균형을 잡고 있는 형국으로, 그 문턱 위에서 흔들거리면서 미학은 아름다움의 느낌을 규정하기 위해 단순한 개념들로부터 그 힘을 빼앗아버리는 것이다. 미학은 합리주의적 철학으로부터, 경험 전체를 통일적인 체계 속으로 강제로 편입시킬 수 있다는 희망을 그 희망이 생겨나자마자 빼앗아버린다."(리오타르의 같은 책 같은 곳)

바로 그 때문에 형식주의 미학의 현대적인 유형들은 다음과 같은 시도를 한다. 우선 "미학적인 개념들"(프랭크 시블리)과 같은 것을 수립하거나, 혹은 일반적인 상징이론 속에서 "예술의 언어들"(넬슨 굿맨)을 설정하려고 하며, 또한 예술과 비예술, 미학적 처리 방식과 비미학적 예술 방식의 구분 기준들(아서 C. 단토)을 찾아내려고 시도한다. 간단하게 요약하자면, 현대의 이론들은 기본적 개념의 테두리와 미학의 분야 내에서 방향을 설정하기 위해 다시 처음의 출발점들로 되돌아가는 것이다. 헤겔을 지향하는 역사주의적 예술이론 대신에 이 단원에서 소개되는 사람들은 "역사라는 부록을 가진 형식주의 미학"(빌Wiehl 1983의 561쪽)을 대변한다. 이들은 헤겔의 뒤를 잇는 예술철학적 전통을 불신하며, 근본 질문들로부터 새로이, 마치 제로 지점에서 시작하는 것처럼 출발한다. 그 배경에는 전혀 다른 방식으로 미학적 사유를 전개하는 학파가 자리 잡고 있다. 구스타프 페히너의 "아래로부터의 미학"이라는 명제, 다시 말해 자연과학의 방법들을 이용하고 경험적 지식을 지향하는 철학 내지는 심리학에 바탕을 둔 기술記述미학이 바로 그것이다. 그리고 이러한 기술미학은 무엇보다도 다른 뿌리를 가진 유파로부터도 그 영향을 받고 있다. 형식주의 미학을 지향하는 많은 철학자들과 추종자들은 대략 영국계 미국인들의 그룹에 속하는데, 이들은 플라톤에서 신플라톤주의에 이르기까지의 고대 유럽적 사유의 전통을 물려받기보다는 윌리엄 제임스의 실용주의 혹은 유럽의 영향하에 있다고 볼 수도 있는, 빈 학파의 독일인 이민자들, 즉 슐리크나 카르납과 연결되어 있다. 또한 러셀과 화이트헤드 또는 비트겐슈타인도 이러한 경향과 관련이 있는 인물들이다. 하지만 하이데거나 아도르노는 거의 관련이 없다.

이제 이어서 완전하다고 주장할 수는 없으나, 어느 정도의 대표성이 있다고 보이는 몇몇 입장들을 소개하겠다. 거듭해서 나는 병렬 속의 차이점을 옹호할 것이며, 여러 경향들을 소개할 것이다. 물론 이러한 것들은 미학의 문제를 다루는 데 있어서 동일한 권리를 가진다.

예술과 미학의 문제들은 루트비히 비트겐슈타인(1889-1951)이 다루었던 주요한 영역들에 속하지 않음은 분명하다.(이와 관련해서는 부흐하이스터/슈토이어Buchheister/Steuer 1992 참조) 오히려 그는 두 편의 주요 저작인《논리 철학 논고》(1921)와《철학적 탐구》(1953년의 유고작)에서 제기된 논리학과 인식이론의 절실한 문제점들에 다른 방식으로 해결책들을 얻으려고 시도했다. 초기의 작품이 논리 원자론의 기획, 엄밀한 개념 언어의 구축을 지향하고 있는 데에 반해, 후기의 작품은 철학에 대한 비판과 소위 가상 문제들의 해체에 전념한다. 학생들에 의해 전해진, 비트겐슈타인의 미학에 대한 개인 강의록(1938)은 사변 철학에 대한 이러한 비판적이고 면밀한 검토와 연관되어 있다. 비트겐슈타인 자신의 미학에 대한 이해와 관련해서는 1949년에 쓰인 "잡다한 메모들" 중의 한 글이 잘 말해주고 있다. "학문적인 질문들은 나의 흥미를 끌 수는 있으나, 실제로 나를 사로잡지는 못한다. 다만 개념적이고 미학적인 질문들만이 나를 매혹시킨다. 근본적으로 보자면, 나는 학문적인 문제들의 해결에 별다른 관심이 없다. 그러나 개념적이고 미학적인 문제들의 해결에 대해서는 그렇지 않다."(치머만Zimmermann 1980의 49쪽에서 재인용) 이 강의록은 "언어놀이"(이것은 다시 특정한 삶의 형식과 연결된다)라는 기본 개념을 바탕으로 하는 《철학적 탐구》와 전적으로 같은 입장에서 논지를 전개한다. 그리고 "여기에서 '언어놀이'라는 말은 언어의 발화가 활동 내지는 삶의 형식의 일부라는 점을 부각시킨다."(비트겐슈타인 Wittgenstein 1977의 28쪽) "아름답다"라는 말의 사용을 설명하기 위해서는 그 말이 도입된 상황으로 되돌아가서, 사람들이 우리에게 이 말을 "어떠한 방식으로 가르쳤는지"를 생생하게 보여줄 필요가 있다. 이와 관련하여 비트겐슈타인은 "아름답다"라는 말이 지시적인 맥락(이것 혹은 저것이 아름답다)이라기보다는 순수한 감탄사와 같은 상태를 가리키고 있다는 점을 지적하고 있다.(비트겐슈타인 1968의 20쪽 참조) 다시 말하자면, "아름답다"라는 특징 묘사에는 임의적인 대상들의 어떠한 특징이나 공통점도 표현되어 있지 않으며, 그 대신 비트겐슈타인이 명백하게 말하고 있지는 않긴 해도, 그 어떤 주체의 상태와 기분 같은 것이 표현되어 있다. 비트겐슈타인이 "실제의 삶"에 있어서는 미학적인 형용사들이 거의 아무런 역할도 하지 않는다고 한 것도 이와 같은 맥락이다.(비트겐슈타인의 같은 책 22쪽)

그 무엇은 아름다운 것이 아니라, 아름답게 보일 뿐이다. 그 무엇을 "아름답다"라고 보는 것은 특별한 양태, 다시 말해 특별한 기분을 부각시킬 때에만 가능하다. 그 기분에 따라 우리는 그 어떤 친숙하고 일상적인 것을 갑자기 새롭고 달리 보게 되는 것이다. 그 어떤 다른 낯선 것은 임의적인 사실이나 사물 등을 대할 때 우리에게 떠오르는 기분이다. 그 어떤 것은 새로운 빛을 받으면서 우리에게 그 모습을 드러낸다. 그러므로 비트겐슈타인은 양태-보기라는 말을 사용한다. 별안간에 우리는 어떤 사물의 새로운 특징들이나 양태들을 발견하고 보게 된다. 그러고는 예컨대 "아름답다"고 말한다. 그 어떤 것은 우리에 의해서 재해석되며, 또 다른 어떤 것으로 보여진다. 이 말은 우리 자신이, 우리의 보는 행위가 그 어떤 것을 아름답게 만드는 것이지, 사물이나 사실 등 그 자체가 아름답지는 않다는 것을 의미한다. "그 자체"라는 말은 순수한 가능성을 의미하며, 그 가능성은 우리에 의해서 현실화되고(여기에서 우리는 아직도 전적으로 헤겔을 따르고 있다), 우리의 보는-행위에 의해서 "어떤 것으로" 실현된다.

아름다움의 성립 구조와 관련된 이러한 심리적, 생리적 계기들과는 별개로 비트겐슈타인의 견해는 "삶의 형식들"이라는 구상에 토대를 두고 있다. 그는 이 말을 지금까지 도달된 문화의 척도로 이해한다. 삶의 형식들과 거기에서 드러나는 언어놀이들은 상응하는 문화적 단계들을 나타낸다. 미학 강의록의 두 구절에 그 점이 간결하게 표현되어 있다. "우리가 미적 판단의 표현들로 여기는 단어들은 우리가 어떤 시대의 문화라고 부르는 그 어떤 것 속에서 매우 복잡하긴 하지만 매우 확고한 역할을 한다. 그러한 단어들을 기술하기 위해서,

또는 우리가 세련된 미감이라고 이해하는 그 어떤 것을 기술하려면, 우리는 그 문화를 기술해야 한다. 오늘날 우리가 세련된 미감이라고 부르는 것은 아마도 중세에는 존재하지 않았을 것이다. 서로 다른 시대들은 전적으로 서로 다른 게임들을 가지고 있다."(비트겐슈타인의 같은 책 28쪽) 몇 쪽 뒤에 이런 말이 계속 이어진다. "미학적 표현들에 대해서 분명히 알려면, 우리는 삶의 형식들을 기술해야 한다."(비트겐슈타인의 같은 책 32쪽) 이미 하인리히 뵐플린이 말했듯이, 어느 시대 어디에서든 모든 게 가능한 것이 아니라, 미학적 문화의 척도는 역사 속에서 끊임없이 변화해 간다. 그러므로 비트겐슈타인의 영향을 받은 미국의 예술철학자이자 미학자인 단토(그는 미학적 태도, 미학적 관점에 대한 정확한 관찰과 기술을 말하면서 표면 해석이라는 말을 사용한다)가 말하는 의미에서의 해석학이 요구되는 것이다.

비트겐슈타인의 미학은 규범적이거나 범례적인 것이 아니라 분석적이다. 그 무엇이 아름답다는 것을 미학이 말할 수 있다고 보는 생각을 비트겐슈타인은 "가소롭게" 본다.(비트겐슈타인의 같은 책 33쪽) 그리하여 그는 다음과 같이 반대의 제안을 한다. "아마도 미학에 있어서 가장 중요한 것은 우리가 미학적 반작용이라고 부를 수 있는 것들, 예컨대 불만족, 혐오, 불쾌함 같은 것일는지도 모른다."(비트겐슈타인의 같은 책 35쪽) 비트겐슈타인에 의하면 우리는 언어놀이로, 특수한 기분과 상태를 보여주는 반작용으로서의 주체의 표현들로 되돌아가야 한다. 그리고 이러한 것들은 문화에 따라 상이하며, 그때마다의 도달된 역사적 발전에 달려 있다. 그러므로 그는 미학을 심리학의 한 분과로 보는 만연된 견해를 거부한다. "미학적 문제들은 심리적 실험들과는 전적으로 아무 관련도 없으며, 전혀 다른 방식으로 대답되어야 한다."(비트겐슈타인의 같은 책 41쪽) 유감스럽게도 비트겐슈타인은 우리에게 그 상세한 대답을 해주지 않고 있다. 그러나 어쨌든 미학적 설명은 결코 인과론적 설명이 아니다.(비트겐슈타인의 같은 책 42쪽 참조)

비트겐슈타인이 이러한 맥락에서 다음과 같은 주장을 할 때면, 저 멀리 아물거리는 곳에서 칸트가 찬동의 눈길을 보낸다. 즉 비트겐슈타인이 보기에, "자아ego"에 의해서 아름답다고 여겨지고 따라서 아름답다고 판단된 대상들에 대한 "또 다른 자아alter"의 찬동은 설명될 수가 없다. 다시 말해 특정한 의미론적 규칙들을 수반해야 하는 그러한 찬동은 성립될 수가 없다. "또 다른 자아"는 자발적으로 작용하며, "자아"와 꼭 마찬가지로 감정으로부터, 감정적으로 작용한다. "그래, 맞다, 그렇다, 정말 그렇다." 아름답다는 미감 판단(추함과 그 밖의 것도 마찬가지이다)은 비트겐슈타인에게 있어서와 마찬가지로 칸트에게 있어서도 하나의 주관적 판단이며, 언어놀이 속에서의 특별한 계기이다. 그리고 이러한 계기를 통해서 어떤 사람의 찬동이 다른 사람들에게 영향을 줄 수도 있지만, 그 찬동도 기껏해야 "강요의 수준"에 불과할 수밖에 없다. 칸트에게 있어서 "미학적 상식"을 받아들임으로써 가능했던 것을, 비트겐슈타인은 공동의 동일한 삶의 형식들에서 찾는다. "결국 감각의 성공적인 전달, 즉 미학적 이해라는 것은 이러한 이해가 짜여 들어가 있는 삶의 형식에 참여할 수 있는가 없는가 하는 데에 달려 있다. (…) 예컨대 음악 해석에 있어서 '감정이 풍부한 연주'라는 것은 어떻게 설명할 수 있는가? 물론 연주가 수반하는 그 어떤 것은 결코 아니다. 그렇다면 어떤 설명이 가능한가? 답은 문화일 것이다. 특정한 문화 속에서 자라면서 음악에 대해 이런저런 식으로 적응한 사람이라면, 그 사람에게 '감정이 풍부한 연주'라는 말의 사용을 허용해도 될 것이다."(치머만 1980의 58쪽에서 재인용)

1959년에 발표한 주목할 만한 논문에서 프랭크 시블리는 미학적 개념들을 다루고 있는데, 여기에서 그가 말하는 미학적 개념들이라는 것은 미감 또는 특별한 지각 능력이 전제되어야만 사용될 수 있는 다수의 형용사들을 가리킨다.(시블리Sibley 1979의 230쪽 참조) 그는 미감이라는 말을 용어상으로 "사물들을 인지하거나 구분할 수 있는"(시블리의 같은 책 233쪽) 능력으로 이해한다. 더 나아가서(논증의 전체 방향은 이것을 향하고 있다) 이러한 구분의 능력은 감수성의 척도, 집중력의 정도에 달려 있다고 할 수 있다. 간단하게 요약하자면 이렇다. 어떤 사람의 감수성이 예민할수록, 그의 판단 능력은 보다 세밀하며, 미학적 개념들을 다루는 그의 역량도 보다 커질 가능성이 높다. 그럼에도 불구하고 시블리는 대상들(사물들 또는 예술품들)도 중요하게 여긴다. 그 대상들은 우리가 미학적 용어들을 배우게 되는 모범이고 사례에 해당하기 때문이다. 그러나 미학적 용어들은 규칙들을 통해서도, "기계적인" 적용을 통해서도 결코 배울 수 없다.(시블리의 같은 책 241쪽 참조) 그리하여 시블리는 다음과 같은 결론에 도달한다. "미감 개념들의 특성을 이해할 능력이 없거나, 미학적인 문제들에 있어서 자신이 감수성이 결핍되어 있음을 알면서도 이러한 결핍을 공공연하게 드러내고 싶어 하지 않는 사람이라면, 끈기 있는 노력과 예리한 관찰을 통해서 몇몇 규칙들과 일반화하는 기준들을 소유할 수 있게 될 것이다. 귀납적인 관찰과 현명한 추측을 통해서 종종 올바른 것을 표현할 수도 있게 될 것이다. 그러나 그는 마음대로 자신을 신뢰하거나 마음대로 자신을 믿어서는 안 된다. 대상에서 일어나는 사소한 변화에도 예기치 않게 그의 추측은 언제든 아무것도 아닌 게 되고, 그 추측은 올바를 수도 틀릴 수도 있기 때문이다."(시블리의 같은 책 242쪽) 완전히 다른 배경에서 게오르크 짐멜과 이후의 게오르크 루카치도 이러한 상황을 표현하고 있다. 즉 어떤 미학적 감수성도 없는 사람에게는 특정한 미학적 가치들을 증명할 수도 부여할 수도 없다는 것이다. 학문의 경우에도 마찬가지다. 미학사가인 프리드리히 카인츠는 보다 함축적으로 말한다. "미학은 (…) 이러한 배제할 수 없는 주관적-비합리적 계기를 긍정해야 하며 그것을 본질적으로 받아들여야 한다."(카인츠Kainz 1948의 57쪽) 또한 시블리도 감수성, 또는 다른 말로 미감에 대해서 말한다. 그에 의하면 미감은 아주 개인적이고, 주관적인 관심사이다. 시블리는 그의 논문의 제2부에서, 미감이라는 것은 계기를 만나거나 자극을 받으면, (어느 정도의 감수성이 있다면 더욱 좋다) 점차로 형성되고 계발될 수 있음을 보여주려고 시도한다. 그러므로 전문적인 예술비평가의 직책을 맡은 사람은 우리에게 "그들이 본 것, 즉 대상의 미학적 특성들"(시블리 1979의 249쪽)을 볼 수 있도록 가르쳐주어야 한다. 비평가는 우리를 자극하고, 우리에게 사물들에 대한 그의 관점을, 실제 지식들에 바탕을 둔 "표면 해석"(단토)을 전해주어야 한다. 그래야만 우리의 보는 능력이 점점 더 커지게 된다. 비평가는 무엇보다도 우선 일반 사람들이 "어떤 다른 것을 파악하거나 지각할 수 있도록" 하기 위해 "일종의 열쇠" 역할을 해야 한다.(시블리의 같은 책 254쪽) 그러기 위해서 시블리는 몇 가지 방법들을 제안하는데, 여기에서는 그것들을 슬쩍 언급만 하기로 한다. 그에 의하면, 비판가는 그의 발언에 있어서 비유들과 새로운 은유들을 사용해야 하며, 대조법과 연상법을 통해서 "감수성과 감응력과 대중들의 경험세계로 통하는 출입구"를 확보하려고 시도해야 하며 또한 그와 비슷한 것들을 보다 많이 시도해야 한다.(시블리의 같은 책 같은 곳 참조)

시블리의 논증에서 결정적인 것은 미감, 감수성, 지식 그리고 구분 능력 내지는 판단력으로 이루어지는 개념적 사각형이다. 감수성은 미학적 판단력을 형성하기 위한 첫 번째 전제조건이다. 그 다음에 훈련을 받은 미감이 전달해 주고 고양시킬 수 있는 지식들은 구분의 정도와 판단의 척도를 높여주고 섬세하게 만들어준다. 그런 식으로 도달된 문화는, 그것이 개인의 차원이든 사회의 차원이든 상관없이, 특정한 미학적 개념들을 사용하는 데서 드러난다. 아니 그 모습을 분명하게 드러낸다. 그리고 그러한 개념들의 영역과 수가 또한 구분의 능력, 감수성의 바로미터가 되는 것이다.

넬슨 굿맨의 연구는 보편적인 상징이론을 목표로 삼는다. 그러한 상징이론의 틀 내부에서 예술에 특별한 의미가 주어지는데, 그것은 예술이 인간 인식에 기여한다는 점에서 그렇다. 굿맨은 그 점을 확신하지만, 그의 《예술의 언어들》(영어판 1968, 독일어판 1973)에서 바로 "기능의 문제와 작용의 문제"(위르겐 슐레거의 발문, 굿맨Goodman 1973의 268쪽)를 연구한다. 굿맨의 견해에 의하면, 인간은 세계와 접촉하면서 다양한 소유의 방식들, 다양한 기호 체계들을 가진 재현의 형식들, 즉 상징들을 형성해 나간다. 모사, 즉 인간 뇌 속에서의 사진술적인 재현이라는 관념을 대신해서 다양한 인지 방식들이 자리를 차지한다. 굿맨은 그의 논문에서 이렇게 말한다. "학문이 있는 그대로 자연을 기술한다는 생각은, 형상들이 자연을 있는 그대로 반영한다는 생각과 마찬가지로 타당성이 없다. 내가 다른 곳에서도 이미 상세하게 언급했듯이 그러한 세계는 어디에도 존재하지 않는다. 이미 표현되거나 이미 형성된 것은 그 어디에도 없다. 그 어떤 것도 그저 전달되기 위해 기다리지는 않는다. 우리가 언젠가 도달할 수 있으리라고 희망할 수 있는 모든 것은 세계의 수많은 존재 방식들 중의 하나일 뿐이다."(슐레거, 굿맨의 같은 책 276쪽에서 재인용) 이와 관런하여 굿맨은 최근의 글에서 예시적으로 다음과 같이 말한다. "현재의 움직임은 유일무이한 진리 그리고 완결되어 존재하는 세계라는 관점에서 벗어나, 정당하고 심지어는 서로 상쟁하기도 하는 다양한 세계들의 생성과정 쪽으로 전개되고 있다."(굿맨 1989의 10쪽)

요컨대 굿맨은 세계를 창조하는 것은 우리 자신이라는 사실로부터 출발하는 구성주의적 입장을 대변하고 있다는 점을 잘 알아야 한다.(슈미트 Schmidt 1993의 288쪽) 말하자면 눈이 세상을 만들어낸다는 것이다. 프랑스의 현상학자 모리스 메를로퐁티도 같은 관점에서 말한다. "세계는 세계를 보는 것이며 그 외의 다른 것일 수가 없다. 존재 전체는 존재를 보는 것에 의해서 결정된다."(메를로퐁티 Merleau-Ponty 1986의 105쪽 이하) 눈은 "고르고, 배제하고, 조직하고, 구분하고, 연상하고, 분류하고, 분석하고, 구성한다. 눈의 고유한 임무는 재현에 있는 것이라기보다는 오히려 수용하고 제작하는 데 있다. 그리고 눈이 수용하고 제작하는 것, 그것을 눈은 속성들이 없는 사물들로서 뿐만 아니라, 또한 대상들로, 음식물로, 인간으로, 적으로, 별들로, 그리고 무기들로 본다."(굿맨 1973의 19쪽) 그러므로 눈은 사물들을 "단순하게 혹은 벌거숭이 상태로" 보는 것이 아니라, 연관 속에서, 다시 말해 실존적인 구조 그리고 또한 사회문화적 구조와 역사적 구조라는 맥락 속에서 본다. 조금 뒤에서 굿맨은 다음과 같이 요약한다. 대상들을 재현한다는 것은 무엇보다도 그것들을 제작한다는 것을 의미한다!(굿맨의 같은 책 21쪽) 그 과정에 우리의 모든 경험들, 우리의 연습, 관심과 태도들이 관여한다는 것은 자명하다. 그리고 이러한 것들이 여건만 주어지면 언제나 변화될 수 있다는 것은 물론이다.(굿맨의 같은 책 같은 곳 참조) 그러므로 "어떤 대상이 어떻게 보이는가의 여부는 그것을 정돈하거나 멀리 가져다 놓거나 조명을 비추거나 하는 것 등에 의해 좌우될 뿐만 아니라, 또한 그것에 대한 우리의 지식, 우리의 교양과 습관과 관심에 의해서도 좌우되는 것이다."(굿맨의 같은 책 32쪽) 다시 요약해서 핵심을 말하자면 이렇다. "자연은 예술과 언어의 산물이다."(굿맨의 같은 책 44쪽) 이어서 굿맨은 다시 한 번 강조한다. 언어는 형상들과 꼭 마찬가지로 "우리가 알고 있는 언어와 세계의 창조에 관여한다."(굿맨의 같은 책 98쪽) 이러한 보편적인 상징화의 과정 속에서(인간은 상징화 작업을 수행해야 한다고 굿맨은 여러 곳에서 거듭 말하고 있다) 인간은 "예술의 언어들", 다양한 예술의 장르들과 예술의 유형들, 개별적인 기호 형식들을 만들어낸다. 이런 것들은 달리 해석될 수 없다.

〈예술과 인식〉이라는 논문은 예술에 대한 굿맨의 생각을 요약해서 보여준다. 예술은 결코 "모방"이 아니며 "창조"이다. 예술은 창조이고 재창조이며, 학문적으로든 일상 언어를 통해서든 신비적인 방식이든, 그 어떤 방식으로도 기술될 수 없는 세계를 지시한다. 예술은 또한 우리의 감정과 감각에 호소하며, 우리의 감정과 감각은 그 인식 기능을 드러낸다. 지각이 인식으로 나아가는 것이다. "예술과 학문 사이의 구분은 느낌과 사실, 직관과 논증, 즐거움과 성찰, 종합과 분석, 감각지각과 뇌의 활동, 구체성과 추상성, 열정과 행위, 간접성과 직접성 혹은 진리와 아름다움 사이의 구분이 아니라, 상징들의 그 어떤 특수한 표지들이 지배적인가에 따라 결정되는 구분이다." (굿맨 1982의 590쪽) 미학적 상징체계의 보다 세밀한 기호 또는 탁월성의 요인들은 밀도와 충만함과 예시성豫示性이다. 통사론과 의미론에 있어서는 밀도와 충만함이 기준이 되며, 예시성 또는 "은유적 예시"는 전통적으로는 표현이라고 불리던 것을 목표로 한다. 굿맨이 말하는 은유적 예시는 이렇다. 예컨대 회색의 형상은 술어인 회색을 예시할 뿐만 아니라, 또한 동시에 슬픔을 표현한다.(굿맨의 같은 책 580쪽 참조) 그러한 상징들, 전체 상징체계들이 가진 기능의 본질은 그것들이 "의사소통의 매개물"이 된다는 데에 있다. 상징들은 지속적인 논쟁들의 계기가 된다. "예술작품들은 사실들과 생각들과 느낌들을 매개하는 대사관들이다. 그리고 상징들에 대한 연구는 '소통이론'이라고 불리는, 모든 것을 삼켜버리는 새로운 개량품종에 속한다. 예술은 사회에 종속되어 있지만, 사회를 살아 있게 하는 데 도움을 준다. 예술의 존재는 어떤 인간도 섬이 아니게 만드는 데 기여한다."(굿맨 1982의 584쪽) 이러한 생각은 예술 수용을 고독한 침잠의 행위로, 유아적唯我的인 명상으로 해석하려고 하는 쇼펜하우어로부터 비롯되는 모든 구상들에 대한 첨예한 반대를 내포하고 있다. 그러므로 굿맨에게 있어서 예술의 제1차적인 의미와 목적은 인식이며, 두 번째 의미는 예술에 대한 공통의 이해이다. 상징으로서의 예술은 구조적으로 또한 소통적 이해를 목표로 한다. 왜냐하면 "직접적인 필요성을 넘어서 있는 상징들은 실제 행동을 위해서가 아니라 이해를 위해서 사용되기 때문이다. 우리를 재촉하는 것은 알려는 욕구이다. 발견은 기쁨을 준다. 의사소통은 전달되어야 하는 것을 이해하고 표현하는 것과 비교할 때 부수적이다. 주된 목적은 즉자적卽自的이면서도 대자적對自的인 인식이다. 실제적인 유용성, 만족, 강제성, 그리고 소통의 유익함, 이 모든 것은 인식에 종속되어 있다."(굿맨의 같은 책 같은 곳)

상징체계들을 통하여 우리는 세계를 우리 것으로 만들며, 예술은 특별한 기호들을 가진 자기만의 고유한 체계이며, 결국 우리 사회 전체의 상호작용은 상징적으로 매개된다. 우리가 배우려고 하고, 시블리가 이미 앞에서 언급했듯이 많은 것을 요구하는 그러한 미학적 관

점은 "행위, 즉 창조와 재창조라는 행위이다."(굿맨의 같은 책 569쪽)
이것은 굿맨에게 있어서 알파요 오메가이다. 예술을 통해서 세계는
보다 풍성해지고, 새로운 면모들을 갖추게 되며, 다른 관점들과 양태
들을 얻게 된다. 예술은 모든 종류의 도그마를 거부하는 최고의 항의
이다. 왜냐하면 예술은 "쉬지 않고, 앎의 욕구에 넘쳐, 시험을 계속하
기" 때문이다.(굿맨의 같은 책 같은 곳. 그리고 이와 관련하여 비판적인
관점에서 보고 있는 젤Seel 1985의 268쪽도 참조하라.)

　　아주 넓은 의미에서 미국인 아서 C. 단토의 철학도 "분석철학"파에
속한다.(사실상 분석철학이라는 명칭은 제대로 된 것이라기보다는 잘못
붙여진 것이다.) 단토에게서는 비트겐슈타인의 영향이 어느 정도 감
지된다. 단토는 또한 굿맨과 논쟁을 벌이며, 마지막으로는 카르납에
대해 언급한다. 물론 단토는 카르납을 맹렬하게 공격하는데, 이 점이
바로 단토의 관점을 드러낸다. 지난 십 년 동안에 나온 여러 책들에
서 단토는 몇몇 근본적인 확신들을 제시하고 있는데, 가장 빈번하게
토론의 대상이 되고 있는 그의 책에 붙여진 제목이 그러한 확신들을
성공적으로 요약하여 표현하고 있다.《관습적인 것의 변용變容》이
그것이다. 단토의 독일인 해석자는 그것을 이렇게 표현한다. "예술작
품들의 참된 의미는 어떤 다른 방식으로도 보여줄 수 없는, 세계에
대한 관점을 제시하는 데에 있다."(젤 1985의 272쪽) 이 말의 의미는
예술이란 다른 어떤 매개물이나 다른 어떤 체계로도 대체할 수 없는
세계 재현의 방식이라는 것이다. 이는 굿맨의 관점과도 닿아 있다.
요컨대 예술은 세계 내지는 세계에 대한 관점을 예술적으로 제시한
것이다. 단토는 그의《관습적인 것의 변용》의 마지막 문장에서 이렇
게 말한다. "모든 예술작품은 문화적인 시대의 내면을 표현하며, 스

262

스로 거울을 자처한다."(단토Danto 1984의 315쪽)

단토가 자신의 예술철학적 성찰의 원동력으로 보는 중심적인 문제
는 예술작품에 대한 문제, 더 자세하게 말하자면 예술작품의 존재론
적 지위이다. 왜냐하면 현대예술이 스캔들에 빠져 있는 꼴이기 때문
이다. 누가 봐도 명백한 것이지만, 고전적인 아방가르드 운동의 공격
이 진행되고(뒤샹의 〈레디메이드〉) 예술과 실제 삶의 경계들이 지양
되어 버린(이와 관련해서는 뷔르거 1972 참조) 이후로 단순한 사물과
정련된 예술작품이 서로 혼동되고, 아니 그 둘이 구분되지 않게 되었
던 것이다. 여기에서는 그 대표적인 예로, 보이스*를 둘러싸고 벌어
졌던 논쟁들, 혹은 이보다 더 이전에 대중예술을 둘러싸고 지속되었
던 리히텐슈타인 또는 바르홀의 혼란스러운 논쟁들만을 거론하기로
한다. 도대체 이러한 것들이 예술에 어떤 결과를 가져다주었단 말인
가? 우리는 예술 앞에서 어떻게 해야 하는가? 어쨌든 아방가르드가
고전 작품의 자율적 지위를 파괴해 버린 후에 형이상학적 가정들과
전제조건들은 발붙일 곳이 없어져 버렸다. 적합한 수용 방식으로서
의 관조는 거부되고 만다. 또한 몇몇 분석철학의 대표자들에 의해 구
분 기준으로 여겨졌던 미학적 가치 평가에 대한 주장도, 단토의 가정
처럼 미학적 대상과 다른 대상들이 서로 구분될 수 없다면 공허하게
될 수밖에 없다.(단토 1993의 181쪽과 201쪽 이하를 참조하라.)
위의 스캔들에서 나오는 첫 번째의 논리적 결과는 미학적 반응이
결코 예술의 정의와 연관될 수 없다는 점이다. 왜냐하면 그러한 연

---

• 요제프 보이스(1921-1986): 독일의 아방가르드 조각가이자 행위예술가.

관이 성립되기 위해서는 예술과 비예술, 미학적 대상과 일반적인 대상, 문학적 픽션과 실용적 텍스트 사이의 구분이 전제되어야 하기 때문이다. 그러나 그러한 구분은 아방가르드 운동에 의해 불가능하게 되었던 것이다.(단토 1980의 32쪽, 그리고 단토 1984의 142-177쪽을 참조하라.) 단토의 견해는 이렇다.

"예술작품은 아주 많은 속성들을 가지고 있다. 그것들은 예술작품과는 구분할 수 없긴 하지만 예술작품은 아닌 물질적 대상들의 속성들과는 완전히 다른 종류의 것이다. 이러한 속성들 중의 몇몇은 미학적인 것일 수가 있으며, 혹은 우리가 미학적인 것으로 체험하거나 아니면 '위엄 있고 가치 있는 것'으로 여기는 것들이다. 그러나 그러한 속성들에 미학적으로 반응할 수 있기 위해서는 우선 그 대상이 하나의 예술작품임을 알아야 하며, 아울러 예술인 것과 예술이 아닌 것 사이의 구분이 전제되어야 한다. 그래야만 동일하게 보이는 것 속에서의 차이에 대해 다른 식으로 반응하는 것이 가능해진다. 우리는 이 책의 처음에서부터 미메시스적인 작품들을 보고 만족할 수 있으려면, 그 작품들이 모방의 결과라는 사실을 알아야만 한다는 아리스토텔레스의 견해에 맞닥뜨려야 했다. 왜냐하면 원본들에서는 그러한 만족을 얻을 수 없을 것이기 때문이다. 원본과 모방이 아무리 구분되지 않는다고 하더라도 그 점에는 변화가 없다."(단토 1984의 148쪽)

그러므로 언제나 식견의 문제, 맥락의 문제가 중요하다. 식견 내지는 식견의 축적은 문화적, 문명적인 배경에 따라 다르고, 주체마다 서로 다를 수밖에 없다.(이것을 사회문화적 태도라고 한다.) 바로 이 때문에 차이들이 생겨나는 것이다. 어떤 사람은 진부하고 표피적인 차원에서 나에게 박물관이나 극장에 대한 정보를 주면서 그곳에 전시되고 있는 그림을 예술작품"으로서" 그냥 보도록 권하거나 아니면 무대에 올려진 작품을 문학적 작품"으로서", 드라마"로서" 보도록 안내해준다. 하지만 또 다른 사람들은 교양 있는 예술 감식가들 못지않게 표면들의 구조에 대한 보다 섬세한 관찰과 식견을 선보이기도 한다. 식견은 구분 기준들을 근거로 하여 그 무엇을 그 어떤 것으로 정의하도록 한다. 여기서 즉시 덧붙여 말하자면, 단토는 우리가 이러한 기준들을 사물들 자체에다 객관적으로 갖다 붙이거나, 그 기준들을 사물들로부터 찾아낼 수 있다고는 생각하지 않는다는 점이다. 그무엇을 그 어떤 것으로 보며, 따라서 그 무엇을 다른 것과 구분하는 것은 단토에게는 그 무엇을 그 어떤 것으로 "해석하는" 것을 의미한다. 예술은 예술이 아니고, 작품은 작품이 아니다. 예술과 작품은 예술 혹은 작품에 대한 나의 해석의 산물이다. 요컨대 작품은 결코 그자체로는 존재하지 않으며, 오로지 우리를 위해서, 다시 말해 해석되고 의미가 부여되고 가치평가를 받은 것으로서만 존재할 뿐이다. 예컨대 조지 디키(《예술이란 무엇인가? 제도론적 분석》(1976))의 주장에 의하면, 미학적 가치 평가라는 것은 그 무엇을 예술로서 해석하는 것 바로 그것이다. 그럼으로써 단토는 자기도 의식하지 못한 채, 신칸트주의적-가치철학적 성찰들에 접근하고 있는데, 이는 이미 20세기 초반에 요나스 콘이나 에밀 라스크 같은 다양한 이론가들에 의해 제기되었던 관점이다.

가치와 가치 매김, 가치 평가의 지평 내에 있지 않다면, 그 무엇도 존재하지 않는다. 가치를 매기지 않은 사물들은 우리에게 존재하지 않는다. 그리고 미학적 가치 평가는 사물들을 예술로서 전적으로 특별하게 평가하는 것을 의미하며, 사물들을 탁월한 방식으로, 즉 미학적으로 기술하는 경우를 말한다. 단토는 "우리가 예술작품들의 특징을, 그것들을 또한 동일한 특징을 기준으로 가치 평가 하지 않고서는 기술할 수 없게 된다는 사실에 주목한다. 요컨대 미학적 기술의 언어와 미학적 가치 평가의 언어는 동일한 성질의 것이다."(단토 1984의 239쪽) 그러므로 예술작품들은 우리에 의해 특별하게 평가된 사물들이며, 우리에 의해 예술작품들로 해석되고 특별한 의미론(시블리의 미학적 개념들, 비트겐슈타인의 언어놀이) 속에서 기술된 사물들이다. 그리고 단토가 비교적 최근의 논문들에서 상론하고 있는 바에 따르자면, 우리가 예술작품들이라고 선언하는 사물들 속에서 우리는 "이념"들을 알아보게 되는데, 그러한 이념들은 사물들의 토대에 실체적으로 존재하는 것이 아니다. 다시 말해 그러한 이념들은 이미 존재하고 있는 것도 차후에 찾아낼 수 있는 것도 아니며, 다만 덧붙여 씌우는 방식으로만 존재한다. 요컨대 이념들은 수용자로서의 우리 인간에 의해 구성된다. "브릴로 상자가 하나의 예술작품으로 만드는 것은 그것이 하나의 이념을 구체화하거나, 아니면 그것이 이념이면서 동시에 단순한 사물이기 때문이다. 두꺼운 마분지가 이념으로 변용되기 때문이다. 그것이 비록 마분지의 이념에 그친다 하더라도 말이다."(단토 1993의 209쪽) 예술은 그 무엇을 예술로 보고, 특별한 가치 평가를 표현하는 해석이고 의미 부여이고 가치 매김이다. 왜냐하면 우리는 이러한 미학적으로 가치 평가된(아름답다, 안락하다, 매력적이다 등등) 대상들 속에서 다시 우리 자신을 발견하기 때문이다. 그 대상들은 우리에게로 다가와서 우리와 하나가 된다.

단토는 이러한 명제를 문학작품의 경우를 들어 구체적으로 설명한다. 그는 거듭해서 강조한다. "문학은 그것을 체험하는 모든 독자를 대상으로 한다(…)."(단토의 같은 책 185쪽) "문학적 지시관계의 보편성은 텍스트를 읽는 모든 개인을 대상으로 한다는 데 있다. 개인이 텍스트를 읽는 바로 그 순간에 말이다. 문학은 지적인 계기를 함축적으로 내포하고 있다. 모든 작품은 텍스트를 읽는 '자아'를 대상으로 한다. 그리고 그 자아는 잠재적인 화자의 글을 읽는 잠재적인 독자가 아니라, 텍스트의 실제적인 대상과 일치한다. 그리하여 모든 작품은 모든 독자를 위한 은유가 된다. 아마 모든 독자에게 동일한 은유일 것이다."(단토의 같은 책 186쪽) 다시 요약하자면 이렇다. "작품은 그것이 읽히는 순간에라야 비로소 자신의 대상을 얻게 된다."(단토의 같은 책 같은 곳) 그러므로 문학작품은 우리에게 객관적인 외부 세계를 비추어주는 것이 아니라, 우리에게 우리 자신의 상을 보여주는 "일종의 거울"(단토의 같은 책 같은 곳)과도 같다. "모든 작품은 이러한 의미에서 우리에게, 거울의 도움이 없었다면 알지도 못했을 우리들 내부의 한 측면을 보여준다. 그러면 우리는 그 측면을 우리의 것으로 소유하게 된다. 모든 작품은 자아의 예기치 않은 차원을 드러낸다. 하나의 상을 수동적으로 비추어준다는 의미에서의 거울이라기보다는, 그 상과 동일시함으로써 자기 자신을 인식하게 되는 독자의 자기의식을 변화시킨다는 의미에서의 거울이다. 이러한 의미에서 문학은 변용적으로 작용한다. 허구와 진실 사이의 구분을 가로지르는 방식으로."(단토의 같은 책 186쪽 이하) 작품은 세계를 보는 특정한 관점을 제공한다. 작품은 하나의 모의적인 세계이며, 우리는 수용 행위를 통해서 거기에서부터 풀려난다. 그리고 누가 어떤 방식으로 문학의 거울 속으로 들여다보는가에 따라 좌우되는 읽기의 유형들도 다양할 수 있다는 점에 유의해야 한다. 나이, 교양, 예비지식, 관심의 방향, 그리고 마지막으로 그때마다의 처지라는 문제들이 거울의 반영 내용을 좌우한다. "지시 관계에 있어서 잘못된 결론"(단토의 같은 책 188쪽)을 피하기 위해서는 무엇보다도 우선, 독자가 문학과 삶, 가상과 존재, 시뮬레이션과 실재의 차원들을 우선 구분할 수 있어야 한다는 점이 전제되어야 한다. 그러한 구분 능력이 없이는 유익하고 즐겁고 인식의 기쁨을 주는 의미 있는 읽기는 거의 불가능하다. (근본적으로 잘못된 읽기의 유형들은 수도 셀 수 없다. 《돈키호테》로부터 플로베르의 《마담 보바리》와 《부바르와 페퀴셰》를 거쳐 모던과 포스트모던에 이르기까지의 소설의 역사는 "독자와 주인공"을 혼동하는 많은 바보들을 보여준다.(부테노브 Wuthenow 1980)

다시 한번 되돌아가서, 최근의 논문들에서 전통적인 철학적 미학 내지는 예술철학에 대해 근본적인 비판을 전개하고 있는 단토의 논증의 귀결점을 검토해 보기로 하자. 예술은 그 무엇을 예술로 해석함으로써 예술이 된다. 그리고 이 과정에서 해석은 관습적인 것을 변용하고 그 변용한 것을 대상에 고정해야 한다. 변용은 예술의 품질을 보증하는 날인이며, 그 이념이다. 이로써 예술 자체가 개념적인 것이 되며, 예술은 철학으로 되돌아간다. 다시 말해 예술은 그 자신만의 미학으로 되돌아가며, 또한 그와 더불어 철학 전체도 다시 홀가분해진다. 이천 년에 걸친, 예술과 감각에 대한 철학의 통제를 추적하고 있는 단토의 논문집 《예술에 대한 철학의 금치산 선고》는 여기에서 이러한 결론에 도달한다. 예술의 종말이라는 헤겔의 명제는 단토에게서 다시 한번 집중적인 주목을 받는다. 왜냐하면 다양한 아방가르드 운동들 이후에 현대적 예술, 현대의 예술은 헤겔이 이미 예견했듯이 사유의 관찰, 성찰로 우리를 초대하기 때문이다. 예술을 존엄하게 하는 것은 결국 개념의 발견, 단토적인 이념들을 통해서 이루어진다. 포스트모던적 조건들하에 여기 이곳에서 모든 것이 가능해지고, 미메시스-패러다임이 새로운 미디어 기술들과 더불어 미디어 기술들을 통해서 완전히 쓸모없게 되고, 제도상의 정돈이 의문시되어 버린 시점이어서 더욱 그렇다. 이제 우리에게 남은 것은 자기지시 내지는 자기성찰이라는 핵심어의 관점에서 접근하는 방식이다. 이것은 단토가 단지 암시적으로만 말하고 있는 광대한 들판이다. 회화는 우리로 하여금 "그것들에게 주어진 경계선의 테두리 내에서 모든 사물들을 보고 알도록 했다. 그러나 그러한 경계들 자체가 인식되었으므로, 이제 예술 자체가 대상이 되었고, 그와 더불어 철학적 움직임이 전개되었다. 이 움직임은 헤겔이 주체와 객체 사의의 심연의 극복으로 기술하고 있듯이, 절대적 지식의 엄밀한 반복에 해당한다."(단토 1993의 240쪽)

1988년 쿠체라가 《미학》이라는 간단한 제목으로 출간한 저작은 형식주의 미학을 통해서 이루어질 수 있는 성과에 대한 간결하고도 체계적인 요약과도 같다. 여기에서 쿠체라는 "보편 미학"이라는 말을 사용하면서, 무엇보다도 개념에 대한 설명을 시도한다. 다시 말해 "미학적 경험의 개념 분석에 있어서 중요한 지위를 차지하는 경험의 특수 형식으로서의 체험의 개념" 및 "미학적 경험들과 판단들"을 해명하고, 마지막으로 "예술의 개념"에 대한 논의를 시도한다.(쿠체라 1988의 9쪽)

몇 개의 정의들을 간단하게 들여다보기로 하자. 칸트의 성찰과 연관을 맺으면서 쿠체라는 미학적 경험을 이렇게 정의한다. "미학적 경험은 대상의 감각적인 현상 방식에 집중하는, 외적 체험의 형식이다. 그러한 경험에는 시각적, 음향적, 촉각적, 후각적 그리고 미각적 속성들과 아울러 표현적 특질들도 포함된다."(쿠체라의 같은 책 74쪽)

미학적 경험은 오직 특수한 관점의 바탕 위에서, 행동의 억압에서 놓여나고 자유가 전제될 때에만 가능하다. 그리고 그러한 경험 속에서 우리는 미학적 대상들과 만나게 되는 것이다. 그러한 대상들은 자연과 인공물로부터 온 사물들로서, 우리는 그 사물들에다가 쿠체라가 미학적인 것이라고 부르는 특질들을 부여한다. 왜냐하면 그러한 특질들은 우리를 자극하고, 당황하게 만들고, 영향을 주고, 또한 놀라게도 하기 때문이다. 미학적 특질들(아름다운, 추한, 숭고한)은 객관적인 가치들이 아니며, 우리가 사물들에 부여한 것이다. 그러한 특질들은 "우리의 직관 방식에 의해 구성된다."(쿠체라의 같은 책 139쪽) 또한 그 특질들은 쿠체라가 칸트에 기대어 미학적 판단이라고 부른 것을 통해서 개념화된다. 요약하자면 이렇다. "미학적 판단들은 고도로 직관적이다. 하지만 그 판단들은 순간적인 인상을 재현할 뿐만 아니라, 직접적인 체험들에 토대를 두며, 다른 경험들로부터 얻어진 비교들과 척도들을 근거로 삼기도 한다. 미학적 판단들은 또한 그 근거들을 제시할 수 있다. 하지만 대개는 일반적인 기준들의 도움을 받아 연역적으로 근거를 제시하는 것이 아니라, 간접적인 증거들을 통해서만 가능하다."(쿠체라의 같은 책 164쪽) 예술작품들의 문제에 대해서 쿠체라는 다음과 같이 정의함으로써 자신의 견해를 밝힌다. "하나의 예술작품은 어떤 의미 있는 내용을 성공적으로 표현한 것이다." (쿠체라의 같은 책 208쪽) 이로써 그는 칸트의 형식주의적 경향으로부터 벗어나 헤겔의 내용미학 쪽으로 나아간다. 그는 "예술의 가치와 임무들"을 쾌락주의적, 도덕주의적, 그리고 인식론적 관점에서 본다. 만족, 교육, 그리고 가르침과 인식.(쿠체라의 같은 책 260쪽)

그가 276쪽에 달하는, 그리고 거기에다가 음악, 회화 그리고 문학과 관련하여 286쪽을 덧붙여 쓴 책에서 전개한 내용은 상대적으로 빈약하다. 우리는 그의 미학적 개념들이 바움가르텐에서부터 칸트를 경유하여 헤겔에 이르기까지의 전통에 기대어 거의 비슷한 맥락에서 전개되는 것을 볼 수 있다. 그러므로 쿠체라가 쓴《미학》의 가치를 우리는 미학의 문제점들을 개념적으로 더욱 날카롭게 만들고, 보다 의미 있고 체계적으로 정리하는 데 일조했다는 정도로 이해하면 족할 것이다. 그는 새로운 장場과 무대들을 제시하지는 못했다. 그는 전적으로 관습적인 차원에 머물고 말았는데, 이는 전래된 개념의 테두리에서 무엇이 가능하고 이루어질 수 있는가 하는 것에 대한 증거이기도 하고, 또한 지금까지 근대 미학의 진보라는 것이 얼마나 미미한 정도에 머물고 있는가를 말해주는 증거이기도 하다. 물론 메타이론적 관찰자라면 이에 대해 틀림없이 반대 의견을 내놓겠지만 말이다. 그리고 이러한 반대는 쿠체라에 대한 평가와 관련해서만이 아니라, 또한 일반적인 딜레마를 보여준다. 칸트냐 헤겔이냐. 우리는 이 딜레마를 다시 반복하고 있다. 형식주의냐 아니면 내용미학이냐. 예나 지금이나 다양한 입장들이 이 사이에서 이리저리 진동하고 있다. 형식주의 미학과 분석 미학의 공공연한 대표자들의 입장들도 그 점에서는 마찬가지이다.

# VII.

## 미학적인 것의
## (포스트)모던적 현실성

## 1. 현안들

의심할 여지 없이 미학적인 것은 호황을 누리고 있다. 지속적으로 하지만 모순적인 방식으로. 미학적인 것은 예술에 대한 언설로서 혹은 예술이론으로서, 그리고 또한 비미학적인 것에 대한 이론으로서 호황을 누리고 있다. 예술은 반反예술과 꼭 마찬가지로 붐을 이루고 있다. 예술 전시회는 그 규모가 점점 더 거대해지고 조직화된 박물관 투어 상품도 엄청난 수익을 올리고 있다. 사람들은 〈오페라의 유령〉을 보고 찬탄을 금치 못하기 위해 함부르크로 차를 타고 갈 뿐만 아니라 에센으로 가서 러시아인의 개인 소장품인 현대예술을 감상하기도 한다. 다른 한편으로는 생활세계의 전반적인 미학화 현상이 번져나가고 있다. 유행과 디자인이 우리의 존재를, 대중 매체들(텔레비전, 비디오, 영화관)이 보여주는 영상이 우리의 사유와 느낌과 행동을 지배한다. 가상은 더욱 아름다워지기는커녕, 실재의 존재 영역을 차지하며 들어서고 있다. 또한 이러한 현상은 미학적인 것의 시효에 대한 담론을 불러일으키기 마련이며, 그 담론은 물론 영상들과 영상화에 대한 이론을 의미한다.

우리는 영상들에 의해 둘러싸이고 포위되어 있다. 우리가 최근에 에센의 폴크방 박물관에서 경탄해 마지않으며 보았던 세잔의 〈생 빅투아르 산〉의 풍경뿐만이 아니다. 길거리로 나서면 언제 어디서나 우리는 담배 광고에서 자유와 모험에 대한 기호를 발견할 수 있으며, 또한 영화 광고들과 쇼윈도 안에 전시된 비디오 필름들을 만날 수 있다. 예술과 예술로 가장한 반예술, 미학과 가상 및 전前 단계 가상으로 치장한 반미학이 뒤섞여 있다. "미학적인 것의 현재성"을 다루고 있는 최근에 발간된 한 논문집의 표지 안쪽에 쓰여 있는 구절을 인용하여 말하자면, 미학적인 것의 시효성은 다음과 같은 것을 의미한다.

"미학적인 것은 오늘날 보편적인 현상이 되었으며, 우리 시대의 문화를 가늠하는 키포인트가 되었다. 미학은 더 이상 예술의 영역에 국한되지 않고, 생활세계와 정치, 커뮤니케이션과 미디어, 디자인과 광고, 학문과 인식이론을 규정하고 있다. 미학적인 것의 현실성은 무엇보다도 표피적인 측면들을 가진다. 개인들은 맵시 있게 스타일을 꾸민다. 도시와 나라는 그 얼굴을 보기 좋게 꾸미려고 애쓴다. 정치는 점점 더 화장술에 치중한다. 사회적인 소통은 오락을 목표로 삼으며, 미디어들은 현실을 미학적 가설로서 제시한다. (…) 더군다나 미학적인 것의 현실성은 보다 심원한 성격을 가지고 있다. 미학은 표면뿐만 아니라 기초 구조마저도 지배한다. 우리들의 생산 방식, 현실에 대한 우리의 이해 그리고 우리의 인식 형식들도 점차로 미학적인 특징들을 드러내고 있는 것이다."(벨슈Welsch 1993)

다른 말로 하자면 이렇다. 주체도 또한 객체도 자신을 미학적으로 표현한다. 대상들은 미학적으로 평가받고 세련된 면모를 드러내며, 주체로서 우리는 다시 사물들에 대해서 미학적으로 행동한다. 말하자면 우리는 대상들을 소유하려 하지 않고 그저 순수하게 관조적으로 무관심하게 대한다. 예술작품들의 자율적 지위를 말하는 표현과 결과물은 예술에 대한 시민적 대응, 이상주의적인 예술이론 내지는 이데올로기가 시작된 이래로 지속적으로 정착되어 왔다. 가상과 외형, 감각성과 영상성이 중심적인 문제가 되어온 것이다. 예술작품들을 둘러싼 연관들은 종종 사라졌고, 그것은 지식인들 사이에서도 마찬가지였다. 예컨대 종교철학자인 게오르크 피히트는 그의《미학 강의》에서 이렇게 기술하고 있다.

> "현대의 지식인들은 단 한 차례 오전에 박물관을 방문하여 이집트와 그리스의 조각품과 라파엘로, 렘브란트, 그레코와 피카소의 작품들을 흔히들 말하듯이 '순수하게 예술적으로' 향유하는 데 아무런 모순도 느끼지 않는다. 이집트와 그리스의 신들, 가톨릭의 성모상들과 캘빈 교회의 십자가상들, 그리고 스페인 신비주의의 황홀경과 피카소의 숫염소들이 서로 어떻게 연관되는지를 단 한번도 생각지 않는 것이다. 사람들은 바로 이것이야말로 예술에 있어서의 예술적인 것이라고 여긴다. 예술작품들은 '순수하게 예술적으로' 파악될 수 있으며 또 우리를, 그러한 연관의 문제점들을 더 이상 제기할 필요가 없는 보편적 불구속성의 영역으로 밀쳐 넣는다는 것이다."(피히트 1986의 3쪽)

이러한 현상은 늦어도 미디어 기술의 혁명과 더불어 더욱 심화되었는데, 이는 전통적 규범을 지향하는 피히트가 인정하려고 하는 것과는 다른 방향이다. 세계 전체가 영상들 속으로 미끄러져 들어갔으며, 종말론자인 귄터 안데르스의 말을 빌리자면, 세계는 "환영"이 되고, 미디어의 "거푸집"이 되었으며, 또한 영상-기술적 가능성들을 통한 연출이 되고, 시뮬레이션이 되었다.(이와 관련해서는 안데르스 1980의 97쪽 이하, 그리고 볼츠 1990, 1992, 1993 참조) 세계는 그 자체로서 미학화되었다. 다시 말해 가상의 세계가 되었다. 영상 속에서의 세계 그리고 영상으로서의 세계는, 안데르스의 말에 따르자면, 현실을 속화하고, 평준화하며 무관심한 대상으로 만들어버린다. 무엇보다도 모든 사건으로부터 뻔뻔스럽게 그 존엄성을 박탈해 버린다. 그러한 사건들이 결국에는 전쟁이나 대파국이 될 수 있는데도 말이다. "이러한 현실 자체는 그야말로 시뮬레이션이 아닌가."(힐비히 Hilbig 1993의 56쪽) 영상의 입장에서는, 더 구체적으로 말하자면 텔레비전에게는 그러한 일이 아무 상관도 없다. 그리고 미디어에 충분히 오랫동안 길들여진다면, 우리도 마침내 그런 상태로 빠져들고 말 것이다. 게다가 또 다른 치명적인 전도 현상이 등장한다. 사건들을 현실 속에서 일어나도록 하고, 사건들을 현실 속에서 추구하며, 경험들을 자신의 몸으로 직접 경험하는 대신에, 우리는 이러한 현실 앞에서 지겨움마저 느끼는 것이다. 비릴리오가 이러한 현상에 대해 자주 말하고 있듯이, 우리는 정처가 없고, 불안하다고 느끼며, 오히려 스크린 앞에서 편안함을 느낀다. 그러므로 가장 중요한 가구는 "상처 입은 관찰자, 일종의 〈디반Divan〉˙을 위한 침대나 긴 소파이다. 그 위

---

˙   페르시아의 시집 또는 괴테의 《서동시집》을 가리킨다. 괴테는 이 시집에서 페르시아와 독일을 몽상 속에서 왔다 갔다 하면서 꿈을 꾸는 시인을 등장시키고 있다.

에서 사람들은 스스로 꿈꾸지는 않고, 오히려 꿈의 대상이 된다. 또한 사람들은 창가의 의자에 누워 실제로 나다니지는 않으면서도 여기저기를 돌아다닌다."(비릴리오 1990의 276쪽)

혹은 우리는 시뮬레이션의 세계들 속으로, 전통적인 예술적 허구들의 결정적 완성판이고 볼 수 있는 저 기술의 형식들 속으로 도주한다. "실제로 무언가를 체험하려는 사람은, 이 체험을 더 이상 경험적 현실 속에서가 아니라, 가상적 현실 속에서 추구한다. 가상현실은 유연하며 잘 망가지지도 않는다. 그러므로 깊이 느끼려는 사람은 영화관으로 간다."(볼츠 1993b의 899쪽) 텔레비전의 영상과 더불어 세계는 편재적이 되었다. 모든 것은 동시에 그리고 도처에 존재한다. 최소한 가상적으로는 가능한 일이다. 세계는 영상 속에서 편재하며, "만화경적인 표현 양식"(벨러스호프Wellershoff 1993의 155쪽)으로 그 모습을 드러낸다. 모든 사건들은 "순간의 영상들과 구호들로 축소되고, 아무런 연관도 없이 쏴쏴거리며 신속하게 우리 곁을 줄지어 지나간다." 세계는 영상이 되고, 깔끔하게 포장된 상품이 되어 막힘없이 가정에 배달된다. 한입에 먹기 편하도록 요리된 상태로. 안데르스의 표현에 따르자면, 마찰도 없고 쉬지도 않으면서 소비는 자신의 기능을 최대한으로 발휘한다. 현대인은 첨예화된 실제의 일상세계를 시뮬레이션 공간들 속에서, 상호 교류하는 컴퓨터 오락들 속에서, 혹은 사이버스페이스용 의복 속에서 찾고 또 발견한다.

어쨌든 여기서 우리의 관심은 미학과 미학적인 문제들이다. 예술과 비예술, 가상과 존재, 혹은 지각의 문제, "아이스테시스"의 문제, 칸트 이래로 "미학적 경험"이라고 불리는 것이 우리의 지속적인 관심사다.

알지 못하는 사이에 우리가 그 영역 속으로 이미 발을 들여놓게 된 포스트모던적 사유는 특히 이러한 복잡한 상황들을 연구 대상으로 한다. 독일에서의 포스트모더니즘의 주요한 대표자 중 한 사람인 철학자 볼프강 벨슈의 말을 따르다 보면, "포스트모더니즘과 미학은 서로 유사성이 있다"는 말까지 나오게 된다. "포스트모던적 사유는 미학적 사유인 것처럼 보인다."(벨슈 1988의 41쪽)

이것을 이해하기 위해서는 포스트모던적 사유들에 대한 약간의 설명이 필요할 것으로 보인다. 포스트모더니즘은, 그 말이 비록 도발적이라는 악평을 듣고 있기는 해도, "현재를 규정하는 주요 용어"임은 분명하다.(벨슈의 같은 책 1쪽) 그리고 포스트모더니즘을 경멸하는 사람들 중에서 가장 뛰어난 자들(가령 하버마스와 벨머를 들 수 있다)도 오늘날, 포스트모던적 사유들에서 적어도 근대의 이성 개념, 데카르트와 그 후계자들에게 치명적인 결과들을 덧씌우게 되었던 이성 개념에 대한 주목할 만한 비판점들을 찾을 수 있다는 점을 더 이상 인정하지 않을 수 없다. 알브레히트 벨머는 그와 관련하여 짧고 간결하게 말한다. "포스트모더니즘의 순간은 일종의 현대적 인식의 폭발이라고 할 수 있다. 포스트모더니즘의 도래와 더불어 '통일'과 '전체'를 손에 쥐고 있던 이성과 그 주체는 산산조각 흩어지고 말았다."(벨머Wellmer 1985의 50쪽)

"포스트모더니즘의 위상"(레너Renner 1988의 293쪽 이하)을 제대로 평가하기 위해서는, 포스트모더니즘이 전반적으로 반대했던 것, 즉 근대의 윤곽을 개념적으로 정리할 필요가 있다. 근대는 특별한 시대 구분의 개념이라기보다는 오성, 이성 또는 로고스라는 용어들로 표현할 수 있는 특정한 (사유)방식을 가리킨다. 사실상 이러한 로고스는 중세 말기, 즉 르네상스 때 왕좌에 올랐다. 그리고 나서 로고스는 잘 알려진 "고대와 현대의 분쟁", 즉 17세기 말 자신의 시대와 비교하며 고대문화의 중요성과 타당성과 필연성을 둘러싸고 벌였던 논쟁들을 통해서 첫 번째로 그리고 최고의 영향력을 발휘했었다. 이 주제에 대한 위르겐 하버마스의 언급들을 염두에 두면서 우리는 다음과 같이 말할 수 있다. 근대는 체계적인 관점에서 볼 때, 전통적인 구속들과 지향점들의 가치가 결정적으로 상실되었으므로, 그에 따라 현재에 대한 자기성찰을 통해 무엇보다도 자신의 규범과 가치와 관점을 새로이 창출해야 하는 그러한 시대이다. 근대는 오로지 자기 자신만을 가지고 있다. 근대는 자신만의 것으로부터 자신의 것을 세워야 한다. 이러한 자기성찰적인 연출의 과정은 이성과 자기 사유(데카르트부터 칸트에 이르기까지)와 더불어 시작되었으며, 이후의 역사적 전개 과정 속에서, 즉 호르크하이머와 아도르노가 그처럼 명료하게 기술했던 저 계몽의 변증법이라는 과정을 통해 자신을 상실하고 만다. 목적의 합리성을 지향하고, (자연)과학을 앞세우고, 주체 속의 자연을 망각함으로써 근대는 헤어날 길 없는 막다른 골목길로 빠져들고 만 것이다. 더 나아가서 이성은 19세기에 부르주아-자본주의 사회가 성립되면서 경제와 자본의 논리로 타락하였으며, 또한 지배적인 사유는 언제나 지배자들의 사유라고 말하는 마르크스적인 의미에서의 지배계급의 논리로, 또 그 사이에 해체되어 버리기는 했으나 한동안 극성을 부렸던 국가사회주의의 논리로 변질되기도 했었다. 자연의 법칙들을 지배하고, 역사 속에서 방향과 목표들을 고정하며, 세계 전체를 물질적 과정들을 통하여(노동에 의하여) 길들일 수 있다고 착오하는 객관성을 내세움으로써, 이성의 죽음은 결정적으로 그 모습을 드러낸 것처럼 보인다. 다시 말해 "근대의 기획, 유럽적 계몽주의의 기획, 혹은 마침내 그리스-서구 문명의 기획은"(벨머의 같은 책 48쪽) 죽음을 맞이한 것으로 보인다.

사실상 포스트모던적 사유는 정확하게 바로 이러한 상황들에 대처한다. 이탈리아의 철학자 잔니 바티모의 표현을 빌리자면, 포스트모던적 사유는 스스로를 근대의 엄격한 이성 중심주의와는 대척 지점에 있는 "허약한 사유"로 이해한다.(바티모 1990 참조) 우타 쾨서는 읽을 만한 가치가 있는 한 논문에서 포스트모더니즘의 주도적인 관념들에 대해 개관하고 있는데, 그가 보기에 포스트모던적 사유는 무엇보다도 일련의 거부를 그 특징으로 한다. 포스트모더니즘은 진보, 역사, 전체와 이성을 거부하고, 그 대신 정지 상태와 보전, 순간과 반복, 복수성과 이질성, 지각과 감각을 옹호한다. 다시 쾨서에 의하면, 이 모든 것과 더불어 포스트모던적 사유는 스스로를 근대 이후의 그 어떤 단계가 아니라, "근대의 영원한 비판"(쾨서Kösser 1993의 193쪽)으로 이해한다. 근대와 근대적인 것, 그 핵심에 있어서 진보, 완전성 그리고 목적론을 지향하는 사유에 지속적으로 반대함으로써, 포스트모던적 사유는 다시 미학과 미학적인 것, 혹은 아이스테티스, 지각을 지향하는 사유를 복구한다. "우리는 보조 장구*를 착용함으로써 강력해지기는 했지만, 그로 인해 실제의 사물들과의 접촉을 상실하게 된 감각을 다시 존중하며 다루어야 한다. 우리는 새로운 방식으로 지각해야 한다. 왜냐하면 현대 세계는 미학적 분위기로 결함을 덮고 있는 예술적 세계이기 때문이다. 우리는 지각의 한계들을 의식해야 한다. 왜냐하면 우리의 감각은 유한하며, 우리가 모든 것을 보여줄 수는 없기 때문이다."(쾨서의 같은 책 같은 곳) 그러므로 포스트모더니즘은 미학으로의 회귀이며, 다시-반복함이며, 미학 이론 형성

---

• 여기서 보조 장구는 이성을 가리키는 것으로 보인다.

의 원천과 출발점으로 되돌아감을 의미한다. 이제 미학은 지각의 미학이기를 요구받는다. "감각적 인식은 더 이상 주체의 전체성을 보장하기 위한 논리적 인식에 봉사하지 않는다. 이제는 미학화된 현실 속에서 위협받고 있는 주체의 실존적이고 필연적인 기능으로서의 지각이 요구된다."(쾨서의 같은 책 197쪽)

포스트모던적 사유의 명백하게 드러난 기본적 직관은, 개념들에 의해서는 현실을 포착할 수도 나타낼 수도 없다는 것이다. 하이데거와 니체가 여기에서 등장한다. 서구의 이성 담론, 이성 중심주의, 이 강력한 오류, 또는 니체가 말하듯이 저 "오만하기 그지없고 거짓으로 가득 찬 '세계사'의 순간"(니체 비평본 전집 제1권 875쪽)에 대한 니체의 비판을 다시 상기해 보자. 니체와 하이데거와 더불어 서구의 형이상학은 무덤으로 들어갔으며, 몸과 실존을 길잡이로 하는 새롭고도 다른 사유가 시작되었던 것이다. 그리하여 그들에게 있어서 미학은 새로운 출구가 된다. 쾨서는 이렇게 결론을 맺는다. "우리는 세계를 개념으로 환원할 수 없으며, 다만 영상들의 도움을 받아 지각하고 기술할 수 있을 따름이다. 다시 말해, 세계관이 붕괴되었다면, 차라리 세계를 잘 관찰하는 것이 더 낫다. 그 속으로 빠져들지는 않으면서."(쾨서 1993의 203쪽)

다시 한번 이번에는 롤프 귄터의 말을 빌려서 포스트모던 상황에서의 미학적 대응의 성격을 요약해 보기로 하자. 포스트모던적 사유는 "체제들에 의한 지배와 설명 가능성이라는 개념에 반대하고", "체제를 파괴하고 부정하는 무정부주의"에 공감하며, "소위 언어의 재현 모델에 반대하고, 언어의 단어들이 이전에 이미 존재하는 그 어떤 사유나 정신적 느낌들을 모사할 수 있다는 생각을 부정하며", 세계를 "과학적-기술적으로 제어할 수 있다는 생각"에 맞서서 철저하게 투쟁한다.(레너 1988의 204쪽) 이러한 시나리오를 배경으로 하는 미학의 "다시-반복함"에 대해서 이제 몇몇 주요한 텍스트들과 이론가들을 사례로 들면서 보다 정밀하게 검토해 보기로 하자.

### 2. 미학화: 벨슈

볼프강 벨슈는 통일 독일에 있어서 포스트모던적 사유와 포스트모더니즘 철학의 주도적인 대표자임에 틀림없다. 1986년 그는《우리의 포스트모던적 모던》(1991)로써 독일 포스트모더니즘의 기초적인 저작을 완성하였는데, 거기에서 그는 타협 없는 철저한 현대 해석(벨슈 1991의 6쪽)으로서의 포스트모더니즘에 대한 자신의 성찰들을 전개하고 있다. 벨슈의 결정적인 공헌은 이것을 넘어서 장 프랑수아 리오타르를 널리 보급하고 수용한 데에 있다. 그는 리오타르의 저작들, 특히 미학적 내용의 저작들을 독일어 사용 권역에 널리 알렸다. 또한 벨슈는 새로운 미학의 모범적인 대변자이다. 그는 1990년《미학적 사유》라는 책으로 묶인 일련의 논문들에서 "현실을 정확하게 이해하기 위한 매체"로서의 미학이라는 관점을 옹호하였다. 왜냐하면 실재 자체는 점점 더 "미학적으로 구성된 것으로 드러나기" 때문이라는 것이다.(벨슈 1990의 7쪽)

특히 논문 〈미학적인 것의 현실성〉은 그의 관점을 잘 보여준다. 푸코와 로티, 리오타르와 바티모와 같은 매우 다양한 사상가들을 염두에 두면서, 오늘날 지배적인 사유는 미학적 사유라고 말하는 그의 견해는 개념들을 제어하는 능력으로서의 이성의 붕괴라는 가정으로부터 출발한다. 미학적으로 포착되고, 연출되거나 혹은 미디어를 통해 기획되기도 하는 현실은 오직 지각적인 사유를 통해서만 접근할 수 있다. 이러한 의미에서 그는 미학적인 사유를 다음과 같이 정의한다. "미학적인 사유는 지각들을 위해 결정적인 역할을 한다. 그것은 영감의 원천이며 또한 주도적인 매체이거나 혹은 완성된 매체이다."(벨슈의 같은 책 46쪽) "최근의 사상가들"과 관련해서 그는 다음과 같이 말한다. "그들은 사유 속에서 감각들을 살아 움직이게 한다. 그들은 감각들을 다루고 감각들로써 의미를 만들어내는 사유를 실천한다." (벨슈의 같은 책 47쪽) 요컨대 그들은 지각들에 끈질기게 매달리는 사유를 주장한다. "순수한 관찰이 언제나 출발점을 이루며, 그것은 뒤따라오는 모든 것들을 위한 영감의 원천이 된다. 이어서 순수한 관찰로부터 두 번째로 지각 중심적이고 일반화된 감각적 추정이 생겨난다. 그리고 이러한 감각적 추정은 세밀하게 고려되고 검토된다. 이로써 마침내 일정한 현상의 영역에 대한 전체적 관점, 미학적으로 덧칠되고 이어서 성찰의 과정을 거치게 되는 전체적 관점이 성립하는 것이다."(벨슈의 같은 책 49쪽과 52쪽을 참조하라.)

소위 미학적 사유의 작동 방식을 해명하고 있는 이 자리에서 이제 다음과 같은 질문을 던져볼 만하다. 그러한 종류의 사유가 현대의 대가들, 즉 철학자이자 사회학자인 짐멜과 짐멜의 제자들인 블로흐, 벤야민 혹은 크라카우어, 그리고 마지막으로 비판이론에서, 또한 후기의 아도르노에 있어서 이미 이루어지지 않았던가 하는 점이다. 사실상 지난 20세기의 좌파로부터 우파에 이르기까지의 문화비판적인 에세이들은 자신들의 행동 방식에 대한 사유에서 아주 유사한 논증을 전개해 왔다. 발터 벤야민은 벨슈가 미학적 사유라고 부르는 그것을 아주 공공연하게 역사유물론자의 족보에 기입해 넣었다. 우리는 부분적인 특징들을 세밀하게 관찰하여 전체 윤곽이 드러나도록 해야 한다. 그것들이 잠정적인 초안에 지나지 않는다 하더라도 마찬가지다. 어떠한 것도 사소하지 않다. 표면에서의 아주 미세한 움직임에서도 유물론적 해석자는 (역사적)철학적 암시들을 인식한다.

벨슈는 어떠한 총체성도 더 이상 인식하려고 하지 않는다. 하지만 종종 여기저기에서 표면이라든지 표면-미학(벨슈 1993a의 14쪽 이하를 참조하라) 등과 같은 개념을 제시하는데, 그것은 세부에 대한 관찰들로부터 출발하여 현실 추정에 있어서의 보다 복잡한 진술들을 전개하기 위해서이다. 그가 보기에 미학적 사유는 진정으로 실재적인 사유이다. "사유 유형의 이러한 변화, 즉 이성 중심적인 사유에서 미학적 사유로의 이동에 있어서 결정적 요인은 현실 자체의 변화이다. 오늘날의 현실은 본질적으로 지각의 과정을 통해서, 무엇보다도 미디어에 의한 지각 과정을 통해서 구성된다."(벨슈의 같은 책 57쪽) 벨슈의 책을 계속 읽다 보면 귄터 안데르스의 말을 듣는 것처럼 여겨진다. "'텔레비전 수상기는 시대를 움직이는 실제의 존재로 부각되며, 미디어 존재론은 사회 물리학이다."(벨슈의 같은 책 58쪽) 그러나 이제 결정적인 전회가 이루어진다. "오늘날 현실에 대한 파악은 무엇보다도 미디어 존재론을 바탕으로 한다. 그러나 그렇게 되는 데에는 오로지 하나의 사유, 즉 지각을 출발점이자 완성의 매개로 삼는 그러한 사유가 필요하다. 비판적인 관점에서 보려고 할 때도 마찬가지이다."(벨슈의 같은 책 같은 곳) 소외와 사물화, 분리된 것으로서의 개인, 무엇보다도 미디어를 통한 사회화로 인해 일어날 수 있거나 혹은 실제로 일어나는 폐해에 대해서는 어떠한 언급도 제시되지 않는다. 오히려 영상으로서의 세계 그리고 영상 속에서의 세계는 "적나라한 사실"이며, 미디어는 "실제의 존재"이다. 진정으로, 참으로 필요한 비판은 스스로를 미디어의 능력으로 이해하며, 미디어 영상 세계들의 원활한 소통으로 이해한다. 그리하여 이제 예술에 대한 경험, 예술이라는 특별한 세계들과의 접촉과 만남은 우리에게 필요한 무기와 장비를 제공한다. 예술과의 만남을 통해 우리는 앞으로의 (일상적)삶에 대비하여 우리를 민감하게 해주는 복잡성과 복수성複數性과 차별성을 배우게 되는 것이다. 벨슈는 무엇보다도 박물관을 그 예로 든다. "박물관들은 광범위한 의미에서의 미학적 경험이 가능한 그런 장소들이 된다. (…) 그러한 전시에 의해 다음과 같은 사실을 알 수가 있다. 즉 미학적인 것은 독특한 경험의 종류이며, 그러한 전시를 통해서 여러 차원들과 세계들의 전체 모습이 드러난다. 요컨대 다양한 미학들을 보여주는 하나의 복수가 존재한다. 박물관들은 실제적이고 가능한 세계들을 경험할 수 있는 장소가 되어야 한다."(벨슈의 같은 책 60쪽) 그러므로 박물관들은 감각적 인식을 위한 학교이며, 미학적 훈련을 위한 장소이다! "이러한 의미에서 박물관은 우리들의 정체성을 보여주는 모범적 장소이다."(벨슈의 같은 책 62쪽)

미학적 사유 또는 미학적 지각은 미학적인 것의 이면으로서의 비미학적인 것을 예민하게 인식하도록 해준다. 비미학은 지각의 상실, 감각의 파괴를 의미한다(자료 처리 과정에서 생겨나는 "탈감각화의 경향", "파국적인 위협들"). 벨슈의 명제에 의하면, "발전된 미학적 사유는 다시 비미학에 되갚음을 한다." 그리하여 예술은 새롭고도 뛰어난 지위를 얻게 된다. 예술로부터 최상의 지위를 박탈한 헤겔, 그리고 예술의 과거적 특성이라는 명제에 대항하여 벨슈는 예술을 다시 왕좌에 올린다. "예술은 우리에게 복수성이라는 기본적인 상황을 분명히 경험케 함으로써, 지금까지 어떤 매체도 할 수 없었을 정도로 광범위한 의미를 새롭게 획득하게 되었다."(벨슈의 같은 책 71쪽) 그에 의하면, 예술은 도그마와 일원론적인 축약, 이데올로기들과 단순화된 세계상들로부터 우리를 지켜준다. 예술 경험을 통해 체득되는 미학적 지각들(벨슈의 같은 책 69쪽 참조)은 복잡한 구조를 이루고 있으며, 진짜로 일종의 영상 복합체들로 변질될 우려가 있는 포스트모던적 현실을 적절하게 인지하도록 해주는 효과적인 수단이다.

그리하여 벨슈는 박물관들에 대해 말하는 글들에서 명백하게 "기분전환"(벨슈의 같은 책 60쪽)이라는 개념을 다시 복구한다. 사실 이 개념은 부르주아 교양계급의 관조라는 개념에 대항하여 벤야민이 그의 예술-논문에서 이미 전개시켰던 지각의 새로운 유형이었다. "예술 앞에서 정신을 집중하는 자는 그 안으로, 작품 안으로 침잠해 들어간다. 어떤 중국 화가가 완성된 자신의 그림을 보는 순간 그 안으로 들어갔다는 전설처럼 말이다. 반면에 주의력이 산만한 대중은 예술작품을 자신의 안으로 가라앉힌다."(벤야민 전집 제1권 2부 504쪽) 또한 벤야민은 "기분전환을 통한 수용"이라는 말을 하는데, 영화의 발전사는 그 말에 대한 근거를 충분히 제시해 준다. 그리고 그는 이러한 논거를 예술을 둘러싼 보다 광범위한 영역들 전체로 확대시켜 적용한다.

요컨대 새로운 미디어들의 혁명 이래로 일단 변화를 겪게 된 이러한 지각의 방식은 역사적으로 되돌릴 수 없다는 것이다. 노르베르트 볼츠의 말을 빌리자면, 벤야민의 획기적 인식인 "시대에 따른 지각의 구성"은 이미 발전되어 있는 미디어 기술에 종속된다. 벨슈도 이러한 견해들을 따르는 것으로 보인다. 물론 여기서 그에게 영향을 준 이름들과 그 상호관계들을 일일이 열거할 필요는 없으리라. 요컨대 미학적 사유는 기분전환을 통한 미학적 지각이고 해석이며 성찰이다.

벨슈는 최근의 논문과 에세이들에서 미학적 사유에 대한 자신의 성찰들을 계속 개진하고 있다. 1992년 하노버에서 개최된 "미학적인 것의 현실화를 위한" 학회에서 기조 강연을 한 그의 명제에 따르자면, 미학적 사유는 미학적으로 포착된 현실 전체의 결과이며 그 마지막 귀결일 따름이다. 미학적 사유는 삶과 현실의 모든 영역들에서, 벨슈의 표현을 따르자면, 삶의 표면에서 그리고 삶의 깊은 곳에서 이루어지는 광범위한 미학화 현상에 대한 대답인 것이다. 모든 사람들이 목격하는 미학화 현상은 "미학적 요소들을 가진 현실들을 배치하고, 현실적인 것을 미학적인 분위기로 장식하는 것이다."(벨슈 1993a의 15쪽) 일상 전체를 "예술의 특성으로 가득 채운다."(벨슈의 같은 책 같은 곳) 또한 삶의 깊은 곳에 있어서도 미학화 현상은 작용한다. 왜냐하면 "새로운 물질적 기술들"이 이미 미학적으로 조명되고 해석되었기 때문이다. 벨슈는 또한 "몸과 영혼과 정신의 디자인", "몸의 미학적 완성", "영혼들의 미학적 영화靈化"(벨슈의 같은 책 20쪽)를 사례로 든다. 그리하여 이러한 것들과 더불어 도처에서 미학화의 과정들이 관철되는 것이다. 요약하자면 이렇다.

"(…) 도시적 환경에서 미학화는 아름다운 것, 귀여운 것, 스타일이 멋진 것을 의미한다. 광고와 자기 현시에 있어서 미학화는 연출과 라이프스타일의 강조를 의미한다. 그리고 객관 세계의 기술적 특성과 사회 세계의 미디어를 통한 중재성이라는 관점에서 볼 때, '미학적이라는 것'은 무엇보다도 가상화를 의미한다. 그리고 마침내 의식의 미학화는 다음과 같은 것을 의미한다. 우리는 어떠한 시원적이고 궁극적인 토대들도 더 이상 가지고 있지 않으며, 이제 현실은 우리가 지금까지는 예술에만 적용했던 기준들, 즉 창작 가능성, 변화 가능성, 비구속성, 유동성 등과 같은 기준들을 자신의 것으로 받

아들인다."(벨슈의 같은 책 23쪽)

　벨슈가 말하는 물질적 구조들의 표면과 깊이에 있어서의 미학화 현상들은, 그가 "진리의 범주를 포함하는 우리의 인식 범주들과 현실 범주들의 미학화"(벨슈의 같은 책 34쪽)라는 말을 사용함으로써 마침내 주체의 차원으로까지 확대된다. 칸트 그리고 특히 니체가 주요 증인으로서 호명된다. 니체는 인식을 "철저하게 형이상학적인 활동"(벨슈의 같은 책 36쪽)으로 그리고 인간을 "상상의 동물"(벨슈의 같은 책 같은 곳 참조)로 파악했던, "문자 그대로 미학적 사상가이다." 그러므로 벨슈는 다음과 같이 간결하게 결론을 내린다. "진리와 지식과 현실은 지난 200년 동안 미학적 양상을 점점 더 많이 받아들였다."(벨슈의 같은 책 41쪽) 현실도 현실에 대한 사유도 둘 다 미학적으로 구성되었다. 요컨대 현실은 미학적 구조를 이루고 있다.(벨슈의 같은 책 같은 곳 참조)

　다시 예술로 눈을 돌리고 예술의 수용을 중시하는 계기를 부여할 수 있는 이러한 견해는, 벨슈가 생각하듯이 결국에는 정치 문화의 변혁에 기여하게 된다. 왜냐하면 미학적으로 감수성이 예민한 인간은 자신의 미학적 소양으로 인해 보다 관용적이고 자유롭게 행동할 것이며, 또한 온갖 종류의 도그마에 저항할 것이기 때문이다. "발달된 감수성의 인간들은 원리들의 일탈을 뼈저리게 느끼며, 제국주의의 정체를 꿰뚫어 보고, 불의에 예민하게 반응하면서 억눌린 자들의 권리를 위해 개입하도록 촉구한다."(벨슈의 같은 책 46쪽) 벨슈가 보기에 이러한 종류의 사유의 동선 위에, 혹은 그 지향점에는 윤리가 놓여 있다. 물론 벨슈는 "제외와 배척과 이단성에 민감하게 반응하는 이념, 즉 눈먼 구역의 문화를 위한 이념"을 옹호한다.(벨슈 1993b의

827쪽) 미학적 감수성은 무엇보다도 성공한, 성공해 가고 있는 삶의 기본조건으로서의 실제적인 관용으로 나아가는 것이다.

그러나 벨슈의 성찰들의 많은 부분이 커다란 공감을 불러일으키고 있긴 하지만, 그것들의 논거는 매우 빈약한 편이다. 미학적 사유와 그에 따라 주장되는 덕목들은 너무 비약적으로 연결되어 있다.

미디어들에 의해 자극적인 영상들이 홍수처럼 흘러넘치는 상황에서, 전통적인 예술작품들의 기준이 되었던 예술의 본래 기능, 어쩌면 시대에 뒤진 것일 수도 있는 이러한 예술의 기능은 어디서 찾을 수 있을 것인가? 무엇보다도 벨슈가 높이 평가했던, 박물관들에 전시되는 것과 같은 전통적인 작품 유형과의 논쟁은 또다시 기분전환 대신에 관조를 필요로 하는 것은 아닌가? 물론 이는 벤야민의 생각과 같은 것일 수도 다른 것일 수도 있다. 그리고 미학이 현실과 그 구조를 포착한다는 명제를 받아들인다면, 예술과 비예술은 어떻게 구분될 것이며, 미학과 비미학의 차이점들은 어디에서 알게 될 것인가? 또한 모든 것이 미학적으로 포착된다면, 결국 모든 고양이들은 회색이 되어버릴 수도 있다. 그렇게 된다면 그 통찰은 관용과 자유로움에로만 나아가는 것이 아니라, 무관심과 마비의 상태로 나아가게 될 수도 있는 것이다. 그러므로 미디어들이 우리의 지각 장치를 지배하고 형성하는 상황에서 전통적인 개념, 즉 관찰자의 시점을 언제나 외부로부터 받아들여야 하고, 해명 가능한 것들에 대해 근본적인 해명이 궁극적으로 가능하다고 보는 비판의 개념을 완전히 포기해 버리고, 그 대신 흔쾌히 수용하고 즐겁게 긍정하는 태도를 취하는 게 훨씬 더 일관성이 있는 게 아닐까?

## 3. 숭고: 리오타르

포스트모더니즘 사상과 철학의 중심적 인물은 단연코 프랑스인 장프랑수아 리오타르이다. 퀘벡 주정부의 위탁으로 쓰이고, 프랑스어로는 1979년에(독일어로는 1986년에 출간) 처음으로 출간된 그의 저서 《포스트모던의 조건》은 현재의 조건하에서, 다시 말해 미디어 기술이라는 조건과 디지털 네트워크 하에서 현재 유통되는 지식의 형식들과 내용들을 전해주는 보고문이다. 무엇보다도 거대 담론들의 종말, "이야기의 위기", 이성과 역사 그리고 이성과 역사에 있어서의 필연적인 진보라는 저 (메타)담론들에 대해 논하고 있는 리오타르의 핵심적 명제는 지속적인 혼란과 대립적인 논쟁들을 불러일으켰다. 이러한 논쟁들은 주로 진지한 성격의 것이다. 하지만 개념적으로 엄밀하지 못하고, 에세이식으로 마음대로 써놓고는 다짜고짜 모두 다 포스트모던적이라고 견강부회해 버리는, 신문 문예란의 보다 가벼운 글들도 있다. 고전적 총체성을 내세우는 오만방자함, 그리고 세계를 지배하려고 하는 근대적 이성의 광기에 대항하는 리오타르의 주장은 후기 비트겐슈타인의 언어놀이라는 개념으로부터 출발한다. 비트겐슈타인과 마찬가지로 리오타르는 놀이들의 다원성, 다양한 삶의 형식들과 복수로 존재하는 이성을 믿는다.(레제셰퍼 1989의 113쪽에 나오는 리오타르의 말을 참조하라.) 이러한 관점은 곧장 관용성과 아주 다양한 입장들의 수용을 의미한다. 거대 담론들이 위기에 처함에 따라(리오타르가 보기에 총체성과 전체주의라는 유형의 관점은 역사적으로 이미 철저하게 사양길로 들어섰다) 새롭고 더 나은 혹은 또 다른 담론을 대안으로 제시하는 것이 아니라, 되는대로 내버려둔다는 원리를 새로이 채택한다. 포스트모던적 지식에 관한 보고문과 관련된 대담에서 그는 이렇게 말한다. "정의란 다음과 같은 것이다. 서로 복잡하게 얽힌 언어놀이들의 다양성과 번역 불가능성의 독자적 가치와 그 특수성을 인정하고, 언어놀이들을 서로 억지로 환원시키지 않는 데에 있다. 이것은 하나의 규칙이기는 하지만, 보편적인 규칙이며, '놀이하도록, (…) 우리가 편안하게 쉬면서 놀이하도록 해주는 규칙'이다."(벨슈 1991의 33쪽에서 재인용) 리오타르는 자유, 관용 그리고 포괄적인 민주주의화의 강령을 명료하게 공식화하는데, 서구 역사의 맥락에서 비롯되는 개방사회가 그 토대를 이룬다. 그는 "기억장치들과 데이터뱅크들에 자유롭게 접근할 수 있도록 허용하라."라는 촉구로써 자신의 보고문을 마감한다.(리오타르 1986의 192쪽)

　세계와 자연과 주체를 개념적인 수단들로써 설명하려는 근대의 일원론, 하나의 원리를 대신하여 리오타르는 다수의 양상들과 모범들, 언어놀이들을 제시한다. 이 모든 것들은 다수의 눈들이 인정하는 진리처럼 참된 것이다. 리오타르의 "보편성에 저항하는 열정"(호네트 Honneth 1984의 893쪽 이하)이 우선적으로 반대하는 것은 "초개인적 주체라는 저 형이상학적인 구조이다. 역사적 과정 속에서 전개되는 이 초개인적 주체는 학문들을 통해서 자신의 궁극적인 존재를 발견하려고 한다. 이러한 이념은 근대 이후 사회적 일상 의식 속으로 파고들었던 것이다. 그리고 근대의 제도들 속에서 구체화되었던 이러한 사유의 원리는 창조적인 언어 기능들의 무정부주의적인 잠재력에 재갈을 물린다."(호네트의 같은 책 897쪽) 보편성에 저항하는 열정은 서구적-근대, 계몽주의에 의해 심화되고, 마침내 목적 합리적으로 획일화된 로고스, 잘 알려진 근본 명제로서의 이성이라는 신화에 저항한다(니체). 특히 리오타르는 고전적 근대의 대변자들과 그 주요 흐름들, 예컨대 니체와 예술에 있어서의 아방가르드 운동들에서 원리와 원리적인 것에 대한 총체적인 자기성찰과 자기 파괴의 경향을 본다. 또한 그는 근대의 교정, 근대에 대한 철저한 탐색이라는 말을 쓴다.(리오타르 1988의 204쪽 이하) 포스트모던은 "근대 이후"라는 시간상의 배치 개념이 아니라, 근대적인 주도 이념들에 대한 성찰이고 파괴이고 탈구조화이다. 더 나아가 리오타르에게 있어서 포스트모더니즘은 "근대의 그 무엇이 종말로 가고 있다는 일종의 신호"이자, 일종의 "경고"이다.(베버Weber 1986의 106쪽에서 재인용) 그러므로 리오타르에 의하면, 포스트모던적 사유는 근대의 처음부터 근대에 대한 비판적 가시로서 기능해 왔던 것이다. 포스트모던적 사유는, 목적론적-전체주의적 사유로서 자기 확신적이고 자기만족적인 계몽주의의 전개 과정 속에서 부글부글 끓어오르는 효모와도 같다. 요컨대 포스트모던적 사유는 동일성 대신에 차이를, 안정성과 안정화 대신에 파괴를 지향한다. 차이점과 다원성을 강조하며, 전통과 관습 대신에 새로운 것과 순간적인 것을 옹호한다.

리오타르는 1983년에 출간된(독일어 번역본 1987) 그의 철학의 주저인 《쟁론》에서 이러한 종류의 사유를 정점에 이르기까지 전개한다. 책의 첫 번째 문장, 즉 철학의 기본 텍스트들(예컨대 플라톤, 아리스토텔레스와 칸트)을 비판적으로 독해하고 있는 일련의 아포리즘들과 보론들로 이루어진 텍스트 전체의 발단 부분에서 곧바로 리오타르는 '대립'이라는 말을 법률적 소송의 경우와는 달리 "(최소한) 두 개의 당파들 사이에서 문제가 되고 있는 갈등 요소로 이해한다. 두 개의 서로 다른 논증에 적용할 수 있는 판단의 규칙이 없음으로 해서 적절하게 판결을 내릴 수 없는 그러한 갈등 요소."(리오타르 1987의 9쪽) 그리하여 이제 리오타르는 언어놀이라는 개념을 대신하여 보다 보편적인 문장-규칙 체계들을 제시한다.

"포스트모던적 지식은 여전히 역사적 관점을 전면에 내세우고 메타
담론들의 종말에 대해 이야기한다. 그러나 이제는 보다 근본적으로
언어 구조 자체로부터 논증을 전개한다. 그러므로 이제 체계적으로
구속력 있고 통일적이며, 책임을 지거나 확신을 주는 진술들은 더
이상 존재할 수 없다. 오히려 리오타르는 문장-규칙 체계들을 연구
한다. 그것은 논증, 인식, 기술, 질문, 보여주기, 그리고 담론의 유형
에 대한 연구 등을 총칭한다. 다시 말해 대화를 이끌어가고, 가르치
고, 판결을 내리고, 광고를 한다. 물론 이러한 과정에서 어떠한 부당
한 진술도 행해지지 않는다는 것이 불가능한 일임은 명백하다. 모
든 문장-규칙 체계와 모든 담론은 그에 뒤따르는 규칙 체계들과 담
론들을 생산하며, 이렇게 생산된 규칙 체계들과 담론들은 그것들에
의해 주어지는 질문에 대해 그때마다 임의로 선택되는 체계 내에서
나마 답변을 한다. 하지만 또한 동시에 다른 답변들, 다른 판단의 기
준들을 배제해 버리고 만다. 그러므로 특정한 담론의 유형에 대한
선택은 곧, 갈등의 해결을 가져다줄 수도 있는 다른 종류의 담론들
에 대한 부당한 판결을 의미한다."(레너 1988의 213쪽, 그리고 레
제셔퍼 1989의 60쪽도 비슷한 견해를 보이고 있다.)

어떤 문장을 선택함으로써 다양한 가능성들을 수용하게 되지만,
또한 선택된 접속은 다시 다른 가능성들을 배제해 버린다. 단 하나의
처방은 존재하지 않는다. 다만 우리가 다른 것들과 연결해야 하는 처
방만이 존재한다. 무엇을 어떻게 그리고 무엇으로써 연결해야 하는
가 하는 문제를 규칙들로 해결할 수는 없다. 방금 일어난 그것, 즉 순

간의 사건 그 자체만이 규정되거나 관찰될 수 있다. 그러나 이 순간의 사건, 순간의 생성은 또다시 완전히 다른 성격의 것으로 변할 수 있다. 다수의 접속점들과 절단점들이 존재하며, 그것들에 대한 선택은 완전히 자의적이지는 않을지라도, 그때마다 우연하게 이루어지기 때문이다. 말하자면 언어의 본성은 이질성이다. 그러므로 이해와 논증을 위한 그 어떠한 상위의 규칙들도 존재할 수가 없다. 이 점을 우리는 받아들여야 한다.

그리하여 리오타르는 거의 강제적으로 미학의 길로 들어설 수밖에 없게 된다. 거대 담론들도 미세하게 작용하는 문장-규칙 체계들도 포스트모던 상황을 이해하는 데 아무런 도움도 줄 수 없는 처지라면, 이제 예술이 그 출구를 제공할 수 있을지도 모르기 때문이다. 실제로 예술은 그러한 출구를 자임한다. 그러나 리오타르에게 있어서 미학적인 것의 개념은, 벨슈나 바티모 같은 포스트모더니즘 사상가들에게 있어서와 마찬가지로 그 어떤 모호한 이중성을 내포하고 있다. 그는 한편으로는 18세기의 미학 이론 형성의 출발점으로 되돌아가서 미학적인 것의 개념을 새로운 종류의 감각적 지각으로 이해한다. 그러나 다른 한편으로 그는 미학을 바로 고전적인 의미에서의 예술철학으로 이해한다. 왜냐하면 리오타르는 일련의 (포스트)모던적이고 아방가르드적인 작품들(바넷 뉴먼으로부터 시작하여, 존 케이지나 프란츠 카프카에 이르기까지)을 다루면서, 그것들을 그때마다의 시대 환경에 대한 표현이자 입장 정립으로 해석하기 때문이다. 리오타르는 감각적 지각, 감각을 통한 사유, 예술 해석이라는 의미에서의 미학을 관습적인 담론의 형식들, 개념적인 사유에 반대하는 대립물로써 파악한다. 리오타르가 아방가르드를 연구하는 과정에서 에드먼드 버크의 감각주의적 미학과 칸트의 《판단력 비판》을 재수용하고 있는 점은 흥미롭다. 그리고 아도르노의 구상과도 눈에 띌 정도로 비슷하다는 점도 확인이 된다. 무엇보다도 리오타르는 자신의 미학을 위해서 다시 숭고의 이론에 주목하면서 그것을 재가동하고 있다.

버크는 이미 당시에 인간에게는 "마음에 강력한 인상을 주는" 두 가지 원천이 있다는 사실에 주목하였는데, 그것은 자기보존과 사회이다.(버크 Burke 1980의 72쪽 참조) 사회 속에서는 (다른 성에 대한) 사랑의 열정과 아름다움을 향한 열정이 생겨나는데, 이것은 적극적인 만족과 연결된다. 반면에 자기보존과 연관되는 열정들에 있어서는, 적극적인 만족 대신에 "고통과 위험"이 핵심적인 문제가 된다.(버크의 같은 책 86쪽) 버크는 이렇게 말한다. "우리는 실제로 고통과 위험에 빠지지 않은 상태에서, 그러한 상황을 생각하기만 해도 실제로 고통을 느끼게 된다. 그러나 이러한 고통에 빠지지 않은 소극적인 기쁨의 상태를 나는 만족이라고 부르지는 않는다. 왜냐하면 그러한 기쁨의 상태는 고통과 연결되어 있으며, 적극적인 만족과는 사실상 다르기 때문이다. 이러한 의미에서 기쁨을 주는 모든 것을 나는 '숭고하다'고 부른다. 자기보존과 관련된 열정들은 모든 것들 중에서 가장 강력한 열정들이다."(버크의 같은 책 같은 곳)

버크는 고통과 위험, 그리고 삶의 위협이 없는 상태, 즉 다모클레스의 칼이 언제나 우리 뒤에 있고, 불안이 우리의 목덜미를 짓누르는 상황이 아니라면, 그러한 상태를 기쁘게 받아들일 수 있음을 인식하였다. 이어서 그는 숭고한 것, 숭고한 대상들과 상황들에 대한 인상 깊은 현상학을 개진하는데, 그러한 숭고의 영역에 속하는 것으로 그는 공포, 어둠, 힘, (공허, 어스름, 고독, 침묵과 같은)결핍의 상태, 거대함, 무한함 등과 같은 것을 꼽았다. 그리고 그러한 것들이 우리의 마음과 느낌에 미치는 영향을 기술하였다. 언제나 결정적인 것은 적당한 정도의 안전거리이고, 필요한 정도의 간격이다. 왜냐하면 그러한 간격으로부터, 그러한 간격을 통해서 비로소 위협적인 것을 위협적인 것으로 인식하고, 그로부터 기쁨을 얻으며, 언제든 생겨날 수 있는 위험으로부터 벗어나 있을 수 있기 때문이다. 우리는 또한 그러한 위협적인 상황에 무방비 상태로 내맡겨져 있거나, 그 속으로 말려들지 않음으로써 자신의 우월함을 느끼기도 한다.

  칸트는 버크의 연구를 아주 높게 평가했으며, 그와 관련하여 자신의 초기 논문인 〈아름다운 것과 숭고한 것에 대한 고찰〉(1764)에서뿐만 아니라, 자신의 세 번째 비판서인 《판단력 비판》에서도 상세하게 언급하고 있다. 《판단력 비판》은 23절에서부터 29절까지 "숭고의 분석"을 다루고 있다. 칸트는 버크의 "심리학적인 소견들"을 무엇보다도 "경험적 인간학을 위한 가장 매력적인 연구에 풍성한 자료"(칸트의 《판단력 비판》 205쪽 참조)를 제공했다는 점에서 높이 산다. 그러나 칸트는 버크와는 달리 "초월적인 해석"을 지향하는데, 이는 인간의 능력들에 대한 근본적인 성찰을 요구한다. 다시 말해 아름답거나 숭고한 사물들과 같이 "그 자체로" 자족하는 사물들에 대한 근본적인 성찰을 요구한다.(칸트의 같은 책 164쪽 23절 참조) 근본적으로 칸트는 숭고한 것의 두 가지 존재 방식을 서로 구분하는데, 그는 그것을 수학적-숭고와 역동적-숭고라 부른다. 첫 번째의 경우에 해당하는 것은 자연의 대상들이다. 자연의 대상들은 그 크기 때문에 위풍당당하게 작용하고, 우리에게 감정적 반응을 불러일으키며, 우리로 하여금 그것을 숭고하다고 판단하게 만든다. 그러나 이러한 대상들을 고려할 때 "숭고하다"라는 말이 비본래적인 표기라는 점이 금방 드러난다. 왜냐하면 숭고는 대상의 본질을 구성하는 특징이 아니기 때문이다. 말하자면 숭고는 우리들의 마음의 반응 형식을 가리킨다. 예컨대 폭풍우가 이는 바다는 두려움을 불러일으킨다. 하지만 그 광경을 단순히 바라보는 순간, 우리는 자극을 받아 자연 현상들의 영역을 저 뒤로 제쳐버리는 사색과 이념들에 빠져드는 것이다. 칸트의 말을 빌리자면, 우리의 마음은 감각을 내버려 두고 떠나, "드높은 합법칙성을 가지고 있는 이념들에 몰두하도록" 자극받는다.(칸트의 같은 책 166쪽 23절) 또한 24절은 결론적으로 대상이 아니라, 우리들의 "정신의 상태"가 숭고하다고 불려진다, 라고 말하고 있다. (칸트의 같은 책 172쪽 참조) 이와 관련하여 칸트는 다음과 같이 정의한다. "마음의 능력으로 사유할 수 있는 것으로 입증된, 바로 그것이 숭고한 것이며, 이는 모든 감각들의 척도를 넘어선다."(칸트의 같은 책 같은 곳) 칸트가 이로써 표현하고자 하는 것, 그리고 버크에게서 이미 암시적으로 예고되었던 이러한 것은 계몽주의자들의 신념이었다. 다시 말해 이는 단순한 자연을 넘어서는 인간 능력(오성, 이성)의 근본적 우월성에 대한 근대 합리주의자들의 신념이었다.

위풍당당한 자연현상 혹은 자연의 사건들 내지는 자연의 연극들 앞에서(칸트는 이러한 것들을 역동적 숭고라고 부른다) 두려움이 스며들지는 몰라도, 우리는 결국 우리가 언제나 우월함을 느낀다. 자연은 하나의 힘이긴 하지만, 우리들에 대해서 어떠한 강제력도 가지지 못하는 힘이다. 왜냐하면 우리는 "우리의 인식능력에 주어진 이성의 사명이라는 우월함"에 토대를 두고 그 힘을 지배하기 때문이다. 우리는 우월한 존재이며, 두려움이 크면 클수록 자연으로부터의 거리가 멀면 멀수록 우리는 "자연에 대한 우리의 우월성"을 그만큼 더 강력하게 느낀다.(칸트의 같은 책 185쪽) "대담하게 돌출해 있는 위협적인 암벽들, 연달아 번쩍이고 우르르 쾅 소리를 내며 하늘에 우뚝 솟은 번개구름들, 파괴적인 폭력으로 솟아오르는 화산들, 엄청난 피해를 뒤로 남기는 허리케인들, 분노로 넘실거리는 끝없는 대양, 힘차게 흐르는 강의 웅장한 폭포 등은 그것들에 저항하려는 우리의 의지를 초라하게 만든다. 자연의 힘과 비교할 때 우리의 저항 의지는 너무도 미미하다. 그러나 만일 우리가 안전하다고 느끼는 순간이라면(⋯), 그 자연의 광경은 더욱 더 두려우면서도 더욱 더 매력적으로 보인다."(칸트의 같은 책 같은 곳) 이 점에 대해서는 버크도 이미 주목하였다. 하지만 칸트는 자신의 초월적인 논증을 역사철학적으로 뒷받침하는, 그럴듯한 설명을 덧붙인다. 그 설명에 의하면, 자연의 숭고에 대해 이런 식으로 판단을 내리기 위해서는, "문화"라는 보다 큰 척도, "윤리적인 이념들의 발전"(칸트의 같은 책 189쪽 이하), 인간 발전의 사다리 위에서의 보다 높은 교양이 전제되어야 한다. "사실상 윤리적 이념들의 발전이 없다면, 우리가 문화의 힘 덕택으로 숭고하다고 부를 수 있게 된 그것들이 야만 상태의 인간에게는 단순히 경악스러운 것으로 여겨질 것이다. 그 야만 상태의 인간은 자신의 힘을 무로 돌려버리는 압도적인 힘으로 파괴를 일삼는 자연의 폭력들 앞에서, 인간을 에워싸고 인간을 꼼짝 못 하게 만들어버리는 비참함과 위험과 고통만을 볼 것이다."(칸트의 같은 책 같은 곳)

그러한 상황으로 내몰린, 아니 그러한 상황에 묶여 있는 사람, 현실적 상황의 강요로부터 자유롭지 못해 "굴레에서 벗어나지" 못하기 때문에 자유롭게 판단할 수 없는 사람, 그런 사람은 또한 미학적으로 느낄 수도 판단할 수도 없다. 그것은 자연의 대상들이나 자연의 사건들을 볼 때 혹은 인공적인 예술품들을 볼 때도 마찬가지이다. 미학은 언제나 자유를 전제로 한다. 실제적인 자유와 이상적인 자유, 현실적인 요구들로부터의 자유와 더불어 상상력의 유희 속에서의 자유를 전제로 한다.

리오타르는 버크와 칸트를 계승한다. 리오타르는 그들이 추진했던 작업을 다시 이어가지만, 이번에는 숭고의 개념을 결정적으로 예술의 관점에서 조명한다. 말하자면 리오타르는 20세기 초반의 고전적 아방가르드 운동의 흐름들로부터 출발하여 포스트모던 예술을 숭고라는 범주 안에서 새롭게 사유하려고 시도한다. 그러므로 포스트모던 예술작품은 이제 야우스나 아도르노가 그렇게 표현했듯이 더-이상-아름답지 않은 혹은 추한 작품으로서가 아니라, 숭고한 작품으로, 부정성과 빈자리들, 무-연관의 작품으로 나타난다. 그 작품의 속살에는 부재성不在性이 각인되어 있다. 다시 말해 숭고한 작품은 무에 대한 텍스트(플로베르)이고, 침묵과 고요의 음악(케이지)이며, 단색單色의 그림들(뉴먼)이다.

포스트모던 작품은 부재의 작품으로, 실재적인 내용들을 도외시하고, 빈자리들을 드러내고, 표현할 수도 말할 수도 없는 것을 표현함으로써 그 무엇을 표현한다. 에세이《하이데거와 "유대인들"》은 이것을 다음과 같이 요약한다. "상상력은 절대적인 것(사물)을 표현할 형식들을 만들어낼 수 없음을 스스로 알아차린다. 형식의 이러한 무능함은 예술의 종말을 선언한다. 예술 자체의 종말이 아니라 아름다운 형식으로서의 예술의 종말을 선언하는 것이다. 예술은 여전히 지속된다. 하지만 전혀 다른 방식으로 지속된다. 미감의 저 너머에서, 감각이 아니라 전적으로 비감각적인 비밀로부터 유래하는 무無를 드러내고 밝히려는 노력으로서만 지속된다."(리오타르 1988의 58쪽) 조금 뒤에서 리오타르는 단 하나의 문장으로 다시 요약하여 말한다. 예술은 "말할 수 없는 것을 말하는 것이 아니라, 말할 수 없는 것을 말할 수 없다고 말한다."(리오타르의 같은 책 59쪽) 요컨대 숭고의 발견은 또한 동시에 현대적이고, 아방가르드적인 작품의 원천이라고 말할 수 있다.

리오타르의 사유 과정은 다음과 같다. 칸트에서 비롯되는 숭고의 느낌은,

"불쾌감과 뒤섞인 쾌감이며, 불쾌감으로부터 유래하는 쾌감이다. 그것은 사막이나 산이나 피라미드, 폭풍우 치는 대양, 화산 폭발 같은 거대하거나 강력한 대상들로부터 생겨난다. 하지만 그러한 거대하고 강력한 대상들은 모든 절대적인 것과 마찬가지로 감각적 직관을 넘어서 있으며, 오로지 이성의 이념으로만 사유될 수 있다. 표현 능력과 상상력은 이러한 이념에 적합한 표상을 드러내려 시도하기는 하지만 끝내 좌절하고 만다. 그리고 이러한 표현의 좌절이 불쾌감을 불러일으킨다. 이 불쾌감은 주체가 파악할 수 있는 것과 주체가 상들로써 나타낼 수 있는 것 사이의 분열, 즉 주체 분열의 일종이다. 그러나 이러한 불쾌감은 다시 쾌감, 심지어는 이중적 쾌감을 낳는다. 상상력의 무기력은 이제 거꾸로, 상상력 자체로 하여금 눈에 보일 수 없는 것을 눈에 보이게 만들도록 시도하게 만든다. 상상력은 자신의 대상과 이성의 대상이 서로 조화를 이루도록 노력하게 만든다. 다른 한편 형상들의 불충분함은 또한 동시에 헤아릴 수 없는 이념들의 힘을 소극적으로 나타내는 표지이기도 하다."(리오타르 1984의 157쪽, 또한 리오타르 1994 전체를 참조하라.)

빈자리, 결핍, 즉 우리들의 표현 능력의 무능함에 대한 근본적인 경험이라는 바로 이 지점에서, 우리는 또한 동시에 우리의 우월함, 이념들을 통제할 수 있는 우리들의 표상 능력의 우월함을 파악하게 된다. 그리고 이러한 이성의 이념들을 의식함으로써 현대적이고

아방가르드적인, 마침내는 포스트모던 예술이 생겨나는 것이다. 보다 최근의 논문에서 리오타르는 다음과 같이 말한다. 이러한 예술은 "감각적인 것에는 그 무엇이 결핍되어 있고, 혹은 그 무엇이 감각적인 것을 넘어서 있음을 감각적으로 증언한다. 그 무엇의 이름은 아무런 의미도 없다. 그것은 이름 붙일 수 없는 것이다."(리오타르 1993의 421쪽) 이념은 이름 붙일 수 없는 것으로서, 역설적으로 표현하자면 그 부재성만이 제시된다. 리오타르는 그의 논문 〈질문에 답함: 포스트모던이란 무엇인가?〉의 마지막 부분에서 고맙게도 짧게 줄여서 그리고 의미심장하게 숭고와 예술 사이의 관계를 다음과 같이 표현하고 있다.

> "현대의 미학은 숭고의 미학이다. 하지만 그 자체로서는 그리움의 대상으로 머물 수밖에 없다. 현대의 미학은 표현할 수 없는 것을 오직 부재하는 내용으로서만 거론할 수 있을 뿐이기 때문이다. 반면에 형식은 인식 가능한 것이므로 독자나 관찰자에게 위안을 주고 쾌감을 주는 계기가 된다. 그러나 이러한 느낌들은 쾌감과 불쾌감이 아주 긴밀하게 연결되어 있는, 숭고의 실제적인 느낌은 아니다. 쾌감은 이성이 모든 표현을 넘어서 있기 때문에 오는 것이며, 고통은 상상력과 감각이 개념에 상응할 수 없으므로 오는 것이다. 포스트모더니즘은 현대를 표현함에 있어서 표현할 수 없는 것을 암시적으로 나타내는 것이며, 적합한 형식들이 주는 위안을 거부하고 아울러서 불가능한 것에 대한 그리움을 공동으로 느끼고 나누는 미감에 대한 동의를 거부하는 것이다. 그러면서 새로운 표현들을 추구하지만, 그 표현들 자체를 즐기기 위해서가 아니라 표현할 수 없는 것이 존재한다는 느낌을 강화하는 것이다. 포스트모더니즘 예술가

나 작가는 다음의 철학자와 같은 입장에 놓여 있다. 그 철학자가 쓰는 텍스트, 혹은 그가 생산해 내는 작품은 근본적으로 이미 고정되어 있는 규칙들에 의해 좌우되지 않는다. 또한 이미 알려진 범주들만을 텍스트 또는 작품에 적용함으로써 특정한 판단의 척도에 따라 판단되지도 않는다."(리오타르 1988의 202쪽)

여기에서 리오타르는 근대 예술과 포스트모던 예술 사이의 차이점을 본다. 이는 다시 말하자면 아도르노를 그 대표로 하는 근대의 고전적 아방가르드를 지향하는 부정성의 미학과, 파괴 및 현실 해체를 지향하는 포스트모던 체험미학 사이의 차이이다. 둘 사이의 차이점이 실제로는 그다지 크지 않고, 둘 사이의 경계선이 유동적이라는 점을 도외시하더라도, 우리는 곧바로 18세기 말의 잘 알려진 역사적 상황, 즉 고전주의에 대한 초기 낭만주의의 대립이 연상됨을 느낀다. 노발리스와 슐레겔 형제들에 의해 주도되었던 초기 낭만주의는 당시에 이미 규범적 이론들의 권리에 도전하였다. 초기 낭만주의자들은 진보적 보편 시학 내지는 초월적 시학(그리고 그들을 이어서 규범과 금기를 해체하는 모든 미학자들)을 통해서 무엇보다도 규범들을 그들의 판단의 대상으로 삼았으며, 또한 과거의 모범을 인정하지 않았다. 백여 년 뒤에 청년 루카치는 그와 동일한 상황을 예술가 또는 이론가는 "자기 자신으로부터 자신의 것을 건립해야"(루카치 1971의 28쪽) 한다고 공식화하였다. 그리고 다시 육십여 년 뒤에 아도르노는 그의 《미학 이론》에서, 물질적 발전과 형식의 발전 그리고 기술의 발전 기준에 따라 최고로 진보된 것으로 보았던 아방가르드 운동을 옹호했다. 이 운동은 그 모든 전래의 기대 지평들과 친숙하고 일상적인 의사소통에 거역하는 것이었다.

포스트모던적 사유에 대한 신문 문예란의 관행적인 편견들을 다시 끄집어내어 임의대로 비판하려는 태도만 피한다면, 우리는 근대의 업적들이 그대로 보존되어 있는 포스트모더니즘의 계승에 대해 호의적으로 거론할 수 있을 것이다. 리오타르는 그것을 근대에 대한 교정이고, 근대에 대한 철저한 탐색이라고 불렀다.(리오타르 1988의 202-214쪽)

다시 한번 정리해 보자. 미학적인 것과 미학은 현재 호황을 누리고 있다. 그것들은 잘못된 근대에 대한 포스트모던적 반박으로서, 감각에 대한 재기억과 예술에 대한 미학적 성찰로서, 존재 망각의 추상과 "개념들의 사원"(니체)에 대항하는 "형상들의 사유"(헤겔)로서 다시 번성하고 있다. 미학적 사유와 미학 이론은 우리들의 모든 능력을 민감하게 만들어주고 활성화시킨다. 그것들은 논쟁과 쉽사리 조정될 수 없는 모순들에 대한 의식을 일깨워 주며, 다원성과 다원적 생활세계와 생활양식들과 견해의 다양성을 받아들이도록 한다.

금기 타파와 규칙 훼손을 초래하는 그러한 사유는, 포스트모더니즘에서 비롯되지만 서로 아주 상이한 두 입장을 언급함으로써 보다 선명하게 드러날 것이다. 그 하나는 푸코의 문학 관련 에세이들이며 다른 하나는 장 보드리야르의 시뮬라시옹 이론이다.


## 4. 담론의 쇄도 殺到 : 푸코

우리가 푸코의 미학을 위반과 탈경계의 미학이라고 불러도 그리 무리는 아닐 것이다. 푸코는 앞에서 부르주아 사회라고 불린 근대의 형성 과정에서 힘의 작용이 기획되고, 무엇보다도 담론 통제의 기술, 그리고 주체와 그것의 사유와 행동을 규율하는 제도들이 정립되었다는 기본 가정에서부터 논지를 전개한다. 학교와 감옥과 정신병원, 그리고 특히 무엇을 어떻게 생각하고, 어떻게 행동해야 하는가 등을 규정하는 "담론상의 '경찰' 규칙들"(푸코 1977의 25쪽)이 그러한 제도들에 포함된다. 담론들은 외적으로 그리고 내적으로 작용한다. 그것들은 질서와 검열을 수행하고, 사회를 구조화하고 계층화하며, 참여와 배제에 대해 결정한다. 어떤 문제든 그리고 어떤 분야든 (정치, 법률, 예술과 문화) 가리지 않는다. 담론들은 체계적 성격을 가지며, 기존 사회의 존속을 보장하기 위해 체계적으로 정립된다. 푸코는 말한다. "(…) 담론들의 생산은 동시에 통제되고, 선택되고, 조직화되고, 정해진 운하를 통해 유통된다. (…) 물론 특별한 절차들을 거치는데, 그 절차들의 임무는 담론의 힘과 위험을 제어하고, 예측 불가능성을 제거하며, 담론의 무거우면서도 위협적인 물질성을 우회하도록 하는 데 있다."(푸코의 같은 책 7쪽) 이 모든 것은 서구의 이성 중심주의, 푸코가 니체의 영향을 받아 "심각한 이성 공포증"으로 비난한 이성 옹호의 기치 아래 일어난다. 이러한 이성 옹호는 "저 사건들, 진술된 사물들의 저 덩어리, 무엇보다도 폭력적이고 돌발적이며 투쟁적이고 무질서하고 위험하게 전개되는 저 모든 진술들의 등장, 무질서하고 끊임없이 지속되는 담론의 저 위압적인 쇄도 앞에서의 말 없는 불안이다."(푸코의 같은 책 35쪽)

푸코는 문학에 대한 자신의 견해를 이러한 배경에서 이끌어낸다. 위대한 문학작품, 18세기 말에 시작하여 아르토와 바타유에서 끝나는 근대의 위대한 작품은 바로 이 "담론의 쇄도"를 다시 등장시킨다. 드 사드의 폭력적 환상, 아르토의 잔혹극 혹은 바타유의 음탕한 작품은 경계를 넘어서고, 금기를 타파하려는 표현들이다. 왜냐하면 그것들은 담론 경찰들에 의해 배제된 것들을 뚜렷이 드러내기 때문이다. 이질적인 사유와 정신착란자의 속삭이는 논리, 폭력 강박증, 섹스 강박증 내지는 섹스 탐닉증이 그러한 것들이다. 이러한 작품들은 저 "외부", 다시 말해 질서(이성과 진리와 "기표의 지배": 푸코의 같은 책 같은 곳)의 경계 바깥에 위치하는 이질적인 것을 드러내려고 시도한다. 이러한 것들로써 사회를 보호하는 철갑과 방어시설이 폭파되지는 못하더라도 최소한 여기저기 구멍은 뚫릴 것이다.

푸코가 보기에, "아주 정확하게 18세기 말에 존재의 문지방을 넘어서는 문학이 출현한다. 바로 그때 다른 모든 언어를 받아들여 자신의 것으로 만들며, 어둡기는 해도 압도적인 힘을 가진 형상을 드러내는 언어가 섬광처럼 출현했던 것이다. 그 형상을 통해 죽음과 거울이 비치고 단어들의 끝없는 울부짖음이 들려왔다."(푸코 1991의 101쪽) 이러한 문학과 관련하여 푸코는 또 다른 구절들에서 "표현이라는 주제로부터의 해방", 자기지시적인 글쓰기, 기껏해야 단순한 "중얼거림"(푸코의 같은 책 103쪽)을 나타내는 "기호의 유희"(푸코의 같은 책 11쪽)와 같은 말을 사용한다. 푸코가 텍스트의 자기 지시성이라는, 거듭 변주되는 핵심적 사유를 표현할 때면 횔덜린이 그 대부가 된다. "우리는 기호들이다, 의미도 없는."(푸코의 같은 책 114쪽에서 재인용) "이제 우리 시대는 다음과 같은 점을 분명히 해야 한다. 문학적 담론은 그것이 말하는 내용이나, 그것에 의미를 부여하는 구조들에 의해 규정되지 않는다. 오히려 문학적 담론은 일종의 존재를 가지고 있고, 우리는 이 존재에 대해 물어야 한다. 그렇다면, 도대체 이러한 존재는 무엇이란 말인가? 틀림없이 자기-지시, 또 다른 자기, 내용을 비워버린 빈자리와 연관이 있는 그 무엇일 것이다. 이러한 의미에서 문학의 존재는 말라르메로부터 시작하여 오늘에 이르기까지, 프로이

트 이후 광기라고 알려진 그러한 영역으로 들어간다."(푸코의 같은 책 127쪽)

스위스의 작가이자 문학이론가인 펠릭스 필리프 잉골트는 마찬가지로 말라르메의 시를 원용하면서 이러한 생각을 다음과 같이 해석한다. 즉 현대의 문학작품은 "관습화된 말의 의미 저 너머에서 진술하는 것이며, 이해할 수 없긴 하지만 그 자체로 의미심장한 진리가 되는 그러한 진술"이다. 잉골트는 계속해서 말한다. 말이란 다름 아니라 "문자로 된 기호"이고 "음향체"이다. 작품 자체는 아무것도 지시하지 않는다. "예술-텍스트와 세계-텍스트"는 서로 같은 것이 되었다.(잉골트Ingold 1992의 291쪽 이하 참조)

작품과 텍스트가 작동을 시작한다. 별안간에 담론이 쇄도하기 시작하면서 길을 개척한다. 텍스트 속에서 외부, 빈자리, 모든 질서의 바깥, 셸링의 "예기치 못한 존재", 규제되지 못한 것, 혼돈스러운 것, 일시적인 것이 울려 나온다. 재현 대신에 출현. 그것은 내용적인 의미에서는 규칙 위반들을, 사회적인 규범과 도덕관념의 맥락에서는 무례함을 동반한다. 예컨대 사드로부터 바타유에 이르기까지의 성性의 연출이나, "언어적 장애"의 제거를 들 수 있다.(푸코 1991의 88쪽) 그러나 이러한 것들이 보다 극단적인 것을 의미하지는 않는다. 왜냐하면 푸코는 이러한 현대적 텍스트들이, 플로베르의 말을 빌리자면 무에 관한 텍스트들이, 유토피아(원래는 외부의 존재하지 않는 곳이란 의미이다)에 위치하고 있는 지형 측량점들을 재고 있는 것을 보기 때문이다. 그 측량점들은 다시 말하자면 소위 주체와 객체, 개인과 사회가 얽혀 있는 현실이라는 지도상에서의 빈자리들이다. 푸코에 의하면, 별안간에 하나의 "빈자리"가 등장하는데, "거기에서 다양한 발화의 주체들이 서로 연결되고 서로 해체되며, 서로 결합하고 다시 분리된다."(푸코의 같은 책 80쪽) 빈자리는 또한 글을 쓰는 자가 흔적도 없이 사라지는 자리이기도 하다. "글쓰기는 강제적으로 규칙들을 위반함으로써 외부로 발을 딛는 유희와도 같이 진행된다. 쓰기에 있어서는 의견의 진술이나 제스처로서의 쓰기에 대한 칭송이 문제가 되지 않으며, 발언을 통해서 하나의 소재를 고정하는 것도 중요하지 않다. 다만 중요한 것은 글을 쓰는 주체가 언제나 다시 사라질 수 있는 공간의 열림이다."(푸코의 같은 책 11쪽) 다른 곳에서와 마찬가지로 여기에서도 푸코는 가스통 바슐라르의《공간의 시학》(1957의 독일어판 1960)을 원용한다. 하지만 그것을 과격하게 전도시킨다. 왜냐하면 바슐라르가 문학에서의 "행복한 공간", 사랑스러우며 따라서 칭송되는 장소들의 이미지들을 말하는 곳에서, 푸코는 오히려 정해진 자리가 없는 빈 공간, 외부의 심연들을 열어젖히기 때문이다. 글을 쓰면서 인간은 궁극적이고 초월적인 고향 상실과 정처 없음이라는 자기 실존의 최종적이고 심원한 지점들에로 접근해 가는 것이다. 담론의 쇄도 혹은 담론의 중얼거림 속에서 로고스의 흔적들은 지워진다. 문학작품, 아방가르드의 텍스트는 전통적인 철학의 언어를 종결시켜 버린다. 우리가 고전적인 패러다임들(정체성, 주체-객체-변증법, 소유적인 사유)로부터 벗어나게 될 때, 문학작품은 빈자리와 무로 넘어가는 경계들에 자리 잡는다. 그 경계들이 우리 자신이다. 문학작품은 우리들에게, "총제성에 대한 추구 대신에 경계에 대한 의문을 제기하게 하고, 모순의 운동을 위반의 몸짓으로 대체하는 그러한 사유의 형식"(푸코의 같은 책 87쪽)에 친근하게 해준다. 이제 남은 것은 속삭임이고, 쏴쏴거림이며, 침묵이고 죽음이다.(나우만바이어 1993의 호네트 1988의 레너 1988의 217쪽 이하 참조)

## 5. 무한의 시뮬라시옹 : 보드리야르

    푸코가 문학 텍스트(아르토의 경우든 말라르메의 경우든) 속
에서의 탈경계의 언어를 칭송하고 아울러 질서들의 파괴를 칭송하
는 곳에서, 보드리야르는 일상문화 내지는 하위문화에 주목한다. 보
드리야르는 처음부터 일상세계와 일상문화의 현상들에 관심을 기
울였다. 그의 첫 번째 저서 《사물들의 체계》에서 그는 인간과 인간
의 일상적 대상들의 관계를 연구했는데, 그렇게 함으로써 "인간들의
행동 방식들과 상황들에 대한 체계적 지식"에 대한 실마리들을 얻
기 위해서였다.(보드리야르Baudrillard 1991의 11쪽 참조) 보드리야르
는 내부설비, 자동차나 시계, 가축들과 개인적인 수집품들과 같은 대
상들로부터, 주체가 세계를 구축하려 시도하는 데 도움을 줄 수 있는
일종의 "체계"를 읽어낼 수 있다고 믿는다.(보드리야르의 같은 책 110
쪽) 그것은 하나의 세계이고 인간의 세계이며, 적당한 범위의 세계
로서, 개인들이 처분하고 또 만들어낼 수 있는 세계이다. 그것은 소
유의 세계 혹은 "부르주아 가정의 동경에 찬 탐식의 세계"이고, "자기
주변에 기능적으로 길들여진 환경과 과거의 길들여진 기호를 건립
하는 개인적인 제국주의의 세계이다."(보드리야르의 같은 책 109쪽)
    그러나 그런 식으로 억지로 만들어진 세계, 사물들의 체계로부터
의미들과 가치들의 체계를 이끌어내는 그러한 세계는 이제 낡아빠
진 세계가 되어버린 지 오래다. 한마디로 미디어 혁명과 무한의 시뮬
라시옹 "이전의" 세계이다. 그 세계는 부르주아 개개인의 사적인 이
데올로기 내지는 사적인 신화로서, 그리고 그 안에서 모든 것이 단
순히 영상이 되고 가상이 되며, 그럼에도 불구하고 여전히 의미들
의 오래된 체계가 닳아빠지도록 사용되고 있는 시뮬라시옹의 탈근

대-탈역사적 세계를 설명하기 위한 모델로서 여전히 유용할는지 모른다. 영상들, 텔레비전과 비디오와 컴퓨터의 모니터 화면들의 힘과 편재遍在적인 현전은 전통적인 해석들과 의미들뿐만 아니라, 실재의 세계, 소위 객관적 외부 세계도 아울러서 폐지시켜 버린다. 보드리야르는 다수의 글들에서 그러한 점을 거듭해서 입증하려고 시도하고 있다. 그의 책의 제목들,《상징적 교환과 죽음》(1976의 독일어판 1982),《치명적인 전략들》(1983의 독일어판 1985) 혹은《실재적인 것의 고통》(1978)이 그 점을 말해 준다. 목표 지점은 언제나 동일하다. 실재의 소멸, 주체의 해체, 기존의 의미의 파괴. 베를린의 작가인 보도 모르스호이저가 보드리야르 류의 산문 텍스트임이 분명한 그의 소설《베를린 시뮬라시옹》에서 "반복의 덫"이라는 말을 사용하듯이, 우리는 시뮬라시옹의 무한한 그물 속에 갇혀 있다. 마치 거미줄의 거미처럼. "진짜보다 더 진짜다운 것, 그것이 시뮬라시옹이다. 현재는 비어 있음 때문에 사라지는 것이 아니라, 현재와 부재의 대립을 제거해 버리는 현재의 복제로 말미암아 사라진다."(보드리야르 1991b의 12쪽) 미국이라는 거대한 "허구"에 대해 일기 형식으로 쓴 수기들의 한 구절에서 보드리야르는 다음과 같이 요약하여 말한다. "모든 것이 시뮬라시옹 속에 갇혀버렸다. 풍경들은 사진 속에, 여성들은 성적인 시나리오 대본 안에, 생각은 문서 안에, 테러리즘은 유행과 미디어 안에, 사건들은 텔레비전 안에 갇혀버렸다. 사물들은 이 희귀한 운명을 위해서만 존재하는 것처럼 보인다. 세계는, 자기를 위해 다른 세계를 만들어내는 광고를 위해서만 존재하는 것이 아닌가 하는 의문이 제기될 정도이다."(보드리야르 1987의 48쪽) 〈비디오 세계와 프랙탈적인 주체〉라는 에세이에서 우리는 마침내 다음과 같은 구절을 읽게 된다. "이전에 우리는 거울의 가상, 분열된 나와 나, 타자성他者性과 소외의 가상 속에서 살았다. 그러나 오늘날 우리는 스크린, 인터페이스와 반복 복제, 대체와 네트워크화라는 가상 속에 살고 있다. 우리가 가진 모든 기계들은 스크린이며, 우리 자신이 스크린이 되었다."(보드리야르 1990a의 263쪽)

그러나 모든 것들이 이미지이고, 다름 아닌 이미지 그 자체이며, 이미지들이 의미를 규정하고 우리가 오로지 이미지들에만 반응한다면, 이미지로서의 예술이 가능한 것인지 그리고 어떻게 가능한 것인지, 혹은 의미가 있는 것인지 그리고 어떻게 의미가 있을 수 있는지 하는 문제가 제기된다. 이미지는 최소한 모방이라는 의미는 가지고 있다. 모방으로서의 예술, 그 어떤 실제적인 것, 가능한 것 혹은 환영幻影적인 것의 재현으로서의 예술은 살아남았다. 보드리야르와 관련하여 페터 바이벨은 다음과 같이 말한다. 예술은 미디어 예술로서 내지는 미디어 사건으로서 계속 탐구의 대상이 되며, 어쨌든 이미지의 존재론으로서 용인되어야 하거나(바이벨 Weibel 1991의 205쪽 이하, 바이벨 1993/1994의 39쪽 이하), 아니면 보드리야르의 경우처럼 현전의 미학이라는 의미, 극단적으로 부정적인 미학이라는 의미로 파악되어야 한다.

그런 관점에서 보드리야르는 〈싸늘한 킬러 혹은 기호들의 반란〉이라는 에세이에서 뉴욕 시내의 낙서 그림들을 옹호하기도 한다. 대도시 문화에 반항하는 하위문화는 낙서 그림들의 기호를 통하여 탈경계와 치외법권의 권리를 주장한다는 것이다. 그 그림들은 공허한 기호들과, 무의미한 의미들을 공간 속으로 흩뿌린다. 이러한 기호들은 또한 공간을 탈경계화하며, 지하철도의 이 칸에서 저 칸으로, 이 벽에서 저 벽으로 끝없이 달린다. "궁핍함 자체를 토대로 하고 있으므로 더 이상 물러설 곳도 없는 기호들은 모든 해석과 모든 의미를 거부하며, 아무것도 그리고 그 누구도 가리키지 않는다. 아무런 의미도 없고, 아무것도 가리키지 않는 기호들이 표지標識의 원리로부터 벗어나 공허한 의미들이 되어, 대도시의 임무를 충실히 수행한 기호들의 영역 속으로 침입해 들어간다. 그리하여 무의미한 기호들은 단순히 현전現前함으로써 대도시의 기호들을 해체한다."(보드리야르 1990b의 219쪽) 이러한 낙서 그림들은 "어떠한 내용도, 임무도 가지고 있지 않으며", "그것들에게 힘을 주는 것은 바로 이러한 공허, 비어 있음이다."(보드리야르의 같은 책 221쪽) 이러한 공허는 공간 전체를 찬탈하며, 공허한 기호들을 의미들로 가득 찬 영역 속으로 진입시킨다. "기호와 미디어들과 코드들로 이루어진 다면체"(보드리야르의 같은 책 215쪽)로서의 도시는 낙서 그림들을 통해서 불안을 야기하는 무의미한 존재, 쭈글쭈글한 잡동사니로 변형된다. 낙서 그림들의 단순한 현전, 순수한 흩뿌림, 도처에 스스로를 뿌려댐. "낙서 그림은 이 집에서 저 집으로, 이 집의 벽에서 다음 집의 벽으로, 벽으로부터 시작되어 창이나 혹은 문 혹은 지하철도의 창문을 넘고, 인도를 넘어, 서로서로 겹치고, 토하듯이 마음껏 자신을 드러내면서 겹겹이 쌓여간다(…). 이 제멋대로 그려진 그래픽은 성의 구분을 넘어서고 성감대의 경계를 무시하는 아이들의 다형多形적인 성도착증과도 같다."(보드리야르의 같은 책 225쪽) 낙서 그림들은 부끄러움도 금기도 모르며, 권력을 무시하고 유희 규범들을 위반한다. 왜냐하면 그것들은 소유권을 인정하지 않기 때문이다. 그것들은 새로운 의미들을 창안하지도 않으면서, 공적인 공간도 사적인 공간도 가리지 않고 덧칠하고 더럽힌다. 그것들은 혁명적이거나 아니면 최소한 계몽적 임무를 가진 담론들의 후기 형태도 포스트모던적인 변형체도 아니고, 저항의 의미를 가진 상징도 아니다. 그것들은 단지 말없이, 공허하게, 의미도 없이 거기 있을 뿐이다. 그러나 그것들은 공허한 의미들로서 하나의 대립물을 형성한다. 공허하고 지시연관이 없는 그림으로서, 그것들은 후기 자본주의 사회와 문화의 중요한 의미를 형성한다. 여기에서 보드리야르와 부정성의 미학의 깊은 유사성이 드러난다. 모든 것이 통제되고, 모든 것이 의미들과 지시 관계들의 체계, 짐멜이 말하는 상호작용의 연관들 속에 묶여 있는 그러한 곳에서, 공허한 기호들, 해독 불가능한 상징들은 충격을 주고 불안을 야기한다. 보드리야르는 결국 이러한 낙서 그림들을 정체성을 상실하고 침묵하는 흑인들의 하위문화로 판독하는데, 우리는 이것을 마르크스로부터 물려받은 유산에 바치는 그의 마지막 공물로 보아도 무방할 것이다. 그러나 이 점이 보드리야르의 사유 과정에 결정적인 것은 아니다. "젊은 흑인들은 옹호할 어떤 개성도 가지고 있지 않다. 그들은 다 짜고짜 사회에 저항한다. 그들의 반란은 또한 시민적 정체성과 익명성에 대한 저항이기도 하다. COOL COKE SUPERSTRUT SNAKE SODA VIRGIN. 우리는 백인들이 지배하는 대도시들의 심장부에서, 지루하게 반복되는 이러한 문구, 익명성의 파괴적인 반복 어구, 이러한 전쟁 용어들의 상징적인 폭파를 들어야 한다."(보드리야르의 같은 책 228쪽) 그러나 무엇보다도 결정적이고 결정적으로 남아 있는 것은 이러한 기호들의 공허함, 하잘것없음, 그리고 의미 없음이다.

# VIII.

## 미학적인 것의 필연성

장 파울은 1804년에 《미학 입문》을 출간하는데, 거기에는 자주 인용되는 한숨 어린 문장이 들어 있다. "우리 시대에는 그 무엇보다도 미학자들이 득실거리고 있다." 당시로서는 맞는 말이었고, 겉으로 보기에는 오늘날에도 맞는 말일 것이다. 독일에서의 미수에 그친 혁명에 대한 반응, 심지어는 체념으로서의 미학…!?

대략적으로 보아 초기 낭만주의와 이상주의의 시대였던 19세기 초반, 미학에 대한 집중적인 탐구가 있었던 이유에 대한 이러한 그럴듯한 해석은 오늘날까지도 이어지고 있다. 현대의 문학과 예술, 그리고 그것들에 대해 성찰하는 현대의 미학과 예술철학은 실제의 삶에 있어서 입을 쩍 벌리고 있는 틈을 메워버린다. 문학과 예술, 미학과 예술철학은 정치가 거짓의 편을 드는 경우, 정치의 대리자로 나선다. 예술과 그것에 대한 미학적 담론은 그 자체로 기획의 특성을 가지고 있으며, 과거를 향해 그리고 미래를 향해 이미지들을 투사하고, 유토피아적인 목표를 조준한다. 과거로부터 시작하여 "예측할 수 없는"(셸링) 더 나은 상태 혹은 꿈의 미래에 이르기까지. 그러나 반작용과 냉정한 각성은 예상보다 더 빨리 찾아온다. 프로이센-독일에서의 정치적 상황들의 정체 상태, 헤겔이 말했던 저 "산문적인 상황들"은 신속하게 그 모든 뜨거운 요구들과 "심정의 시문학"을 차갑게 식어버리게 만든다. 미학적 기획들, 플랜들과 체계들은 단절되고 더 이상 추구되지 않으면서 식어버린다. 프리드리히 슐레겔과 셸링은 가톨릭으로 개종하고, "미학적 교육"은 국가주의에 경도된 실러의 드라마들 뒤로 숨어버려 그 형체를 알아볼 수 없는 지경이 된다. 마찬가지로 헤겔과 그 후계자들도 냉정하다고도 각성되었다고도 볼 수 있는 간결한 논지를 전개한다. 아름다운 예술, 그리고 나중에 로젠크란츠에 의해 시도되는 추한 예술에 대한 철학을 "단순하게" 전개시킨다. 이러한 흐름은 이후 19세기가 경과하면서 예술학과 문예학의 학문적 분야들이 전개되는 양상, 즉 메달의 한 면에 해당한다. 그러나 이러한 학문적 주류, 우선 실증적으로 분류하고 나중에 정신사적으로 이해하는 해석의 뒷면에는 또 다른 흐름이 있다. 이는 또한 진정으로 철학적인 미학으로서, 헤겔학파가 소위 미학적인 것을 참수한 것과는 반대 방향의 흐름으로서, 키르케고르, 쇼펜하우어 또는 니체와 같은 다양한 사상가들에 의해 대변된다.

헤겔과 니체라는 이름으로 요약할 수 있는 이러한 두 입장은 서로 간에 그렇게 다를 수가 없다. 헤겔에게 있어서 미학은 예술철학이고, 작품의 존재론이다. 반면에 니체의 사유는 집중적인 미학화의 사유로서, 삶과 세계 전체를 미학화한다. 종래의 예술이라는 것은 그러한 삶과 세계 전체 내에서 보자면 그저 하나의 특수한 경우에 불과하다.

니체의 악명 높은 문구를 인용하자면, 세계는 미학적 현상으로서만 지속될 수 있고, 우리 인간들에 의해 만들어지며, 매 순간 끊임없이 새롭게 생겨난다. 진리는 존재하지 않고, 다수의 관점들에 의한 진리만 존재한다. 오성과 논리의 지배는 서구에서의 인류 발전의 거대한 오류이다. 반면에 예술은 진정한 "삶의 자극제"이고, "존재를 신성화함"이다. 베른하르트 리프의 해석에 따르자면, "예술은 삶의 상황들에 대한 해석의 한 형식이며, 그 해석에 따라 다양한 가능성의 변수들이 창안되고 또 분명하게 드러난다."(리프 1991의 148쪽) 어쨌든 니체는 키르케고르(순간의 미학) 또는 쇼펜하우어(관조의 개념)가 이미 선취했던 통찰들을 옹호하고 또 보다 집중적으로 전개하면서, 미학은 "몸을 실마리로 하여", "생리학적으로" 전개되어야 한다고 본다.

이로써 미학의 문제는 마침내 저 두 번째의 정점에 도달하게 된다. 예술철학의 전통적인 견해들 바로 곁에 있으면서도 또한 그것들로부터 무한히 멀리 떨어진 곳에 있는 포스트모던적 사유의 다양한 입장들과 유형들은 그 두 번째 정점에서부터 전개된다. 푸코가 말하는 "실존의 미학"으로부터 속도의 미학(비릴리오, 플루서)과 새로운 미디어들의 미학(보드리야르, 키틀러, 볼츠) 또는 "미학적 사유"(벨슈, 바티모)에 이르기까지의 미학들이 그것이다. 그림처럼 생생하게 그려보자면, 두 정점의 사이에, 즉 저지대들과 골짜기들에는 야심적인 시도들이 자리 잡고 있다. 미학적인 것의 언어를 논증하려는 시도(단토), 이전의 미학적 범주들(예컨대 리오타르에 있어서의 숭고)을 재구성하거나 그 타당성에 따라 우선 검토하려는 시도(뷔르거의 비판이론적 접근, 플룸페의 체계이론), 그리고 또 스포츠 미학과 디자인, 유행 혹은 몸과 성의 미학도 주변을 맴돌며 날갯짓을 하고 있다. 새로운 미학자들도, 새로우면서도 전통을 고수하는 미학자들도 중요하게 여기는 것은 경계를 넘어서는 것, 즉 탈경계의 시도이다. 게오르크 짐멜은 그의 생애의 후기에, 생의 철학에 집중했던 단계에서 이렇게 말한 적이 있다. 인간은 "경계를 위반하는 존재로 태어났다." 인간은 새로운 "미지의 영역"을 차지하려고 지속적으로 노력하고, 그럼으로써 보다 광범하고 보다 높은 전망의 탑을 건립하려는 존재라는 것이다.

도대체 미학의 영역에는 무엇이 자리 잡고 있는가? 미학과 예술은 서로 어떤 관계에 있고, 또 그 사이에 경계선을 긋는 것은 가능한가?

1992년 늦여름 하노버에서 "미학적인 것의 현실성"이라는 타이틀을 내건 떠들썩한 회의가 개최되었다. 《차이트》지는 그 주제를 매우 현실적이라고 보았기 때문에, 주요 강연들 중의 하나인, 하인츠 보러의 '미학적인 것의 경계들'을 그대로 인쇄하여 배포하였다. 강연록과 발표문들은 이제 하나의 책으로 묶여 나와 있다. 그중에서도 세 개의 논문(볼프강 벨슈, 장프랑수아 리오타르와 카를 하인츠 보러)이 특별한 주목을 받았는데, 이것들이 미학 이론의 과격한 변이들을 제안하고 있기 때문이다. (여기에서 벨슈와 리오타르에 대해서는 언급하지 않기로 한다.)

보러는 생활세계라든지 시뮬라시옹 같은 포스트모던 미학의 형태로 나타나고 있는, 그 모든 탈경계와 경계 말소 현상들에 대해 격렬하게 반대하면서, 작품과 예술을 옹호하였고, 그럼으로써 그것들의 창조적 생산성, 즉 "상상력의 은유"에 들어 있는 가치와 존엄성을 강조하였다. 보러의 논증은 표면상으로는 애써 부인하지만, 사실상은 해석학과 포스트모더니즘, 전통과 해체의 결합이라고 볼 수 있다. 한편으로 그는 작품의 개념과 자율성과 창조성을 단호하고 일관되게 강조하지만, 다른 한편으로는 이러한 것들을 포스트모더니즘의 병기창으로부터 꺼내온 개념들(현전, 우발성, 자기 지시)을 가지고서 재-

해석한다. 보러는 미학의 영역에 있어서 '작품'의 독자적 의미를 구제하려고 한다. 그가 보기에 작품은 유일한 것은 아니지만, "핵심"이고, 상존하는 것이며, 역사철학적-정치적-윤리적 관점의 담론들과 어깨를 나란히 하거나 그 상위에 있는 것이며, 대체 불가능한 것이다. 보러가 다양한 분석들의 사례에서 입증하고 있듯이, 작품은 근대의 진정한 출발로서의 (초기)낭만주의시기에 그 모든 후견들로부터 해방된 이후 그 독자성을 잃은 적이 없다.

　보러가 언급하고 있는 또 다른 이론가인 조지 스타이너도 마찬가지로 탈구조주의적인 관점들에 반대하면서 작품으로서의 예술, 작품 속에서의 예술의 구제를 옹호한다. 그러므로 예술사의 문화재들이 보관되어 있는 박물관과 도서관의 유지와 관리에 역점을 둘 것을 주장한다. 요컨대 "예술가의 창작물은 세계에 저항하는 반대 진술"이라는 것이다. "관찰의 한계와 무한하게 주어져 있는 가능성 사이에서의 집중적이고, 선택적인 상호작용들은 미학적 수단들을 통하여 구체적으로 그 모습을 드러낸다. 그런 식으로 형성된 집중적인 관점 및 사변적인 질서 부여가 바로 비판의 다른 이름인 것이다. 그 비판은 사물들이 달리 될 수도 있었다(혹은 달랐다, 혹은 달리 될 것이다), 라고 말하게 되는 법이다."(슈타이너Steiner 1990의 24쪽) 진부하기도 하고 기초적이기도 한 예술은 픽션이고, 가상이며, 지금까지는 결코 존재하지 않았지만 앞으로 일어날 수도 있는 그 어떤 것을 미리-보여주기도 하며 또한 그 어떠한 것에 대한 반대 형상이기도 하다. 스타이너에게 있어서 예술은 "반대 진술"이며, 실재에 대한 항의이고 교정이다. 그러므로 예술은 하나의 필연성이고, 체계이론적인 관점에서 보자면, 그 어떤 "기능적인 등가물"을 통해서도 대체되거나 지양될 수 없는 그러한 것이며, 컴퓨터의 세계에서도, 시뮬라시옹과 바이트와 숫자들과 컴퓨터 연산 규칙들의 세계에서도 계속해서 작용하는 그러한 것이다. 이 점에서 보러와 스타이너는 견해가 일치한다. 스타이너는 탈구조주의에 한편으로는 찬동하고 다른 한편으로는 반대하면서, "대상의 진리와 진정한 견해를 결정하고 전달할 수 있는" 특권적인 판관, 해설자 혹은 해설자가 더 이상 존재하지 않더라도, 작품(그림, 텍스트)에 대한 해석과 설명은 가능하다고 본다. "모세가 탈구조주의적인 자각의 순간에 깨뜨렸던 율법의 석판들은 이제 다시 원래대로 복구될 수는 없다."(슈타이너의 같은 책 170쪽) 중요한 작품들에 대한 지속적인 탐구와 지속적인 소통의 단서들은 언제나 새롭게 주어지는 그때마다의 상황들로부터 생겨난다.

스타이너와 보러는 최소한 이 하나의, 그러나 아주 중요한 관점으로 말미암아 명백하게 헤겔의 전통에 속한다. 그들이 보기에 예술작품은 하나의 "고정된 사실"이며, 모든 미학적 탐구의 선두에 위치한다.

이러한 관점은 탈구조주의적인 처리 방식과 비교할 때, 케케묵은 것으로 비칠 수도 있고, 예술작품에 대한 옹호는 발전된 미디어 이론들과 비교할 때 사실상 시대착오적인 순진무구함으로 여겨질 수도 있다. 대략적으로 판단하자면, 우리 시대는 아주 신속한 속도의 시대이다. 그러므로 텔레비전과 비디오 혹은 컴퓨터 화면 속의 단절되지 않는 영상들, 즉 번개처럼 빨리 진행되는 연속적인 영상들만이 우리의 시대를 따라잡을 수 있다. 우리는 신속하고 유연하고 언제든 반응할 태세를 갖추고 있어야 한다. 관조와 느림은 (적어도 성공적인 경력에 있어서는) 치명적인 결과를 초래할 것이다. 그러므로 유일한 대응책은, 사건들을 실시간으로 보여주는 영상 속에서 다시 찾아야 한다. 하지만 그렇게 됨으로써 주목할 만한 전도 현상, 즉 파울 비릴리오가 "미친 듯이 날뛰는 멈춤"이라는 개념으로 표현하고 있고, 또 수십 년

전에 이미 귄터 안데르스가 《시대에 뒤진 인간》에서 묘사했던, 그러한 전도 현상이 벌어지게 되는 것이다. 영상들이 우리를 점령해 버리는 만큼, 영상들은 실제의 현실을 몰아내 버린다. 실제 현실은 영상 속으로 옮겨진, 또 다른 현실의 "환상이고 거푸집"이 되어버린다. 우리는 문자 그대로의 의미에서든 전이된 의미에서든, 더 이상 세계를 경험하지 못한다. 왜냐하면 우리는 세계를 실제로 체험하고 돌아다니고 경험하지 못하며, 그 대신에 세계를 영화와 텔레비전과 비디오의 연속적인 영상들 속에서 그대로 흘러 지나가도록 내버려 두기 때문이다. "이제부터는 여행을 다닐 필요가 없다는 사실이 중요하다."(비릴리오 1990의 270쪽) 우리의 기동성은 근본적으로 정착성이며, 미국인들이 그들의 텔레비전 시청자들을 흔히 부르듯이 "감자칩 소파족"의 부동성不動性이다. 비릴리오가 계속해서 말한다. "가장 중요한 가구는 안락의자이고", "상처 입은 시청자를 위한 긴 의자이다. 이 의자는 사람들이 스스로 꿈꾸지는 않고, 수동적으로 꿈의 대상이 되도록 만드는 괴테의 《서동시집》과도 같다. 또한 사람들이 실제로 돌아다니지도 않으면서, 그 위에서 여기저기를 돌아다니며 누워 있게 만드는 창가의 벤치이다." 이것은 유아론자의 세계이며, 고립된 개인의 세계이다. 이러한 고립된 개인은 예컨대 섹스를 전화상의 일로 여기거나, 혹은 사이버스페이스 속에 마련된 여러 장치들을 통해서 이루어지는 것으로 본다. 스스로를 인공적인 세계의 거주자로 간주하는 것이다. 좋다. 현실 관계들로부터 오는 스트레스를 완전히 배제해 버린 가상현실 속의 거주자.

시뮬라시옹은 이제 새로운 유행어이며 마법의 주문이다. 그 의미의 주름들 속에는 지금까지 이성이 상상도 할 수 없었던, 온갖 놀라움과 기적과 여러 진기한 것들이 온통 숨겨져 있다. 진정한 괴물들을 낳은 것으로 알려진 종래의 이성이 감히 꿈도 꾸지 못할 그런 것들이다. 키틀러의 말을 빌리자면, 예술의 영역(형상들의 생성)은 허구, "만약에"의 영역, 가상의 영역, 제2 현실의 영역이라는 개념으로 포괄될 수 있는 반면에, 시뮬라시옹은 "자료들을 가공하는 조작"의 영역이라고 말할 수 있다. 지금까지의 문학예술은 종이 위의 말을 이용함으로써 독자들의 머릿속에 "말들로 이루어진 실제적이고, 가시적인 세계"(노발리스)를 생겨나게 한다는 근본적인 명제를 바탕으로 작업을 하였다. 반면에 오늘날에는 이러한 세계를 컴퓨터의 모니터 위에서, 전자계산 과정의 생산물과 결과로서, 알고리즘의 척도에 따라 "산출하는" 것이 가능해졌다. 그 패러다임은 브누아 망델브로가 말하는 프랙탈이다. 스크린 위의 그래픽은 모조도 모방도 아닌, 완전히 새로운 초-현실적인 것을 보여준다. 인공적이긴 해도, 순전히 예술적인 것이라고 볼 수는 없는 그 어떤 것이 생겨나는 것이다. 왜냐하면 그것은 단순한 전자계산의 결과이며, 노르베르트 볼츠의 표현대로 하자면, 초超실재이기 때문이다. "컴퓨터 시뮬레이션은 기술에 의해 자연형식들을 생산한다. 예술도 아니면서, 디지털 미학은 (…) 예술이 지금까지 희망할 수 있었던 모든 것을 능가한다. 디지털 미학은 비분리적인 것의 가상 속으로 뚫고 들어가 '자연의 결'(B. 망델브로)을 눈에 드러나도록 만든다."(볼츠 1992의 132쪽) 알고리즘, 즉 컴퓨터를 위한 순수한 전자계산 체계들로 이루어진 구조물로서의 현실.

　스크린 위의 실재가 실재이다. 영상이 처음으로 현실의 본보기가 된다. 그러므로 하이데거의 예언적인 관점은 여기에서 진가를 발휘한다. "현대의 근본적인 전개 과정은 상像으로서의 세계 정복이다." (하이데거) 왜냐하면 실제의 행동과 태도는 예견될 수 있고, 시뮬레이션 될 수 있기 때문이다. 예컨대 모의 비행 실험뿐만 아니라, 컴퓨터 시뮬레이션에 따라 세워지는 현대의 전술과 전략 전체가 그 점을 입증한다. 그러므로 정언명법을 현대적으로 첨예화시켜(안데르스가 이미 그렇게 하였다) 말하자면 이렇다. 모의실험에 따르는 모든 경우의 행동 준칙들이 자기 자신의 행동의 준칙이 되도록 행동하라! 일단 네트워크에 편입되고 나면, 그 누구도 거기에서 풀려날 수가 없다. 그러므로 시뮬레이션 기술의 냉혹한 대표자들은 전래의 예술, 전통적인 성격의 미학을 대변하는 저 예술들이 이제 마침내 자기 자신의 영역에서 숨을 거두고 말 것이라는 신탁을 내린다. 현실이 전자계산기 속에서 만들어지고 생산되고 시뮬레이션 되는 곳에서, 이제 예술의 마지막으로 남은 몫, 예술의 잔재는 하나의 반대 견해 혹은 반대 모델(아도르노 혹은 리오타르)이 되기를 거부해야 한다. 예술은 고대에 성립된 이후로 수백 년 동안 거듭해서 모범을 제시하고, 행동과 태도를 규정하고, 모델을 기획하려고 꿈꾸어 왔다. 하지만 이제 전자계산기는 예술로부터 그 모든 것을 빼앗아 버렸다. 예술은 자신의 소유권을 몰수당하였다. 최소한 그렇게 보인다.

하지만 냉혹한 사실들과 시뮬레이션의 세계로부터 또한 부드러운 이론, 다시 말해 "미학적"(벨슈) 사유 혹은 "부드러운 사유"(바티모)와 같은 포스트모던 이론들도 생겨난다. 이 두 변이 이론들은 미디어 혁명의 압력에 직면하여 새로운 종류의 사유를 촉구한다. 이 새로운 사유는 말하자면 계몽주의적 사유의 초기(바움가르텐)로 돌아가는 것이며, 미디어 혁명으로부터 오는 체계적인 충격을 그대로 받아들임을 거부하고, 오히려 현상들에 집중하고, 개별적이고 임의적인 인상을 중시하는 지각을 옹호한다. 이성 중심주의에 엄격하게 대립하는 이러한 종류의 사유가 유일하게 현실적인 방법일지도 모른다. 왜냐하면 오늘날의 현실은 "이미 본질적으로 지각의 과정을 통해서, 무엇보다도 미디어에 의한 지각의 과정을 통해서 구성되기 때문이다." (벨슈 1990의 57쪽) "근본 명제를 앞세우는"(니체) 이성 중심적이고, 자기 정체성 위주의 사유를 대신하여 이제 사건에 대한 참된-지각, 일시적인 인상의 지각이 들어서야 한다. 벨슈는 짐멜, 젊은 루카치, 블로흐와 크라카우어, 벤야민 혹은 아도르노와 같은 매우 다양한 사상가들의 특징을 이루는 것이 무엇이며, 그들을 서로 비교 가능하게 만드는 것이 무엇인가에 대해 함축성 있게 진술하고 있다. 하지만 이것을 넘어서서 벨슈는 또한 현대주의자들, 벨슈가 말하는 포스트모더니스트들이 주변으로부터, 주변적 일상적 세계와 진부한 현상들로부터 관찰한 것에 초점을 맞추는 일도 암암리에 계속하고 있다. 1908년 짐멜은 이러한 일상적 주변을 다음과 같이 표현한다. "그 모든 수천의 관계들, 이 사람에서 저 사람으로 작용하고, 순간적이거나 지속적이며, 의식적이거나 무의식적이며, 스쳐 지나가 버리거나 혹은 많은 영향을 끼치는 그 모든 관계들." 짐멜의 이 말은 그가 수많은 모범적인 에세이와 촌평과 단편적인 수기들에서 언급하고 있는, 사회학에 주어진 영역을 가리키는 것이다.(짐멜 1908의 19쪽 참조) 짐멜의 이러한 관점을 따르는 학자들 중에서 특히 볼프강 벨슈가 두드러지는데, 그가 보기에 우리 사회와 전체 세계의 포괄적인 미학화는 이제 되돌릴 수 없는 징표가 되었다. 이는 거의 백 년 전, 1896년의 베를린 산업박람회를 맞이하여 "미학적인 이상으로의 전회"(짐멜 1990b의 173쪽)라고 말했던 짐멜의 견해와 너무도 비슷하다.

"도시적 환경에서 미학화는 아름다운 것, 귀여운 것, 스타일이 멋진 것을 의미한다. 광고와 자기 현시에 있어서 미학화는 연출과 라이프스타일의 강조를 의미한다. 그리고 객관 세계의 기술적 특성과 사회세계의 미디어를 통한 중재성이라는 관점에서 볼 때, '미학적이라는 것'은 무엇보다도 가상화를 의미한다. 그리고 마침내 의식의 미학화는 다음과 같은 것을 의미한다. 우리는 어떠한 시원적이고 궁극적인 토대들도 더 이상 가지고 있지 않으며, 이제 현실은 우리가 지금까지는 예술에만 적용했던 기준들, 즉 창작 가능성, 변화 가능성, 비구속성, 유동성 등과 같은 기준들을 자신의 것으로 받아들인다."(벨슈 1933a의 23쪽)

그러나 이와 동시에 부정할 수 없는 위험이 뒤따른다. 표면에 있어서나 깊이에 있어서나, 모든 것이 미학화된다면, 미학적 사유를 불러일으키는 인상들, 니체가 말하는 자극제는 도대체 어디서 올 수 있는가 하는 의문이 제기된다. 여기에서 다시, 적어도 벨슈와 바티모와 리오타르의 관점에서 보면, (작품 혹은 사건으로서의)예술의 역할은 아직 끝나지 않았다는 사실이 입증된다. "기분전환을 위한 산만한 지각"(바티모는 이것으로써 벤야민을 암시하고 있다), "우리로 하여금 유일하게 예술의 본질과 만나게 하는"(바티모 1990의 66쪽) 기분전환을 위한 향락과 같은 것이 아직도 예술의 역할로 남아 있다. 하지만 우리는 예술과 만나면서 세계와의 만남을 경험하며, 벨슈가 비판적이고 개방적이며 자유로운 관점이라고 선언한 그러한 감수성을 개발하게 된다. "예술 경험"과 더불어 전후좌우의 맥락은 다시 들어맞게 되며, 헤겔과 니체, 예술과 삶이라는 두 관점은 서로 중재된다. 예술경험은 "미학적 사유의 모델"(벨슈 1990의 68쪽 이하)로서 작용한다.

미학적인 것의 현실성은, 그것이 새로운 미학적 사유의 형태로든 혹은 오랫동안 위엄을 지켜왔던 미학적 성찰의 형태로든 계절에 좌우되는 것이며, 종말을 배제할 수 없는 것이다. 실제적 차원과 이념적 차원에서의 무한한 상실, 붕괴와 몰락의 시대, 위대한 소설들이 침묵하거나 혹은 조롱을 대가로 치르고서야 보존될 수 있는 그러한 시대에, 우리가 지탱할 수 있는 지점들, 격류의 한가운데서 살아남을 수 있는 섬들이 더욱 절실하게 요구된다. 쏴쏴거리며 홍수처럼 밀려오는 시대의 격랑 속에서(텔레비전 혹은 컴퓨터 모니터의 영상의 세계들) 재현과 현전의 가능성들을 찾는 것은 그만큼 더욱 절실하다. 우리는 그것을, 아니 나는 그것을 예술이라고, 생활세계의 미학화라고 또는 아주 간단하게 새로운 미학적 사유라고 부르고 싶다. 그 "핵심"(보러)은 안정성과 가시성을 담보하는 형식들이며, 무엇인가를 만들어내고, (작품으로서, 태도 혹은 제스처로)구체화하는 것이다. 다시 말해, 미학적 사유는 우리로 하여금 니체의 선동적인 말(모든 것이 가능하다!)을 감내케 하고, 우연성에 대처하는 생의 태도를 획득하게 해준다. 내가 보기에 미학은 우리들의 사유, 자연 속에서 그리고 사회 속에서 조종의 중심도, 목표도, 관점도, 대안도 없이 흘러가는 실제 현실 앞에서 이미 굴복해 버렸을 수도 있는 사유의 마지막 기준점일 따름이다. 1968년으로부터 1989년을 거쳐 오늘에 이르기까지의 유럽 전체의 경험을 요약하자면, 역사는 만들어지는 것이 아니라, 어떻게든 스스로를 만들어간다. 한때 역사의 주체로서 무엇인가를 변혁할 수 있다고 믿었던 이전의 등장 배우들은 오늘날 미학적인 사색가들이 되었다.

그렇다면 결국 현재 상황과 19세기 중반의 헤겔 이후의 시대상황은 서로 간에 거의 구분이 되지 않는다는 말인가? 저 푸리에가 "헌신의 작업travaux de devouement"을 통하여 "어떠한 개인적 성향도 노동을 위해 태어나지는 않았지만, 인간은 자신의 존재가 전체의 복지를 위해 필연적으로 정해져 있는 존재임을 자각하기 때문에, 스스로 체념하면서 노동을 결심해야 한다."(로젠크란츠 1979)라고 말한 것에 호응하려는 명백한 의도를 가지고 카를 로젠크란츠라는 사람이 《추의 미학》을 집필하였던 19세기 중반 말이다.

● 역자 후기

_____

　　오늘날 세계는 이미지 속에서 편재한다. 모든 사건은 순간
의 이미지로 축소되며, 단정하게 포장한 상품이 되어 가정으로 배달
된다. 우리는 실제의 현실 앞에서는 어쩔 줄 몰라 하고, 오히려 스크
린 앞에서 편안함을 느낀다. 무언가를 체험하려는 사람은, 이 체험을
경험적 현실이 아니라, 가상현실 속에서 찾는다. 그러므로 보다 깊이
느끼고 싶은 사람은 영화관으로 간다! 현대인의 일상세계는 시뮬레
이션 공간 속에, 상호교류하는 컴퓨터 오락 속에, 혹은 사이버스페이
스 속에 있다. 플라톤이 그토록 혐오했던 가상이 이데아와 진리를 대
체하고 있는 것이다.

　독일 뒤스부르크-에센 대학교의 교수인 베르너 융(1955 - )은 18
세기에서 20세기까지의 철학과 문학, 특히 미학과 문학이론을 집중
적으로 연구한 분이다. 그의 저서《미학사 입문 : 미메시스에서 시뮬
라시옹까지》(1995)는 고대로부터 지금에 이르기까지 가상과 존재
의 대립이라는 근본 화두를 개관하는 역저이다. 옮긴이가 이 책을 번

역하여 국내에 소개한 것이 2006년이니, 그 이후로도 어느새 15년 이상의 세월이 흘렀고, 저자가 제기했던 미학사의 근본 문제는 이제 우리 현실의 더욱 첨예한 화두가 되었다.

이미지 또는 가상은 현대에 이르기까지 실재의 반영으로 이해되었다. 가상은 실재를 감추고 변형시키므로, 실재를 추구하는 것이 미학의 오랜 과제였다. 하지만 인공지능을 비롯한 테크놀로지가 극에 달한 시대, 현실과 가상현실의 경계가 모호해진 시대에 가상은 어떤 실재와도 무관하게 실재한다. 다시 말해, 가상은 지금까지 무언가를 감추고 있었으나, 이제는 아무것도 없음을 감추는 역설의 시대가 도래한 것이다. 인간주의와 진보의 이념이 그래도 유효하던 시대는 지나가고 우리 사회는 어떤 가치를 중심으로 움직인다기보다는 디지털 기호가 생산하는 이미지에 의해 어디로 가는지도 모른 채 떠밀려 간다. 상품도 광고도 조작의 대상이며, 대중은 고도의 테크놀로지라는 중력과 자력에 이끌리는 쇳가루와도 같이 분열되고 파편화된 존재이다. 그렇다면 출구는 있는가? 없는 희망을 있다고 말하는 것은 난센스가 아닌가. 소설가 밀란 쿤데라의 말을 빌려 말하자면, "소설은 작가의 고백이 아니라, 함정으로 변한 이 세계 속에서 인간적 삶을 찾아 탐사하는 것이다." 철저한 회의와 투시가 없다면 어떤 출구가 저절로 주어지겠는가, 라는 발언이다. 서구 미학사의 흐름을 개관한 이 책이 오늘 우리의 현실과 맞닿아 있는 지점을 냉철하게 투시하는 것도 결국은 인간적 출구를 모색하는 하나의 시도일 것이다.

서구 미학사에 있어서의 근본 문제인 가상과 존재의 대립이 지금처럼 눈에 띄게 드러난 적은 없었다. 칸트 이래로 "미학적 경험"이라고 불린 "아이스테시스"의 문제가 본격적으로 사회구조 전체와 연관을 가지게 된 것이다. 18세기에 바움가르텐에 의해 철학의 한 분야로 정립되었던 미학(그리스어로 아이스테티케 에피스테메, 감각적 인식 또는 감정의 학문)은 이제 사회존재론으로 확장되었다.

컴퓨터 오락실을 보자. 날로 정치해져 가는 컴퓨터 게임에 빠져들어 정신 나간 듯이 가상현실 속을 유영하는 청소년들. 미디어 기술의 혁명으로 감각적인 쾌락 추구와 사회체제 유지의 기본틀 또는 생산력이 자연스럽게 만나고 있는 장면이다. 무한의 쾌락 추구와 체제의 젖줄, 가상과 현실이 찰떡궁합으로 만나고 있는, 역사상 유례없는 사례이다. 감각의 영역이 긍정적 의미에서든 부정적 의미에서든 거대담론과 개념적 인식의 틀을 대체하며 범람하고 있다. 미디어 기술의 혁명에 의해 가속화되고 있는 이러한 변화의 끝이 무엇이 될지는 예측하기 어렵다. 포스트모던적 사유의 출발점도 전방위에 걸친 가상과 현실의 이러한 어지러운 얽힘으로부터 유래했던 것으로 보인다.

원래 포스트모더니즘의 기본 사유는 데카르트와 그 후계자들에게 치명적 오점을 덧씌웠던 이성 개념에 대한 비판점을 모색하자는 것이었고, 그 사유의 핵심은 '통일'과 '전체'를 손에 쥐고 있던 이성과 그 주체를 해체하는 것이었다.

돌이켜보건대 근대는 자신만의 것으로부터 자신의 것을 세워야 했다. 데카르트로부터 시작되었던 이성의 자기성찰적인 연출 과정은, 이후의 역사 전개 과정 속에서, 호르크하이머와 아도르노가 명료하게 기술했던 저 계몽의 변증법이라는 과정을 통해 결국 길을 잃고 만다. 목적의 합리성을 지향하고, (자연)과학을 앞세우고, 주체 속의 자연을 망각함으로써 근대는 헤어날 길 없는 막다른 골목길로 빠져들고 만 것이다. 더욱이 이성은 19세기에 부르주아-자본주의 사회가 성립되면서 경제와 자본의 논리로 타락하고 말았다. 또한 자연의 법칙을 지배하고, 역사 속에서 방향과 목표를 고정하며, 세계 전체를 물질적 과정을 지배하는 노동에 의하여 길들일 수 있다고 착오함으로써, 이성의 죽음은 결정적으로 그 모습을 드러냈던 것이다. 다시 말해 "근대의 기획, 유럽 계몽주의의 기획, 더 나아가 그리스-서구 문명의 기획은" 전대미문의 위기를 맞이한 것으로 보였다.

포스트모던적 사유는 정확하게 바로 이러한 상황들에 대처한다. 그러므로 무엇보다도 일련의 거부를 그 특징으로 한다. 포스트모더니즘은 진보, 역사, 전체와 이성을 거부하고, 그 대신에 정지 상태와 보전, 순간과 반복, 복수성과 이질성, 지각과 감각을 옹호한다. 포스트모던적 사유는 스스로를 근대 이후의 그 어떤 단계가 아니라, "근대의 영원한 비판"으로 이해한다. 근대와 근대적인 것, 진보, 완전성 그리고 목적론을 지향하는 사유에 지속적으로 반대함으로써, 다시 미학과 미학적인 것, 혹은 아이스테티스, 지각을 지향하는 사유로 돌아가는 것이다. 그러므로 포스트모더니즘은 미학으로의 회귀이며, 다시-반복함이며, 미학 이론 형성의 원천과 출발점으로 되돌아감을 의미한다. 이제 미학은 지각(=감각적 인식)의 미학이기를 요구받는다. 감각적 인식은 주체의 전체성을 보장하기 위한 논리적 인식에 더 이상 봉사하지 않는다. 이제 감각적 인식은 미학화된 현실 속에서 위협받고 있는 주체의 실존적이고 필연적인 기능으로서 자신의 몫을 요구한다.

포스트모던적 사유의 명백하게 드러난 기본적 직관은, 개념들에 의해서는 현실을 포착할 수도 나타낼 수도 없다는 것이다. 하이데거와 니체가 여기에서 등장한다. 서구의 이성 담론, 이성 중심주의, 강력한 오류, 또는 니체가 말하듯이 저 오만하기 그지없고 거짓으로 가득 찬 '세계사'의 순간에 대한 니체의 비판을 상기해 보면 된다. 니체와 하이데거와 더불어 서구의 형이상학은 무덤으로 들어갔으며, 몸과 실존을 길잡이로 하는 새롭고도 다른 사유가 시작되었던 것이다. 그리하여 그들에게 있어서 미학은 구원의 새로운 출구가 되었다.

그러나 이성 중심적인 사유에서 미학적 사유로의 이동에 있어서 결정적 요인은 무엇보다도 현실 자체의 변화에 있다. 오늘날의 현실은 본질적으로 지각의 과정을 통해서, 무엇보다도 미디어에 의한 지각 과정을 통해서 구성된다. 텔레비전 수상기와 컴퓨터 네트워크는 시대를 움직이는 실질적 권력이며, 미디어 존재론은 사회물리학에 해당한다.

요컨대 새로운 미디어 혁명 이래로 일단 변화를 겪게 된 이러한 지각의 방식은 이제 되돌릴 수 없다. 벤야민이 말하는 "시대에 따른 지각의 구성"은 우리의 감각적 인식이 미디어 기술에 종속된다는 말이다. 그러므로 미학적 사유는 삶과 현실의 모든 영역에서, 그리고 삶의 깊은 곳에서 이루어지는 광범위한 미학화 현상에 대한 대답인 셈이다.

요컨대 포스트모더니즘은 근대의 그 무엇이 종말로 가고 있다는 일종의 신호이자, 일종의 경고로, 근대의 처음부터 근대에 대한 비판적 가시로서 기능해 왔다. 포스트모던적 사유는, 목적론적-전체주의적 사유로서 자기확신적이고 자기만족적인 계몽주의의 전개 과정 속에서 부글부글 끓어오르는 효모와도 같다. 포스트모던적 사유는 동일성 대신에 차이를, 안정성과 안정화 대신에 파괴를 지향한다. 차이점과 다원성을 강조하며, 전통과 관습 대신에 새로운 것과 순간적인 것을 옹호한다. 근대라는 한 몸에서 태어난 동일성과 차이의 논리는 이제 현대문명의 향방을 가르는 양날의 칼과도 같이 기능하고 있다.

그러므로 20세기의 미학사에 서로 다른 입장과 관점들이 뒤섞여 유동하고 있을 것임은 당연하다. 저자에 의하면, 미학의 전체 윤곽은 여전히 칸트와 헤겔을 중심으로 하고 있지만, 그 사이로는 다양한 입장과 관점들이 강물처럼 구불구불 흘러가고 있다. 해석학과 현상학과 존재론이 마르크시즘이나 구조주의와 어깨를 나란히 하고 있으며, 그 옆으로는 실용주의, 기호학, 정보 이론과 같은 형식주의적 경향들이 다양한 방식으로 전개되고 있다. 한편에서 예술작품이 열렬하게 숭배 받는가 하면, 다른 한편에서는 순수한 미학 용어들의 정당성이 의문시된다. 한편에서 예술의 자율성을 과격하게 주장하는가 하면, 다른 한편에서는 실제 삶에 있어서의 예술의 관여를 주장한다. 심지어 고도로 발전된 복제기술에 즈음하여 미학적 사유라는 말을 사용하는 관점들은, 미학적인 것의 완전한 사멸을 말하거나 혹은 전통적인 예술작품의 가치를 끈질기게 변호하는 입장들과 대치 상태에 있다. 최근에 들어와서는 작품, 예술, 아름다움과 추함과 숭고함 같은 미적 범주들을 비롯하여, 보다 확실한 것으로 여겨졌던 기준들, 즉 생산자와 수용자, 그리고 예술가와 해석자에 이르기까지 모든 것이 유동적이 되어버렸다.

그러므로 우리 세기에 있어서 미학의 역사는 하나의 열린 무대이다. 미학은 자율성과 역사철학 사이에서 이리저리 진동한다. 요컨대 칸트냐 헤겔이냐의 문제이다. 예술과 사회, 작품과 그 시대 사이의 연관, 무엇보다도 생활세계와의 연관들은 모든 미학의 지속적인 미결 과제로 남아 있다.

헤겔이냐 칸트냐. 이 문제는 20세기 중반 이후로 더욱 첨예화된다. 한편으로는 형식주의적 성격을 가진 경향들이 전개되는데, 칸트의 전통을 잇고 있는 이러한 경향들은 구조주의, 기호학, 텍스트 언어학, 그리고 자연과학적 연구 방식을 지향하는 성찰들과 연관을 맺으면서 예술과 미학에 대한 다양한 담론 방식들을 시도한다. 다른 한 편으로는 내용미학, 대개는 역사철학을 지향하는 객관적 예술철학의 흐름이 전개된다. 루카치에서 시작하여 하이데거를 거쳐 비판이론에 이르는 '근대의 탈주자'들로부터 여러 노선들이 이어지며, 결국 이것 들로부터 현상학적-존재론적 경향들과 해석학적-수용미학적 경향 들의 촘촘하게 짜인 그물이 생겨난다. 어쨌든 그 그물의 핵심, 다시 말해 그물의 내적인 짜임새와 조직을 만들어가는 것은 부분적으로 는 노출되고, 부분적으로는 은폐된 헤겔주의이다. 다시 강조하지만 이러한 헤겔주의적 경향들의 뒷면을 이루는 것은 "형식주의 미학"이 라는 이름으로 불리는 미학적 성찰들인데, 이로써 우리는 18세기의 미학과 미학 이론의 형성 과정의 시발점으로 되돌아가게 된다. 그리 고 이 형식주의 미학에서 포스트모더니즘, 후기 구조주의, 탈구조주 의적 명제들과의 밀접한 연결고리가 성립되는 것이다.

  노골적으로 드러내고 싶어 하지는 않지만 저자의 논지는 결국 니 체의 관점을 따르는 것으로 보인다. 저자의 니체 해석에 의하면, 세 계는 미학적 현상으로서만 지속될 수 있고, 세계는 우리 인간들에 의 해 만들어지며, 매 순간 끊임없이 새롭게 생겨난다. 진리는 존재하지 않고, 다수의 관점들로부터 생겨나는 진리들만 존재한다. 오성과 논 리의 지배는 서구에서의 인류 발전의 거대한 오류이다. 반면에 예술 은 진정한 삶의 자극제이고, 존재를 신성화함이다. 어쨌든 니체는 키 르케고르(순간의 미학) 또는 쇼펜하우어(관조의 개념)가 이미 선취했 던 통찰들을 옹호하고 또 집중적으로 전개하면서, 미학은 "몸을 실 마리로 하여", "생리학적으로" 전개되어야 한다고 본다. 그 뒤를 잇는 푸코의 말을 빌리자면, 예술은 우리로 하여금 "총체성에 대한 추구 대신에 경계에 대한 의문을 제기하게 하고, '모순의 운동'을 '위반의 몸짓'으로 대체하는 그러한 사유의 형식"에 친근하게 만든다.

요컨대 저자가 확인하고 있는 미학사의 거스를 수 없는 흐름은 경계를 넘어서는 것, 즉 탈경계의 시도에 있다. 짐멜의 말처럼 인간은 "경계를 위반하는 존재로 태어났다." 인간은 미지의 영역을 차지하려고 지속적으로 노력하고, 그럼으로써 보다 광범하고 보다 높은 전망의 탑을 건립하려는 존재라는 것이다. 경계를 위반한다? 하지만 그 경계 자체가 끊임없이 변화한다. 인간의 생존 조건은 끊임없는 자기부정과 갱신을 요구한다. "글을 쓰는 주체가 다시 그 속으로 사라질 수 있는 공간의 열림"이라는 푸코의 말은 알 듯 말 듯 하지만, 결국은 자기부정과 갱신이 반복되는 자유의 공간을 확보하려는 몸부림으로 보인다. 오늘날 미학에 주어진 과제는 그 빈자리와 무로 넘어가는 경계들을 온전하게 포착하는 것이다. 저자는 이 몸부림을 통칭하여 '미학적 사유'라고 부른다.

그토록 오랜 세월 동안 전개되었던 가상과 진리의 경계 설정은 또한 해체와 탈주의 몸부림이었다. 우리는 이천여 년 서구 미학사를 개관하고 있는 이 책에서 그 경계의 설정과 해체의 끊임없는 요동을 확인한다. 더불어 그 요동 전체가 그리는 변환의 곡선도 눈에 들어온다. 미메시스-패러다임의 점차적인 해체와 시뮬라시옹-패러다임으로의 변환. 이 책의 제목은 그 점을 말하고 있다.

● 참고문헌

Theodor W. Adorno: Gesammelte Schriften, Bd. 6: Negative Dialektik. Jargon der Eigentlichkeit, hrsg. von Rolf Tiedemann, Frankfurt/M. 1973.

Ders.: Ästhetische Theorie, hrsg. von Gretel Adorno und Rolf Tiedemann, Frankfurt/M. 1980.

Ders.: Noten zur Literatur, Frankfurt/M. 1981.

Günther Anders: Die Antiquiertheit des Menschen, 2 Bde., München 1980 (Bd.1) und 1980(Bd.2).

Aristoteles: Die Nikomachische Ethik, hrsg. von Olof Gigon, München 1975.

Ästhetik im Widerstreit. Interventionen zum Werk von Jean-François Lyotard, hrsg. von Wolfgang Welsch und Christine Pries, Weinheim 1991.

Rosario Assunto: Die Theorie des Schönen im Mittelalter, Neuausgabe Köln 1982.

Pierre Aubenque: Plotin und der Neoplotinismus, in: François Châtelet (Hg.): Geschichte der Philosophie, Bd. 1: Die heidnische Philosophie, Frankfurt/M./Berlin/Wien 1973, S. 210-226.

Gaston Bachelard: Poetik des Raumes, Frankfurt/M. 1987.

Alfred Baeumler: Ästhetik, in: Handbuch der Philosophie I, hrsg. von Alfred Baeumler und M. Schröter, München/Berlin 1934, S. 1-99.

Ders.: Das Irrationalitätsproblem in der Ästhetik und Logik des 18. Jahrhunderts bis zur kritik der Urteilskraft, reprogr. Nachdruck der 2., durchgesehenen Auflage 1967, Darmstadt 1975.

Jean Baudrillard: Amerika, München 1987.

Ders.: Videowelt und fraktales Subjekt, in: Karlheinz Barck u.a.(Hg.): Aisthesis, Leipzig 1990, S. 252-264.

Ders.: Kool Killer oder Der Aufstand der Zeichen, in: Karlheinz Barck u.a. (Hg.), Aisthesis, Leipzig 1990, S. 214-228.(=1990b)

Ders.: Das System der Dinge. Über unser Verhältnis zu den alltäglichen Gegenständen, Frankfurt/M. 1991.(=1991a)

Ders.: Die fatalen Strategien, Müchen 1991.(=1991b)

Barbey D'Aurevilly: Vom Dandytum und von G. Brummell, übers. von Richard von Schaukal, Nördlingen 1987.

Werner Bahner(Hg.): Renaissance-Barock-Aufklärung. Epochen und Periodisierungsfragen, Kronberg/Ts. 1976.

Karlheinz Barck/Martin Fontius/Wolfgang Thierse(Hg.): Ästhetische Grundbegriffe. Studien zu einem historischen Wörterbuch, Berlin 1990.

Karlheinz Barck u.a.(Hg.): Aisthesis. Wahrnehmung heute oder Perspektiven einer anderen Ästhetik, Leipzig 1990.

Alexander Gottlieb Baumgarten: Texte zur Grundlegung der Ästhetik, übers. und hrsg. von Hans Rudolf Schweizer, Hamburg 1983.

Ders.: Theoretische Ästhetik. Die grundlegenden Abschnitte aus der "Aesthetica"(1750/58), übers. und hrsg. von Hans Rudolf Schweizer, Hamburg 1988.

Walter Benjamin: Ursprung des deutschen Trauerspiels, hrsg. von Rolf Tiedemann, Frankfurt/M. 1978.

Ders.: Gesammelte Schriften I-VII, hrsg. von Rolf Tiedemann und Hermann Schweppenhäuser, Frankfurt/M. 1972-1989.

Otto F. Best: Handbuch literarischer Fachbegriffe. Definitionen und Beispiele, Frankfurt/M. 1982.

Wilhelm Raimund Beyer: Zwischen Phänomenologie und Logik. Hegel als Redakteur der Bamberger Zeitung, Köln 1974.

Ernst Bloch: Gesamtausgabe in 16 Bänden, Frankfurt/M. 1977.

Ders.: Leipziger Vorlesungen zur Geschichte der Philosophie 1950-1956, Bd. 2: Christliche Philosophie des Mittelalters. Philosophie der Renaissance, hrsg. von Ruth Römer und Burghart Schmidt, Frankfurt/M. 1985.

Hans Erich Bödeker: Aufklärung als Kommunikationsprozeß, in: Aufklärung als Prozeß, hrsg. von Rudolf Vierhaus, Hamburg 1988, S. 89-111.

Hannes Böhringer: Moneten. Von der Kunst zur Philosophie, Berlin 1990.

Karl Heinz Bohrer: Nach der Natur. Über Politik und Ästhetik, Müchen/ Wien 1988.

Ders.: Die Kritik der Romantik. Der Verdacht der Philosophie gegen die literarische Moderne, Frankfurt/M. 1989.

Jürgen Bolten(Hg.): Schillers Briefe über die ästhetische Erziehung, Frankfurt/M. 1984.

Ders.: Friedrich Schiller. Poesie, Reflexion und gesellschaftliche Selbstdeutung, München 1985.

Norbert Bolz: Auszug aus der entzauberten Welt. Philosophischer Extremismus zwischen den Weltkriegen, München 1991.

Ders.: Theorie der neuen Medien, München 1990.

Ders.: Eine kurze Geschichte des Scheins, Müchen 1992.

Ders.: Am Ende der Gutenberg-Galaxis. Die neuen Kommunikationsverhältnisse, München 1993.(=1993a)

Ders.: Wer hat Angst vor Cyberspace? Eine kleine Apologie für gebildete Verächter, in: Merkur 534/35, H. 9/10, 1993, S. 897-904.(=1993b)

Bertolt Brecht: Gesammelte Werke in 20 Bänden, Bd. 18: Schriften zur Literatur und Kunst, Frankfurt/M. 1967.

Hauke Brunkhorst: Theodor W. Adorno, in: Die Deutsche Literatur, hrsg. von Hans-Gert Roloff, Reihe VI: Die deutsche Literatur von 1980 bis 1990, Bd. 1, Lieferung 1 bis 5, Bern u.a. 1991, S. 315-343.

Rüdiger Bubner: Ästhetische Erfahrung, Frankfurt/M. 1989.

Kai Buchheister/Daniel Steuer: Ludwig Wittgenstein, Stuttgart 1992.

Christa und Peter Bürger(Hg.): Postmoderne. Alltag, Allegorie und Avantgarde, Frankfurt/M. 1987.

Peter Bürger: Theorie der Avantgarde, Frankfurt/M. 1974.

Ders.: Zur Kritik der idealistischen Ästhetik, Frankfurt/M. 1983.

Ders.: Prosa der Moderne, Frankfurt/M. 1988.

Edmund Burke: Philosophische Untersuchung über den Ursprung unserer Ideen vom Erhabenen und Schönen, hrsg. von Werner Strube, Hamburg 1980.

Wilhelm Capelle(Hg.): Die Vorsokratiker, Stuttgart 1968.

Ernst Cassirer: Eidos und Eidolon. Das Problem des Schönen und der Kunst in Platons Dialogen, in: Bibliothek Warburg. Vorträge 1922-1923, hrsg. von Fritz Saxl, Berlin 1924, S. 1-27.

Ders.: Individuum und Kosmos in der Philosophie der Renaissance, Darmstadt 1963.

Ders.: Die Grundprobleme der Ästhetik, Berlin 1989.(Aus: Die Philosophie der Aufklärung, Tübingen 1973.)

Houston Stewart Chamberlain: Die Grundlagen des neunzehnten Jahrhunderts, 2 Bde., München 1900.

Flavio Conti: Wie erkenne ich Barock Kunst? Architektur, Skulptur, Malerei, Bindlach 1991.

Dante Alighieri: Die Göttliche Komödie, übers. von Karl Vossler, Frankfurt/M./Wien/Zürich 1978.

Arthur C. Danto: Ästhetische Reaktionen und Kunstwerke, in: Neue Hefte für Philosophis, H. 18/19, 1980, S. 14-32.

Ders.: Die Verklärung des Gewöhnlichen. Eine Philosophie der Kunst, Frankfurt/M. 1984.

Ders.: Die philosophische Entmündigung der Kunst, München 1993. Dichtungslehren der Romania aus der Zeit der Renaissance und des Barock, hrsg. von August Buck/Klaus Heitmann/Walter Mettmann, Frankflut/M. 1972.

Denis Diderot: Enzyklopädie. Philosophische und politische Texte aus der "Encyclopédie", München 1969.

Wilhelm Dilthey: Gesammelte Schriften, Bd.6: Die geistige Welt. Einleitung in die Philosophie des Lebens, Leipzig/Berlin 1924.

Ders.: Das Erlebnis und die Dichtung, Göttingen 1970.

Ders.: Der Aufbau der geschichtlichen Welt in den Geisteswissenschaften, Einleitung von Manfred Riedel, Frankfurt/M. 1981.

Klaus Disselbeck: Die Ausdifferenzierung der Kunst als Problem der Ästhetik, in: Henk de Berg/Matthias Prangel(Hg.): Kommunikation und Differenz. Systemtheoretische Ansätze in der Literatur und Kunstwissenschaft, Opladen 1993, S. 137-158.

Martin Doehlemann: Langeweile? Deutung eines verbreiteten Phänomens, Frankfurt/M. 1991.

Rudolf Eisler: Kant-Lexikon, Hildesheim/New York 1979.

Hans-Heino Ewers: Die schöne Individualität. Zur Genesis des bürgerlichen Kunstideals, Stuttgart 1978.

Victor Farías: Heidegger und der Nationalsozialismus, Frankfurt/M. 1989.

Luc Ferry: Der Mensch als Ästhet. Die Erfindung des Geschmacks im Zeitalter der Demokratie, Stuttgart 1992.

Kurt Flasch(Hg.): Geschichte der Philosophie in Text und Darstellung, Bd. 2: Mittelalter, Stuttgart 1985.

Theodor Fontane: Der Stechlin, Nachwort von Hugo Aust, Stuttgart 1985.

Michel Foucault: Die Ordnung des Diskurses, Frankfurt/M./Berlin/ Wien 1977.

Ders.: Sexualität und Wahrheit, Frankfurt/M. 1986. Bd. 2: Der Gebrauch der Lüste, Frankfurt/M. 1986.

Ders.: Schriften zur Literatur, Frankfurt/M. 1991.

Ursula Franke: Kunst als Erkenntnis. Die Rolle der Sinnlichkeit in der Ästhetik des Alexander Gottlieb Baumgarten, Wiesbaden 1972.

Hans-George Gadamer: Kleine Schriften II, Interpretationene, Tübingen 1967.

Der.: Wahrheit und Methode, Tübingen 1975.

Ders.: Gesammelte Werke, Bd. 3: Neuere Philosohie I. Hegel-Husserl-

Heidegger, Tübingen 1987.

Klaus Garber: Rezeption und Rettung. Drei Studien zu Walter Benjamin, Tübingen 1987.

Christian Fürchtegott Gellert: Gesammelte Schriften. Kritische, kommentierte Ausgabe, Bd. 4: Roman, Briefsteller, hrsg. von Bernd Witte u.a, Berlin/New York 1989.

Ulrich Gmünder: Kritische Theories, Stuttgart 1985.

Johann Wolfgang Goethe: Gedenkausgabe der Werke, Briefe und Gespräche, hrsg. von Ernst Beutler, Zürich/Stuttgart 1965.

Nelson Goodman: Sprachen der Kunst. Ein Ansatz zu einer Symboltheorie, Frankfurt/M. 1973.

Ders.: Kunst und Erkenntnis, in: Theorien der Kunst, hrsg. von Dieter Henrich/Wolfgang Iser, Frankfurt/M. 1982, S. 569-591.

Ders.: Weisen der Welterzeugung, Frankfurt/M. 1989.

Rolf Grimminger: Die ästhetische Versöhnung. Ideologiekritische Aspekte zum Autonomiebegriff am Beispiel Schillers, in: Jürgen Bolten(Hg.): Schillers Briefe über die ästhetische Erziehung, Frankfurt/M. 1984, S. 161-184.

Jürgen Habermas: Das Absolute und die Geschichte. Von der Zwiespältigkeit in Schellings Denken, Bonn 1954.

Ders.: Strukturwandel der Öffentlichkeit. Untersuchungen zu einer Kategorie in der bürgerlichen Gesellschaft, Neuwied/Berlin 1974.

Ders.: Der philosophische Diskurs der Moderne. Zwölf Vorlesungen, Frankfurt /M. 1985.

Richard Hamann: Geschichte der Kunst von der altchristlichen Zeit bis zur Gegenwart, München/Zürich 1962.

Christiaan L. Hart Nibbrig: Ästhetik. Materialien zu ihrer Geschichte. Ein Lesebuch, Frankfurt/M. 1978.

Nicolai Hartmann: Ästhetik, Berlin 1953.

Arnold Hauser: Sozialgeschichte der Kunst und Literatur, München 1972.

Ders.: Kunst und Gesellschaft, München 1973.

G. W. F. Hegel: Werke in zwanzig Bänden. Theorie-Werkausgabe, Redaktion Eva Moldenhauer und Karl Markus Michel, Frankfurt/M. 1971.

Ders.: Grundlinien der Philosophie des Rechts, hrsg. von Johannes Hoffmeister, Hamburg 1955.

Ders.: Ästhetik, 2 Bde., hrsg. von Friedrich Bassenge, Berlin/Weimar 1976.

Martin Heidegger: Holzwege, Frankfurt/M. 1950.

Agnes Heller: Der Mensch der Renaissance, Köln 1982.

Wolfhart Henckmann/Konrad Lotter(Hg.): Lexikon der Ästhetik, München 1992.

Dieter Henrich/Wolfgang Iser(Hg.): Theorien der Kunst, Frankfurt/M. 1982.

Wolfgang Hilbig: "Ich", Frankfurt/M. 1993.

Herder/Goethe/Möser: Von deutscher Art und Kunst, Leipzig 1978.

Johannes Hoffmeister(Hg.): Wörterbuch der philosophischen Begriffe, Hamburg 1995.

Wolfram Hogrebe: Deutsche Philosophie im XIX. Jahrhundert, München 1987.

Axel Honneth: Der Affekt gegen das Allgemeine. Zu Lyotards Konzept der Postmoderne, in: Merkur 430, H. 8, 1984, S. 893-902.

Ders.: Foucault und Adorno, Zwei Formen einer Kritik der Moderne, in: Peter Kemper(Hg.): "Postmoderne" oder Der Kampf um die Zukunft, Frankfurt/M. S. 127-144.

Felix Philipp Ingold: Das Buch im Buch, Berlin 1988.

Jean Paul: Werke in zwölf Bänden, hrsg. von Norbert Miller, München/Wien 1975.

Werner Jung: Schöner Schein der Häßlichkeit oder Häßlichkeit des schönen Scheins. Ästhetik und Geschichtsphilosophie im 19. Jahrhundert, Frankfurt/M. 1987.

Ders.: Georg Lukács, Stuttgart 1989.

Ders.: Georg Simmel zur Einführung, Hamburg 1990.

Ders.(Hg.): Diskursüberschneidungen. Georg Lukács und andere, Bern u.a. 1993.

Ders.: Schauderhaft Banales. Über Alltag und Literatur, Opladen 1994.

Friedrich Kainz: Vorlesungen über Ästhetik, Wien 1948.

Immanuel Kant: Ausgewählte kleine Schriften, Hamburg 1969.

Ders.: Kritik der reinen Vernunft, hrsg. von Raymund Schmidt, Hamburg 1956.

Ders.: Kritik der Urteilskraft, hrsg. von Karl Vorländer, Hamburg 1963.

Ders.: Kritik der Urteilskraft, Frankfurt/M. 1974.

Peter Kemper(Hg.): "Postmoderne" order Der Kampf um die Zukunft, Frankfurt/M. 1988.

Sören Kierkegaard: Über den Begriff der lronie, Frankfurt/M. 1976.

Ders.: Gesammelte Werke, Abt. 24 u. 25: Die Krankheit zum Tode, hrsg. von Emanuel Hirsch/Hayo Gerdes, Gütersloh 1985.

Ders.: Die unmittelbaren erotischen Stadien oder das Musikalisch-Erotische, mit einem Essay von Friedrich Dieckmann, Berlin 1991.

Ders.: Entweder-Oder, hrsg. von Hermann Diem/Walter Rest, Köln/ Olten 1968.

Evelyn E. Klein: Einführung in die Ästhetik. Eine philosophische Collage, Wien 1989.

Christoph Köck: Sehnsucht Abenteuer. Auf den Spuren der Erlebnisgesellschaft, Berlin 1990.

Uta Kösser: Wenn die Welt-Anschauung in die Brüche geht, ist es besser, sich die Welt anzuschauen, in: Weimarer Beiträge, H. 2, 1993, S. 190-207.

Franz Koppe: Grundbegriffe der Ästhetik, Frankfurt/M. 1983.

Ders.(Hg.): Perspektiven der Kunstphilosophie. Texte und Diskussionen, Frankfurt/M. 1991.

Reinhart Koselleck: Kritik und Krise. Studie zur Pathogenese der bürgerlichen Welt, Frankfurt/M. 1979.

Siegfried Kracauer: Der verbotene Blick. Beobachtungen-Analysen-Kritiken, hrsg. von Johanna Rosenberg, Leipzig 1992.

Norbert Krenzün (Hg.): Zwischen Angstmetapher und Terminus. Theorien der Massenkultur seit Nietzsche, Berlin 1992.

Richard Kroner: Von Kant bis Hegel, 2 Bde., Tübingen 1977.

Ute Kruse-Fischer: Verzehrte Romantik. Georg Lukács' Kunstphilosophie der essayistischen Periode(1908-1911), Stuttgart 1991.

Jens Kulenkampff(Hg.): Materialien zu Kants "Kritik der Urteilskraft", Frankfurt/M. 1974.

Kunst machen? Gespräche über die Produktion von Bildern, hrsg. von Florian Rötzer/Sara Rogenhofer, Leipzig 1993.

Georg Kurscheidt: Engagement und Arrangement. Untersuchungen zur Roman und Wirklichkeitsauffassung in der Literaturtheorie vom Jungen Deutschland bis zum poetischen Realismus Otto Ludwigs, Bonn 1980.

Franz von Kutschera: Ästhetik, Berlin/New York 1988.

Günther K. Lehmann: Phantasie und Künstlerische Arbeit. Betrachtungen zur poetischen Phantasie, Berlin/Weimar 1976.

Konrad Paul Liessmann: Ästhetik der Verführung. Kierkegaards Konstruktion der Erotik aus dem Geiste der Musik, Frankfurt/M. 1991.

Johann Gotthelf Lindner: Kurzer Inbegriff der Ästhetik, Redekunst und Dichtkunst, Faksimiledruck der Ausgabe Königsberg/Leipzig 1771-72, Frankfurt/M. 1971.

Theodor Lipps: Ästhetik, 2 Bde., Hamburg/Leipzig 1903-06.

Ders.: Ästhetik, in: Kultur der Gegenwart, hrsg. von Paul Hinneberg, Teil I, Abt. VI, Leipzig 1907, S. 349-388.

Karl Löwith: Sämtliche Schriften, Bd. 6: Nietzsche, Stuttgart 1987.

Hans-Martin Lohmann: Adornos Ästhetik, in: Willem van Reijen: Adorno zur Einführung, Hannover 1980, S. 71-82.

Hans van der Loo/Willem van Reijen: Modernisierung. Projekt und Paradox, München 1992.

Hermann Lotze: Geschichte der Ästhetik in Deutschland(1868), Leipzig 1913.

Georg Lukács: Die Seele und die Formen, Neuwied/Berlin 1971.

Ders.: Zur Theorie der Literaturgeschichte, in: Text und Kritik, Bd. 39/40:

Georg Lukács, München 1973, S. 24-51.

Ders.: Die Theorie des Romans, Darmstadt/Neuwied 1976.

Ders.: Taktik und Ethik. Politische Aufsätze I. 1918-1920, hrsg. von Jörg Kammler/Frank Benseler, Darmstadt/Neuwied 1975.

Ders.: Geschichte und Klassenbewußtsein, Darmstadt/Neuwied 1976.

Ders.: Werke, Bd. 4: Probleme des Realismus I. Essays über Realismus, Neuwied/Berlin 1971.

Ders.: Werke, Bd. 11 u. 12: Die Eigenart des Ästhetischen, Neuwied 1963.

Ders.: Die Eigenart des Ästhetischen, 2 Bde., Textrevision Jürgen Jahn, Berlin/Weimar 1981.

Ders.: Werke, Bd. 17: Heidelberger Ästhetik(1916-1918), hrsg. von György Márkus/Frank Benseler, Darmstadt/Neuwied 1974.

Ders.: Über die Besonderheit als Kategorie der Ästhetik, Textrevision Jürgen Jahn, Berlin/Weimar 1985.

Jean-François Lyotard: Das Erhabene und die Avantgarde, in: Merkur 424, H. 2, 1984, S. 151-164.

Ders.: Das postmoderne Wissen, Graz/Wien 1986.

Ders.: Der Widerstreit. München 1987.

Ders.: Heidegger und "die Juden", Wien 1988.(=1988a)

Ders.: Beantwortung der Frage: Was ist postmoderne? in: Wege aus der Moderne. Schlüsseltexte der Postmoderne-Diskussion, hrsg. von Wolf-gang Welsch, Weinheim 1988, S. 193-203.(=1988b)

Ders.: Die Moderne redigieren, in: Wege aus der Moderne. Schlüsseltexte der Postmoderne-Diskussion, hrsg. von Wolfgang Welsch, Weinheim 1988, S. 204-214.(=1988c)

Ders.: Das Interesse am Erhabenen, in: Christine Pries(Hg.): Das Erhabene. Zwischen Grenzerfahrung und Größenwahn, Weinheim 1989, S. 91-118.

Ders.: Anima minima, in: Wolfgang Welsch(Hg.): Die Aktualität des Ästhetischen, München 1993, S. 417-427.

Ders.: Lektionen über die Analytik des Erhabenen, München 1994.

Bernhard Lypp: Die Erschütterung des Alltäglichen. Kunstphilosophische
    Studien, München/Wien 1991.

Paul de Man: Allegorien des Lesens, Frankfurt/M. 1988.

Thomas Mann: Betrachtungen eines Unpolitischen, Frankfurt/M. 1988.

Odo Marquard: Kant und die Wende zur Ästhetik, in: Zeitschrift für philo-
    sophische Forschung, 16, 1962, S. 231-243, 362-374.

Karl Mark/Friedrich Engels: Werke, 39 Bde. u. Egbd. in 2 Teilen, Berlin
    1956-1968.(=MEW)

Karl Marx: Grundrisse der Kritik der politischen Ökonomie(Rohentwurf),
    Berlin 1974.

Maurice Merleau-Ponty: Das Sichtbare und das Unsichtbare, hrsg. von
    Claude Lefort, München 1986.

Thomas Metscher: Der Friedensgedanke in der europäischen Literatur, Bd.
    2: Kunst-Kultur-Humanität, Fischerhude 1984.

Jürgen Mittelstraß u.a (Hg.): Enzyklopädie Philosophie und Wissen-
    schaftstheorie 1. Mannheim/Wien/Zürich 1980.

Bodo Morshäuser: Die Berliner Simulation, Frankfurt/M. 1983.

Stephan Nachtsheim: Kunstphilosophie und empirischer Kunstforschung
    1870-1920, Berlin 1984.

Waltraud Naumann-Beyer: Der Aufstieg der "Sinnlichkeit" in Deutschland,
    in: K. Barck/M. Fontius/W. Thierse(Hg.): Ästhetische Grundbegriffe.
    Studien zu einem historischen Wörterbuch, Berlin 1990, S. 281-311.

Dies.: Anders denken-ein Vergleich zwischen Adorno und Foucault, in:
    Deutsche Zeitschrift für Philosophie, 41. Jg., H. 1, 1993, S. 79-90.

Friedrich Nietzsche: Sämtliche Werke. Kritische Studienausgabe in 15 Bän-
    den, hrsg. von Giorgio Colli/Mazzino Montinari, München/Berlin/
    New York 1980.

Ders.: Sämtliche Briefie. Kritische Studienausgabe in 8 Bänden, hrsg. von
    Giorgio Colli/Mazzino Montinari, München/Berlin/New York
    1986.

Ders.: Briefwechsel. Kritische Gesamtausgabe, hrsg. von Giorgio Colli/

Mazzion Montinari, Abt. 2, Bd. 6: Briefe an Friedrich Nietzsche. Januar 1875-Dezember 1879, Berlin/New York 1980.

Willi Oelmüller: Einleitung, in: F. th. Vischer: Über das Erhabene und Komische und andere Texte zur Ästhetik, Frankfurt/M. 1967, S. 7-36.

Hugo Ott: Martin Heidegger. Unterwegs zu seiner Biographi, Frankfurt/M. 1988.

Erwin Panofsky: Idea. Ein Beitrag zur Begriffsbestimmung der älteren Kunsttheorie, Hamburg 1924.(Berlin 1960)

Gerhard Pasternack(Hg.): Zur späten Ästhetik von Georg Luács, Frankfurt/M. 1990.

Wilhelm Perpeet: Antike Ästhetik, Freiburg/München 1961.

Ders.: Ästhetik im Mittelater, Freiburg/München 1977.

Georg Picht: Kunst und Mythos, Einführung von Carl Friedrich von Weizäkker, Stuttgart 1986.

Platon: Sämtliche Werke, Bd. 3: Phaidon, Politeia, hrsg. von Walter F. Otto/Ernesto Grassi/Gert Plamböck, Hamburg 1958.

Gerhard Plumpe: Ästhetische Kommunikation der Moderne, 2 Bde., Opladen 1993.

Götz Pochat: Geschichte der Ästhetik und Kunstthoerie. Von der Antike bis zum 19. Jahrhundert, Köln 1986.

George Poulet: Metamorphosen des Kreises in der Dichtung, Frankfurt/M./Berlin/Wien 1985.

Wolfgang Promies: Der Bürger als Narr oder Risiko der Phantasie, Frankfurt/M. 1977.

Walter Reese-Schäfer: Lyotard Zur Einführung, Hamburg 1989.

Willem van Reijen: Adorno zur Einführung, mit einem Beitrag von H. M. Lohmann, Hannover 1980.

Ders.: Die Themen Benjamins, in: Information Philosophie, H. 5, 1992, S. 24-32.

Rolf Günter Renner: Die postmoderne Konstellation. Theorie, Text und Kunst im Ausgang der Moderne, Freiburg 1988.

Thomas Rentsch: Martin Heidegger-Das Sein und der Tod, München 1989.

Florian Rötzer(Hg.): Digitaler Schein. Ästhetikder der elektronischen Medien, Frankfurt/M. 1991.

Richard Rorty: Der Fortschritt des Pragmatisten, in: Merkur 537, H. 12,1993, S. 1025-1036.

Karl Rosenkranz: G. W. F. Hegels Leben, unveränderter reprogr. Nachdruck der Ausgabe Berlin 1844, Darmstadt 1977.

Ders.: Ästhetik des Häßlichen, unveränderter reprogr. Nachdruck der Ausgabe Königsberg 1853, Vorwort von Wolfhart Henckmann, Darmstadt 1979.

Jörn Rüsen: Ästhetik und Geschichte. Geschichtstheoretische Untersuchungen zum Begründungszusammenhang von Kunst, Gesellschaft und Wissenschaft, Stuttgart 1976.

Arnold Ruge: Neue Vorschule der Aesthetik. Das Komische mit einem komischen Anhange, Halle 1837, Nachdruck Hildesheim/New York 1975.

Hans Jörg Sandkühler: Fr. W. J. Schelling, Stuttgart 1970.

Jean Paul Sartre: Gesammelte Werke. Schriften zur Literatur 4, hrsg. von Traugott König, Reinbek 1986.(Darin: Was kann Literatur?)

Gerhard Sauder:"Bürgerliche" Empfindsamkeit?, in: Rudolf Vierhaus(Hg.): Bürger und Bürgerlichkeit im Zeitalter der Aufklärung, Heidelberg 1981, S. 149-164.

Max Scheler: Die Zukunft des Kapitalismus und andere Aufsätze, hrsg. von Manfred S. Frings, München 1979.

Friedrich Wilhelm Joseph Schelling: Ausgewählte Werke, Bd. 2: Schriften von 1799-1801, Darmstadt 1975.

Friedrich Schiller: Über das Schöne und die Kunst. Schriften zur Ästhetik, München 1984.

Heinz Schlaffer: Poesie und Wissen. Die Entstehung des ästhetischen Bewußtseins und der philologischen Erkenntnis, Frankfurt/M. 1990.

Jochen Schmidt: Die Geschichte des Genie-Gedankens in der deutschen Literatur, Philosophie und Politik 1750-1945, 2 Bde., Darmstadt

1985.

Siegfried J. Schmidt: Wissenschaft als ästhetisches Konstrukt? Anmerkungen über Anmerkungen, in: Wolfgang Welsch(Hg.): Die Aktualität des Ästhetischen, München 1993, S. 288-302.

Ulrich Schödlbauer: Ästhetische Erfahrung, in: Dietrich Harth/Peter Gebhardt(Hg.): Erkenntnis der Literatur. Theorien, Konzepte, Methoden der Literaturwissenschaft, Stuttgart 1989, S. 33-55.

Arthur Schopenhauer: Sämtliche Werke, 6 Bde., hrsg. von Arthur Hübscher, Leipzing 1938.

Ders.: Metaphysik des Schönen. Philosophische Vorlesungen, Teil III, hrsg. von Volker Spierling, München/Zürich 1985.

Walter Schulz: Metaphysik des Schwebens. Untersuchungen zur Geschichte der Ästhetik, Pfullingen 1985.

Hans Sedlmayr: Verlust der Mitte. Die bildende Kunst des 19. und 20. Jahrhunderts als Symptom und Symptom und Symbol der Zeit, Berlin 1955.

Martin Seel: Die Kunst der Entzweiung. Zum Begriff der ästhetischen Rationalität, Frankfurt/M. 1985.

Seneca: Von der Seelenruhe, hrsg. von Heinz Berthold, Bremen 1986.

Anthony Ashley Cooper, Third Earl of Shaftesbury: Standard Edition. Sämtliche Werke, ausgewählte Briefe und nachgelassene Schriften, Bd. I. 3: Ästhetik, hrsg., übers. und kommentiert von Wolfram Benda u.a., Stuttgart 1992.

Ders.: Ein Brief über den Enthusiasmus. Die Moralisten, hrsg. von Wolfgang H. Schrader, Hamburg 1980.

Frank Sibley: Ästhetische Begriffe, in: Ästhetik, hrsg. von Wolfhart Henckmann, Darmstadt 1979, S. 230-265.

Georg Simmel: Rosen. Eine soziale Hypothese, in: Jugend, 2, 1897(I), S. 390-392.

Ders.: Rembrandtstudie, in: Logos, 5, 1914/15, S. 1-32 u. 221-238.

Ders.: Soziologie, Leipzig 1908.

Ders.: Das Individuum und die Freiheit. Essais, Berlin 1984.

Ders.: Rembrandt. Ein kunstphilosophischer Versuch, Einleitung von Beat Wyss, Münhen 1985.

Ders.: Schopenhauer und Nietzsche. Tendenzen im deutschen Leben seit 1870, Hamburg 1990.(=1990a)

Ders.: Vom Wesen der Moderne. Essays zur Philosophie und Ästhetik, hrsg. von Werner Jung, Hamburg 1990.(=1990b)

Ders.: Gesamtausgabe, Bd. 5: Aufsätze und Abhandlungen 1894-1900, hrsg. von Heinz-Jürgen Dahme/David P. Frisby, Frankfurt/M. 1992.

Peter Sloterdijk: Der Denker auf der Bühne. Nietzsches Materialismus, Frankfurt/M. 1986.

Werner Sombart: Liebe, Luxus und Kapitalismus. Über die Entstehung der modernen Welt aus dem Geist der Verschwendung, Berlin o.J.(1983).

Gerd Stein(Hg.): Dandy-Snob-Flaneur. Dekadenz und Exzentrik. Kultur-figuren und Sozialcharaktere des 19. und 20. Jahrhunderts, Bd. 2, Frankfut/M. 1985.

K. Heinrich von Stein: Vorlesungen über Aesthetik, Stuttgart 1897.

George Steiner: Von realer Gerenwart. Hat unser Sprechen Inhalt?, München/Wien 1990.

Rainer Stillers: Trecento, in: Volker Kapp (Hg.): Italienische Literaturge-schichte, Stuttgart 1992, S. 30-87.

August Strindberg: Drei stücke. Fräulein Julie-Der Vater-Ein Traumspiel, übers. von Peter Weiss, Frankfurtl/M. o. J.

László Sziklai: Georg Lukács und seine Zeit 1930-1945, Wien/Köln/Graz 1986.

Wladyslaw Tatarkiewicz: Geschichte der Ästhetik, 3 Bde., Basel/Stuttgart 1979-1987.

Nicolas Tertulian: Georges Lukács. Etapes de sa pensée esthétique, Paris 1980.

Texte der Kirchenväter. Eine Auswahl nach Themen geordnet, 5 Bde., hrsg.

von Alfons Heilmann, München 1963-66.

Thomas von Aquin: Summa Theologica, vollständige, ungekürzte deutsch-lateinische Ausgabe, übers. und kommentiert von Dominikanern und Benediktinern Deutschlands und Österreichs, hrsg. von der Albertus-Magnus-Akademie Walberberg bei Köln, Bd. 17 B:Die Liebe(2. Teil), Klugheit, Heidelberg u.a. 1966.

Gert Ueding(Hg.):Blochs Ästhetik des Vorscheins, Frankfurt/M. 1974.

Ders.:Klassik und Romantik. Deutsche Literatur im Zeitalter der Französischen Revolution 1789-1815, 2 Bde., München 1988.

Emil Utitz:Ästhetik, Berlin 1923.

Ders.:Geschichte der Ästhetik, Berlin 1932.

Gianni Vattimo:Das Ende der Moderne, hrsg. von Rafael Capurro, Stuttgart 1990.

Ders.:Friedrich Nietzsche. Eine Einführung, Stuttgart/Weimar 1992.

Giambattista Vico:De Nostri Temporibus Studiorum Ratione. Vom Wesen und Weg der geistigen Bildung, lat.-dt. Ausgabe, Darmstadt 1963.

Ders.:Die neue Wissenschaft über die gemeinschaftliche Natur der Völker, o. O. [Bremen-Vegesack] o. J.

Rudolf Vierhaus(Hg.):Bürger und Bürgerlichkeit im Zeitalter der Aufklärung, Heidelberg 1981.

Ders.:Deutschland im 18. Jahrhundert. Politische Verfassung, soziales Gefüge, geistige Bewegung, Göttingen 1987.

Paul Virilio:Das letzte Fahrzeug, in:karlheinz Barck u.a (Hg.):Aisthesis, Leipzig 1990, S. 265-276.

Ders.:Rasender Stillstand. Essay, München/Wien 1992.

Friedrich Theodor Vischer:Aesthetik oder Wissenschaft des Schönen, 6 Bde., Reutlingen/Leipzig 1846-1857.

Ders.:Das Schöne und die Kunst. Zur Einführung in die Ästhetik, hrsg. von Robert Vischer, Stuttgart 1898.

Johannes Volkelt:System der Ästhetik, München 1927.

Samuel Weber:"Postmoderne" und "poststrukturalismus", Versuch eine

Umgebung zu benenne, in:Ästhetik und Kommunikation, H. 63, 1986, S. 105-111.

Peter Weibel:Medienkunst, Gewalt, Staat und Subversion. Ein Gespräch mit Rudolf Maresch, in:Symptome. Zeitschrift für epistemologische Baustellen, H. 12, 1993/94, S. 39ff.

Ders.:Transformationen der Techno-Ästhetik, in:Digitaler Schein. Ästhetik der elektronischen Medien, hrsg. von Florian Rötzer, Frankfurt/M. 1991, S. 205-246.

Robert Weimann:Zur historischen Bestimmung und Periodisierung der Literaturgeschichte des 17. Jahrhunderts, in:Renaissance-Baroch-Aufklärung, hrsg. von Werner Bahner, Kronberg/Ts. 1976, S. 143-148.

Christian Hermann Weiße:System der Ästhetik als Wissenschaft von der Schönheit, Leipzig 1830, Reprint Hildesheim 1966.

Elisabeth Weisser:Georg Lukács' Heidelberger Kunstphilosophie, Bonn/Berlin 1992.

Dieter Wellershoff:Angesichts der Gegenwart. Texte zur Zeitgeschichte, Mainz 1993.

Albrecht Wellmer:Zur Dialektik von Moderne und Postmoderne. Vernunftkritik nach Adorno, Frankfurt/M. 1985.

Wolfgang Welsch:Ästhetisches Denken, Stuttgart 1990.

Ders.:Unsere postmoderne Moderne, Weinheim 1991.

Ders.(Hg.):Die Aktualität des Ästhetischen, München 1993.(=1993a)

Ders.:Für eine Kultur des blinden Flecks. Ethische Konsequenzen der Ästhetik, in:Sinn und Form, 45. Jg., H. 5, 1993, S. 817-828.(=1993b)

Niels Werber:Literatur als System. Zur Ausdifferenzierung literarischer Kommunikation, Opladen 1992.

Reiner Wiehl:Prozesse und Kontraste. Bewegungskategorien in der philosophischen Ästhetik und Kunsttheorie, in:Kant oder hegel?, hrsg. von Dieter Henrich, Stuttgart 1983, S. 560-571.

Johann J. Winckelmann:Werke, hrsg. von H. Holzhauer, Berlin/Weimar 1969.

Bernd Witte: Walter Benjamin, Reinbek 1985.

Ludwig Wittgenstein: Vorlesungen und Gespräche über Ästhetik, Psychologie und Religion, hrsg. von C. Barrett, Göttingen 1968.

Ders.: Philosophische Untersuchungen, Frankfurt/M. 1977.

Heinrich Wölfflin: Renaissance und Barock. Eine Untersuchung über Wesen und Entstehung des Barockstils in Italien, München 1926.

Ralph-Rainer Wuthenow: Im Buch die Bücher oder Der Held als Leser, Frankfurt/M. 1980.

Beat Wyss: Trauer der Vollendung. Von der Ästhetik des Deutschen Idealismus zur Kulturkritik an der Moderne, München 1985.

Carsten Zelle: "Angenehmes Grauen". Literaturhistorische Beiräge zur Ästhetik des Schrecklichen im achtzehnten Jahrhundert, Hamburg 1987.

Ders.: Schönheit und Erhabenheit. Der Anfang doppelter Ästhetik bei Boileau, Denis, Bodmer und Breitinger, in: Christine Pries(Hg.): Das Erhabene. Zwischen Grenzerfahrung und Größenwahn, Weinheim 1989, S. 55-73.

Peter V. Zima: Literarische Ästhetik. Methoden und Modelle der Literaturwissenschaft, Tübingen 1991.

Jörg Zimmermann: Sprachanalytische Ästhetik. Ein Überblick, Stuttgartt/ Bad Cannstatt 1980.

미학사 입문: 미메시스에서 시뮬라시옹까지

**초판 1쇄 발행** | 2021년  3월 22일
**초판 2쇄 발행** | 2021년 11월 10일

**지 은 이** | 베르너 융
**옮 긴 이** | 장희창
**펴 낸 이** | 이은성
**편    집** | 구윤희, 김지은
**디 자 인** | 파이브에잇
**펴 낸 곳** | 필로소픽

**주    소** | 서울시 동작구 상도동 206 가동 1층
**전    화** | (02) 883-9774
**팩    스** | (02) 883-3496
**이 메 일** | philosophik@hanmail.net
**등록번호** | 제379-2006-000010호

ISBN 979-11-5783-211-8 93100